风千樱◎著

花山文艺出版社

图书在版编目(CIP)数据

爱神的黑白羽翼.3／风千樱著. —石家庄:花山文艺出版社,2006

ISBN 7-80673-880-0

Ⅰ.爱… Ⅱ.风… Ⅲ.长篇小说—中国—当代

Ⅳ.I 247.5

中国版本图书馆 CIP 数据核字(2006)第 101948 号

爱神的黑白羽翼 3

作　　者:风千樱　　　　策　　划:张国岚
责任编辑:尹志秀　　　　美术编辑:美　慧
特约监制:李耀辉　　　　特约编辑:孟　祎
封面设计:80 小贾　　　　责任校对:成　仁
出版发行:花山文艺出版社
地　　址:石家庄市友谊北大街 330 号
邮政编码:050061
网上书店:http://www.hspul.com/ecity
邮购热线:0311—88643242
销售热线:0311—88643227/3228/3229
传　　真:0311—88643225
E-mail:hspul@163.com
印　　刷:三河市华晨印务有限公司
经　　销:全国新华书店
开　　本:700×1000 毫米　1/16
字　　数:210 千字
印　　张:17
版　　次:2006 年 9 月第 1 版
　　　　　2006 年 9 月第 1 次印刷
书　　号:ISBN 7-80673-880-0
定　　价:22.00 元

还记得《爱神的黑白羽翼》里那个叫然美的女孩吗？没错，你手捧的这本书，将细细记录下发生在这个女孩身边的故事。继嘉夜的故事之后，带来不一样的阳光，和一样的感动！

——题记

目录 CONTENTS

第一章

地狱般补习

PART 1

你不过是补个课而已，就这么可怕？

第二天一大早来到学校，赫然发现公告栏处围满了人。听着大家的惨叫和议论，然美一阵纳闷。

身后刷的一道疾风，她回过头去，火红的摩托车正帅气地停在门口，激起一阵烟尘。猎扯下安全帽扣在摩托车的后视镜上，跨下来，随手钩起黑色的背包。

“昨天玩得还愉快吧？”他抬起下巴，不甚满意地打量着眼前呆怔的女孩。

“你晚上没有睡好觉吗？”

“哈?！”被然美蓦地这么一问，猎不耐烦地皱眉，“你是傻瓜吗？是我在问你！”这女孩还真是笨得没救了！

“啊，你有问我什么？”然美错愕，大概是刚才看见他的时候有点走神，都没听清他说了什么。

猎恼火地盯了她半天，一句话也说不出来。

蒋泰山从人堆中奋力挤出来，蓦地看见猎，激动地大喊：“小猎猎啊！大事不好了！”他跑得上气不接下气。

猎反手钩着背包，充耳不闻地往教学楼走。

“猎！”明娜一个箭步过来拖住猎的手臂，“这事对你可是性命攸关啊！”

“痛！”猎的伤口被猛地拽到，吃痛地弯下腰，“放手啊！女人！很痛!！”

明娜丈二和尚般看了看自己纤细无骨的手：“痛？怎么会痛？我的力气那么大吗？”

然美神色慌张地看向猎。猎皱眉站直身子，不耐烦地哼了一句：“到底是什么事？”

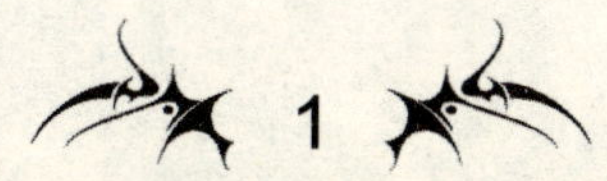

蒋泰山一脸惊悚："不得了了，学校出台的新规定，这个月月考要是有一科不及格的学生，就不能参加下个月的全市篮球赛！"

猎愣了一下，然美也吃惊不小。

公告栏处的众学生无不唉声感叹："那真的完了！"

"就是啊！除了会长和林镜学长，其他人的成绩根本不行嘛！"

"顾凯要是挣扎一下还勉强及得了格，至于莲华和猎嘛……"

说着，一群人悲戚地看向猎站立的位置，拉长声音垂下头："哎……"

猎恶狠狠地瞪了众人一眼，无所谓地耸耸肩："不要我参加就算了！谁稀罕那个破比赛?！"说着，兀自走开。

"完了！"蒋泰山捶胸顿足地仰天长啸，"天要亡我东林也——"

"哇！不可以！你怎么可以这么不求上进?！"明娜也急了。

对猎如此随波逐流的态度然美也极度无语。

"猎，要是努努力的话一定可以及格的！"

"哈哈！！"顾凯叉着腰站在背后，大笑道，"学姐不必劝他了！以他的资质，怎么想办法都及不了格！"

啪的一声！黑色的背包掷到地上，猎火大地转身。

"难道我说的不是实话？"顾凯挑衅地看向他。

电光火石之间，两个人已经抡起了拳头，明娜开始例行地尖叫，蒋泰山苦着一张脸过去劝架，周围的男学生也急忙过来拉住两人，场面转眼一片混乱。

然美在包围圈外手足无措地望着吼叫个不停的一帮男生，他们看上去好像比打架的人还兴奋，丝毫没起到一点劝架的作用。然美已经看不到猎的身影，只能站在外面干着急。天哪！猎他怎么还是这么冲动啊，忘了手上还有伤吗？

"哎哟！"蒋泰山惨叫一声被踢出了包围圈，一帮男生继续围着两人起哄。

地中海主任闻声赶了过来，被眼前的混乱吓了一跳："怎么回事?！"他踮起脚尖却还是看不到，"究竟是谁在打架?！"拉了一个男生过来问，得到的答复却是气煞人的一句，"主任，我也不知道。"

地中海简直要被气晕："莲华！陆然猎！一定是你们两个家伙！！"他跺脚大喊，气冲天庭却又无计可施。

正在晨跑的狄仁见状，急忙奔了过来。"都给我住手——"一声勇猛的狮子吼后，混乱的场景立刻定格。"劝架"的男生全体怔怔地望着挽起袖子要上的狄仁。伟大的狄仁老师气势汹汹地走过去，把头发衣服一团乱的男生一个个揪了出来，"我倒要看看，一大清早究竟是谁在我眼皮底下闹事！”

最后场地中央剩下的，便是依旧火气冲天的猎和不甘示弱的顾凯。

东林学院学生会办公室。

衣冠不整的猎和顾凯走进来时，在场所有人都憋着一股笑意。

芮荟的日本刀刷地指向两人：“看看你们都是什么样子？”刀尖饶有兴趣地从头比画到脚。顾凯红着脸溜到座位上，猎也怏怏地坐下，不耐烦地斜着身子。

芮荟走到自己的位置上，路过睡觉的莲华时用刀子敲了敲他的桌面。

“好了，这次让你们来就是为了篮球比赛的事。相信你们也知道学校新下的规定了。简而言之，东林不可以不夺冠，所以，你们当中不可以有一个人缺席这次的比赛。”

她正说着，门被推开，然美和一个戴眼镜的矮个男生被学生会副会长晏薇带了进来。

莲华扯下 MP3，和猎一起莫名其妙地盯着然美，然美自己也是一头雾水。

“你们随便找个位置坐下吧。”晏薇朝两人点点头，坐到林镜身旁。

戴眼镜的男生倒是随便找了个位置一屁股坐下去了，不过现在只剩下两个空位，一个在猎旁边，一个在莲华旁边，然美发觉自己居然不晓得该坐哪里好。

最后还是坐到了莲华身旁，然美理所当然地安慰自己，是因为他离她较近的缘故。

猎用一种很奇怪的怪罪的眼光看向她，尽管只有短短的一瞬。

刚一坐下来，莲华就靠过来兴师问罪：“喂，昨天下午为什么放我鸽子？知不知道我在食堂等了你多久?!”

然美还没来得及回话，芮荟已经冷声提醒：“在我说话的时候不许在下面讲话！”

莲华像是完全没听到似的，在副会长发话途中一直不停地“骚扰”身旁的然美，每一句话基本都是闲扯淡。

“你怎么老是穿校服？就没有稍微可爱一点的衣服？”他趴在桌上无聊地玩着她的袖子。

“然美，我跟你说话的时候你能不能看着我？”

“喂，看你听得这么认真，跟我说说这个破会到底讲的什么名堂？”

……

然美有点后悔自己坐到他身边了，最后实在忍不住，无奈地转向他：“莲华。”

莲华正无趣地托着下巴，听见然美叫他，摆出他迷死人不偿命的笑脸：“什么？”

“你不用一定要和我说话的，如果困的话接着睡觉吧！”刚进来的时候，他不是还睡

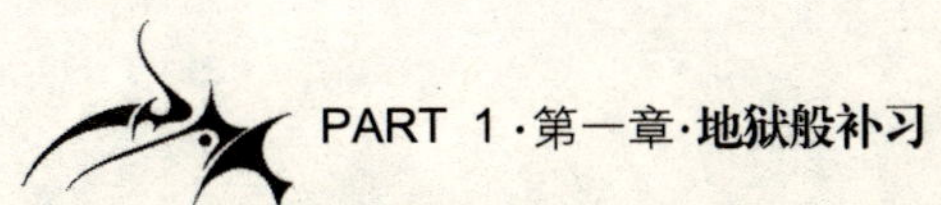

得很安详吗？

莲华被搞得有点郁闷，极度无语地瞪着然美，没再做声。

芮荟正说着，杜谦永走了进来，示意她继续，然后径直走到自己的座位上，依旧是俊美冷然的模样，低头一语不发地翻看资料。

芮荟传下一沓东西到每个人手中："先看看这个。"

顾凯拿到手里一看，顿时僵了脸：芮荟发下来的竟然是篮球队成员的成绩单！一想到自己的狗屎成绩在众人、尤其是芮荟学姐面前曝光，他恨不得能立刻遁形。不过稍后，当他看到猎和莲华的成绩，神色便轻松起来了，不由得感慨：真是山外有山，人外有人啊！

猎和莲华也是一脸菜色。现在不用睡觉，莲华也已经完全安静下来。至于猎，则是用喷火的目光扫向学生会的众干部。

然美手握成绩单，掉了一脸黑线：她的弟弟，在体育场上英姿飒爽的天之骄子，本学期截至目前为止所考的全部科目中，只有两门成绩不是红灯（其中一门为体育），而坐在她身旁的校园头号不良少年，简直像和猎串通好的一样，也只有那两门功课及格，不过更为壮观的是，他居然有两门课因为缺考而没有成绩！

然美小心地瞄了眼身边的莲华。看来他也是蛮好面子的，这下完全没了飞扬跋扈的势头了。

"你们的成绩还真是……"芮荟无奈地摇头，"尤其是莲华和猎。即使是弱智，恐怕也很难考出这样的成绩吧。"

芮荟的毒舌然美算是头一次领教到了。如果换她被这么一说，一定羞愧得想一头撞死。

顾凯不由得笑出声来："一直久闻你们两位很强，没想到比我强成这样！"他一脸"高！实在是高"的佩服样。

芮荟扫了顾凯一眼："顾凯同学，通常而言，高二的课程比高一难。"

顾凯不再吭声。

"以这种烂成绩下去，你们的月考肯定过不了。"芮荟接着说，"其实呢，你们的成绩如何倒是一点都不重要，但是这次篮球赛东林一定要赢，所以……"她环视了一下众人，笑眯眯地说，"经过会长、我和晏薇一致商议决定，月考前必须给各位强行补课。"

"什么？"一行人立刻头疼地嚷起来。

芮荟继续从容下达旨意："现在离月底考试还有十二天，由于时间很紧迫再加上你们几个天资愚钝，所以，顾凯、猎，还有莲华——"日本刀气势汹汹地指向三人，芮荟眼睛里凝聚的那道奇怪而阴森的目光看得三人不由得大呼不妙,“从今天下午开始,你们将会享受到全世界最有效的补习课程。”

猎霍的一声站起来:“我退出比赛。”

“我也退出。”莲华也懒洋洋地起身。

杜谦永抬眼,好像一切早在预料之中:“我从来不勉强人,所以给你们两个选择,一个是参加补习,另一个就是从这栋教学楼走出去。”

外面有凌乱却有气势的脚步声,过道上赫然站了齐刷刷一排冷酷的男生,一个个看来都是很能打的样子,他们穿着东林的校服,但是却并不像东林的学生,其中大部分看来都是二十岁左右的年轻人。

杜谦永站起来,向外面的各位点了个头,然后转向莲华和猎:“如果你们可以打败前代东林狼帮的各位,从这栋房子走出去,我就允许你们弃权。”

门外,一个橘色头发穿着随性的俊俏大男孩上前一步,朝身后的众人发话道:“大家听好了,这可是我们前代狼帮和今代狼帮史无前例的较量!”他挑眉一笑,“给这两个不知天高地厚的小子一点教训!”

猎的火气被轻易挑了上来,开始摩拳擦掌:“好啊!我也正想见识一下前代狼帮的厉害!”

“呵呵,想见识的只有他一个。”莲华识趣地双手作投降状,一脸“拜托你们不要伤及无辜”的表情。

猎不屑,看也没看莲华一眼:“我一个人也无所谓,害怕就闪一边去。”

杜谦永早已将莲华和猎隔绝在门外,但是转瞬间激烈的打斗声还是让里面的人不由得倒抽一口冷气。

下马威。深知内情的人都知道,要调教好这两个家伙,不先给他们点颜色瞧瞧是不行的。所以任外面杀得人仰马翻,会议室里大家依旧心平气和地喝茶。

然美实在忍不住:“会长,可不可以叫他们住手,猎的手上受了伤啊!”

杜谦永皱了下眉:“不用担心,前辈们速度很快,不会让他有机会挣扎到伤口破裂的。”

面对如此泰然自若的会长,然美也只有在心里为猎捏冷汗了。

杜谦永看了下表,正在等待外面传来捷报,却听到突如其来的一声:“喂!那小子什么时候溜的!!”随即闹成一团。

“浑蛋!他一开始就是骗我们的!”

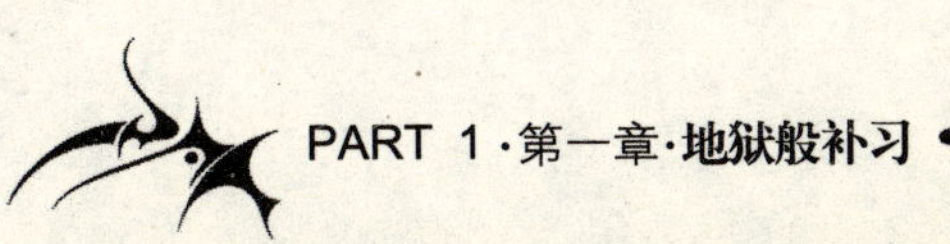

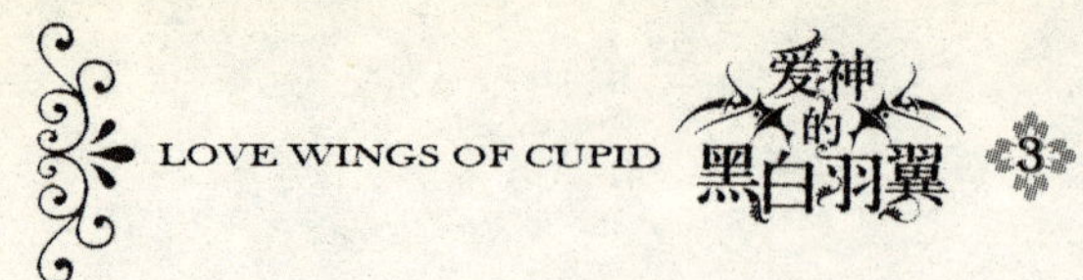

“快追！”

然后是七手八脚的跑步声朝向过道的一个方向。突然又冒出一声咒骂：

“该死！这边的也溜了！”

“妈的，这两个家伙还挺默契的嘛！”

很快，又有一部分人马朝过道另一个方向追去。

随着嗵嗵嗵下楼梯的声音，过道里很滑稽地静下来。然美暂时缓了口气。杜谦永的眼神有点奇妙：看来低估那两个人了。这么想着，他拨了通电话：

“阿水吗？看来需要你那边帮忙了，一切都准备妥当了吧？……嗯，我等你的好消息。”

杜谦永挂了电话，然美愣愣地望着高深的会长，好半天回不过神来。

芮荟倒在椅子上打了个哈欠：“哎，那两人何必呢？不过是补个课而已，就这么可怕？”

顾凯不由得打了个哆嗦。

莲华和猎兵分两路冲下楼梯，狼帮的众人在后面穷追不舍！场面壮观激烈，对面实验楼的学生已经纷纷放下手中的物理化学实验，拥到窗口目睹这场难得的追逐战！

把过道旁闲置的课桌椅堆在路中央，莲华迅速钻进一旁的教室里。

追捕的人马从楼上拥下来，看见堵在通道上的桌椅，果然上当。

“他往那边跑了！”

“妈的！手脚还真快！”

莲华背贴着门，听到外面一帮人七手八脚地搬开课桌嗵嗵嗵地跑远的声响。

打开门，过道上已空无一人。

趁障眼法还有效的时候，他沿着楼梯一路逃下。

猎一面想办法摆脱身后的追兵，一面寻找逃跑的时机。按照杜谦永的说法，只要他们能顺利离开这栋教学楼，就可以免去芮荟的变态补习之苦。换句话说，只要能够出去，不管是不是从正门出去都……

“陆然猎！你休想从这楼里竖着走出去！”

烦死了！猎厌恶地皱眉。

闪过迎面而来的几个铁拳，又一脚踹翻右面来的进攻者，二楼的阳台近在眼前！

杜谦永那家伙一定早把大门给关上了！而且一楼肯定全部是他的埋伏，所以，唯一的途径就是从二楼……

猎飞奔至阳台，正要起身，却突然听到众多女学生的惊呼：

“猎！！小心！！”

“不可以跳下来啊，猎！！”

猎猛地打住，定睛一看阳台下的风景，他的表情突然间怒不可遏——

平地上竟然到处布满石块！如果就这么冒失地跳下去，最好的情况也是骨折！更让人气愤的是，那群搬石块来的男生现在居然抱着手臂，一个个一副看好戏的样子瞅着阳台上。

在二楼过道的两头，猎和莲华面面相觑。

他们身后，强大的狼帮军团已经死死地封住了道路。

“偶像，小猎猎！我看你们还是算了吧！”蒋泰山一脸同情地朝他们喊道，“你们是不可能赢过会长大人的！”

于是，对于三人而言，最悲惨的补习生涯就此开始。

然美万万没有想到补习语文和英语的光荣任务竟然落到她的头上，望着桌子对面两个无精打采的人，她尴尬地清了清嗓子：“呃，我们开始吧。”

猎非常恼火地啪的一声摊开书本。

“猎，不是数学，我要给你们补习的是英语。”然美望着猎打开的数学课本，哭笑不得。

“喊，反正都听不懂，补习哪个有什么区别？”猎非常不给面子地说道。

芮芸的刀子狠狠敲了下来，整齐地落在猎和莲华头上，顺便也敲了另一桌补习数学的顾凯一下。顾凯揉着脑袋，一脸无辜地望着芮芸，莲华则火大地站起来：“喂！芮芸！你搞清楚点，我可是什么都没说！”

“我知道，我们可爱的顾凯同学也什么都没说啊！”芮芸轻松地玩转着刀，半倚在桌边抬头和莲华对视，“我只是要让你们明白，你们如今是同一条船上的人，为了培养你们的团队精神，从今天开始，一人出错，株连九族！明白了吗？”

在芮芸的独裁专制下，抗议再大也是枉然。

然美用半个小时认真地给他们讲完上午测验的卷子，得到的结果是两人同样茫然的表情。

“你们先做一下这份练习吧。”她选了份最简单的习题递给两人，“如果做不来可以问我。”

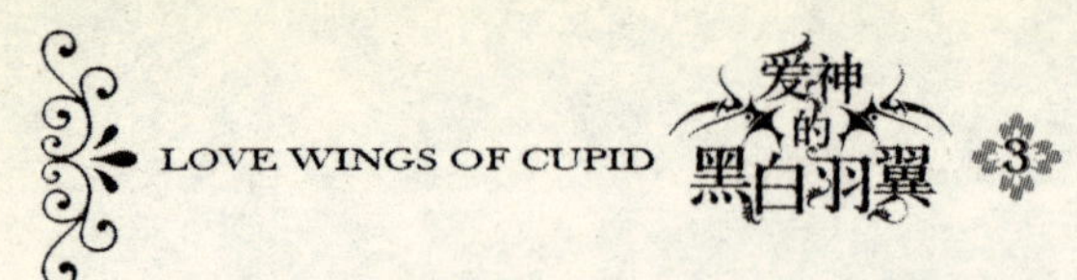

莲华随便瞟了一眼题目，就倒在椅背上歇气去了："饶了我吧。"

然美无语，感觉自己真够失败的："你再仔细看一下啊，这些我都刚刚才讲过的！"

他懒洋洋地趴到试卷上瞧了瞧，绝望地说："行了，不用再折磨我了，直接再给我讲一遍吧。"

啪的一声磕书声，随即响起猎烦躁的嚷嚷："什么烂题！一点逻辑都没有！"

"怎么了？哪道题……没逻辑呀？"还没等然美自己意识过来，她已经自动偏向猎的方位。

"这个。"猎随便指了指一道题目。

"喂喂喂！我觉得我们应该讲一下先来后到……"莲华在一旁皱眉抗议。

"咦？"然美定睛一看，"是和莲华一样的题目啊！那我一起讲给你们听好了。"她体贴地笑道。

隔着单薄的、正在热情讲解的然美，猎和莲华充满敌意地对视了一眼。

一旁的顾凯路过，凑过来露出夸张的取笑表情："哎？这个都不会做？这么简单！选C嘛！"

刷刷！两道不耐烦的死光。

第一天的疲劳战进行到晚上约九点，从下午到现在，可怜的莲华、猎和顾凯仍一粒米未沾。

"丁东！"门外响起一个热情的吆喝声，"你们定的拉面！"

三个衰星立即如释重负地瘫倒下来。

热腾腾香喷喷的几大碗拉面送了进来，顾凯几乎是扑到桌上："啊哈哈！好极了！本少爷已经饿得不行了！"

猎什么都没说，理所当然地抽出筷子。

莲华疑惑地扫了一眼桌上的拉面："怎么不够？"

这么一说，猎和顾凯才纳闷地停下来。他们三人，还有杜谦永、芮荟、林镜，再加上然美、狄仁和眼镜男，人数一共是九个，可桌上却只有七碗拉面。

正奇怪着，芮荟、杜谦永、林镜已经一人端过一碗拉面。

莲华挑了挑眉，端过一碗牛肉面，声明在先："总之我不要当不吃的那一个。"

芮荟的木刀刷地落在他头上！

"放下，我还没宣布进餐规则呢。"

进餐规则？

一种不好的预感在三人心中升起。

果然，听完芮芸的进餐规则，三个人的表情顿时变成酱色。

所谓的进餐规则就是：三人在进餐前必须做一道测验题，最先完成且答案正确的人才有资格进餐。换句话说，三个人中只有一个可以吃饭。

“芮芸！你想死吗?！”猎暴跳如雷地抗议！这样的规定根本明摆了要让他饿死！

“神经规则！谁理你？”莲华也恢复其恶魔本性，目光阴森地落在那个抱着碗准备开吃的眼镜男身上，“不许吃，那碗是我的。”

眼镜男被吓得连忙放下碗筷，一动不敢动。

狄仁觉得也该是他登场的时候了，郑重起身：“你们两个想造反?！”

一对二。那两个与他对峙的小子明显就不把他放在眼里。三个人眉眼间，噼里啪啦电光四射。

“来来，听话的顾凯，”这个时候，芮芸突然闯入的声音甜美得太古怪，“既然他们两个表示不愿意参加测验，这碗三鲜拉面就属于你啦！”

“THANK YOU！”顾凯看着对他微笑的芮芸，还有捧到他手上的那碗美味拉面，一脸幸福满足。

“可恶！”猎气急败坏地一把提起顾凯的衣服，“你还算不算男人?！”

“不要激动嘛，”顾凯陶醉地闻了闻面里散发的香味，“反正跟你们两个比起来，这碗面注定都是我的。”

“你!!”

正在两人相持不下的时候，一团白色的东西噔地落进顾凯碗里。

顾凯目瞪口呆地盯着在香浓的汤里慢慢溶开的那团餐巾纸。

“我想了想，大家都不吃不就好了，”莲华面无表情地靠在沙发上，“‘同甘共苦’嘛。”

“莲华——”随着一声河东狮吼，顾凯朝对面幸灾乐祸的罪魁祸首扑去！

晚上，芮芸靠在大厅看影碟，顺便好好饱览了一番窗外的动态美男图。小篮球场上的三人被狄仁的杀人式训练折磨得死去活来。不过，芮芸望着三个小子，目光充满称赞，果然不愧是体力充沛的大型动物，居然还这么有劲头。灯光下因为流汗而闪闪发光的身体看了还真是滋补啊！

练完篮球已经是晚上十二点，折腾了一晚上，消耗了过多体力的结果是让三人腹中饥肠辘辘的感觉更加难耐，只得靠睡觉来催眠饿着的肚子。芮芸府上只有两间双人客

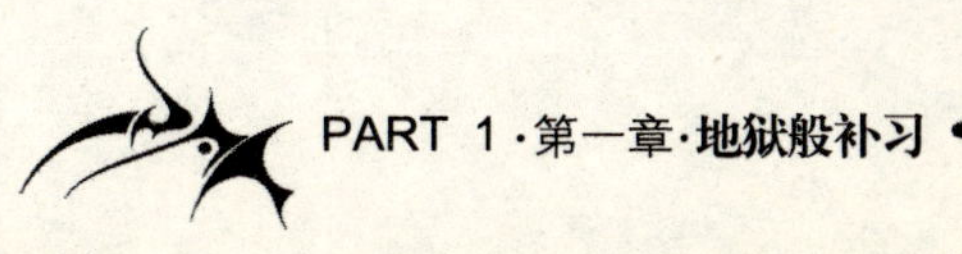

房，最后决定狄仁和顾凯一间房，而猎将要和莲华同寝。

望了一眼洗完澡上楼的猎，沙发上跷着二郎腿的芮荟调侃了一声："你们两个晚上不要在我家铺上玩'床上运动'啊。"

猎愣了三秒，恼羞成怒地吼："芮荟！！"

"啊，我累了，先上去了。"芮荟打了个哈欠，直接从猎身边绕过，在楼梯上还继续消遣道，"两个都是美男，又是干柴烈火的年纪，不怕一万，只怕万一……"

"芮荟——"猎的吼声方圆几里可闻。

然美一直在厨房里烘烤着可爱的小点心。真没想到，芮荟家的厨房一应俱全。她好久没自己下厨了，此刻正哼着歌忙得不亦乐乎，按下烤箱定时的时候还自言自语："其实学姐还是蛮好的。"不然就不会拜托她来准备消夜了。

"啊，学姐她怎么了？"背后传来顾凯的声音。

"哦，"然美转身，笑着说，"学姐让我给各位做夜宵！"

"真的?！"顾凯激动得不得了，自动臆想起来，活像夜宵都是为他一个人准备的。

"嗯，一会儿就好！"

"要不要我帮忙？学姐？"顾凯凑过来热心地问。

那声"学姐"让然美感动不已，连连点头："好啊，你帮忙洗洗餐具吧。"

两人在厨房忙活的时候，顾凯冷不防问道："学姐，你真的喜欢莲华吗？"

然美愣住，表情有点尴尬。

顾凯已经自顾自地说开了："是那家伙威胁你和他交往的吧？我真的很同情你，我可是讨厌极了那个家伙！"

"他做过什么很过分的事吗？"然美小心地问。

"多了去了！！"顾凯咬牙切齿，一件件数落起来，"你根本想象不出那浑蛋把我害得有多惨！"

"是吗？"然美提心吊胆地看着顾凯手里快要被掰成两半的盘子。

"上次我到基地去，看见他在里面放什么影片，我看他笑得灿灿烂的样子，还以为是喜剧片，就进去看，那该死的家伙说他已经看完了，还有声有色地说什么真的好好笑，然后拍了我两下就走了，等我重放片子，那居然是……"顾凯大大地吸了口气，转过来，对然美惊骇地说，"是A片！是A片耶！"

然美目瞪口呆。

顾凯满脸沮丧："倒霉的是居然刚巧芮荟学姐就过来了……"

正在这时，门外响起芮荟厌烦的声音："顾凯，你又在说什么下流话?！还'A片A片耶’嚷嚷得那么大声。”顾凯一副生怕被她发现、贼眉鼠眼的样子。

“啊……”可怜的顾凯机械地转身，看见厨房外一脸鄙夷的芮芸，伤心得下巴都快掉下来了。

然美只能对顾凯学弟深表同情。不过，那个整起人来不长心眼的莲华，实在是有点过分。

做好点心先端给了顾凯和狄仁老师，走到过道尽头，发现莲华和猎房间的门是虚掩的，她敲了敲门，里面没反应，又敲了敲："莲华，你在里面吗？"

门哐的一下拉开，猎傲慢地扶着门框，冷着一张脸睨着然美："他不在。"

"哦，我是给你们……"

她低头示意手上的夜宵，没想到门砰的一下就关上了。

然美盯着那扇硬邦邦的门，莫名其妙地眨眨眼，她又做了什么错事吗？

"猎，对不起，你开开门好吗？"不管如何先道了歉再说吧。她轻轻叩门，苦口婆心，"你晚上都没吃晚饭的，好歹吃一点东西吧！"以猎的体格来计算，这一天消耗的卡路里一定非同小可吧。他嘴巴上不说，想必肚子一定受不住了。嗯，可能是饿慌了脾气才会这么坏。

门里面还是没动静，然美叹了口气："那我把点心放在门口了。"她蹲下放下盘子，转身准备离开，可还是有点不放心，又贴着门小声叮嘱，"那个，小心不要踩……"

门又霍然打开，一只手将她抓了进去。

然美摇晃着站稳，猎将盘子端进来，关上门。他套着件宽大的T恤，手臂和肩上松松地缠着些绷带，看来之前是在包扎伤口，不过看样子费了九牛二虎之力也只能到这种程度。

然美不无担心地看着猎的伤，虽然已快痊愈，但也处理得太马虎了吧。猎此刻的样子看在她眼里，颇有点自我虐待的倾向。

"我一个人不行，你帮我上药。"猎将药扔给然美，同时皱眉，"这么看着我干吗？我总不能让莲华那家伙给我上药吧？"

她差点扑哧笑出来。

已经不是第一次给猎擦药了，然美却仍是很拘谨。背过身去的猎都会很安静。头一次近距离接触他光裸的背时，她的脸颊禁不住发热，就是现在也还是会不好意思，但她其实是很喜欢像此刻这么安静的他的。

猎骨感又结实的身体沐浴在柔和的灯光下，懵懂又叛逆的十七岁少年，已经在不知

不觉中散发出让女生心动的魅力了。然美出神地想，原来是真的，迈过十几岁的坎，男生和女生在外表上的区别就越发分明了。

“好了。”她缠好绷带，“你觉得怎么样？会不会很紧？”

猎不热不冷地应了一声，默默地套上T恤。然美起身收拾好药和绷带。

“是你做的？”猎拿过床头那盘点心，瞥她一眼。高高帅帅的男生，膝盖上放着一盘小巧点心的样子，看起来怪可爱的。

“啊，模样也许不怎么样，但我担保味道很好！”

“做给我的？”他奇怪地又问了一句。

“给……你们两个的。”

猎将盘子往旁边一搁，从床边站起来，高大的身子投下的阴影将然美从头到脚笼罩住。

“你没看见我们两个都是一米八吗？就是连盘子一块吃了我都还嫌不够，你还指望我们两个分着吃？”

“我做的时候没想到，”然美抱歉地说，“不过，吃一些总比什么都不吃的好。你真那么饿的话，我去下面再给你做好了！”

“我没你想的那么饿！我是说，你这点东西连我平常一顿饭量的十分之一都没有！”

然美瞅了瞅盘子里的点心，想象着堪称这十倍的分量，有点惊叹：“你吃那么多啊！”她不由得打量他高大英俊的弟弟，猎的身材精干匀称，想不到是这么吃出来的，不过，平时倒也没见他在家里吃什么。

“……”猎死死盯着她，有点气血攻心。

然美识相地撤退：“那，我下去煮面了。要这个的……十倍，对吧？”

“我跟你一块儿去。”猎硬邦邦地说。

“去干什么？”

“监督你！”他霸道地拉上她，带上门就往楼下走。

厨房里比外面更闷热，然美烧了水。此刻的感觉有点怪异，猎就这么安然地杵在后面，也没有要来帮忙的意思，整个帅气却无用的花瓶男。然美感到他锐利的目光戳着她的背，让她有点不自在。

她抓了一大把面条，回头问：“够不够？”

猎抱着双臂，淡淡地嗯了一声。

然美明了地点了下头，把手中的面放进锅里，又取了另一把同样分量的面。

猎蹙眉，刚想抗议“你喂猪啊！我哪吃得了这么多”，却蓦然想起，那一份其实是为莲华准备的。

望着炉灶前少女专注的背影，他的心头莫名地郁郁的，有一瞬，眼神像小孩子一样茫然。

“我不吃了。”

身后冷不防传来猎的声音，正挑面的然美大惑不解地转身：

“你说不吃了？……为什么？”

高帅的身影冷漠地背过去，无精打采地走出厨房：“没食欲。”

“可是……”

她的声音可怜又困惑。猎烦恼地拧着眉，拒不回头去看她此刻受伤的表情，否则，他脑袋里一定又会涌起那些不正常的念头！

他撇下她一个人和她辛苦煮好的面，像在暗暗报复着什么。

然美看着猎的背影，整个人怔怔的，完全想不通他的反复无常是为什么，仅仅是为了欺负她吗？她突然觉得很委屈，鼻子不争气地泛了酸。

“啪”轻微的一响，眼前顿时一片漆黑。

停电了。迟钝的然美过了好久才意识到。今夜没有一丝月光，她的眼睛钝钝的，什么都看不见。怎么办？其他人大概都睡了，她必须得这么摸黑上楼了。

被无边的黑暗包裹，她一时手足无措。

“喂！然美?！”

猎的声音。

他倒回来找她的?

“猎？”她嗅到他身上沐浴液的味道，近在咫尺，仿佛遇见救星一般，刚才的委屈全被无端的感动取代，“……好黑，你看得见吗？”

“废话！”虽然中途急着倒回来时撞到门上，好在一阵眼冒金星后已经恢复了夜间视力。

“真的？你能看见？我什么都看不见呢。”只有他的声音，能让她稍感安心。

“女生都这么娇气！不差你一个！”猎没好气地说，“算了，你过来点吧，我就在你前面。”

“哦。”然美点点头，小心走了两步，蓦地碰到猎的胸膛。

原来他离她这么近。

猎伸手握住她的臂膀，虽然动作僵僵的，不算太温柔，但不妨碍她从中获得那种在混沌中找回坐标的确实感。

“谢谢，我现在真像盲人一样……”她笑得有点感激，有点不好意思。

猎凝视身前的少女，虽然看得不太清楚，还是能分辨出她表情的不安，目光的飘忽，她果然是一点都看不见。

女生，真的好脆弱，是不是正因为有了这么脆弱娇小的存在，男生才会努力让自己变得很强，强到可以一直守护她？比如房子塌下来，就能把她抱在怀里紧紧保护着，让她不必受伤。

真的，他不介意现在房子就塌下来。

曾听过她的哭声，那是她才搬来没多久的事，那夜他飙车到很晚才回来，路过她房门的时候，听见里面有像玻璃破碎般断断续续的啜泣。

那个时候只是觉得好无聊，真的好无聊，她在这里住得好吃得好穿得好，为什么还要哭？他鄙夷地扫了一眼那扇门，然后故意大力地甩门进了自己房间，希望那个鼻涕虫能起码克制一下，不要打扰他睡觉。

她果然没有再哭了，至少从那以后他都没再听到过。

“可惜，面都冷掉了……”

出神的时候，他听到她惋惜的呢喃，像是为了打破难堪的安静才没话找话说。

屋外有人声，芮荟吩咐人在忙着检查电路。

没过多久，眼前一闪，电来了。

“好了！”然美如释重负地舒了口气。

屋里亮堂起来的那一刻，猎突然觉得失落，原来在刚才黑暗的一刹那，他曾不经意地希冀过类似“永恒”的东西。

补习的最后一个星期五下午，三人仍在接受着芮荟的酷刑，然美照例被派出去买晚餐的材料。

芮公馆位于城市郊外，环境僻静幽美。然美不自觉地抬起头，细细地打量道路旁的法国梧桐和高大的榕树。一片树叶飘落在脚下，她才恍然意识到，不知不觉已经入秋了，今天的天气格外的凉。

去年的今天，她在做什么呢？

记忆很模糊，只记得那个时候她是孤身一人，小小的屋子显得不可思议的空旷，夜晚安静得可怕。

忽然什么声响打断她的回忆，无意中隔着公馆的院墙往里一望，居然撞见莲华从二楼的窗户跳下来。

吃惊之下，她一不小心叫出声来。

莲华闻声转头，发现外面的然美，立刻命令："站在那里不要动！"

"什么？"然美懵懂地站在院墙外，望着莲华带着诡异的笑疾步朝她靠近，她忽然惊惶地转身开逃。

"陆然美！！"莲华哭笑不得，一脚踩在围墙的底座上，利索地腾空跃过围墙。

然美下意识地转身，正巧撞见莲华翻身跳下的好莱坞式惊险动作，她几乎是本能地扑过去，两只手臂做出滑稽的扑救姿势。

"喂！！让——"

"嗵"的一声！结果是莲华为了避免撞上她，玩了个危险的空中变位，到头来结结实实地摔倒在地。

"莲华！"然美吓了一跳，连忙去扶他，"没事吧？"

望着然美关切的眼神，莲华都不晓得是该气还是该笑，半晌说不出话来。

"怎么了？很痛吗？"痛得话都说不出来了吗？然美慌张地看着他，连声道歉，"对不起！都是我的错！"

莲华看了她良久："然美，"他轻轻开口，脸上压抑着一股古怪的笑意，"你买的东西……"

然美这才想起被她扔在后面的一袋水果，慌忙转身。

一只非常可爱的苏格兰牧羊犬，正好奇地叼起那包水果。

"啊！别——"

她笨拙地一个猫扑，牧羊犬往后一跳，转过身一溜烟儿跑掉了。

莲华在后面已经笑到眼泪都出来了。

然美无语地望着莲华，其实，他才是这一切倒霉事的罪魁祸首吧。

"好了，跟我走。"莲华站起来拍拍身上的灰，不由分说牵上然美掉头就走。

"等等！"然美使出吃奶的劲儿拖住他，"就要开始补课了，你要上哪儿？"

他不耐烦地指着自己的肚子："你的杜宾要进食了。"

杜宾？他怎么知道她曾经把他当成杜宾的？明明只告诉过明娜啊？她有点底气不足："我……我可以去帮你买东西回来啊。你要吃什么？"

莲华低头，饶有兴趣地看着然美拽住他的双手："你真要跟我比力气？"

他的手蓦地使了点劲，然美立刻意识到自己的不自量力。

"好了，我不想对你使用暴力，"莲华笑着摊出另一只手，"把手机交出来。"

"为什么？"然美讶异地望着他。

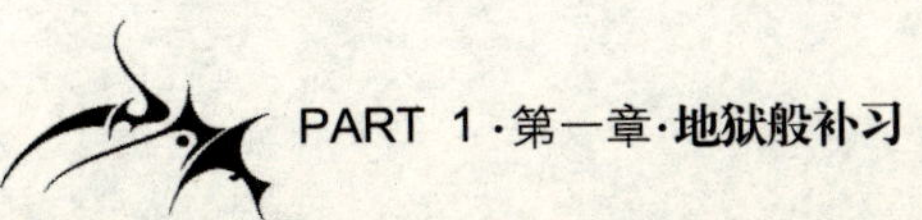

"怕你通风报信。快点拿出来,否则我要搜身了。"光天化日之下,他笑得有如恶魔。

"你!"

就这样,下午的事,还没等然美有机会理清头绪,已被莲华在家门口公然绑架。

他一路握着她的手,一丝一毫没有放松。

中途,莲华曾转过身来,非常没诚意地笑道:"原谅我,然美,人一旦饿慌了什么事都做得出来。"

然美闷闷地被他拉着走,已经不想再跟他说任何话了。这个人,真没想到会这么差劲。

"哈姆雷特怎么说来着,"莲华继续胡诌,"现在对你做这件事的不是莲华,"他转过来对她粲然一笑,"是'饥饿'。"

然美全然无语,居然连哈姆雷特的台词也给他篡改了!

"啊,到了。"莲华领她来到一家拉面铺。进门前,他习惯地摸了摸裤兜,尴尬地发现居然忘了带钱!

小声说了什么,他转过身来,笑得有点不好意思:"呃,能不能借我十块钱?"

然美执拗地摇头,虽然面对莲华她还是有点毛毛的,但越是这样不讲理的人你就越是不能向他低头。没钱的话,莲华也只有灰溜溜地跟她回去了吧。

然美的反应出乎莲华的意料。一张好看的笑脸飞快垮下来,他气咻咻地想说什么,最后还是克制住了。

然而莲华并没有打道回府,也没有当街打劫她,而是决然地进了拉面铺。

然美在惊讶之余,清楚地听到他不屑一顾的声音:"不愿借我也没关系,顶多把衣服脱了抵在这里。"

虽然听出莲华激将的口吻,但然美也深知他是什么事都做得出来的,她当然不可能眼看他落得要脱衣服了,只得无奈地跟进去。

"那个,"她硬着头皮坐到莲华对面,小声说,"我身上只剩二十块了。"请你千万不要意气用事吃得我们回不去啊。

莲华埋头看菜单,压根忽视她的存在。

然美端坐在那里,不自在地四下张望。

"那个,补课怎么样了?"她笑着问,努力想要打破僵局。

莲华抬头瞄她一眼:"比起补课,我还是更喜欢约会。"

这两者有什么关系吗?然美困惑地望着莲华。他单手支着下巴,眼神轻飘地瞥着她,一瞬不瞬的目光盯得她毛毛的,不由得低下头,也因此没有注意到莲华冷漠的表情悄悄过渡到狐狸的狡黠。

“后天跟我约会。”他冷声命令道。

“？”然美抬起头来，指着自己的鼻子，确定地问，“你……是在跟我说话吗？”

莲华不由得火大：“这里还有哪个倒霉的女人是我女朋友吗？”

然美认命地哦了一声：“为什么要后天……”不对！她是想问为什么突然要约会？

“你那么心急那就明天好了。”莲华坏笑着挑眉。

“……”

“排骨拉面两碗——”店员热情的吆喝打断了两人的对话。

“啊，我等好久了！”莲华又恢复到不正经的样子，把筷子递给然美，“算我请你的，回去后我会把钱还给你。”

“不用了，你不用这么客气！”然美连连摆手。

莲华已经低头迫不及待地挑起一大撮面，正要送进嘴里，忽然停住看向然美：“你最好不要盯着我，这种时候我的吃相很可怕。不要破坏了我在你心里的形象。”

“形象？什么形象？”然美傻傻地眨眨眼。

莲华郁闷至极，干脆自暴自弃地说：“算了，要看就看吧。”

然后便彻底不顾形象，咻咻地狼吞虎咽起来。

然美目瞪口呆地盯着他，仅在她发呆的短短十几秒钟，一碗分量十足的拉面已被莲华以暴风之势了结了一半。

她悄悄拿过桌上的菜单，提心吊胆地查看起各种拉面的价格来。

“那栋楼曾经有人跳楼自杀。”回来的路上，莲华抬头示意对面一栋灰蒙蒙的旧楼。

“真的……”

背后话音未落，突然“咚”的一声闷响！他纳闷地转身，只顾顺着他的方向望去的然美居然一头撞到电线杆上。

“你在干什么?!”莲华慌忙赶过来。

额头一瞬就青了起来，痛得然美说不出话来，眼前一阵金星乱冒。

“陆然美！你是笨蛋吗?!”莲华好笑地查看她的额头，哭笑不得，“今天是什么日子？还是你在报复我？以为撞伤了明天就可以不来约会了？”

无奈又好笑的叹息。额上一道轻柔的暖风，然美才意识到莲华正对着她的额头轻轻呵气。

她感到他的手扶着她窄窄的双肩，一抬眼便能看到他线条宜人的下颔，离她的眼睛

那么近，她像被烫到一样，脸颊一阵热辣，闪躲着低下头去。莲华的脖子很漂亮，没有突出的喉结，T恤的领口处一对男性的锁骨奇怪地抓着她的视线。

莲华的漂亮是和别人全然不同的，带着夏天的霸道和灼人，夏天的炫目和慵懒，有时就像闪电，让人防不胜防。

她不由得沉下头，直到莲华伸手抵住她的下巴："你头低得太下去了。"

"已经不要紧了！谢谢！"她连忙退开。

"明明还肿得这么高……"他的语气里有掩饰不住的笑意，"回去吧，要不然芮荟那更年期女人要发疯了。"

手被莲华蓦地牵住，僵僵的手背触到少年宽大温热的掌心。从拉面铺到车站的地方，距离很短，眼睛两旁是炫耀的灯光，耳边是喧闹的声音，但她的感官都接收不到，眼里只有莲华近在咫尺的高大背影，如同她想象的那样挺拔有安全感，还有他握住她的手那样真实的触感。真的不可思议，她气恼他有时的粗鲁傲慢和视而不见，但是偶尔的温柔却会让她的心没来由地跳得飞快。

第二章

少年的心事

PART 2

这些没什么，都没什么，忍一忍就过去了……

SERENADE。

"一、二、一、二，嗒、嗒、嗒、嗒……"

排舞的大厅里，莲华正带着两排约莫十七八岁的少年排练团舞。白色紧身棉背心加宽松的亚麻色休闲裤，头上还绑着条白色毛巾，头发全包在里面，几乎快让人认不出他。

苏兰坐在一旁静静地望着莲华，脸上带着浅浅的笑意。

他挑选的舞曲始终带着一股摇滚的味道，鼓点和贝司像是在彼此战斗一般。还是他偏爱的节奏酣畅的舞步，夹着快速的出拳、闪电的回旋。动作利落，姿态舒展，眼神尤其凌厉。

一个潇洒利落的后空翻！绷紧的身体向后弯曲的那一瞬间，竟叫人不由血脉贲张！不少跑过来观看的舞女和小姐激动地叫好。这样的翻转动作，只有他可以做到两只脚同时落地。

起身，迈左脚，右腿向后刷地一撤，颓唐又帅气地单膝跪下，头桀骜地昂起，汗水顺着眼角流下来，凝在他扬起的下颌，沿着拉伸的漂亮曲线一路下滑，直到被他身上的热气蒸发。

最后一个动作，让他看起来仿佛一头蹲踞的猎豹，那样火热的轻喘、剧烈起伏的胸膛……

苏兰目不转睛地望着莲华，猛烈的心跳越来越不受控制……

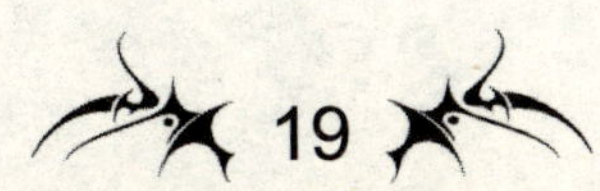

音乐声戛然而止，莲华站起身来，又恢复他一派轻松的模样：“好了，现在还有没有人搞不懂？”

“我！”一个少年嬉笑着举手，凑过去可爱兮兮地问，“队长，要怎么才可以跳得像你一样 SEXY 啊？”

周围嘘声四起，这小子长着一张娃娃脸，还一天到晚嚷着要变性感。

“SEXY？”莲华好笑地看着他。

“嗯！”少年点头如捣蒜。

“什么性不性感？你给我正经一点！”莲华直接奉送一个爆栗，无辜的少年就地筛了一下，可怜巴巴地思索着是怎么把队长给惹火的。

“乖乖跳好你的舞，”莲华取下头巾，朝少年逗趣地挑了挑眉，“说不定我哪天高兴了就慢慢调教你一下。”

周围的小子们跟着起哄：“喂？莲华，怎么个调教法啊？”

“好不好也一起调教一下我们嘛？！”

苏兰忍不住笑起来，莲华这个恶劣的家伙，还一副很老练的样子，根本就是在欺负人嘛！开玩笑拜托也有个限度好不好！看着莲华和那帮同样少不更事的小子们打打闹闹，苏兰无奈地摇头，真搞不懂 SERENADE 的 BOSS 大人为什么要允许这个不正经的家伙胡作非为，还叫他来带这帮小子？他哪里是当哥哥的料啊。

“这不是苏兰吗？”

一个久违的调侃的声音在耳畔响起，苏兰心里不自觉涌起一股厌恶。

ALEX 来到她身旁，一脸吃惊地笑道：“你毕业后不是去工作了吗？怎么又跑回来了？”

“我的事情不用你管。”苏兰冷冷地起身，这家伙恶心的嘴脸，一看就反胃。

“我们也算老相识了，叙叙旧都不给面子？”

苏兰轻蔑地瞥他一眼：“我没什么好跟你这变态说的！”

“哦，对了！”面对苏兰的背影，ALEX 像是突然想起什么，“我无意中发现了一些有趣的事情哦！你不想听听？”

“你留着自己去意淫吧！”

“许志，似乎有个哥哥啊……”ALEX 在身后用诱惑的语气说道。

苏兰猛地转身，眼睛里写满了愤怒和紧张，她小心看了一眼还在远处手把手指导舞蹈的莲华，尽力压制着心里的火气，沉声问：“你到底想干什么？！”

“没什么，我只不过是……”ALEX 瞥了远处的莲华一眼，一脸想入非非的表情，“太喜欢他了，所以想多了解一些他的事情而已。他的朋友我每个都想了解，包括你也一样……"他伸出修长的手臂，搭在苏兰头侧，带着猥琐的笑意。

"变态！不许你再靠近莲华！"

"你又能做什么呢？我喜欢的只是他一个，我的敌人也只有他一个而已。其实在他心里，除了那个人，你们都不算什么吧？所以对于我来讲，你们也一样无足轻重。"

正在苏兰不知如何反驳的时候，一条毛巾狠狠摔过来，啪的一声打在 ALEX 手臂上。

鸦雀无声的大厅里，莲华冷酷地睨着 ALEX，幽蓝的眼睛里迸出狼一般暴戾的寒光。

"呵呵，我们的莲华生气了。"ALEX 抓起那条毛巾，调侃地走过去，把毛巾挑逗地轻放在莲华沁着汗的左肩上，附在他耳边小声说，"你这个样子又在勾引人了……"

咔嚓一声！骨头脱臼的声音让在场的人不由得心惊。莲华单手紧捏住 ALEX 不规矩的右手，施加在手腕处的力道让 ALEX 的手腕整个充血，手掌一片苍白。剧痛让 ALEX 忍不住皱眉。

"要是再让我看见你骚扰学姐，我就让你这辈子都在轮椅上度过。"低沉的嗓音，认真的威胁，冷峻得完全不似一个十七岁的少年。

"呵呵，"ALEX 嗤笑的声音有些不稳，"你果然跟我一样视法律为无物啊。"

莲华不屑地甩开他的手："滚远点。"然后丢下那条毛巾，拉上苏兰头也不回地离开。

休息室里，KENT 气愤地挥着拳头："ALEX 那浑蛋，真想一拳打翻他！为什么 BOSS 不把这家伙赶出去啊！"

"因为 BOSS 也是个变态。"莲华靠在沙发上随意啜了口啤酒。

苏兰、小志和 KENT 都一声不吭地盯着他。

莲华干笑一声："干吗啦！我是开玩笑的！"

小志抚着胸口："吓死我了！不过那个 ALEX 是怎么回事啊？"他还是搞不太清楚状况，只晓得那个男人是个同性恋。

莲华警惕地看了小志一眼，把易拉罐往桌上一磕："以后我们在一起都不要聊那个疯子好不好？！"

虽然是说"好不好"，但众人都听得出他霸道的口吻。

"我有个问题。"见大家都安静下来，莲华忽然举手，一脸八卦地转向 KENT，"喂，

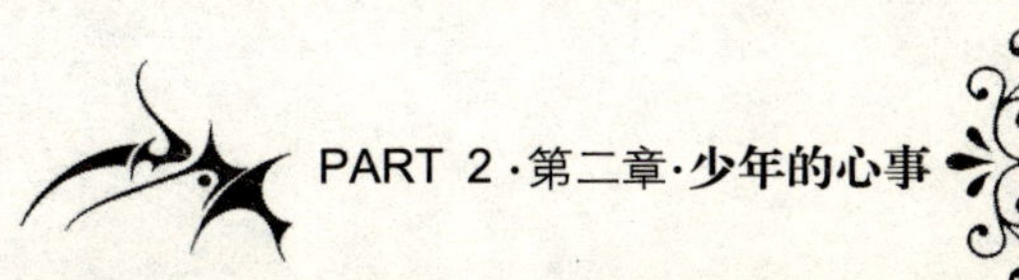

KENT，你有没有交过女朋友？”

苏兰和小志吃了一惊，也跟着好奇地转向 KENT。

“我？”KENT 一时舌头打结，不过很快就恢复镇静，气势颇足地回答道，“当然！我是什么人物？怎么可能没交过女友？你这问题问得真低级！”

小志急忙打探：“是什么样的女孩？”

“当然是很可爱的女孩！水汪汪的大眼睛，樱桃小嘴，总之是天使面孔魔鬼身材！”KENT 乐呵呵地遐想着。

“哦？”苏兰不以为然地白了他一眼，“那你们是怎么分手的？”

KENT 黑着一张脸：“你干吗专戳人家痛处?！”

“你们第一次约会都干什么？”莲华穷追不舍地问。

KENT 正准备乱诌，忽然发觉莲华兴奋得很不正常。

“喂，莲华，你干吗突然问这个？”

小志激动地接道：“莲华哥你该不是在和谁交往吧?！”

苏兰心头一颤，一面装作若无其事地喝啤酒，一面不露声色地打量着莲华的反应。

“嗯。”莲华含糊地笑着，低头啜了口酒。

KENT 和小志蓦地傻愣住。

“你们干吗这种表情？”莲华有点摸不着头脑。

那两人夸张地对望一眼，好半天才大惊失色地叫起来。

“真的假的?！”KENT 一脸难以置信，调侃道，“你不是同性恋吗？”

雷霆一脚踹得 KENT 面前的茶几猛地一震！

小志两眼放光地追问：“是谁?！那个女孩是谁？”

“反正你们不认识。”莲华轻笑着耸耸肩。

“那是个什么样的女孩？有没有我的女友漂亮？”KENT 凑过来，“你喜欢的一定是身材惹火的那种吧？”

“我什么时候喜欢过身材惹火的？”莲华没好气地白他一眼，若有所思地支着下巴，“不过，倒是真没怎么注意她的身材。”

“什么？居然都让你忽视了？”KENT 遗憾地大叹了口气，“那她的身材一定没什么搞头了！那长什么样子？正不正点?！”

“嗯……”莲华笑着，回答得含含糊糊。

“喂，‘嗯’到底是正点还是不正点啊？”KENT 笑得贼兮兮的，“哦，我知道了！一定是长得像你的苏兰学姐这样的！”

苏兰和莲华都尴尬地愣住。

最后是莲华恼怒地拍了 KENT 一下："胡说什么？！"

"是那个捡到恺撒的女孩吗？"苏兰出声问道，一颗心七上八下。

想不到莲华承认得异常干脆："不愧是学姐啊！你怎么猜到的？厉害！"

苏兰脸上的笑容保持得很勉强。果然……其实她一早就有所察觉了，如果那个女孩不是很特别的话，莲华是不会允许她把那样脏兮兮的小狗放在他衣帽里的，如果那个叫然美的女孩不是很特别的话，他也就不会在看见她惊慌落泪的时候露出那样在意又怜爱的眼神。

"女孩子怎么可能喜欢去游戏厅？你要把人家闷死啊？！"

"哎？游戏厅里也有很多女孩子啊！"莲华一脸困惑，"要不然要去哪儿？"

KENT 忍无可忍地白他一眼，这家伙好像除了打电玩、赛车，就是玩摇滚。

"笨蛋啊！女孩子最喜欢的是逛商场！你去太平洋看看，那里的女孩子保证比游戏厅多！你的任务，就是帮她们提大包小包的东西！"

"不对不对！"小志一个劲摆手，"女孩子也不是都喜欢逛商场啦，动物园啊，游乐园啊，或是公园啊，都不错嘛！"

听着莲华、KENT 还有小志叽里呱啦的讨论，苏兰蓦地出声："其实，如果是真正喜欢你的女孩子，不管你带她去什么地方她都不会介意的。"

莲华愣了半晌，小声问："真的？"

"嗯，真的。"苏兰强颜欢笑道，"因为我也是女孩子啊，所以知道女孩子的心思。如果真的是自己很喜欢的男生，不管他带我去哪里，我都会觉得很开心，只要是……"她小心地抬头望向莲华。

灯光下，莲华投射在她身上的专注眼神，竟让她呼吸急促，尽管知道这样的眼神并不是因为她。

"学姐？"莲华蹙眉，有点按捺不住地轻声问，"只要是什么？"

苏兰深深地凝视着他："只要是……在他身边，无论他带我去哪里我都愿意。"

莲华看着她，唇角微微勾起。

"哇噻！"KENT 一把搂过苏兰，"没想到苏兰你也这么痴情啊！谁要是当你的男朋友那可真是好福气啊！"

"学姐的男朋友一定要经过我审查合格才可以。"莲华霸道地说着，朝嘴巴里扔了一瓣橘子。

"那你看我合不合适？"KENT 一本正经地直起腰。

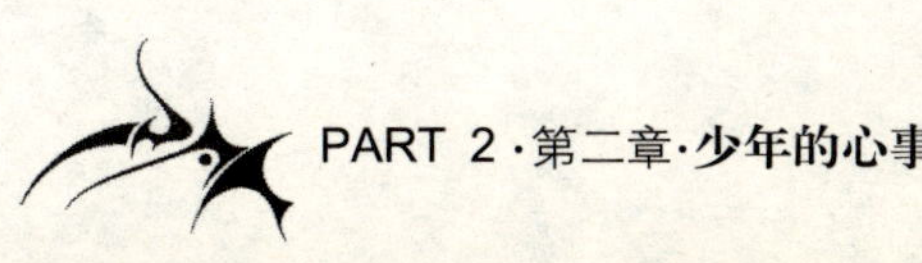

“你？先把欠我的钱还了再说吧！”

从SERENADE出来已经快十一点了。

莲华、苏兰和小志路过一条巷子时，听见里面传来几个少年的声音。

“喂，流光，我们可是把你当朋友的，现在需要你帮忙，你怎么可以这样？”

沈流光？这个熟悉的名字让莲华不由得停下脚步，虚着眼睛望向深巷的尽头。

月光下，隐约看得清里面三五个叼着烟的人影，唯一一个没有抽烟的高挑身影被那几个少年围在里面。

“我不想再去干那种事了，上次明明说好是最后一次的。”回话的少年似乎很不愿意。

莲华愣住，这个声音，的确是沈流光。

“喊！真是！不想帮忙就算了，找这么多理由！”那几个少年不屑地瞧了流光一眼，扔下烟转身欲离开。

“亏我们还当你是兄弟……”

他们走了没几步，流光突然艰难地出声：“等一下！”

几个不良少年不动声色地挑眉，停住脚步。

“我帮你们，但这是最后一次。”流光沉了口气。

“对了嘛！这才是我们认识的流光嘛！”他们笑逐颜开地倒转回来，手搭在流光肩上用力地搂了搂，刚才还冷到冰点的气氛转眼一团和气。

这些浑蛋家伙！莲华不由得厌恶地皱眉。

“怎么了？莲华？”苏兰纳闷地顺着莲华看的方向望去，流光正被那群少年簇拥着离开。

“哦，没什么。”莲华无所谓地耸肩，“我们走吧。”

“莲华哥！”小志在自动贩卖机那儿买来两罐热饮，一杯递给苏兰，一杯给莲华，“喝这个解解酒吧！”

喝这个解解酒。

一瞬间，莲华呆愣住了。那一次他醉酒惹麻烦的时候，那个人也是一脸温和的笑，递给他一杯热饮。

“喝这个解解酒。”

“多管闲事。”他没好气地挥开那杯冒气的咖啡。在十四岁的莲华眼里，没把对手打得趴下就被人硬拉着逃走简直是一种耻辱，“你知不知道你这么做让我丢脸死了。”

“知道。”那个人居然还是一脸客气的笑。

酒气蒸腾上来，莲华抡起拳头毫不客气地挥过去。

拳头结实地吻上那个人的小腹。看到那个纤细的家伙力不可支地摔在电线杆上，莲华吓了一跳，火气倏地更大了：“喂！你干吗不躲啊?！”一面火冒三丈，一面又紧张万分地去扶他。

“这不是正好吗?反正你不过是想找个什么人出气，那不如出在我身上好了。”疼得冒虚汗的家伙，竟然还是这么温和地笑着，“而且我还随时可以送货上门，你什么时候不爽了想揍人，直接打个电话来就好了。”

那样的笑容莫名地让人心疼，“白痴。”莲华轻嗤一声，疲惫地坐在他身旁，拳头轻轻捶了捶身旁人的肩头，“你这么弱不禁风的家伙，我还没打过瘾你就玩完了。”

“呵呵，那真是不好意思啊。我居然没用到这种地步，连当个沙袋都不够格呢。”身边的人仰头望着自夜空降下的零星雪片，咯咯地笑着，“那该怎么办呢？”

“什么怎么办？”莲华不解地问。

“你要揍人，可是我又不经揍啊。这样你不是会很困扰吗？”

“的确啊……”莲华也双手向后撑在地上，无聊地抬头看着夜空，“那我只好稍微克制一下了。”

“稍微？”

“喂喂，你不要得寸进尺啊！我已经做了最大限度的让步了！稍微就是稍微！”莲华转头凶巴巴地睨着他。

“哦，那就稍微吧。”

……

什么稍微?有你在身边我根本一次都没有打爽过。莲华不禁在心中笑着抱怨。那个家伙，就是像那样一下一下狡猾地束缚住他的。后来就是想干坏事，也怎么都干不成了。

“莲华？”苏兰诧异地望着出神的莲华。

“学姐，小志，你们先走吧。”他忽然转身，“我还有些事情要办，等我十二点给你们电话！”说着，挥了个手飞快地往回跑去。

“莲华哥——”

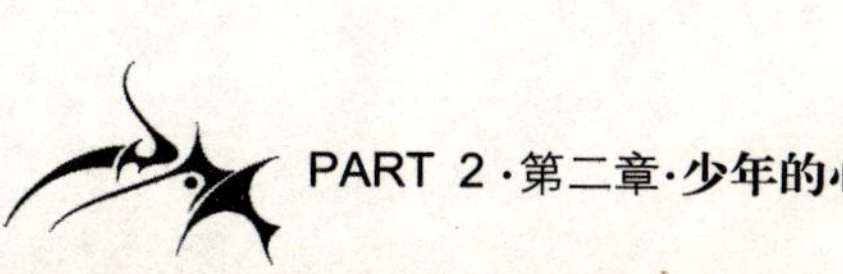

流光和那群不良少年来到日光饭店的地下车库。

“看到了吧，就是那辆宝马！把它偷到卖个好价钱就可以把钱还清了！”

“你没问题吧，流光，这种事情你很擅长的嘛。”

流光定睛看了一下那辆白色宝马，听着耳边兴奋激动的小声嘀咕，点了个头：“东西呢？”

“哦。”有人连忙把盗车的全套精密仪器递给流光。

“帮我看好。”这么说着，流光溜过去，蹲在车旁，开始低头熟练地剪切报警线。

一行人屏息看着他。

流光只是埋头处理那些乱七八糟的报警线，根本没留意身后的动静，直到听到“咔嚓”很轻的一声，流光敏感地回身，只见一帮身穿校服的男学生手持数码相机得意地站在他身后不远处，脸上是得逞又狂妄的笑。

“没想到你居然干这种事啊，沈流光。”为首的男生把相机交给身后的人，走到流光跟前，弯腰睨着他，“我们运气还真好呢！居然把你逮个正着！”

“糟了！那帮星奇的家伙是什么时候钻出来的？”躲在一旁的那几个不良少年见状不妙，对方手里已有了证据，也顾不了那么多了，迅速转身溜走。

流光站起来，冷冷地回视星奇的众人。

星奇的老大吹了声口哨：“架子倒不小啊，沈流光，你说，如果我们把相片寄给警察局，会发生什么好玩的事啊？我看你肯定不是头一回干这种事了吧？那些条子叔叔们说不定正想方设法找你呢？你会被退学吧，不过，看你的样子，退学好像也没什么大不了的哈！”他回头对他的手下喊话，“喂！记得把相片多打印几张，每个警察局都寄一份去啊！我们的沈流光同学根本不在乎啊！哈哈……”

在一群人放肆的笑声中，流光木讷地望着他们手里挥动的相机，“不……”他在乎，至少现在的他很在乎！

“什么？”那个微弱的“不”字，听在星奇的人耳朵里，竟显得越发好笑。

“要怎么样才肯把底片给我？！”流光突然冷冷地低吼。

在场的人都不由得怔住。

半晌，星奇的老大才恶狠狠地开口：“想要我们把底片还给你？可以！只要你不还手，让我们好好揍一顿，马上还给你！”

“只这样？”流光不屑地笑，“好啊，那放马过来吧，我不会还手的。”

这样的反应叫星奇的人格外吃惊。

“真不知道你葫芦里卖的什么药！”为首的男生嗤了一声，“不过，你既然这么乖，我们也就不客气了，大家都给我上啊！！”

眨眼间，拳头一个又一个地落在流光身上，他被人猛地踢翻在地，眼角掠过那些接踵而来的拳脚，疯狂而凶猛地砸在他纤细的身体上。

手腕无力地落在地上，那根漂亮的银色手链在微弱的光线下折射出璀璨的光，温柔地映在流光眼里。他忍着遍体鳞伤，却连一声呻吟都没有。

“呵呵，挨打的感觉如何啊？！沈流光！”

“你的那帮兄弟呢？！怎么都没一个来救你？！”

“呜！漂亮的沈流光，居然被我们揍成这样，真是可怜啊，哈哈！！”

这些没什么，都没什么，忍一忍就过去了……

“真难看，一堆欧吉桑欺负一个小朋友。”

空旷的停车场传来一声揶揄的冷笑。

星奇的众人纳闷地停下来，转头，看清站在六七米开外、一身黑色的莲华。

星奇的老大皱眉努嘴，警惕地盯住危险的闯入者：“真是冤家路窄啊，东林什么时候跟风华串通一气了？怎么？莲华，你狼帮的兄弟都没跟你在一起？”在确定附近的确只有莲华一人以后，他狡猾地咧开嘴，难得两大冤家都落到他手上，岂可便宜了他们，“啧啧，要怪就怪你自己太不识时务……”他朝两边招了招手，手下的人集体狞笑着，慢慢朝莲华包抄而来。

以一对十，完全是一边倒的阵势！

电光火石间，莲华突然发动，一脚踹翻迎面而来的第一人，又一拳扫在跟进者脸上，短短的十几秒时间，笔直地杀了过来！目标是阵地后方的星奇的老大！

星奇的老大难以置信地看着眼前忽然逼近、杀气腾腾的莲华。“妈的！”他看准时机挥出钢棍——

莲华劈手握住粗重的钢棍，顺势朝对手的胸狠狠捅过去！“嗵”的一声闷响，星奇的老大狼狈地向后摔出去！莲华大步跨上前，把人提起来，一把箍住对方的脖子，用力一扳！

“嘎！！”被制住的老大狼狈地歪着脑袋，吃痛却发不出丁点声音。

“把那玩意儿扔过来！”莲华朝对面手持相机的人扬扬下巴。

星奇的人还迟疑着。

“你的手下好婆妈，我可没耐心的！”莲华低下头，冷笑着拍拍星奇的老大的脸。

感到莲华圈住自己的手臂有一丝放松，星奇的老大颇不甘心地，几乎是用气声命令

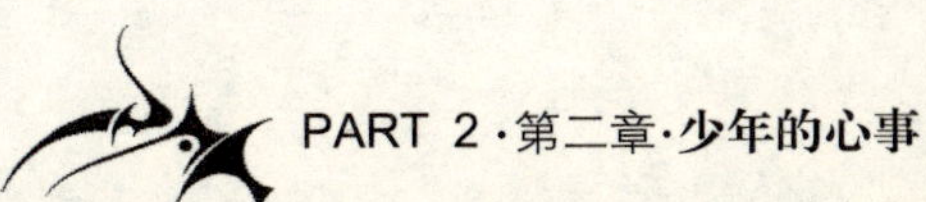

道："照这浑蛋的话做……"

相机被抛了过来，莲华单手接住："谢了。"他挟着人质退到流光那边，粗鲁地用脚蹭了蹭地上的流光，"喂，没死就吭一声！"

"你才死了……"流光有气无力地哼了一声。

莲华环视了一下星奇的众人，把押着的人一把扔过去。星奇的人被他们的老大一撞，忙着去扶人。

"快跑！！"两个人非常有默契地转身就跑。

星奇的老大下巴已经脱臼，只能一面难过地抓着喉咙，一面大力挥手。

他的手下立刻兵分几路围追过去。

两个帅气的男生，鼓点般的脚步声回响在偌大的停车场。

一口气冲到出口前的最后一个拐角，却看见出口那里已经有星奇的人在把守，莲华敏捷地收回脚，一把拉住流光的胳膊把他拽到一旁。

"这边！"

他们来到一辆中古车旁，莲华正要一拳敲碎车窗，举起的手蓦地被人捏住。

转头，一个戴墨镜的"大叔"正捂住了流光的嘴，一脸狡猾的笑。

"莲华，沈流光，又在干什么坏事？真是哪里有你们哪里就不得安宁啊！"墨镜大叔摇头晃脑地说着，一把反扭住莲华的胳膊，往后面用力一拽。

"我现在又没干坏事！"莲华吃痛地皱眉。

"纠正一下，是正准备干但被抓住了。"

"这车本来就是我朋友的！我回头跟他招呼一声就行了……"

墨镜大叔不由得嗤笑：妈的，还是这么鬼话连篇。他拍拍引擎盖："不好意思，这车跟了我五年了。"

正说着，身后的流光趁他不留神忽然挣脱开来，一拳向他扫过来。

啪的一下！墨镜大叔竟头也没回就单手牢牢拽住流光的手腕。

"居然连风华的沈流光同学也成了你的新同伙了？"他瞧了眼身后的流光，又挑眉看向莲华，"不过说起来，你们两个还真是臭味相投，一定相见恨晚吧！"

莲华的样子闷闷的，眼神不由得飘向流光，刚才，那小子明明是可以一个人跑掉的。

墨镜大叔不动声色地笑了一下。这两个男生，好像都是属于那种最棘手的类型：乱讲义气的小子。

莲华和流光被押上墨镜大叔的车子，车子一路驶向警察局，莲华瞥了眼身旁的流光，流光的脸色似乎很不好，一语不发地埋着头。

“喂！别带我们去警察局。”莲华踹了一脚驾驶席，“除此之外你要玩什么我们都陪你。”

“呵呵，你是在跟警官我说话吗？警察局对你们来说应该亲切得像家才对吧？”墨镜大叔调侃道。

“反正你们每次都证据不足，到头来还不是空忙一场。某些人不过是想找个机会收拾我一下而已。”莲华靠在坐椅上，挑眉看了眼驾驶镜里的人，“如果是那样，随便找个隐蔽的地方就可以了。”

“不过这相机该怎么办呢？”条子大叔向后举了举手中的 CANON 数码相机，“我还很好奇里面都照了些什么呢？”

流光一脸紧张地望着那个银白的相机。

“呵呵，那个呀……”莲华狡猾一笑，突然伸手一把夺回相机。

“喂！！”条子大叔惊异地回头，不是给他铐了手铐的吗？（滥用职权的家伙。）

看见莲华迅速想要销毁证据，墨镜大叔吹了声口哨：“是在找这个吗？”他手里夹着那块 SD 卡。

莲华泄气地倒在椅背上。

不过车子并没驶向警察局，而是停在郊外的公园边。

“好了，都下车吧。”

莲华和流光不得要领地对望了一眼。

墨镜大叔把 SD 卡拿在手心，煞有介事地瞧来瞧去，其间，那个一头乌黑鬈发的男生一刻不离地盯着他，好像随时都会扑过来狠狠啃他一口似的。墨镜大叔撇嘴耸了下肩，把存储卡丢到流光怀里。

流光难以置信地抬头看了一眼咧开嘴笑的墨镜大叔。

“不要那样看着我，小子，谁稀罕你的破玩意儿啊？”墨镜大叔掏了掏耳朵，“不过，不管里面是什么，以后都不要再干同样的事了。你不想让爱你的人担心吧。”

流光低下头，心不甘情不愿地说了声“谢谢”。

“一个人回去没问题吧？”墨镜大叔伸手揉揉流光的头发。这小子看不出来还是蛮可爱的嘛！“对了，你母亲好几次来警察局找你，你再不回去，你家里人恐怕就该登寻人启事了。”

“不要随便乱摸人家，欧吉桑！”流光执拗地甩开他，头也不回地转身离开，依旧是

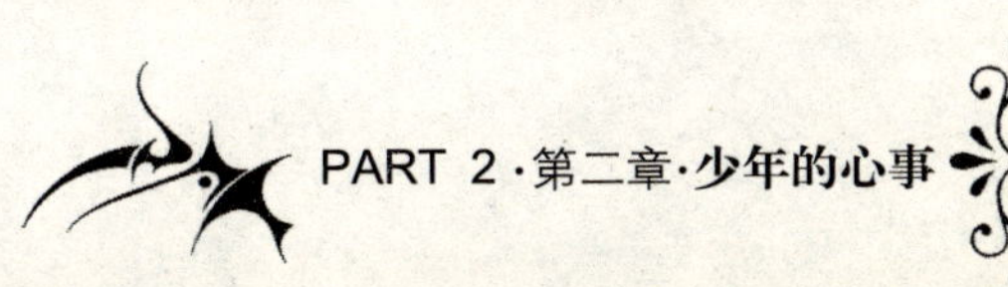

一副相当不爽的样子。

"沈流光！"好像忘了重要的事情，莲华突然喊他。

听到身后的喊声，流光怔了一下，突然以百米冲刺的速度跑起来。背后，莲华果然不甘心地喊道："浑蛋！你欠我人情啊！！"

望着那个落寞的背影，莲华耸耸肩，正要离开，却被墨镜大叔一把摁得坐在引擎盖上。

"别忙着闪，我还有话跟你说。"墨镜大叔点了一支烟。

"什么话非要把我带到这么偏僻的地方来说？"莲华不正经地搔搔胳膊，"我可是已经有女朋友了。"

墨镜大叔抽了口烟，没答理莲华的调侃："你小子最近过得还不错吧？"

"不怎么样，借我点钱花花吧。"

听口气应该是过得不错了，墨镜大叔点上一支烟："还在夜总会打工？"

"怎么啦？欧吉桑，"莲华背靠那辆中古车，无聊地瞥他一眼，"我可没从事色情交易。"

"哦，是，你是S型的，这年头还是M型的比较吃香。"墨镜大叔兀自点点头。

"我说大叔，为什么你们一个个老缠着我不放？我真的好烦！求你高抬贵手别再来找我了好不好？"

"没办法啊，谁叫你是第一个把我踢得骨折的小子？"墨镜大叔拍拍莲华的脸，"我对你那副毫无人性的模样还真是念念不忘啊！"

"你现在不是已经活蹦乱跳了吗？"莲华轻嗤一声。

"别这么紧张，我们也算老朋友了吧，只不过突然遇上你，就顺便想看看你最近都在干什么。"墨镜大叔拍了拍莲华的肩，想起莲华刚才在车库偷车的那一幕，若有所思地偷瞄他一眼，"毕竟现在许夜已经不在了，老实说，我对你有点不放心。"

心里忽然咯噔一下，紧得难受。那个名字的提及让莲华的目光不由自主晃了一下。

"我要走了。"他忽然起身，冷漠地撇开墨镜大叔，"深更半夜跟一个老处男站在林子里有点可怕。"他煞有介事地搓搓手臂，坏笑着瞟了墨镜大叔一眼，两手揣在衣兜里径直往夜色尽头走去。

墨镜大叔望了莲华的背影良久，蓦地高声喊："我打赌你女朋友一定很可爱吧！"

莲华没有停下脚步，摆摆手，月光下，又恢复到漫不经心的步伐。

回到单身宿舍的时候，莲华已是一身疲倦。短暂的一个晚上，竟然发生这么多琐事，遇上这么多不该遇上的人，想起这么多不该想起的东西。

打开门的那一刻，眼前的景象让他傻了眼。

房间里一片狼藉，地板上、沙发上，衣服和杂志被撕扯得到处都是，有一瞬间他简直怀疑是不是家里来了强盗，不过转念一想，这个房子里又没什么好偷的东西，再说，这种作风不像是强盗，倒像是疯子。

火冒三丈地循着低低的吠声望去，果不出所料，恺撒那家伙正趴在他的床上龇牙咧嘴地咬着床单和被子。

莲华的眼睛里是即将喷发的愤怒。

恺撒似乎这才发现站在门口两眼冒火的莲华，它盯了他两秒，然后低下头继续津津有味地咬起来。

一本杂志朝恺撒劈头盖脸地掷来，正中它的脑袋！

恺撒冷冷地抬起头，面向莲华站立的方向。

"给我滚下来。"莲华冷冷地睨着床上的恺撒。

恺撒鼻子里不屑地哼了一声，充耳不闻。

莲华的手指紧紧攥起来，火大地吼："叫你滚下来你听到没有！！"然后一个箭步冲过去，把一床乱七八糟的东西死命蒙在恺撒头上！

一场人狗大战还是照例惊醒了隔壁和对面的几户人家。

等到莲华终于把恺撒赶到自己的地盘，才倒在床上松了口气。

累死了！为什么会突然觉得自己活得这么累啊！

眼神无意飘到沙发的一角，蓦地被定住——

一把白色的电吉他静静地倒在地板上。

他惊慌地爬起来，蹲下去扶起那把许久未碰过的乐器。

手指碰触到冰凉的外壳那一瞬间，好像有一道电流从指间猛蹿上来，心脏又被紧紧箍住！视线死死地黏在那漂亮光滑的表面上，仿佛灵魂被蛊惑了一般。

从把它封在房间角落的那时开始，时间长得让他几乎已经忘了它的存在，忘了它的样子。

恺撒在一旁不明所以地叫唤了一声，唤回莲华涣散的注意力。他手忙脚乱地收拾好那里的东西，捡起被扯到地上的布，慌乱地盖在那把卑微地靠在墙角的电吉他身上，然后转身走进洗手间。

恺撒跟在后面，在洗手间门口望着莲华弯下腰，一手拿着冷水管，就这么把冰凉的水使劲浇在头发上。

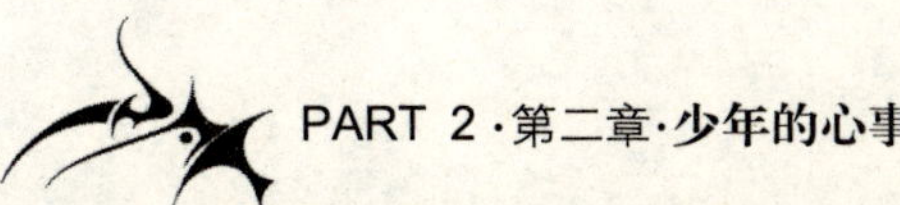

水哗啦啦地冲湿他茶色的头发，冲出一缕缕服帖的深色，冲刷着干净精致的面孔，湿发贴在耳鬓、纠结着他桀骜蹙起的眉。那双幽蓝的眼睛紧闭着，使得睫毛显得不可思议地长而密。

哗啦啦……安静的夜里忽然只剩耳边单调的水声。

十二点。

莲华擦着湿漉漉的头发走出来，疲惫地坐在床边，毛巾颓唐地搭在脑袋上，暗淡的目光落在枕边的手机上，忽然才记起要给小志和苏兰打电话的。他拿起手机，PASS 过一个又一个名字，苏兰的，小志的……直到停在一个名字上：

然美……

仅仅是看着这个名字，心便渐渐安定下来。什么时候，塞满了摇滚、飙车、游戏、篮球的世界突然多出这个名字？他特许它存在的权利，默许它在心中慢慢地扩大着领域。

湿润的唇边勾起一抹恬静的笑。突然，很想听听她说话。

电话接通，那头传来女孩浅淡的声音：

“喂？莲华？”

“你还没睡？”他的声音变得不可思议的柔和，柔和得连他自己都不敢相信。恺撒一脸惊讶地盯着他。

“嗯，还没。……对不起！”

“？”

“我刚刚才洗完你的衣服。本来之前就洗好了的，但是后来取下来的时候不小心又掉到地上了，对不起……”女孩的声音很抱歉。

“笨蛋，你不说我又不会知道。”心情突然间变得很舒服，胸口有点痒痒的感觉，莲华笑着倒在床上，“那件衣服送给你。”他心血来潮地说。

“咦？为什么？”然美纳闷，这样不等于白洗了吗？

“没有为什么，我就是想送给你。”这样的声音，几乎是一种暧昧的浅吟。

电话那头的人似乎呆愣住，莲华在脑袋里毫不费力地想象着然美脸红的样子。

“以后你也可以穿那件 T 恤，如果闲着没事干就拿出来叠一叠洗一洗什么的，总之你要好好爱惜它，就像我帮你照顾恺撒一样……”

恺撒立即站起来汪汪地抗议。

“嗯。”然美轻轻地答应，“对了，莲华，明天，我们约在什么地方见面啊？”

“当然是我去接你。”

“哎？”然美忙说，“这样不太好吧。”让家里人知道她在和男生交往的话，一定会有很多麻烦的，“我们还是约个地方碰面吧。”

莲华无奈地叹了口气：“好吧，那就约在彩虹天桥，你找得到那个地方吗？”

“嗯，还好那个地方我找得到。”然美的声音带着些庆幸。

“是吗？那你知道关于那个地方的传说吗？”莲华挑了挑眉，这个知其然不知其所以然的单纯然美。

“传说？”她果然一脸茫然。

“嗯，传说曾有一对热恋的情侣……”

莲华一面说着，一面伸手摁灭了床边的台灯。房间里只剩下静悄悄的黑暗，恺撒嘤唔一声趴在地板上，毛茸茸的耳朵因为莲华的低声絮语一动一动，如水的月光在地板上静静地铺散开来。

第三章

糟糕的约会

PART 3

某个人的愿望实现时，那孩子正在哭泣……

星期六。

在闹钟不依不饶的响声中然美疲倦地撑起来。眼睛有肿胀的感觉，她挪了挪腿，不出所料，酸酸的。

昨天下午和流光糊涂地跑到城市的边缘，晚上被猎监督着跑了一个街区(因为就要测验八百米了)，睡觉前又一个人蹲在阳台上全手工地搓洗完莲华的衣服。

一倒在床上她就想不顾一切地沉沉睡去，虽然后来也睡得很熟很香，但一早起来还是觉得睡意浓重得睁不开眼。

今天的约会，绝不可以让莲华看见她这么瞌睡的样子啊！她坐在床上使劲眨了眨一对熊猫眼。

彩虹天桥是他们约定的地方。关于这个天桥有个不怎么美丽的传说，据说曾有一对热恋的情侣在桥下被车撞死，从那之后，凡是一起到过这座天桥的情侣都会因为那对情侣的诅咒而最后分离。不过正因为这个传说的缘故，这里倒成了许多不信邪的情侣约会时一定会选的碰面的地方。

莲华显然也是不信邪的。所以他约然美在这个被诅咒的地点见面，而且还要顺便告诉她关于这个天桥的传说。

“这样啊……”手机那边的然美打着哈欠，强打精神听着他的话。

“然美，你会不会害怕？”莲华倒在床上，一只脚搭在床边，欺负着床下熟睡的恺撒。

“我不害怕啊……”昏昏欲睡的然美已经听不太清他说的什么。

“没关系，如果害怕我们可以考虑换个地方碰头。”他很体贴地补充。

“……为什么要害怕呢？”她迷迷糊糊地问。

“你没有听我说话吗？在那里约会的情侣最后都会被诅咒。”他用有点凉飕飕的声音说道。

“我们不会被诅咒的。”

莲华愣了愣，嘴角勾起一丝不易察觉的笑。

“嘟……”

“喂？喂?！然美……”

就在然美一面赶路，一面想着该怎么跟莲华解释她昨天不小心关机的时候，莲华的身影映入了她的眼帘。

他背倚着天桥的扶手，穿着白色外套、深蓝牛仔裤，还是一贯的简单、清爽，却不失帅气。茶色的头发微微翘着，远远看上去是那么俊美宜人，一点也不像实际上的“恶劣”、“自恋”、“野性难驯”外加“乱七八糟”。

莲华环抱双臂，好整以暇地等着听然美的解释，等到的却是让他哭笑不得的“抱歉，那个时候我太困了，手一松，手机就滑到床下了”。

这样的回答让他真不晓得该做何表情的好，只能这么把眼前一脸歉疚的少女盯着。

然美小心翼翼地抬头瞄他。

莲华还是老样子，生气的时候头昂成一个嚣张又漂亮的角度。平时在外人看来也许有点冷酷也说不定。不过此刻，那眼眸中流转的幽蓝让人不由得深呼吸。微风撩起细细的茶色发丝，在那双诱人的猫眼前晃荡，长长的头发不小心触到紧抿的唇，让人忽然想要伸手拂去那缕调皮的茶色。

“这么看着我干吗？”见然美走神，莲华似笑非笑地问。

“因为你好看啊……”下意识地冲口而出后，然美才猛然发觉自己说了句多么叫人难堪的话。

莲华脸上扬起霸道又暧昧的笑，然后收拾起玩味的表情：

“即使好看也不能这么随便让你看。”尽管努力板着一张脸，微扬的嘴角还是泄露了一丝玩世不恭。

“呃？”然美错愕地望着他。

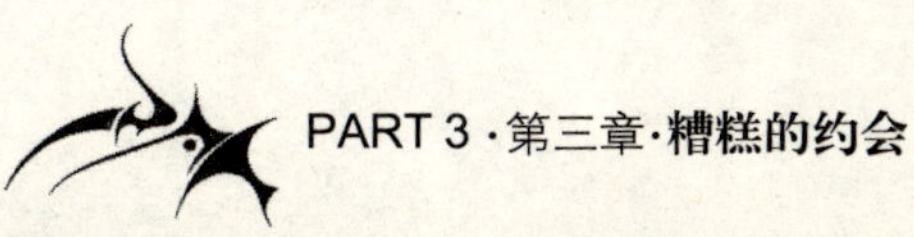

“还想看？！”他一把捂住然美的眼睛！可是，是错觉吗？为什么刚才好像看到他的脸居然有一点红？

因为然美说自己实在没有特别想去的地方，于是莲华就很大方地说：“那么去我喜欢去的地方吧。”

他喜欢去的地方，是电玩城。

周末的电玩城热闹非常，到处是快乐的学生情侣，围在夹娃娃机前，或是嘻嘻哈哈地凑在一起照大头贴。一向以为电玩城是男生来的地方，没想到这里居然也有这么多女生。然美惊讶地四下打量。

一大堆银亮的游戏币在莲华手里跳来跳去：“想玩什么？”

“那个，我不太会玩这些啊。”所以也就是说，没什么特别想玩的。

无助的眼神被莲华直接忽视了。那家伙四下望了望，发现游戏厅中央的一个位置围满了加油呐喊的人，俨然整个电玩城的风暴中心。

问了一下才知道，原来是时下最火的情侣射击游戏。

“情侣射击？”莲华一副兴致勃勃的样子。

“啊，就是情侣双打的射击游戏，有积分记录的，积分第一的那对情侣可以得到价值不菲的奖品和招待券呢！”一个男生兴奋地向他们介绍道，“现在八成是秋和堂在打吧，他们已经保持了两个月的积分第一记录了！不简单啊！”

“是吗？”莲华朝人群中央望去，一脸跃跃欲试，“然美，我们过去。”

就知道他会这么说，然美只得推拒：“不行的，我完全一窍不……”下一秒她便明白，莲华认定的事情，哪有她说不的机会。

在众人的赞叹声中，秋和堂又创下了新的积分记录。名叫堂的高大男生得意地把枪放下，眼神有点轻蔑。只要他们在场，几乎没人敢来挑战。就在他转身想招呼他的搭档回去的时候，却出乎意料地看到了新的挑战者——

茶色头发的俊美少年和他身边腼腆清纯的黑发少女。

“是来挑战的吗？”秋激动地看着穿过人群走来的帅哥，跑去拉住莲华和然美的手，“欢迎欢迎！我和哥哥已经很久没遇到敌手了！”

“哎？真没有想到！”看着眼前不到十五岁的女孩，莲华露出夸张的吃惊表情，“竟然是这么可爱的小姐！”他弯下脑袋，依然是狐狸样地笑。

堂显然很不满莲华的轻浮态度，声音冷冷地响起：“正好，我也很想看看两位的水平。”他两手环抱，口气里挑衅的意味很浓。

莲华看了下屏幕上的积分记录，94687012。他自信地笑笑，走过去，单手拿起插槽里的AK47，又选了把麦林枪递给一旁的然美。

“我真的不行……”然美犹豫地摇头。

“没关系，先来练习一下好了，我教你。”选好练习模式，莲华站到然美身后，抬起她的双臂，“看见土鳖鳖的敌人就扣动扳机，如果是穿得花哨的人质就不要开枪。枪要像我这样握住，因为模拟的后坐力有点强，所以你最好是双手握住。”

他宽大有力的手重叠在她的手背上，有种异样的热度，说话的声音就在她头顶那么近的地方，她整个人被莲华结实的双臂圈在里面，僵僵的，却热热的。

“开枪！”

随着莲华的指示，然美笨拙地扣动扳机，银白的枪在她手里很厉害地震动了一下，她毫无防备地往后缩了一小步。

头顶不偏不倚地碰到莲华的下颔。

“好了，就这么简单。”莲华把枪放进她怀里，对她鼓励地笑，“你就随便辅助我一下。如果实在不行就都交给我。你只要站在旁边，当我的幸运女神就好。”他朝她眨了下眼，“我会保护你。”

他的声音里有一种奇特的叫人安心的力量，然美呆呆地望着他，听到自己胸中扑通扑通的心跳。

屏幕闪烁，莲华架起枪，微虚着眼，神情认真起来。

SENCE ONE！

READY？

GO！

轻松地举枪瞄准，从一开始就一枪又一枪，弹无虚发！

然美目睹着场景不停地切换，从车库到电梯，从喷水池到屋顶，再到夜空中的直升机混战，她听到身边一下又一下有节奏的射击声和上膛声。所有瞄准她的敌人，密密麻麻，都被莲华毫不留情地一一消灭。有许多次，当两边无法兼顾的时候，他几乎是本能地优先保护她。这样他自己就难免“光荣负伤”了。

当然，每次替她挨了枪，那家伙的表情总免不了小小地得意一番。

但是，然美看着屏幕旁的HP槽，他真的遵照诺言，没有让她受一丁点伤。

积分令人瞠目地一路狂飙！所有围观的人都难以置信地睁大眼，游戏进程还不到一半，积分竟已达到79004560！叫好声一浪高过一浪！一旁的秋也跟着呐喊助威起来，搞得堂的脸色越发难看。

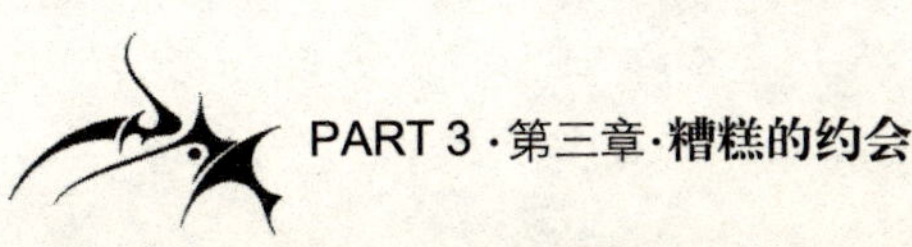

不到五分钟的时间，这个突然出现的俊酷男孩已经旋风般席卷了游戏中心所有人的注意力。

WELL DONE！DOUBLE GUNS AVAILABLE！

屏幕提示现在可以使用双枪。

两把 DESERT EAGLE 弹出插槽。

见到莲华随手的 GUN FLIPPING，围观者中有几人不禁叫出声来。

“他会不会，是‘少禁’的那个……”几个年轻人望了眼莲华高大的背影，面面相觑。

双枪在手，莲华的射击，旋即变成一场华丽的表演——挺拔紧绷的身体，左右开弓的酣畅射击，一气呵成的上膛换匣，专注起来偶尔抿一下唇的动作透着抹奇特的性感，引得许多观看的女生啧啧惊叹！

不知是什么时候，四周的叫好声已震耳欲聋，现场气氛热烈至极！而莲华明显享受其中，有点飘飘然起来。

屏幕角落挤进一个不显眼的袭击者，枪口对准了莲华所在的方向。

“啊！小心！”然美下意识地扣动了扳机！

子弹顺利命中敌人，莲华则盯着屏幕里那个倒下的人影，半天回不过神来。

然美也被自己的首枪告捷吓了一跳，见莲华困惑地瞅着她，她对他的反应也一头雾水。

身后着急的众人一个劲地叫喊，他们好像全都听不见。

“干吗突然开枪？吓了我一跳。”莲华看了她良久，突兀地开口，神情里压抑着一抹古怪的笑意。

“他要偷袭你。那个时候情况紧急，我来不及通知……”看到那个家伙瞄准莲华的时候，她很自然地就开枪了。

“其实我早看见那家伙了。”他镇定自若地比了比屏幕。

“呃？”然美呆住，这么说，自己干了件多余的事？不过那个时候实在没想这么多啊。

莲华带着奇怪的笑凝视了她一会儿，蓦地恍然喊道：“糟了！！”

伴随着众人惋惜的叹息，转过头去的莲华，只来得及看到屏幕上最后一发子弹命中自己，然后一个血染的 GAME OVER 慢慢浮现上来。

原以为没拿到第一，莲华应该会很不高兴才对的，可是从游戏厅出来，他的情绪看起来倒是好得很。

真是个叫人摸不透的家伙呢。

CD 店里，正播放着电影《NANA》里的插曲。

莲华跟着然美在一排排 CD 架间穿来穿去，最后，女孩的目光落到架子上一张不起眼的单曲上，是宇多田光的《谁的心愿成真时》。“总算找到了。”她庆幸地取下碟。

“你喜欢 UTADA？”

“以前我对这些根本一窍不通呢，是嘉夜推荐给我的。”然美静静地看着手里的 CD 封面，声音里带着一丝叹息，“莲华，你知道这首歌的歌词吗？”

……

某个人的愿望实现时那孩子正在哭泣

大家的愿望?无法同时实现

……

是这样吧。因为当她的心愿成真时，却带给了猎意想不到的烦恼。情不自禁地这么想着，有一瞬，她的目光变得有一点黯然。

“不要这个。”身边的莲华忽然霸道地从她手上拿过 CD 放回架上，转而取下另一张塞到她怀里，“这才适合你。”

然美诧异地端详手里的 CD，竟是“猫的报恩”的 OST。她呆呆地望着半是霸道半是狡猾的莲华，半天回不过神来。

“呀！！”随着什么碟啪地掉到地上，身后传来两个女生惊讶的叫声。

然美和莲华纳闷地转身。

两个戴运动帽的女生难以置信地盯着莲华，眼睛里满是兴奋的光：

“啊！你是不是 ROOF BAND 的主唱？！”

大概是她们嗓门太大的缘故，然美发觉似乎整间店里不少人都向他们投来好奇的眼光。

“ROOF BAND？”莲华满脸困惑，“那是什么？”

“胡说！你根本就是吧！”两个女生跑过来，激动地上下打量着高挑帅气的莲华，“哇噻！你不戴墨镜的样子好帅啊！”她们心潮澎湃地说着，竟要摸出手机拍照。

“喂！”莲华完全没料到还有这一出，眼明手快地伸手握住两个女生的手机，“听着，你们认错人了！”

“好吧，不拍也可以！那下一次 LIVE 的时间和地点可以告诉我们吧！”

莲华没辙，闷闷地诌道：“老时间，老地方。”

就这样，直到两个热情过头的女生依依不舍地离开，他才松了口气。

"ROOF BAND?"然美喃喃地念道,"屋顶乐队吗?"真是好名字,有一种无比开阔的感觉。

"嗯,"莲华的手指在一排 CD 上无聊地画着圈圈,忽然神经兮兮地凑拢来,"听说那个乐队的主唱长得很帅!"

"是吗?"然美抬头,"可是你刚才不是说你不知道 ROOF BAND 是什么吗?"

"哦?我那么说的?啊,NICE BODY!"手指移到 BRITNEY 的新专辑封面上,难以想象俊美的他居然也会做出那种不顾形象要流口水的表情。

竟然装傻啊?然美有点哭笑不得:"莲华,你真的跟那个主唱长得很像?"

"大概吧,好像每个人都这么说……"这家伙,其实是自鸣得意吧!

然美狐疑地盯着他,小声问了句:"……该不会你其实就是吧?"

莲华愣了一下没吱声,机械地转过头来,目光忽然落在然美手里的 CD 上。不晓得什么时候,他给她挑的那张 CD 居然又被她换回宇多田光的了!"怎么又……"

"哦,"然美不好意思地抿嘴,"我还是觉得想要这张……"

莲华发觉自己已经找不出语言来形容了。

"咔嚓。"早上十点半,猎房间的门才姗姗打开。

看见猎睡眼矇眬地走出来,兰姨连忙热情地迎上去:"少爷,想吃点什么啊?"

"随便。"猎还是老样子,不冷不热地应了一声,眼皮重重地耷拉着,头发也是乱蓬蓬的,天气凉了,他还记得套上了一件宽大的睡衣。

兰姨乐呵呵地趁机打量了下由于没睡醒所以没工夫跟她计较的猎,转身下楼忙活去了。

留下猎单独一人站在过道里,眉头依旧桀骜地皱着,样子有点烦躁,眼光稍稍左偏,落在然美紧闭的房门上。

"对不起,明天早上和莲华约好了,所以晨跑能不能暂停一天?"昨天夜里,当他和她一起从石板道回来时,她好像是顾虑了很久才小心地开口。

猎愣了一下,尽量让自己显得自然:"随便你,晨跑的又不是我。"他加快脚步朝前走,将然美远远地甩在后面。望着猎冷酷的背影,然美的表情有点不解和委屈。

今天一大早,猎躺在床上听着她开门下楼的声音。既然如此,他也就更没有早起的理由了,于是便抱住被子,蒙头睡到现在。

这么想着的时候,他已经不由自主地打开了然美的房门。

简单的陈设,浅蓝色调,几乎还保持着之前父亲为她准备时的模样。猎默默地站在房间的中央，这是他第一次进到“姐姐”的房间，对他而言仿佛是另一个世界。他的目光顺着床、写字台和浅蓝的窗帘一一移动。房间里有淡淡的她的气息，一种格外温暖的气息。

“你是属猪的还是属牛的？”傍晚，猎环抱双臂站在树下，望着跑得疲惫不堪的然美。

“哎？”然美一面弯下腰大口喘气，一面抬起头来，“我和你一样的啊。”他们都是同一年出生的，她只不过比猎大三个月而已。

“我是说，”猎加重语气，恼火不已地瞪着她，“你居然跑得这么慢！就是用走也比你跑得快！”

“对不起……”然美只顾得上喘气了。

猎没再说什么，望着女孩蹲下的身子，他的眼光有点迷惑，真的这么累吗？不过区区八百米吧！女孩子真的都这么脆弱？她好像……虚弱得连话都说不了了。

好不容易稳下呼吸，然美捋了捋潮湿的头发，抬头望向猎：“猎，这次我跑了多少？”

突然之间看见她潮红的面容，猎呆怔住。

“猎？”

“差到我不想说。”他双手揣进兜里，板着脸这么说。

然美抱着膝盖蹲在地上，苦恼地皱着眉头。真的差到那种地步？

颀长的身影笼罩在她头顶上，她抬头，猎提了提裤腿，在她面前蹲下。

她感到他这么动作时扇起了一阵风，猎的身上总有一种赛车的味道，淡淡的火一样的味道，却一点不令人讨厌。夕阳的光照在他微卷的淡褐色头发上，仿佛火焰在燃烧。

“把手给我。”火一般的猎，却说着冷冰冰的话。

“哦。”然美呆呆地把手伸过去，猎修长的手指轻轻把着她的脉搏。

然美一眨不眨地观察猎的表情，发觉他的眉头皱得越来越紧。

“怎么这么快?!”猎抬眼盯着然美，一脸难以置信。她的脉搏居然快到他算不出来。

“很……快吗？”然美提心吊胆地问。这说明什么啊？

他看着她，眼里有生气，也有埋怨。这个笨蛋然美，即使用全力跑也只能如此吗？不过看来这真的已经是她的极限了。

他站起来，上下打量着然美：“你跑步的姿势不对，紧绷绷的，手脚都没放开。”

然美点头，仔细聆听老师的教诲。说起来，要是能像猎或是莲华一样，跑起步来那么潇洒帅气就好了。

猎双手插在裤兜里，略想了片刻：“那么，先从跑阶梯开始吧。”他示意不远处一坡

蔚为壮观的石阶。

然美只得硬着头皮上。

按照猎的要求,阶梯要两级两级地跑。然美一股脑儿地闷跑,等到两腿麻木、眼冒金星的时候,突然脚底一滑,整个人眼看着向后栽倒。

还没等她有机会惊呼,猎已经从身后稳稳地托住她。

然美悬着的心突地落了地:猎,原来他一直都跟在她身后的吗?

"你只管向前跑就行了。"猎不太温柔地将她扶正,硬邦邦地说,"不会让你摔倒的。"

然美笑着点点头,又鼓起劲儿一路向上,心里不由得有一丝感动。

虽然态度依旧不太好,但这样的猎,也可以算得上温柔了吧……

夜色降临,跑完步后,猎陪她静静地坐在路灯下的长椅上休息,两人中间隔着段不大也不小的距离。

然美迟疑着站起来。

"你要干吗?"身边的猎冷冷出声。

"哦,我到那边去买两瓶水来。"然美指着街对面的超市。

"坐下。"猎起身,把她按在座位上坐好,"我去买。"

然美只好目送猎的背影,心中有点歉然。

对面的超市门前,猎一手拿着两罐饮料,另一只手付了钱。然美抿嘴想象着他不苟言笑、拽拽酷酷的样子。

"小猎!"正在猎朝这边走来时,身后有个欧巴桑叫住他。

听到这个古怪肉麻的称呼,猎颇不爽地循声望去。

是他常光顾的那家拉面店的老板娘,略发福的女人朝然美这边望了一眼,笑得别有意味:"啊,那个是你女朋友吗?呵呵,你们看起来很般配哦!"男孩高大英俊,女孩腼腆清纯,呵,放在一起说不出的养眼哪!

猎默然地望了一眼街对面不知情的然美,"是吗?"他回答的声音不可思议地低沉。

"我是头一次见到啊!下次记得一起来我店里照顾生意哦!"欧巴桑乐滋滋地说完,挥挥手告辞。

欧巴桑走后很久,猎就这么站在街的这头,一动不动,直直地望着然美,灼热的目光即使在浓重的夜色里,即使隔了一条不算窄的街,依然强烈到叫人无法忽视。然美不明所以地站在那头,呆呆地回望着他。

一辆巴士驶来,猎的影像在突然闪烁的车灯下,那一瞬间,竟显得那么孤傲而忧伤。

“你要哪罐？”

“呃，我喝柠檬的好了。”然美不自然地说，对刚才窥到的猎的神情还耿耿于怀。

猎轻松地拉开饮料，递给她，在她身边坐下。

然美抱着饮料喝了一阵，正准备说“我们回去吧”，身旁的猎忽然皱眉出声：“这个橙汁味真是恶心死了。”

“哎？很难喝吗？”

“我们换回来吧。”猎侧头看向她手中的柠檬茶，用一种毫无商量余地的口气说。

“可是……我已经喝过了……”

“没关系。”猎说着，不由分说拿走她手里的柠檬茶，仰头大口喝起来。

然美傻乎乎地望着她的弟弟痛饮的模样，望着柠檬茶顺着他的咽喉不断滑下去，察觉到他的样子又开始变得奇怪了。仿佛发泄，又仿佛仪式一般，他沉浸在一种难以名状的极端情绪里，火焰在他散发着热的体内越烧越旺，偶尔一两名路人，不由得被月光下少年身上那种美丽的癫狂吸引。

“猎！”然美情不自禁地拉住他的臂弯，想要阻止他继续喝下去。

直到猎停下来，低头望着她的手，她才意识到猎喝的只是茶，不是酒。

望着猎的眼睛，竟发觉它们是湿润的，他的唇上残留着她刚喝过的柠檬茶。

“放开我。”她滑稽的关心，等到的是猎冰凉的三个字。

然美不知所措，她不晓得在这样尴尬的情况下该说些什么。

“陆然美，你为什么要让我拿走饮料？”猎的目光紧紧抓着她。他喝的只是柠檬茶，但他的样子却和醉了没什么两样。

“你不是说……”

“你不许这么看着我！不许碰我！不许把你喝过的、碰过的、用过的东西拿给我！”猎的嗓音，从低哑到低吼，胸膛剧烈地起伏，他的手指箍成了拳头，指甲狠狠掐进肉里。

她赶紧放开了拽住他的手。

猎的神情，骤然间变得更加落寞，有什么在他桀骜的身体里疯狂撕裂着。他忍无可忍地站起来，将手中的易拉罐捏扁了，愤恨地扔进路边的垃圾箱里。

不公平！从他出生的那刻起，他就是一个人，突然有一天，一个他根本未曾谋面的女孩闯进他的生活，他被强迫着要叫她姐姐，要把她当成姐姐一样，永远只能以那种眼光来看她！

既然不可能，又为什么要待在他身边?！为什么不消失？为什么不干脆从这个世界

上彻底消失?!

一切的一切,都是因为父亲,因为他年轻时犯下的错误,所以他的儿子就得替他承受这些难以名状的痛苦。

"少爷!您的早餐!"

兰姨渐渐靠近的声音打断了猎的回忆,他蓦然发现自己竟坐在然美的床上,手里拿着她搁在床头的相框。

"少爷?"兰姨站在猎的房门外,敲了敲门,奇怪里面没人回应。

猎立即站起来走到门边,兰姨正一面叫他的名字一面走下楼去。

高帅的身子背贴着然美的房门,头向后轻轻搁在冰凉的门板上,漂亮的眼睫毛虚弱地垂着。映在猎漆黑的瞳孔里,这房间的幻象,如同它的主人一样有着弹指即破的脆弱感,那种仿佛稍微用力就会失去的温柔,让他不由得想要紧紧拥住。闭上眼,双手徒劳地环抱着自己冰冷的身子,一丝很沉的叹息从猎冷酷紧抿的唇间溢出,这一刻,他感觉到了不可思议的罪恶和疲惫。

下午一点。

公园里,然美默默地跟在莲华身后。自他们从拉面铺出来后,莲华就一直是这个样子,板着脸一语不发,即使迟钝的她也感觉得到气氛不对劲。

他们就这样沿着公园的林荫小道一路走着,听着小鸟在头顶和树丛里清脆鸣叫。路人不时打量这对奇怪的"情侣"——俊美的男孩一个人走在前面,表情冷漠;女孩则卑微地跟在后头,望着男生的背影,神情有点困惑不安。

手机铃声响起,莲华站住,然美收步不及,差点闷头撞到他背上。

莲华有点烦躁地接了手机:"喂?"

"莲华,你现在在哪儿?有空没?"

然美拘谨地站在后面,莲华眼角的余光瞥了她一眼,闷闷地回复KENT:"嗯,有空,什么事?"

"BOSS让你马上回SERENADE一趟!"

"好。"他答应下来,合上手机。

然美从背后望着莲华英挺冷漠的背影,心头有东西轻轻垮下去,不晓得是失落还是什么,似乎被伤害了……

"我得回打工的地方。"莲华转身对她说。

“……嗯，好。”

“你自己能回去吧？”

“可以，没关系。”她还是尽量笑。

莲华幽蓝的眼睛锁定她，直到她的目光糊里糊涂地闪躲起来。

“那边就是车站，自己小心。”莲华扔下这句话，从她身边擦身而过，态度轻慢得好像他和她其实是千古仇人。

然美就这么被晾在后头，莲华冷冰冰的语气让她完全摸不着头脑。

莲华步伐坚定，一直快步走到然美看不见的地方，犹豫着停下来，回头。

透过一层层树枝的缝隙，他瞥到了那个迟钝女孩的背影，在阳光下有一点点晃眼。她还站在那个地方，一动不动，没有掉头走，也没有想要追过来，看不见她的表情，这让莲华莫名其妙一阵心烦。

又耐着性子观望了一会儿，见然美那笨蛋依旧没有反应，他终于头也不回地离开。

那个笨蛋然美，不觉得自己做得有点过分了吗？亏他在小吃店里跑来跑去地买这买那，回头一看，座位上竟然已空空如也，那个可恶的然美居然连一声招呼也不打就不见了！找了半天，结果是在店门口跟一个叫什么“俊仁哥哥”的聊得火热！

要是他没记错的话，这样的情况好像已经不是第一次了！

那他算什么啊？

她的保镖还是她养的狗？！

然美呆呆地站在原地，蹙着眉头，脑袋里好像在嗡嗡作响。她这两天似乎接二连三地做错事啊！

“对不起。”身后有人迟疑地开口。

然美回头，一个中年男子微笑着问：“请问你知道天堂酒店怎么走吗？”

“嗯，”她指着公园的一条大道，“你顺着这条路一直往前走，出了公园再往左拐，沿着一条上坡的岔道走上去，一直走到一个十字路口，酒店就在十字路口不远，一眼就可以看见了。”

“呃，对不起，”中年男子露出为难的样子，“我还是有点搞不太明白……小姐，你现在有空吗？可以麻烦你带我去吗？”

见这位大伯好像蛮急的样子，然美欣然点头：“嗯，我带你去吧。”

“哈，太好了！谢谢啊！”大伯一脸庆幸地跟上然美，走在不知情的女孩身后，他渐渐露出鬼祟的表情，同时右手不安分地往然美肩上抬……

“哎哟！”尖叫有如杀猪般凄厉，中年男人的手腕被莲华单手紧捏住，赫然扭到一个

将近骨折的角度。

然美吃惊地望着突然现身的莲华。

“放手！你……误会了！我不过在问路……”中年男子吃痛地呻吟，艰难地堆出一脸诚恳。

“哦？问路啊？”莲华甩开他的手，笑，“这一带我比她熟，你要到哪里啊？”

“天堂……酒店。”中年男子支吾着，不敢抬头去看莲华的脸。

“天堂？不知道哎，地狱我倒是知道在哪儿。”笑容里突现一道令人不寒而栗的光。

男子咽了口口水：“那……不用麻烦了，我还是自己去找吧。”说着，惊跳着逃走。

莲华锐利的眼光一直关照那家伙到消失为止。

然美隐约意识到发生了什么，难以置信地瞪大眼。

“如果你让那浑蛋把手放到你身上了，知道我会怎么做吗？”莲华回头，盯着她的眼里有压抑不住的怒气。

然美眼神呆滞，她头一次遇见这种只在电视和报纸上见到的状况，在她的家乡，性骚扰这样的事连想都不曾想过。

莲华眼中的生气最终还是被无奈取代：“喂，要是他真的把手放到你身上了，你会怎么办？”她不会一点自我保护能力都没有吧？

“我会……让他放开！”然美硬邦邦地提高声音，可一听便知中气不足。

“你开玩笑的吧？这样软绵绵的，他怎么可能放开？”莲华哭笑不得，“你应该对他说，‘我养的杜宾就在附近，小心他咬你！’”

然美抬头，莲华犀利的狼眼不知不觉又过渡到迷人的狐狸眼，他亦假亦真的神态让她禁不住动容。“莲华，”她不好意思地问，“你不是有事回去了吗？”

“我路过。”他的口气依旧不友好，转身挥了下手，“拜拜！”

“莲华！”然美小心翼翼地赶上去，“你是不是在生气？”

“当然，我在气刚才那个不长眼的二百五。”

然美迟疑了一下，最后还是说：“刚刚的事，对不起。”

莲华低头看她：“我发觉你很喜欢跟人说对不起。”

“那么……抱歉！很抱歉因为我那么没神经地把你一个人丢在店里，自己却跑到外面和朋友说话。”然美赶在莲华打断前一股脑说完，无力地笑了一下，有点无奈，更多还是抱歉，“刚刚在小吃店外那个人是俊仁哥哥，我小时候经常被欺负，是他一直照顾我，他是我最要好的邻居和朋友。在来这里之前，我有一年的时间都寄宿在他家里。我真的已经好久没看见他了，所以当时突然看见他，什么都来不及想就冲了出去。虽然如此，但这么做，真的还是很过分。换了谁都会生气的。”

倏地，莲华感到胸口被什么东西撞了一下，软软的，却该死的弄得他浑身无力。明知这女孩是在拐弯抹角地道歉，可是她的话却更像咒语，害他全身的戾气都无处发泄。

"莲华，你生气的样子，有点可爱……"

"啊？！"他吓了一跳，这女孩该不会有被虐倾向吧？

"呃，"然美顶着一脑门汗纠正，"我是想说有点'可怕'！有点'可怕'……才对！"这口误有够经典的！

大概"可怕"一词在莲华看来是个褒义词，所以他露出了一个还算满意的表情，自顾自地转身开步，走了一阵，出声道："你不会直说吗？"

"直说什么？"跟在后面的然美纳闷地问。

他憋着笑回头瞥她一眼："喜欢我对你温柔，对你笑，干吗不直说？"

然美很知足地摆手："其实也不是需要特意对我温柔对我笑啦，况且那也不符合你的性格……"

面对如此"明察秋毫"又"不求上进"的女友，莲华再度无语。

"只要别像那样发脾气就好了，或者生气的时候大声发泄出来，这样起码我知道什么地方做得不对啊。"她像个姐姐似的对他点点头，眼眸清澄，笑容明媚。

莲华虚着眼。她笑起来的一瞬间，他居然走了神。

"对了，"然美忽然想起来，"莲华，那个，是很重要的事吗？"

他清醒过来："什么很重要？"

"你不是说要回打工的地方吗？"

"……你把那个忘了吧。"

"啊？"

"我还没约会够呢。"他笑，招牌式的狐狸笑脸，却又阳光得叫人怦然心动。

于是，和莲华的约会，就这么推推搡搡没神经地进行到傍晚。

晚饭时，他领她来到一家格调轻松的小餐厅。

正要点餐，一个高大的人影来到莲华的座位边。

"真没想到在这里遇见你呢。"说话的男声里带着不太明显的猥琐笑意。

听到这个声音，莲华的脸色刷地铁青，慢慢抬起头来，神色一凛。

ALEX很厚脸皮地在他们对面坐下："不介意我和你们一起坐吧？"他礼貌地笑着，别有用心地看了一眼莲华身边的然美。

"我很介意。"莲华抓住然美的手，冷酷地站起来就要走。

ALEX伸手拦住他，满意地看着莲华幽蓝的瞳孔里瞬间升腾起狼般的暴戾。然美还没明白是怎么回事，又听见ALEX对莲华笑道："你对待前辈的态度还是这么不友好啊！不过，在你女朋友面前，还是不要把SERENADE里的那一套拿出来了吧？"

明白过来ALEX话中所指，莲华沉了口气："要一起吃饭？"他冷笑着凑拢到ALEX面前，"可以。不过账要由你来付，前辈你不会介意吧？"

在ALEX被那双魅惑的眼睛晃住下意识地想伸手过去的时候，莲华已经直起身子，居高临下睨着他。

ALEX回过神来，爽快地答应："好啊，难得你这么看得起我。"

"好，"莲华不屑地挑眉，翻到最贵的菜，递给然美，"不要客气，今天可是前辈请客。"他向ALEX甩去个鄙夷的笑。

这个充满鄙夷和敌意的笑，在ALEX眼里，依旧是要命的性感。他按捺住狂乱的心跳，一眨不眨地看着莲华，直到莲华相当不客气地给了他一记白眼。

回头看点好的餐，莲华那小子果然一点也没跟他客气，点的全是最贵的菜。

"点这么多，真怀疑你吃不吃得了。"ALEX耸了耸肩。

"没关系。"莲华悠哉地靠在椅背上，"吃不了，还可以给狗吃。"

ALEX没有动怒，只是歪嘴笑了一下。呵呵，毕竟还是个年轻气盛的小子，免不了爱逞口舌之能。尽管在同龄人中，莲华已经很成熟出色了，不管是在气势上，还是在身体上……

然美莫名其妙地看着两人，从刚才对话中便嗅到奇怪的火药味。这个"前辈"是谁？为什么莲华对他的态度竟是如此轻慢？

"忘了自我介绍了，"不顾莲华威胁的眼神，ALEX已经向然美微笑着开口，"我是莲华的舞蹈指导，叫我ALEX就可以了。"

"舞蹈指导？"然美讶异地望向身边的莲华。

"我的现代舞老师。"莲华一面埋头吃饭，一面平静干脆地接口，"我以前在他那里学过街舞和现代舞。"

"是吗？"然美有点吃惊。

ALEX对然美挤了下眼："呵呵，他的舞可是所有学员中跳得最让人喷鼻血的。"

莲华立马敛下眼警告不要脸的ALEX。

"而且，他还学过泰国那种十八禁的舞哦。"ALEX继续不要命地调侃，"对吧？什么时候表演给大家看看啊？"

泰国十八禁舞？然美的模样有点怔怔的。

"恶心的笑话。"莲华无所谓地耸耸肩。

ALEX 看了莲华一眼，朝然美伸出手："很高兴认识你，还不知道你的名字？"

"哦，我……"然美正要本能地伸手过去，却被莲华一把拉住。他的力气竟这么大，把她的手攥得紧紧的！她不禁奇怪地望向他。

"就这么告诉你名字岂不是亏大了，我们连你的真名都不知道吧？"莲华把然美的手放下来，口气恶劣地调侃 ALEX，"况且，前辈，等你的皮肤病好了再行这么老套的礼仪吧！"

皮肤病？然美又一阵茫然。

ALEX 冷哼一声："又一个恶心的笑话。"看来这小子欺人太甚的本质又出来了。

席间，偶尔一两句针锋相对、冷嘲热讽的话，其余时间，莲华有一口没一口地吃饭，然后就是一直摆弄他的手机。

晚餐进行到一半，ALEX 的手机短信铃声响起来。

ALEX 掏出手机一看，立刻明白是怎么回事。

"怎么了？"莲华撇嘴问，"该不会是有什么急事吧？"

"没什么。"ALEX 笑着欲把手机放回去，哪晓得却被莲华一把抢了过去。

看着屏幕上的短信，莲华一脸夸张的惊异："还说没有急事？你儿子得了阑尾炎等你回去拿钱开刀耶！这也叫没什么？"他煞有介事地把手机递给然美看，短信号码是 KENT 的。

ALEX 拿回手机："别开玩笑了，你知道我没有儿子。"

"谁知道？我可不知道。"莲华悠闲地斜倚在沙发上，"我只知道儿子躺在医院要痛死了，老爸还在这里叽里呱啦。"

"我没有儿子，这条短信如果不是发错了，那就是某些恶作剧的小子发来的。"ALEX 毫不介意地收好手机。

就在这时，然美的手机也急促地响起来。

看到屏幕上陌生的来电，她纳闷地接起来："喂？"

听着里面陌生的女声，然美的脸色逐渐苍白。

"流光他……受伤了？"

莲华和 ALEX 不约而同地望向紧张的然美。

然美放下手机，慌张无措地抓住莲华的手臂："莲华！流光他出了车祸！你可以带我去人和医院吗？！"

看到然美如此心急如焚，莲华的表情忽然有些难过，然而他还是点头："嗯，我带你去。"

"不如坐我的车去吧，现在这个时间搭车不方便。"ALEX 慷慨地提议道。

莲华虽然很不情愿，但看见身旁焦急的然美，也不得不妥协。

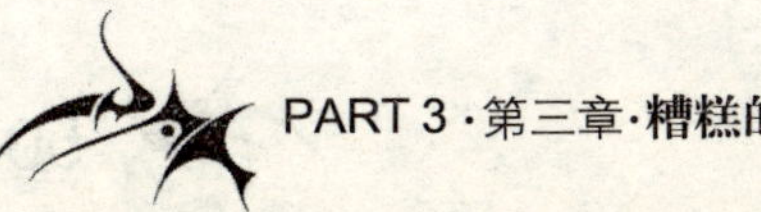

第四章

不同的夜晚

PART 4

就这么看着你睡觉，好像也不错呢。

人和医院。

“对不起，请问刚刚送来的叫流光的病人在哪里？”然美一踏进医院就直奔咨询台。

“沈流光？”护士小姐很快记起来，“太好了，我们还在愁找不到他的家人呢！你是然美对吧，他的手机上就只有你一个人的名字。”

然美听到这里，不由得怔住。

“他现在怎么样？”问话的是身边的莲华。

“被撞伤了胳膊和大腿，头有一点擦破，不过现在已经没什么大碍了，他的房间在507。”

推开507房间的门，那个纤细的男生静静地躺在一片洁白之中，缠着绷带的头偏向窗外，长长卷卷的刘海儿遮住眼睛，让人看不见他的表情，但是那个侧脸，看上去却是如此寂寞。

推门声惊扰到流光，他纳闷地转过头来，看清然美的时候，眼睛惊讶地睁得大大的。

“然美，怎么是你?！”顾不得身上的伤痛，流光欣喜地撑起来。

“别动，流光！”然美连忙过去扶住他。

流光刚想说什么，蓦地看见站在门口的莲华，一下子欲言又止。莲华也什么都没说，兀自靠在墙上，目光落在两人身上，复杂难懂。

“流光，你怎么这么不小心？怎么会发生车祸的？”

“没什么，是那个笨蛋欧吉桑啦，趁我过马路的时候朝我开过来。”流光轻松自若地推卸着责任。

也就是横穿马路吧，然美无奈地在心里叹了口气。“为什么不通知你家里人呢？”不知怎么搞的总有种不好的感觉，她问得小心翼翼。

流光还是笑得一脸灿烂：“我不想让他们担心嘛！”

“也是……”这样的回答让然美放下一颗心来。

流光看了一眼与他遥遥相隔的莲华，忽然对然美说：“然美，你有没有看见下面那个水果店啊？”

“水果店？”然美茫然，刚才一心只想着流光的安危，根本没留心附近的景物。

“我突然有点想吃水果耶，可以帮我买一些上来吗？”

“哦，好啊！”然美点点头，想吃东西对病人来说是件大好事吧！

然美从流光床边起身，却蓦地撞上莲华注视着她的灼热目光，但只有一瞬，他便将视线从她身上移开，提上暖水瓶转身朝门外走：“我去打水。”

然美的心里莫名泛起一股酸涩，说不出原因，只能模糊地感到，是因为莲华刚才不经意的眼神。

莲华闷闷地走到过道上，ALEX从后面嘲笑地看着他：“怎么了？被打发出来做苦力？”

咔嗒。莲华停下来，寒如刀芒的目光射向坐在过道里的ALEX。他朝那个男人钩了钩手指。

尽管那个手势有着羞辱的意味，ALEX还是顺从地走过去。

“呃！！”突然被莲华狠狠一脚踹在关键部位，ALEX痛得立刻弯下腰去。

莲华冷冷扬眉，把暖水瓶一下丢给他，“去打水回来。”

“你果真是S型的啊。”ALEX露出一个猥亵的笑，提起水瓶，手猛地一沉，“里面是满的啊！”

“把里面的水倒掉，再换新的回来。”莲华坐到椅子上，看也不屑看他一眼。

“呵呵，你该不会是不想待在里面看自己的女朋友跟别人卿卿我我，随便找个理由出来透口气吧？”

“说够了吗？”

“呵呵，够了，那么不打扰你生气了。”

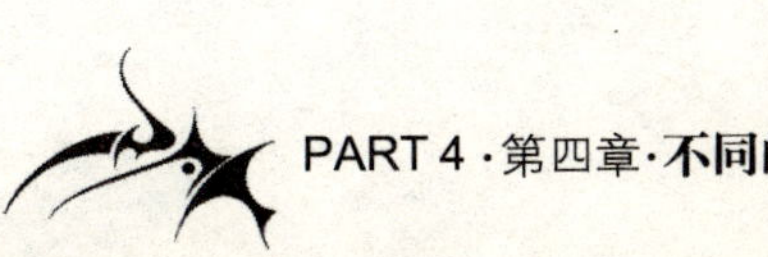

莲华走进病房，从背后关上门，定定地看着流光。

“你们果然在交往啊。”流光望着窗外，笑容落寞。

“放心，昨天晚上的事我没告诉她。”莲华两手插在裤兜里，姿态悠闲。

流光似乎压根儿没在听他说话。

“即使你是她男朋友也无所谓，”他笑得无辜，但是在莲华眼里却很欠扁，“因为那根本就不重要，重要的是，”他转过头来盯着莲华，“我和然美早在很久以前就认识了，远在她与你遇见之前。”

这句话让莲华一阵火大，他不动声色地看着流光，忽然走到病床前，手臂威胁似的抵在床头的墙上。

一瞬危险的安静。两个人不甘示弱地对视，空气里弥散着冰冷的气息。

“你慢慢说好了，”莲华俯身盯着流光，扯开嘴笑起来，“我才不会跟一个半吊子的小子计较呢。”

流光低头看了一眼手腕上的银色链子，神情无比认真，“我是不会放弃的。”

然美在这时推门进来，不解病房里冷冻的气氛。

“流光同学说绷带太紧了，让我帮他松一下。”莲华稀松平常地笑道，退开时就势在流光脸上亲了一下，“真可爱，男生你也勾引啊？”

“啊？”然美不明就里地盯着姿势亲昵的两人。

流光使劲用衣袖照着被“玷污”的地方擦了又擦。看见然美，立马恢复成阳光般的笑脸：“谢谢，然美！”他从然美手里接过一大包水果，提到病床上，“太好了，要是没有吃的，我会很困扰啊。”

ALEX敲门进来：“不好意思，我是来提醒一下，现在时间已经很晚了。”他把水瓶放在地上，瞥了一眼脸色阴沉的莲华，“别忘了你十点半还要上工。”

然美抬手看表，这才注意到竟然已经十点了。

“然美，”流光微笑着对她说，“你早点回去吧。”

“可是……”

“我一个人没关系，而且，然美你看起来好像很累了！”流光凑过来，从上往下瞅着一脸困倦的然美，脸上有一闪而逝的怜惜，但是很快就恢复到情绪高昂的笑，“你走后我就睡觉，明天一大早睁开眼睛第一个看见的会是然美，对吧？所以你也要早点休息好一大早来看我啊！”

不规则的阴影投射到白色的绷带和黑色的鬈发上，那样的笑容，看在然美眼里，越是坚强却奇怪地越是脆弱。她下定决心，转向莲华：“莲华，你先回去吧，我留下来陪流光。”

流光从背后有点吃惊地望着然美。

莲华愣了一下，忽然认真地说：“我也要留下来。”

不仅是然美，连流光和ALEX都吃了一惊，他的眼神和语气一点也不像是在说笑。

然美望着莲华，半晌，听见他蓦地笑起来：“我开玩笑的。”声音很轻很轻，轻得像悄然裂开的玻璃，“那我走了。”

“莲华！”然美赶到门外。

过道上，莲华的背影离她几步之遥，帮她挡住清冷的风。就在她不晓得该说什么的时候，莲华脱下自己白色的外套，回头递给她：“把衣服披上。”

“咦？不用了，你只穿一件T恤怎么行？”

“你怎么这么不解风情！”莲华生气地把衣服强行披在然美肩上。

很暖和的衣服，还有离她那么近的温暖的身体……

莲华低头帮她拢好衣服，手指摩挲着竖起的衣领，嘴边噙着淡淡的笑。

“好了。”他说着，放开她。临走前，扶着楼梯扶手，回头朝然美抛去一个调皮的媚眼，“有事打我手机，我会马上飞过来。”

然美只能这么一眨不眨地望着他，直到他拐下楼梯不见踪影。

失神的时候，楼下传来莲华渐渐远去的喊声：“笨蛋！不要一直对着楼梯口发呆！”

然美回过神，不由得笑起来，他没有生气呢，或者说，已经没有在生气了。

她放心地走进病房，微笑着坐到流光病床前：“流光，你一边睡觉我一边陪你聊天吧。”

“然美，你家里人……”流光担忧地望着她。

“不用担心，我会给他们打电话解释的。”然美苦笑，看来又得拜托明娜了。

“谢谢，然美。”白色的绷带下是虚弱又惹人怜爱的笑容。

然美默默地摇头，我答应过你啊，所以不会抛下你一个人的。

“那么然美，讲讲你小时候的事吧！”流光侧头看着她，一副兴高采烈的样子。

“小时候吗？嗯，让我想想……”

“善解人意啊！”走到医院大门口，ALEX在莲华耳边阴阳怪气地说道。

莲华充耳不闻地走到路边径直拦下一辆出租车。

ALEX心有不甘地俯到窗边：“干吗浪费……”

“SERENADE。”莲华只管告诉司机，自始至终当ALEX是个透明人。

望着计程车在小雨中开远，ALEX 笑着耸耸肩。

SERENADE。

洗手间。

本来是想进来抽烟的莲华，此刻却是在洗手槽前低头一遍遍往脸上浇冷水。

该死的 ALEX，搞得他火大！那个杀千刀的衰星！真想杀了他！如果这个世界上没有法律这种东西该多好！

拧紧水龙头，莲华两手撑在洗手槽边缘，靠近那面氤氲的镜子。

镜中少年的面孔，在微暗灯光的映射下，极其俊美却也冷酷得可怕。冰凉的水在那张脸上肆意蔓延，散发着丝丝冷气，刘海儿和耳鬓的头发被打湿了，凌乱地纠缠着。镜中的他就像一匹掉进冰窟好不容易才挣扎出来的狼。

莲华木木地伸出手去，抚摩那面朦胧的镜子。不敢相信，那样冷酷得近乎残忍的眼神是来自他自己！怎么办？他好像无论如何都无法改变这种表情。

眼角挤进一个身影，是 ALEX，莲华敏感地收回手来，用 T 恤的下摆胡乱揩干脸。

ALEX 饶有兴趣地凝望着他。

“看什么，变态佬?!”莲华极其厌恶地瞥了 ALEX 一眼，从他身边走过。

手够到门把手的时候，忽然听见 ALEX 在背后问：“许夜是谁？”

莲华僵住。

“他好像已经死了吧？”ALEX 慢慢靠近，“我听说你认识他，于是不由得联想，是不是你把他给……杀了？”

莲华猛地回身，一把提起 ALEX 的衣服，将笑得猥亵的男人哐啷一声抵在门上！

“呵呵，不会真是你杀了他吧？”看着呼吸渐急促、身体发热的莲华，ALEX 意味深长地笑。

莲华的眼中风暴弥漫，却一个字都说不出来，拼命压抑着体内那股无比强烈、嗜血的冲动！

“你看看你，”ALEX 轻笑着按下莲华紧得发抖的拳头，“别忘了你是个人，难道你真想变成野兽不成？虽然那样好像也不错……不过，要是今天那位可爱的小姐看见你现在的模样，肯定会被吓傻的。她是叫然美？真是个纯洁可人的名字……”他一副欷歔的样子挑了挑眉毛。

衣服又被霍地拽紧！

“她是不是和那个许夜有点像？我猜应该是吧，都是那么纯洁又温和的人，这种性格最容易驯服桀骜凶狠的野兽。不过，真正的野兽都是既天真又喜新厌旧的，一旦最后厌倦，就毫不念旧情地把主人一口吞掉。”在莲华狠狠的逼视下，ALEX 依然笑得轻浮，“你有没有听过一个戏剧故事，万能的上帝在自己的房里抚养了一只幼狮，他很爱它，因为他一呼唤，它就会欢快地跑到他面前，但狮子长大后就露出了兽性，不但吃掉了主人，也毁灭了他的房子和所有的一切。这个故事很有趣，是不是？”

莲华冷冷地盯了 ALEX 半晌，忽然一笑：“你讲错了。狮子没有吃掉倒霉的上帝……”他低头，瞥了眼 ALEX 的左脚，“只不过咬断他一条腿而已。”

露骨的讽刺让 ALEX 霎时白了脸，不过当莲华笑着抬起头来，他已恢复到他一贯猥亵的常态，“对了嘛，这样才像我认识的莲华嘛！你还是更适合为所欲为的活法，老实说……”他暧昧地靠近，声音低沉，“那个叫然美的女孩，一副温室花朵的样子，看了还真叫人不舒服呢。”

莲华不置可否：“我现在很不爽，ALEX。”他松下紧绷的身子，倚在门上，“你不是跟我说有办法让我很痛快吗？”

慵懒又性感的表情，那么明确的暗示，让 ALEX 的身体一阵燥热。

“我有的是让你痛快的方法……”理智退去，ALEX 两手撑在莲华肩侧，忘乎所以地靠近。

“等一下。”莲华伸手挡开他，“我可是 S 型的。”他轻笑，半眯的眼里流动过恶劣却诱人的笑意。

ALEX 露出恍然理解的表情，然后听见莲华懒洋洋地吩咐：“把皮带解下来。”

ALEX 笑着松开自己的金属皮带扣。

莲华一瞬不瞬地盯着 ALEX 解下黑色的皮带，面无表情地钩了钩手：“给我。”

“呵呵，你不会真想玩 SM 吧？”ALEX 不明所以地把皮带递到他手中。

莲华低首端详手中厚实的皮带，极慢极慢地，将它缠绕在左手手背上：“你说……这玩意儿如果用来当凶器，会怎么样？”狼一样的眼睛虚起来，危险的目光凝聚在兴奋轻颤的睫毛下。

ALEX 突然觉得有点不妙。

“还有五分钟就该上场了！该死的他跑哪儿去了?！”ANGELA 对着一帮乐手火冒三丈。

大姐大发火，KENT 赶紧起身，带着同伴出去寻人。

打莲华的手机，半天都没人接，KENT 叼着烟，恼火地砸下手机盖。

“怎么打不开啊？”

KENT 闻声望去，两个服务生正使劲儿拽着洗手间的门把手。

“怎么了？”他走过去问。

“奇怪，门好像从里面抵住了。”

“是吗？没道德的家伙！”KENT撇着嘴强烈鄙视了一个，然后挽起袖子，嗵地一下撞过去！

门弹开了。KENT踉跄地栽进来，踩了一脚水，洗手间里面传来“刷刷”很大的冲水声。KENT和另两人好奇地绕进去，蓦地被眼前的景象惊呆了！

ALEX被莲华用皮带紧紧箍住脖子，整个头被压在水池里，水流被拧至最大，正疯狂地从池子里冲泻出来，地上到处是水。看不见ALEX的表情，但他的脖子已经一片紫色，青筋突起，处在窒息的边缘。然而只要ALEX的身体还有一点挣扎，莲华施加在他头上的力道就更大！

KENT猛回过神来，大叫：“莲华！你在干什么？！”

莲华这才过瘾地撒开手。ALEX立刻像条濒死的鱼一样跌坐在地，呛到喘不过气。

背对震惊的KENT，莲华轻松地捋了捋湿透的刘海儿。“放心，”他不屑地踢了一脚被他整得半死的ALEX，“这家伙死不了。”声音里透着的兴奋喘息，让KENT身后的两个年轻服务生背脊一阵发凉。

KENT艰难地望着莲华，那种施暴以后还轻松过瘾的样子，简直冷酷得令人发指！

门外围了越来越多的人，场面有点混乱不堪。

莲华抬头，冷冷地望了眼目瞪口呆的围观者：“很好看吗？”冰冷的腔调吓得许多人立即噤声。

“呵呵……”缓过气来的ALEX突然没头没脑地笑起来，“莲华……你现在……一定觉得很痛快吧！杀人在你看来是件兴奋的事，你可以眉头都不皱一下就做出这种事！真可怜……”他仰起头来望着莲华，“那位可爱的然美小姐以后一定也会被你弄伤的……”

KENT一把拉住火气又倏地蹿上来的莲华。

“够了！你这个样子和ALEX有什么两样？”他在莲华耳边认真地说。

莲华居高临下，神色冷凝地睨着ALEX：“你最好祈祷自己能活过我满十八岁那天。”

“莲华哥！”

小志站在门外，看着眼前的惨相和ALEX脖子上被皮带勒出的吓人的淤伤，一脸的难以置信。ALEX偷笑。

看见小志惊恐的表情，这一刻，莲华简直想就地撕烂ALEX那个浑蛋！

“这个家伙早该收拾了。”走到小志跟前时，莲华故作轻松地耸耸肩。

小志的样子还是呆呆的。

不知为什么，这种目光让莲华莫名惊慌。

“干吗这样看我？”蓦地，他朝小志火大地吼，“不许你这么看我！”

当小志猛醒过神来，莲华已经扭头离开。

人和医院。

病房里静悄悄的，只隐约听得见过道里护士偶尔走动的声响。

流光慢慢睁开眼，微侧过头去，凝视着趴在床头静静睡着的然美。月光清冷地洒在洁白的床褥和然美散在脖颈间的黑发上，它们好像凝固在时间里。

他小心地掀开被子坐起来，把校服外套极轻地搭在然美背上。

就这么看着你睡觉，好像也不错呢。

嘴角勾起稚气的笑，流光傻傻地坐在床上，就这么低着头，一直盯着熟睡的女孩。月色使他本就漆黑的头发更加黑得纯粹，白色的绷带斜斜地缠在有点不修边幅的卷曲头发间。他觉得不舒服，伸手扯松绷带，却好像一不小心拉到了某道伤口，吃痛得咧嘴。

“可怕的绷带……”他一气之下打算把全部绷带都拆下来。

吱呀——病房的门被犹豫地推开。

歪着脑袋扯绷带的流光蓦地看向门口。

随着不太确定的高跟鞋的声音，一个身材纤细的美丽夫人走进房里。

流光瞪大眼睛看着她，眼神急速暗淡。

美丽的夫人迟疑着叫出他的名字：“流光……”

医院外的草坪上，流光和那位神情忧伤的夫人静静地站立着。

“有什么话就快说吧。”流光背过身不去打量身后的人，冰凉的夜风撩动他卷卷的黑发，他的声音和表情也是不可思议的冰冷。

妇人担忧地望着流光头上的伤和被风牵扯得早已松散的绷带：“绷带都松了，我帮你再包扎一下吧……”她朝流光的额头伸出手去，却被冷漠地避开。

她望着他，表情有点悲伤，流光不耐烦地瞥了她一眼，索性把头上剩余的绷带全部扯下来扔进池子里。

“流光！”女子吓得捂住嘴。

额角的伤口裂开，一阵刺痛，流光皱着眉用衣袖去擦，袖口染了一层淡淡的血渍，再擦，这次血迹更浓了，他望着殷红的血，有点搞不懂为什么它们越擦越多，于是一个劲擦拭着，直到被拉住。

“流光！求你不要这样好不好？”女子抱住他的臂弯，声音已经带着哭腔。

“为什么？”

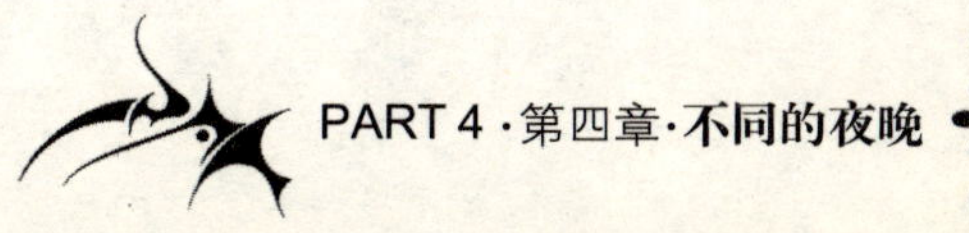

“你不要……”美丽的夫人忍不住哽咽，“你不要总是这么伤害自己好不好？”

流光困惑地睨着她，放下手来：“我是因为痛才这么做的，你要是觉得害怕，我不擦它就行了。”

他果然很乖地没有再去动他的伤口。女子凝视着他，心中一阵痛惜，流光，她的流光，从来都是这么听话的。

“流光，你还是不打算回家吗？”她小心地问。

“那里不是我的家。”

女子抬头难过地看着流光：“怎么不是？”

“我觉得我在那里就像个外星人。”他咧嘴一笑。

贵妇人一时不知该如何回话，半晌，才温和地规劝道：“其实，那些都是小事，每一个家庭都会有一点小小的误会和矛盾。流水他，”她顿了顿，寻找着合适的措辞，“其实他并不像你想的那样，他只是有一些任性，但是他本质并不坏……”

流光突然转过身，她被他紧盯的视线惊得都忘了要说什么。

流光的声音里总有着她再熟悉、喜爱不过的孩子气：“我曾告诉你的那些事，从小到大，你是不是都觉得我是在撒谎，妈妈？”

那一声许久未听到的“妈妈”让女子的心一阵揪痛：“不……”她有点语无伦次，“并不全是……”

“是吗？但那些事，其实全部都是我在撒谎，全部都是。”流光打断她，口气忽然变得轻松自若。

贵妇人怔怔地看着流光，他转头对她淡淡一笑：

“所以妈妈以后都不必再来找我了，我也不会再去打搅你们了。”

“流光……”

“我要上去了。”流光抬头望着住院部的某扇窗户，“她一个人在上面……”

“流光，为什么你就不能明白？你这样会让我多担心?！”面对固执得像个孩子的流光，贵妇人的眼圈渐渐红了。

“可是然美也会担心的。”月光下，流光的微笑恬静动人，闪亮的瞳仁里满满都是幸福的味道，“所以，我要快点回到她身边。”

女子忍着心痛，良久，缄默不语。

“我走了！”流光跑了两步，停下来朝她挥了挥手。

“流光，”贵妇人蓦地出声叫住他，“……然美，就是那个女孩吗？”

一瞬安静，然后流光微笑着点头。

第五章
真的喜欢你

PART 5

喜欢罢，爱也罢，何必要区分得那么清楚？

东林学院。

早上，然美疲乏地来到学校。

一辆摩托车刹在大门外，身后传来猎不客气的声音："喂！"

然美回头，猎取下头盔坐在车上瞪着她："你不是到明娜那里去过夜了吗？怎么她没跟你在一起？"

"那个……"然美慌张地四下打量，忽然惊喜地指着公告栏前那堆人，"哦，明娜！她跑到前面看公告去了！"

猎半信半疑地朝公告栏望去，果然看见明娜和蒋泰山挤在人群里，嚷嚷个不停。他瞥了然美一眼，下车走到她面前，蓦地伸手扳起然美的下巴。

"你的黑眼圈是怎么回事？"他虚着一只眼，有点恼怒地瞅着她。

"然美！！猎！！"正在这时，大嗓门的明娜和柔道男蒋泰山排开人群朝这边跑来。

猎迅速收回手，若无其事地插进裤兜里，走开了。

"咦？那家伙是怎么回事？"明娜目送猎远去的背影，"他在跟谁生气来着？"

然美苦笑着望向前方，猎被从人群里蹦出来的小碧扑了个正着。

明娜难看地撇着嘴："喂，蒋泰山，你们班那个小碧怎么像个棉花糖似的，一天到晚黏着猎，我都替猎觉得烦！"

"姑奶奶，那也不能怪到我头上啊！"蒋泰山一脸委屈。

"不怪你怪谁？"明娜叉腰怒视蒋泰山，"是你把那条水蛭介绍给猎的吧？！"

“嘿嘿……我起先看那女孩还蛮可爱的嘛，再说猪又没有女朋友。要找到一个这么喜欢自己的人很不容易的嘛！”

明娜又强词夺理地驳了几句，直说到蒋泰山无法吭声了才心满意足地作罢。

“对了，然美！”她这才想起正事，“你看了公告栏了吗？”

然美摇头：“有什么事吗？”

“啊！那你一定要来看！”明娜欣喜地一把牵上然美就往人堆里跑。

待她们排除万难来到公告栏前时，明娜指着相片上的人在然美耳边大声宣布：“发现一酷似莲华的极品帅哥！”

然美定睛一看，有点不敢相信自己的眼睛：“不是莲华吗？”

照片里的人从上到下一袭黑色——半长的纯黑头发、黑色衣裤、黑色露指手套，只有墨镜是渐变的茶色。虽然无论是发型还是穿着都和阳光般的莲华大相径庭，但天生微扬的唇角在然美眼里却是那样熟悉。

照片一共有三张，第一张拍得比较远，他正与一些乐手走在一起，肩上背着的乐器箱不晓得是装的电吉他还是贝司；第二张离得近了些，是侧面，他的右脚踏在矮矮的花台上，正弓着背埋头系鞋带，尽管头发遮住了脸，轮廓却依然眼熟；最后一张只有他一个人，懒洋洋地靠着墙张望，正扯着手套。

然美蓦然想起了什么，凑到第三张照片前想要仔细确定。

依稀记得，莲华的右手中指处，有一颗痣。

只可惜，照片里的人取下的却是左手的手套。

“怎么了？然美？你是不是发现了什么？”明娜连忙靠过来。

“哦，没有。”然美抱歉地笑，“只是觉得，真的好像啊，天底下竟有这么巧的事。”

“我也觉得很像啊，但一定不是他，感觉就不同，”明娜很有把握地说，“而且也有证据证明这个人不是莲华。”

“怎么证明？”

“因为莲华是个超级大音痴啊！全校皆知！他怎么可能搞音乐嘛！”

音痴？然美愣了愣，可是，音痴的话又怎么会跳舞呢？

上午第三节课，才听说莲华没有来学校。想到昨天的约会是那样的结尾，然美不由得有些歉疚，本想当面向他道歉，可是他居然没有来学校。若是以前，莲华不来学校那是再正常不过的事，但自从他们开始交往，莲华基本上每天都来学校，尽管每次都迟到得离谱。

中午吃饭前给他发了 N 条短信，也没有回复。

她最后还是给他打了电话，得到的却是对方已关机的提示音。

轻轻合上手机，却不知为什么有一点不放心。

下午五点，然美双手提着书包，站在车站，已经等了快一刻钟了，到莲华家方向的班车似乎来得不太勤。站上的人都陆陆续续上了车，只剩下她和另外三个人，一个疲惫的大叔无聊地打着哈欠，一对年轻恋人在身后嬉笑打闹。

"然美？"望眼欲穿的时候，听到身后一个半生不熟的声音叫她。

回头，上次和莲华在餐厅遇见的男人正笑着朝她走来。不晓得为什么，这个男人脸上明明挂着笑容，却让她有种阴冷的感觉。

瞥见然美拘谨的模样，ALEX 不露声色地笑了笑："怎么只有你一个人？"他一副熟络的样子，四下打量，"莲华呢？"

"啊，就我一个人。"然美尽量笑得轻松，抬头时，蓦地瞧见 ALEX 脖子上骇人的淤伤！又肿又青，粗粗的伤痕，就像正被什么蛇缠住一样。

"你的脖子！"然美一脸惊愕。

"哦，"ALEX 不自然地摸了摸脖子上的伤，"还不是莲华，真拿他没办法……"

然美刷地睁大眼，以为自己听错了："莲华？"

"没什么，反正也不是第一次了。"ALEX 抱以一个苦笑。

这次，女孩脸上的怀疑和惊骇更明显了。

ALEX 不由得皱起眉，小心地问："你……该不会什么都不知道吧？"

然美茫然地摇头。

ALEX 看了她良久，终于像是沉了口气："看来他在你面前完全不是这个样子啊。"

"你的伤，是被莲华……"心中的怀疑，她甚至都没勇气问出来。

ALEX 点头："大概是我在他心情不好的时候说了什么让他不舒服的话吧。这个伤是被粗口腰带勒成的。他生起气来就像兽类，即使你再怎么反抗也没用，只有乖乖等着他饶过你。"

然美目瞪口呆，连气都忘了出。

"虽然我是莲华的舞蹈指导，老实说连我自己也不记得我和他的关系是从什么时候变成这样的。不过你知道的，他这个人，光是看一眼就会叫人忍不住喜欢。和别人不一样，对他，有时候你几乎……无法拒绝。"ALEX 说到这里，眼里散出暧昧不清的笑意，语气变得不可思议地热切和卑微，"他冷酷起来的确让人吃不消，但是，有时他也会让你觉得非常……"他玩味般地顿了一下，"非常地离不开。这个，我想你也明白吧，"他饶有

意味地看了女孩一眼，慢慢地倾身靠近，“只不过，你总是无法预测他下一刻会做什么。他是那种前一秒会很温顺，讨你的欢心，下一秒……”他的手指滑过脖颈间那道骇人的伤痕，“眼睛也不眨一下，就能做出这种事的人。”

然美怔怔地望着眼前的男人，恐惧袭上心头，不知是因为突然听到这个骇人听闻的事实，还是因为 ALEX 阴暗危险的口气。

“哦，车来了。”ALEX 抬头朝不远处示意，“那么我先走了，如果见到他的话，记得帮我向他问个好。”他笑着摆摆手，留给然美的只有灰色的背影。

然美一个人来到莲华住的地方。

还是那样有点颓废的单身宿舍楼，一栋紧挨一栋，她只能凭模糊的记忆和感觉来确认。

应该是这栋了吧。

望着望着，她有些出神，刚刚才听到那样惊骇的言论，她却始终不愿将听见的事情同她熟悉的莲华联系起来。于是这一路上，一遍遍告诉自己，比起那个陌生可怕的男人，她有一千条相信莲华的理由。

这么想着，她小心地走进昏暗的过道，却突然被身后几道轻浮的声音叫住。

“喂，小姐！”

然美纳闷地回头，四个抽烟的男生正背光站在大门口。她看不清他们的表情，但却听得出他们的不怀好意。黑暗中直勾勾的目光叫她不舒服。

“小姐，你好像不住这里吗？”其中一个人上下打量着她，不正经地笑道，“我们以前从来没见过这么可爱的小姐呢！”

“对不起，我是来找人的！”然美说完，匆匆转身。

“等一下嘛！”刺鼻的烟味蓦地涌来，四个男生前前后后拦住她的去路。

两个男生堵在楼梯上，笑得猥亵：“你是来找谁的啊？”一面说着，一面逼近，“要不要我们带路啊？”

然美警惕地睨着他们，不由自主地后退，直到背贴到冰凉的墙：“我……是来找莲华的。”她紧紧拽着衣袖。

四个男生突然顿住，面面相觑。

“你来……找莲华？”为首的男生稍微退开了一点，小心确定道，“你认识他？”

“我是他的……同学。”

“同学？”这次连询问的语气也迥然不同了，问话的人瞪大了眼，“你知道他住这里？”

然美谨慎地点了下头：“我曾来过一次，记得好像是在这里。”

四个男生再次面面相觑。气氛一下子有点尴尬古怪。

“哦，他是住这里。”为首的男生抓了抓鼻梁，“你没走错。”

“呵呵……看见陌生人来，我们一般都要问一问。既然你是他朋友，那就……”四人抬手做了个抱歉的姿势，笑呵呵地退开，“没什么了。”

见他们退到门外，然美回过神来，连忙跑上楼。

一口气赶上来，还不时地回头看，总算摆脱了刚才的虚惊。站在莲华的门前，她刚要敲门，却发现门竟是虚掩着的。

她轻轻地推开门：“……莲华？”

门刚开了一半，一道黑影倏地扑过来，然美惊吓得连忙后退。

她退到过道上，不顾一切地带上门。

“哐！”门在千钧一发的时候关上，然美背抵在过道的墙上，捂着胸口目瞪口呆地盯着铁门，门发出哐啷哐啷的震动声和爪子抓挠门板的噪音，那个穷追不舍的庞然大物如恐怖片里一样，仿佛就要破门而出。

她咽了好大一口口水，脑袋开始充斥着不切实际的电影镜头。莲华?！该不会出了什么意外吧?！

她壮着胆子靠近了一步，门那边突然没了动静。接着，依稀听到房里一阵很暴力的声音。

“莲华！！”她一惊，慌忙握住门把手，使劲想要拽门。

门出其不意地打开，然美一个没站稳，惯性地栽进来。

“然美？”

抬头，莲华好好地站在面前，正困惑地瞅着她。他套着一件宽大的白T恤，宽松的牛仔裤，脖子上搭着一条毛巾，头发湿漉漉的，还在滴水。

在他身后，趴着一只黑白毛色、体格漂亮的哈士奇，个头已经是当初的三倍。莲华的一只脚正踩在它背上。看见然美，它优哉游哉地甩了两下尾巴，很兴奋地朝她吐着舌头。

“……恺撒！”然美难以置信地瞪大眼，那只原本巴掌大点的小狗崽忽然变得这么帅气了！

“一定是嗅到你的味道了，怪不得刚刚就那么兴奋。”莲华转过头去，没好气地瞥了

恺撒一眼。

“不过，好厉害！莲华你把它养得这么大了！”然美凑得更近些，弯下腰，脸上是惊喜的笑。

莲华蹙眉，他很不喜欢她说的话，好像他是个什么狗保姆一样，但他又很喜欢看她笑起来的样子。

“你怎么来了？”他草草擦着未干的头发，转身走进屋里。

“你今天没来学校，打手机也找不到人。”

“哦，手机？”他跪上床铺，在乱七八糟的被单里翻出手机，一看是关着的，又把它扔在枕头上，“我一天都在睡觉，所以就没开机。”他的声音有些嘶哑。

“对了，你的衣服！”然美从衣袋里取出莲华的白色外套，放到床上。

站在窗前，阳光充足了些，她抬起头来，这才看清莲华苍白的脸，嘴唇是干裂的紫色，他身上散发着沁人的凉意，模样看上去无精打采。

“莲华，你脸色看起来好差。”

“嗯？很吓人吗？”他用湿毛巾捂住自己的脸，用力地搓了又搓，“我好像还没梳头，我屋子里又没有镜子，你干吗这个时候过来？”毛巾背后传来嗡嗡的小声埋怨。

“不是啊，你是不是生病了？……那个，莲华，你把头低下来一点好吗？”

“既然难看又何必要……”还是他一贯坏坏的笑，声音却有点疲惫。

“莲华！”然美加重了语气，恳求地看着他。

莲华慢慢拿下毛巾，带着水汽的脸尽管虚弱却丝毫无法抹杀那慑人的俊美。他听话地低下头，一瞬不瞬地注视着眼神忧虑的少女，嗓音沙哑，气息却更加暧昧：“……现在低下来了，你想干什么……”

没给他套近乎的机会，凉凉的手背立刻贴上他的额头。

伴随莲华郁闷表情的是然美惊讶的声音：“你发烧了啊！而且额头烫得吓人！”

“发烧了吗？我也不知道，”他回答得懒洋洋，“今天一早起来浑身就热得不舒服，所以刚才冲了个凉……”

“冲凉?！你洗冷水澡?！”然美惊呼。

“服了你，冲凉当然是洗冷水。”

是我服了你好不好？望着跌坐进沙发完全不当一回事的莲华，然美头痛不已。天哪，他怎么会这么没常识，发了烧不但不吃药，还跑去冲凉！

莲华在沙发上闭上眼睛，身体的不适在加剧，他难受地蹙着眉头，眼看就要一头倒在沙发上。

“等等，你现在还不能睡，”然美托住他下沉的脑袋，“头发没干就睡的话醒来会头痛的，而且也容易感冒。”

“哈？”莲华仰头望她，不以为然地挑眉。

“我替你把头发吹干以后再睡吧！”然美拿起窗台边的电吹风，找到插座插上。

莲华乖乖坐起来。电吹风开启的一刹那，热热的风拂过额头，头发被轻揉着的触感有种让他眷恋的惬意，他闭上眼沉了一口气。女孩白皙纤细的手臂每一次掠过眼角，呼吸就有一丝紊乱。头顶上方，然美似乎问了些什么，然而耳朵里灌满呼呼的风声，心不在焉的莲华却并没有听见。只有那近在咫尺的体温和充实感，让他不舍地抗拒着睡意。

然美的动作有些微妙的笨拙，手指很轻很轻仿佛怕惊动莲华。是因为头一次给除了妈妈以外的人吹头发的缘故吗？还是因为对象是男生？或者因为对象是莲华？刚刚对他说，“如果太热的话就跟我说一声”。但他没有回答。也许是发烧得太难受了吧？

柔顺的头发从指间穿过，摩挲着然美的掌心。今天莲华的头发意外的是纯黑色，像夜一样浓郁纯净的黑。她注意到他头顶那个可爱固执的头发旋，奇怪地让人老有想要拨弄的冲动。无论他的头发湿成什么样子，也无论他换成什么样的发型，最后还是摆脱不了那个头发旋的“支配”。有时候甚至只是一觉起来，再精心打造的头发都得认命地恢复成少年般的不饰雕琢。

望着那个可爱的头发旋，然美不禁悄悄笑起来。

将莲华在床上安顿好，然美站在屋子中间四下打量：“家里应该有感冒药什么的吧？”转过身，莲华的苍白虚弱让她有点不知所措。

“衣柜里好像有。”莲华裹在被窝里，气息微弱地说。

“哦，你等一等！”

莲华歪着脑袋，勉强半眯的眼里映着跪在柜子前心急如焚的然美的背影。虽然身体难受得要命，心里却有种奇怪的痒痒的感觉。

“然美……”

“什么？”然美一面忙着找药，一面回他。

“我真的不记得那是什么药了，可能是老鼠药也说不定……”

不会吧？然美欲哭无泪地转过头来，莲华软绵绵地躺在被子里，孩子样脆弱。

她站起来，决定下楼去买药，刚走到门口，就瞥见地板上和一堆 CD 碟混在一起的感冒药。

庆幸的同时，是对莲华生活状态更加的不放心。

好不容易才让莲华服了药。

“怎么搞的？身体好像又开始发冷。我该不会是得了什么绝症吧？”

“只不过是发烧啊！”然美为他盖紧被子，“所以下一次发烧的时候请你有点常识，不要再去冲凉了。”虽然是对他强调，声音却体贴地放得很轻。

“对了，”莲华有点在意地问，“你上来的时候有没有遇到什么麻烦？”

然美想了想，摇头。

莲华眉心皱起，受不了地叹了口气：“你撒谎的时候脸绷得像僵尸。”

“唔……是有几个人，”然美只得交代，看了看窗外，一笑而过，“不过没什么，我说是来找你的，然后他们就让我上楼了。”

“真的没有对你做什么？手啊，脚啊，有没有什么乱七八糟的动作？”

“真的没什么，我很好。毫发无伤！”

“怎么会？你这么蠢，他们怎么可能放过你？”莲华狐疑地上下打量她，有点不敢相信。

然美满脸黑线！无话可说。

“你是怎么跟他们说的？说是我的……女朋友？”莲华有点期待地挑眉。

然美微红了脸，目光闪烁着将被子往莲华脸上一盖，笨拙地转移话题：“不要说话了，你赶快睡下吧！”

莲华笑着看了她许久，倦怠地闭上眼。

然美坐在床边，静静地看护着他。除了这么看着他，她也不知道自己还能做些什么。

他是那种前一秒会很温顺，讨你的欢心，下一秒……眼睛也不眨一下，就能做出这种事的人。

静默间，ALEX的话又袭上心头。本来还在ALEX和莲华之间徘徊不定，然而此刻莲华在身边真实的存在，让所有诋毁的话在她心中都不攻自破。她并没有意识到的是，自己对于面前的少年早有了先入为主的偏向。莲华的每句话，只要是他亲口说出的东西，她都仿佛被催眠般地坚信不疑。

不久，床上的人逸出匀称的呼吸，小小的屋子沉静下来。然美四下打量着，这里还和她上次来时一样，乱乱的但很干净。阳光集中在窗口一隅，地板上的金色长方形被渐渐地拉成了菱形，最终投射到沙发角落灰白的帆布上头。这是她头一次留意到帆布下似乎盖着什么东西。

对手生病了，恺撒只能趴在地上无聊地咬着布，一拖一拽，被布裹着的东西扑腾一下倒在地上。

她起身想要过去扶起它。厚重的帆布被恺撒咬在嘴里刷刷地一路拖开，全部揭开的一刹那，晃眼的白光一闪而过——

一把纯白的电吉他静静地躺在秋日傍晚的阳光下。

然美怔怔地站在那头。黄昏暗淡的光线下，它纯净得仿佛通体散发着荧光，像块磁铁牢牢吸附住她的视线。她半晌忘了呼吸。

蹲下来，小心地扶起它，阳光顺着它的曲线流动，在每一个弯曲的地方凝成白色的光点。手指抚过光滑的表面，她对乐器没有了解，却会没来由地觉得它好美。

盖上帆布，然美不由得有点伤感，为什么……这么漂亮的东西却只能卑微地躺在角落呢？褪下帆布的时候明明如此光彩耀人，披上帆布后，它的存在，却似乎变成这个空间的一道创伤。

出神的时候，门开了，她纳闷地转头，短发的年轻女子手持钥匙站在门口，看见她，表情有些吃惊。

"……你好。"然美局促地站起来，隐约记得莲华曾称呼她"学姐"。

两个少女，一个站在这头，一个站在那头，就像电影里致命的定格。苏兰静默地看了然美许久。门开的那一刻，这个女孩正蹲在那把尘封的吉他跟前，沐浴在微弱的阳光之中，那样纤尘不染的表情，那样静谧的画面，竟叫她嫉妒起这个平凡无辜的少女。

苏兰把提来的东西放到沙发上，亲切地招呼道："你是然美吧，我是莲华的学姐，叫我苏兰就可以了。"她调皮地一笑，"当然，也可以和那家伙一样叫我学姐！"

苏兰的开朗让原本不太习惯面对陌生人的然美也轻松下来。

学姐看向床的方向，不满地撅起嘴："太不像话了，女朋友来看他居然还呼呼大睡！"

"不是的，莲华他发烧了，所以……"

"发烧？！"好像听到什么破天荒的事情，苏兰扔下背包，一个箭步蹦上床沿，不客气地拍着莲华的脸，"喂！你怎么回事？！"

被褥中的人痛苦地皱眉，睁开眼，有气无力地喊了声"学姐"，缩下去继续昏昏欲睡。

"声音怎么变成这样了？"苏兰扳正他的脸，摸了摸他的额头，"你有吃药吗？"

"吃药？"浑浑噩噩中突然想起什么，"……然美呢？该死！她丢下我一个人跑了吗？"哑着嗓子，也不顾身体发冷，莲华一脸悲痛地撑起来。

"我没有走啊！"然美赶紧跑进他的视野。汗！如果真的走掉，第二天不晓得要被他

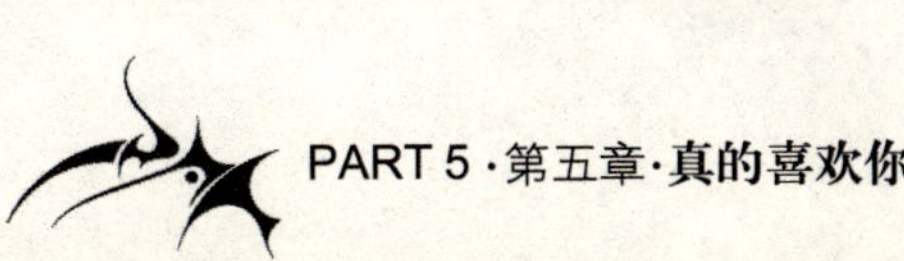

怎么报复了。

苏兰一把将莲华按下去："你不但发烧而且还发疯！什么叫丢下你一个人，我不是人吗？"

"学姐，你有点吵……"他将头蒙进被子里。

"你说什么?！"

远远地看着打闹的两人，然美会心地笑起来，那样的亲密没有芥蒂让她不由得心生羡慕，要到什么时候，她和猎才可以像这样呢？

要离开的时候，苏兰主动要送她。

"没关系的，我知道路，一个人可以回去，不用麻烦了！"

苏兰利索地披上外衣，弯腰穿鞋，那架势明显已不容然美拒绝，"一点也不麻烦，这一带晚上治安不太好，"她别有用心地笑笑，悄悄说，"况且我还有话想单独跟你谈。"

莲华在床上偷听："谈什么？"

"女生的话题，想听吗？"苏兰调侃地瞟了床上的人一眼。

"免了，反正还不都是意淫的话题。"

"谁会意淫你啊？少自恋。"

莲华在被子里忍不住笑出声来："此地无银三百两……"

门口的苏兰顿时哑巴吃黄连。

"我人就在这里，而且还这么虚弱，用不着意淫，直接霸王硬上弓就好了……"莲华病怏怏地靠在枕头上，笑着望向门口，脸上透着虚脱的红色，被汗水濡湿的头发贴在耳鬓额前，那样子的确是"我见犹怜"，性感异常。

"懒得跟你说了，我们要走了。"面颊浮现一丝微红，苏兰牵着然美退到门外，还不忘叮嘱懒洋洋的恺撒，"照顾好你兄弟！"

门带上的那一刻，传出莲华受不了的声音："饶了我吧……"

秋天一到，天就黑得特别早。刚出来没多久，夜幕已悄悄降临。

苏兰一直走在略前面的位置，一路上，然美都只能听见她的声音，却看不清她的表情，就这样似乎刻意拉开了距离。

蓦地，苏兰开口问道："你喜欢他吗？"

突如其来的发问令然美有些措手不及。喜欢莲华吗？这样的问题，在和莲华熟悉以后她几乎都忘了再问自己，也不想再问，她宁愿一切顺其自然。但，喜欢他，那是一定的吧，不然也就不会答应和他交往，不会答应和他约会。

尽管如此，她仍回答得不太确定:“我不知道该怎么形容，但是，只要和莲华在一起,就会觉得很快乐,好像回到从前。有时候会希望,他能够一直在我身边。”她笨拙却认真地描摹着内心的感受,“……我不知道这样是不是可以叫做喜欢。”毕竟,这是她生平第一次对某个人产生这么复杂又混乱的感情。

苏兰静静地听完,转过身来,脸上带着不置可否的微笑:“那样便是喜欢他了。”

是吗?得到了肯定,然美脸上露出释怀的笑。

“不过,那只是喜欢……”美丽的学姐突然话锋一转,用冷淡的声音,平静地告诉眼前的少女,“那只是喜欢,不是爱。”

然美哑然地看着她,不明白她话中所指。

“只想他留在你身边,保护你,让你快乐,那是幼稚女生的幻想。如果你只是想找一个白马王子,那就不要靠近莲华。因为他不是。等你接纳了他的一切,还可以情愿被他伤害的时候……”苏兰在这里顿住,目光灼灼地直视然美,“总之,因为他是不顾一切的人,只有同样为了他可以不顾一切的人才有资格爱他。”

回到家里已经是晚上九点。然美坐在书桌前,笔尖在试卷上沙沙地写着,沐浴在橙色的台灯光里,湿湿的头发散发着洗发水的香味。她有些心不在焉。

那只是喜欢,不是爱。

因为他是不顾一切的人,只有同样为了他可以不顾一切的人才有资格爱他。

脑海中不断回想起刚才苏兰的话，当时学姐眼中的决绝，强烈得连夜色都隐藏不了。究竟是什么意思?为何她听懂了每一个字,却依旧懵懵懂懂?

能够说出那样的话,苏兰学姐和莲华之间,一定有着什么是她永远无法介入的吧?在那样的学姐面前,她发觉自己竟是那么渺小苍白。那种执著的眼神,极端的话语,将她死死地定在那里,好像背负着什么罪过。

还有,下午时遇见的 ALEX,同样是那么让人琢磨不透的话。

被尘封起来的电吉他,酷似莲华的乐手,ALEX 脖子上的伤,不顾一切的人……在莲华的身上,究竟还有多少她不了解的秘密?原来她一直都只是局外人吗?

手机忽然欢快地响起,然美蓦地抬起头来,屏幕上映着莲华的名字,她的脑袋刷地一片空白。

“喂,然美,你到家了吗?”电话那头的声音还有些嘶哑。

“……哦。”

“真想敲醒你。”然美无精打采的反应似乎让莲华很郁闷。

“你……还在发烧吗？”

“现在感觉好多了。”察觉到然美口吻的异常，莲华有点在意地问，“有什么要跟我说的吗？”

“……”

“那么我挂了。”

“莲华！”她急忙叫住他，再一分钟也好，让她多听听他的声音。

“又怎么了？”他有点没辙。

“你……再陪我多聊一会儿好吗？只要三分钟就可以……”尴尬地双手握住手机，从来没有过类似撒娇的经验，她的声音不由得越来越小。忽然有点害怕：莲华他会拒绝的……

电话那头沉吟了半晌，传来莲华无趣的声音：“你不觉得自己有点无聊？”

然美愣住，眼泪突然就涌到眼前。

“喂？”忽然没有了然美的动静，莲华感到玩笑似乎有点过头了，“怎么了？你在哭吗？”

“对不起，我好像真的很无聊……”

沉静三秒，电话那头冷不防地说：“说你喜欢我，我就陪你聊。”

“嗯，”她机械地点头，“……咦?！你要我说什么?！”这才如梦方醒。

“陆然美！！可恶！！”

恼羞的咆哮让然美赶紧把手机拿远：“对不起！我只是有点吃惊！那个……”她手忙脚乱地应付莲华的怒火，不然明天到学校一定有的她受。

“陆然美！既然不喜欢我为什么答应和我交往?！……好吧，你没有答应，但你默认了！况且，如果不喜欢我为什么要跟我约会，为什么还跑到我家里来?！”

然美愣住。是啊，如果不喜欢他，为什么当初舍不得拒绝他？为什么看不见他就会不安？她是笨蛋啊，她当然喜欢他啊，喜欢也罢，爱也罢，何必要区分得那么清楚？那种在乎的心情是不会错的，怎么能因为学姐的一番话就怀疑起自己？

电话那端的莲华依旧宣泄着积压在心头的不满：“算我求你了！能不能变得可爱一点点?！”

然美小心地吸了口气：“……莲华，你真的要听吗？”

“废话！快点！我等得快成化石了！”

“哦……我……喜……”她红着脸说到一半，手机突然嘟的一声，“啊，卡上没钱了！”她只听到服务台提示的声音，然后线义无反顾地断掉了。

第六章

全校的公敌

PART 6

想要一个人完全属于自己，这样的想法是不是本来就是错误？

人和医院。

“流光！该换药了哦！”甜甜地唤着，护士小姐笑着推开病房的门。

房间里空无一人。

她傻眼地看着掉在地上的被子和大大敞开的窗户，纳闷不已。为了防止流光偷偷溜走，他家里的人特意嘱咐医院即使把病房的门从外面上锁也没关系，那么，他是怎么跑掉的啊？这病房一看便知道是无处藏身的。

难道？！望着在秋风中呼呼飞扬的白色窗帘，护士小姐脑袋里蓦地闪出一个可怕的念头，下巴立刻掉下三尺！她噔噔噔地跑到窗户跟前！

没有绳子，也没有人，而且这里是四楼……

就在这时，身后突然“砰”的一声，她猛回头，门已经被人从外面带上，并传来快速锁门的声音。

她恍然回过神来，该死！那小子竟一直躲在门后！

“臭小子！！竟敢这么耍老娘！！”气冲天庭的护士小姐终于卸下其温柔伪装，冲过来剽悍地踢着门板，这已经不是第一次那臭小子给她气受了，“快给老娘开门，否则回来有你好受的！”

流光斜倚着门板，沾沾自喜地听着里面的震动，贼笑道：“剽悍姐，二楼那个水桶欧巴桑暗恋你很久了哦，我去叫他上来英雄救美吧！”

“你敢！！”

他扣了两下门板："拜拜！"然后轻快地跑下楼去。

这么一开溜，一般来讲，不到下午五点钟流光是不会现身的，因为那个时候刚好然美放学后会来看他。有时候他在外面野得忘了时间(因为跑出来的时候是两袖清风)，恍然想起来的时候会就近拉住某个大叔大婶，着急地问："拜托！现在几点了啊?！"然后，不等人家回答，就全自动地扳着人家手腕用力瞅。

"啊！"他盯着某大叔的手腕，难以置信地抬起头来。

大叔看他一副深受打击的样子，深表同情地摇摇头："所以我才正要跟你说我没有表的嘛……"

流光住院这三天，然美每天都会过来一趟。据说，他还是任性地不肯和医生护士合作，那一口马鹿星语言和火星式作风把整个医院上上下下糊弄得团团转，这似乎成了他在医院最大的乐趣。

然美叹了口气，推开病房的门，果然，被子有一半掉在地上，人照样不知去向。

唉声叹气的时候，有什么软软的东西扣在头顶。

她抬头，流光自头顶看着她，脸上是满足的笑：

"送给你的。"

然美取下头上的帽子，拿在手上仔细端详着，浅蓝色的鸭舌帽，漂亮的颜色，柔软的质地，不过，配在她身上会不会太惹眼?

流光蜷着膝盖坐到床沿上，鞋底满不在乎地抵在干净的被褥上。

然美举着帽子问他："你买的吗?"看样子好像很贵，他哪来的钱啊?

流光双手撑在床边，笑容可掬："我用手表交换的。"虽然那个老板死活不干。

"啊? 为什么呀?"他居然用自己的手表去换来这个帽子送给她?

"反正也不是我的手表，"不以为然地说着，流光从床边蹦起来，不由分说地将然美推了出去，"我们出去逛逛吧，每天待在这里都快憋死了！"

然美低头查看流光的脚，庆幸他的伤势好得这么快。

"这样再过两天就可以出院了吧。"

她低着头自言自语，由衷地替他觉得高兴，却没有留意到身边的流光暗淡的眼神。

下午五点左右，街上到处是放学的学生的身影。

一对身穿东林校服的女生从蛋糕店走出来，其中一个不由得愣住。

"干吗不走? 堵在门口干什么?"后面的女生撅着嘴推推同伴。

"……喂，那个，是不是陆然美和……沈流光?"前面的女生怔怔地抬起手，指向街对面。

后面的女生疑惑地顺着她指的方向望过去，一辆越野车驶过，她睁大眼，终于看清并肩走在一起的两个身影。

穿着和她们一样的制服，苍白单薄的少女，和一副护花使者的样子走在她身边、有着乌黑鬈发的英俊男生。

天阴沉沉的。

陪着流光逛了这么久，也不明白他到底要逛什么。

有时望着流光，然美会莫名地发起呆来。总觉得似乎他们在很久以前曾经遇见过。他还是穿着黑色的制服，还是那样不甚规矩的穿法，玉色的皮肤，纯黑的鬈发，明澈的眸子，活脱脱就是真人版的 SD 娃娃。虽然流光的作风很古怪，但他身上那种不修边幅的可爱还是会让人忍不住喜欢，可是，在他住院的这三天，似乎只有她一个人来探望过他……

不知不觉雨点簌簌落下，路上行人纷纷加快了脚步。

“看样子会越下越大的吧？”然美担心地望望天，他们俩出门时都没带伞。现在只好躲进一栋待拆的高楼避雨。流光靠在墙上，笑笑：“最好是一直下。”

“啊？”

“没什么。”他走到然美身前，抬起手来，很专心地用袖口擦去然美头发上的一层水珠。

这个动作有些出乎然美的预料，抬眼的那刻，她整个人恍惚起来，这才注意到，流光，原来是这么高挑英俊的男生。

“怎么了吗？”流光放下手来，纳闷地问。

“啊，没什么。”她若无其事地笑笑。

正想着是不是该趁雨还没下大的时候快些赶回去，她突然愣住，错觉吗？头顶上方，似乎有盘旋的歌声……

“然美，你听说过 ROOF BAND 吗？”流光凑过来激动地问。

“屋顶乐队？”她曾听莲华说起过，仍觉得有些不可思议。出神地抬头，螺旋向上的楼梯好似一个巨大的风洞，洞的那头是飞速运转的引擎，歌声被回旋的风送到耳边，几个调皮躲藏的音符，在凉凉的秋日扇起一股带电的风。

“我找过好多次，但是一次都没遇上，你说他们会不会就在这个楼顶？”流光仰着头，一脸的蠢蠢欲动，“然美，我们上去好不好？”

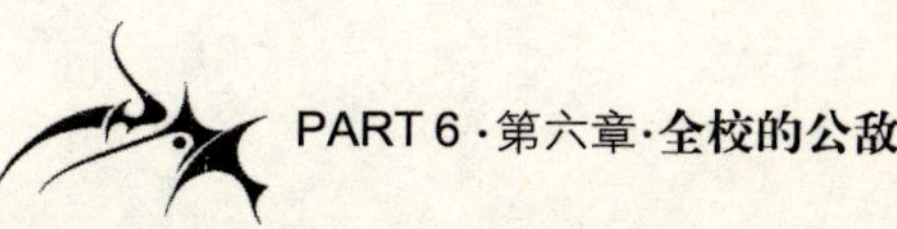

“嗯。”看见流光那么兴奋的表情，她又怎么可能拒绝？

两人顺着楼梯一路向上，脚步踢踢踏踏，靠近顶层的时候，歌声像是被谁点燃，火一样蹿烧起来，越发地清晰。

然美的心怦怦直跳！

那个声音，好熟悉！

“嗵！！”头顶突然传来破门而入的声响，接着是一道气急败坏的怒吼，“你们！！不许在这里表演！！”

“啊，条子！！快闪！”一个年轻人的声音，随即是拳头揍在肉身上的闷响，天台的门砰的一下大开！

然美和流光还在诧异之际，楼梯上方一阵轰响，几十双脚一拥而下，整栋大楼顿时好像有惊雷滚过。

众多的年轻人闹闹嚷嚷地冲下来，惊人的洪水将还来不及闪躲的然美和流光冲开。

然美紧贴着楼梯扶手，目瞪口呆地看着从她身前飞快跑下去的歌迷，大气都不敢出。对面的流光却是一副乐在其中的样子，在拥挤的人流中，她看见调皮的他顺手牵羊地拉走这个人的围巾，摘下那个人的帽子……

无语……

“浑蛋！！你们给我站住！”条子大叔被疯狂的歌迷挡在后面，刚刚还能露出半张脸，现在就像溺了水一样，只能高高地伸出手，“你们几个给我站……”

然美战战兢兢地目送疯狂的人群，每个人脸上都带着兴奋的表情，非常默契地配合以掩护他们的偶像！红发的年轻人一路夸张地逃跑一路背上他心爱的贝司，途中还吹着口哨，朝后面的三个同伴兴奋地招手。

恍然间，一道熟悉的身影从然美眼前闪过！

她震惊地转头——

泛着水光的黑色雨衣在楼梯拐角处掠过，轻飘的白衬衫、熟悉的茶色一晃而逝，还有……刚才她看得那么真切的那抹顽劣又享受的笑。虽然他戴着墨镜，但是属于他的味道、属于他的气质，无法改变。

歌迷们热烈爱慕的态度，证明他便是这个乐队的主唱。

黑色雨衣的男生在下面第N个楼梯口停住，利落地仰起头来，“THANKS！I LOVE YOU！”他朝可爱的歌迷们做了个飞吻，风一般飞驰而下。

尖叫和口哨声响成一片！

错不了，肯定是他！然美连忙奔到楼梯的阳台处，探头望向下面：

“莲——”

他率先冲进蒙蒙的雨中，拢上雨帽。豹子样迅捷的步伐，在身后溅起一路绚烂的水花。

心中的名字只来得及喊出一半，然美守在窗前，望着迅速消失在雨中的背影，怅然若失。

东林的狗仔队号称无孔不入，学校的布告栏总是隔三差五就会贴出些比较震撼的新鲜事来，所以当猎跨下车，又看到布告栏处密集的包围圈时，也只是例行不屑地撇撇嘴而已。

小碧自人群的缝隙中看到猎，一如既往地跑过来，带着一脸惊异的表情，急急地说着些什么。

猎起先听得漫不经心，忽然被某个字眼刺到，脸色沉了下来，而且沉得相当可怕。

明娜站在布告栏的最前沿，听着周围的议论纷纷，感到一阵芒刺在背，正进退不能时，忽然感到一股更强的压迫感袭来，高大帅气的身影来到她身侧。是猎。她不安地悄悄抬眼看他，他则死死地盯着布告栏上的照片，嘴唇抿得紧紧的，下巴也绷得紧紧的，全身笼罩着一层阴云。

不要，他的表情好可怕，明娜惨白着一张脸赶紧退了出来。

“明娜！”一个轻柔的声音远远地招呼她，但现在，这个声音无疑是致命的。明娜艰难地抬起头来，表情复杂地睨着不远处那道纤细无辜的身影。

所有人都回过头来，校园的气氛顿时变得异常古怪。冰冷的视线齐刷刷地落在然美身上，她大惑不解地凝视着大家，本来轻快的脚步拘谨地停了下来。为什么大家的眼神都那么奇怪，甚至……带着敌意？就连明娜也是那么怪罪的目光？

“……然美姐，”最后按捺不住的，还是大块头豆腐心的蒋泰山，他挣扎了一小会儿，才谨慎地问道，“你真的……在和沈流光交往？”

然美整个人定在那里。她好像意识到了什么，迈开脚步，机械地走过来。同学们很自觉地为她让开一条道。

中心处的布告栏上，贴着她昨天和流光在一起的照片，从很远的地方拍下来的，但很清楚地表明是他们两人。她望着这些照片，明明从来不觉得自己做错了，此刻却感到某种危机，不放弃流光，就意味着她势必得成为东林的全校公敌，只是时间早晚的问题。

“陆然美同学，我记得你明明是在和莲华交往的吧？”一个女生环抱着双臂，刁难地问道。

她看向那个女生，张了张嘴想说什么，却因为理亏平白地说不出话来。

“可这又是怎么回事啊？”女生拍了拍布告栏，表情讽刺至极，“所以我才说最讨厌装清纯的女生了！”

终于有男生耐不住寂寞发言了：“不管你是怎么样的人，为什么会和沈流光在一起？起码给个交代吧？”

“其实你就是跟他私下在交往吧？我上次在辕门湖附近看到，还以为自己看错了，现在想来，那个女的怎么看都是你嘛！”

小碧突然后知后觉地“啊”了一声，抬起头来不可思议地看着蒋泰山，捂着嘴小声说：“那次他们真的是在约会?！”

蒋泰山没有回话，一副沉重的表情。他相信那次然美是因为不知内情才会和流光走在一起的，但如果她明知道沈流光和东林之间的矛盾，还继续和那个骗子在一起，而且还是在和偶像交往以后，那就实在太……

“喂，小姐，你以为不说话就可以了事了吗？”一个男生厌恶地撇嘴。

“千万不要用眼泪攻势啊！拜托！”

然美嗫嚅着张开嘴：“我并没有和流光交往，但他是我的朋友。”这是第一次，她当着大家的面承认和流光认识。一旁的明娜不由得替她捏了一把冷汗。

“那又怎么样？”刚刚发话的男生咄咄逼人地上前一步，“陆然美，你又不是头一天来东林，难道不知道我们和风华是势不两立的吗?！你居然还说什么跟沈流光是朋友！”

一个女生也打抱不平地说：“猎还是你的弟弟呢！你这样明摆了是和他作对嘛！”

“莲华呢！他怎么办啊？被这么欺骗，他好可怜！”

周围的学生开始群情激昂地附和。

明娜徘徊在两难的境地，她没想到然美居然还和沈流光有来往，一方面是生气，另一方面是无奈。从立场上来讲她是支持她的同学的，但从感情上来说，她实在不忍心看着纤弱的然美硬生生地接受众人的口诛。

众怒难犯，蒋泰山也只有对众矢之的的然美抱以同情的目光。

“对不起！……对不起！”在众多混杂的声音中然美细细的声音毫不起眼，四面八方的攻击让她手忙脚乱，“如果让大家痛恨，要我道多少次歉都可以！对不起！但，流光他……是我的朋友！！”

周遭有一瞬屏息的安静。

"隐瞒大家，是我的错，现在我再也不想隐瞒了！流光他甚至也许连一个真正的朋友都没有。如果我再假装不认识他，他就真的太可怜了。"她抬头直视着所有人，目光明澈而诚恳，"为什么……为什么你们大家要这么讨厌他呢？我实在不明白，他到底对大家做过什么，足以让你们每个人都如此痛恨他？你们也许可以很轻松地厌恶他，痛恨他，骂他，但是……"她的嗓音有一丝哽咽，"他甚至连你们的相貌和名字都不知道……"

校园的上空是更加沉淀的安静。

像幽灵一样冷眼旁观的猎，此刻正蹙眉望向然美苍白的身影。那样脆弱，却又是那样坚定而执著。面对如此多的敌意，那个女孩居然可以没有一丝埋怨。他开始心乱如麻，目光定定地停留在那道身影上无法挪开。为什么？她明明在替他最讨厌的人说话，而且还是当着他的面，她对他一再撒谎，一再敷衍，只这些，就足够被他恨上几千遍都不为过，但为什么他就是无法真的恨她？无论这个女孩做什么，他都注定无法抗拒，只能像吞下一瓶又一瓶苦酒般，一次又一次接纳她对他的伤害。即使他生气，他痛恨，他也只有不断地把盐撒在自己的伤口上。

沉闷的气氛继续扩散着。

"那你为什么要撒谎？"

突然响起的猎的声音，不可思议地低沉冷酷。

然美怔怔地望向他，猎冷凝的表情告诉她，她又在无意中伤害到他了。

在众人屏息的注视下，猎迈着缓慢无声的步伐靠近。

"那你为什么要对我撒谎？"他狠狠地重复，眼神执拗。说什么下午是去明娜家，其实根本是和沈流光在一起吧！

面对这个问题，面对猎严酷的注视，然美的大脑一片空白。

猎冷冷地扫了一眼公告栏上的照片，忽然挥臂将它们全部扯了下来。

他翻看手中的照片，一张又一张，照片里他们并肩走在一起，他们相视而笑……每掠过一张，他的眉头便拧得更紧。

"你以为你是谁？"他紧盯着她，冷嘲热讽，举起相片的手蓦地松开，"真无聊。"

刺啦……相片在猎转身的一阵风中无助地飘落在地。

冰冷的孤立，一个上午就形成了。东林是团结一致的地方，人人都非常默契地排斥着然美，没有人跟她说话，甚至没有人看她，体育课的时候没人愿意跟她搭档，连测验的试卷也绕过她直接传给下一个。最最令她难过的，是连明娜都故意回避她。但是她不

能怪她，因为在他们眼里，她的确是犯了很严重的错误。只是立场不同，没有人真的有错，所以她不能怪任何人。她也尽量不去打扰明娜，否则她最好的朋友会为难的。

黑色的摩托车风驰电掣地驶进学校，强劲急速的风卷起一路落叶，校警卫从警卫室追出来，朝驶远的摩托车大呼小叫："莲华——摩托车是不能开进校园的——"

车子在离东林湖不远的草坪上停下，莲华扯下护目镜，跨下来，舒服地倚在车上。从背包里摸出面包和牛奶时，一道甜美的女声从身后传来，抖抖地说着："学长请吃这个！"

一双白嫩的手伸到他面前，捧着一个精美的便当盒。

莲华正啃了一大口面包，蓦地看见这么让人食欲大振的东西，喜出望外地接过来："哦，那真是谢谢了！"打开一看，果然是香喷喷得让人垂涎欲滴！

"学……学长，请和我交往！"女孩又猛低着头，递上和便当一样可爱的粉红情书。

原来是有交换条件的啊，莲华失望地放下便当，再仔细一看，才发现眼前的女孩还真是蛮可爱的，只是头太低了害他必须要凑近点才……

他弯着脖子靠近，女孩一路将头埋得更低。

然后他就理所当然凑得更近。

"喂，你头低这么下去我怎么看得见你的脸？"

有点没辙的慵懒嗓音近在耳边，女孩像触了电似的猛抬起眼来，正好撞见莲华靠得过近的俊脸，女孩的脸立刻烧得通红。

这样的女孩也会主动写情书啊，不晓得是被谁怂恿了。不过，看样子倒是跟小志蛮般配的。

"好，我会帮你介绍个非常棒的男朋友的。"他信誓旦旦地点头。

女孩怔怔地看着他："可是……情书是写给学长你的……"

"我还没那么厉害，可以同时交两个女朋友。"莲华抱歉地笑笑，"不过便当我收下了。"

女孩彷徨了很久，小心问道："学长……没有看布告栏吗？"

"看什么？"

"然美学姐她……背叛你了啊……"

中午时分，最后三个男生也结伴走出教室，终于只留下然美一人在教室里默默地收拾桌上的课本，她收拾得很慢，希望能够错过食堂最高峰的时候。

"陆然美！"三个气势汹汹的女生出现在教室门外。

她转过身去，三个女生已经箭步走过来，把两大包纸袋里的东西通通倒在她课桌上，一大堆剪报、照片、资料、信笺扑簌簌地掉落，在她桌上堆积成小山。

"看看这些东西吧，不要说我们没告诉你沈流光是个什么样的浑球儿！"为首的女生把空袋子扔在一边，挥袖而去。

几张剪报从边缘滑落到地上，她发了下怔，疲惫地蹲下来捡起它们，然后就像是有意要跟她作对似的，那些东西纷纷从桌上散落下来，她埋着头，不停地捡，不停地捡，却麻木又倔强地不去看那上面的文字和图片。

有个影子笼罩在头顶，高大的身影蹲下来，帮她拾起地上乱七八糟的东西。

她抬起头来，凝视着莲华低垂的眉眼，忽然觉得好抱歉。

莲华利索地拾起那些东西，放进地上的纸袋里，递到她面前。

"你想看吗？"他问，"如果不想看，我就把它们烧掉。"

她点头。

天台上，风很大。

然美站在后面，望着莲华蹲在地上的背影。他用打火机点燃那堆纸片，望着它们在火焰里弯曲、烧焦、一点点化为灰烬，然后他站起来，从制服衣兜里掏出那几张被猎撕下来的照片，扫了一眼，扬手抛进火堆里。

风将火光抛洒到他俊美的脸上，零星的火星在他身边飞舞，茶色的头发顺着额头和耳鬓翩翩扬起。

"你不用介意，其实大部分人讨厌沈流光是出于一种集团心理。"呼呼的风声中，莲华轻松自若的声音听起来有些失真，"我虽然也讨厌他，但只是讨厌着好玩的，"他回头望着她，顽劣的笑容带着一点点宠溺，"他有点像以前的我，所以没办法真的讨厌起来。不过你还真是笨，为什么会让人拍到这样的照片，连我看了都觉得难受……"凝视着地上的碎屑被风刮得四散开来，他的声音如同溃散的雾气，沁人却落寞。

莲华……

然美愧疚地走到莲华身边，轻轻握住他垂在身侧的手，他身上的热度像电流般从她手心漫上来。这是她第一次主动靠近他，心，有些忐忑。

莲华的睫毛微微颤动，身体里潜伏着一丝躁动，他有点狡猾地反过来握住她的手。纤细的手，被完完全全、反客为主地揉进他宽大骨感的手里，带着浓浓的依恋和占有的冲动。他需要这个女孩时刻在他身边，需要她带来的那种安详的陪伴，好需要，好需

要……但是她无法如他的愿，所以他只好每天固定地往学校里跑。

想要一个人完全属于自己，这样的想法是不是本来就是错误？

……

“喂，你会不会做便当？”莲华低头看着她，突然很认真地问。

转换太快了，然美的思维一下卡住：“便当？”

“我忘了在女友义务里加上这条了，明天记得做便当给我！我会在这个天台等你。”莲华发完号令，潇洒地往楼下走。

“……等等，”然美追上去，“为什么突然要吃便当？学校的饭菜不是挺好的吗？”

莲华叹了口气，蓦地转身，这个突袭式的动作让然美本能地往后撤退，这一退就退到了楼梯扶栏处，背水却不能一战的地方。

他也没想到自己一个很普通的举动会有如此夸张的效果，就像秦琴说的，“简直是大灰狼和小绵羊在谈恋爱”，这个比喻曾让他心头不止一次郁闷。不过眼下的状况他还是比较满意的，于是将计就计地贴过来，“每天给我做便当，或每天吻我一下，二者择其一。”他相当恶魔地、不讲理地笑道。

火焰般的气息包裹住然美。

“给你三秒钟，你不选，我就要选了……”

近了，更近了，莲华身上那种独特的混合着摩托车味和麝香的男性气息……

“我……选一好了！”然美傻笑着用手抵住他靠近的身子，庆幸自己还算没丧失理智。

“一啊，那就是吻我了。”狡黠地一笑，莲华直接闭上眼睛，泰山压顶地低下头来。

然美在心中大呼上当：才不是狼！根本是不折不扣的狐狸啊！

第七章

只剩我一个

PART 7

对不起，妈妈，我是不是很任性？

傍晚，然美推门回家。

“我回来了。”

果然，大厅里亮堂堂却空荡荡的，以至她不起眼的声音也起了点小小的回音。

父亲总是要忙到晚上九点多才回来，母亲也多半那个时候才回家。猎昨天又是彻夜未归，即使他回家，除了早饭时间，她和他几乎都打不到照面，而他每次总是匆匆吃完就骑上摩托车扬长而去，能证明他的确回来过的，也只有半夜他房间的关门声。

“小姐吃过饭了吗？”兰姨从厨房出来，不冷不热地问道。

“我已经吃过了，谢谢。”然美将背包取下来，准备上楼。

身后传来开门的声音，她站在楼梯口回头，父亲一脸倦怠地走进来。

“爸……”她下了楼，怀里揣着要说的话，有些忐忑。

陆乔脱掉西服，靠到沙发上轻揉着太阳穴，“然美啊，”他看向眼前的少女，笑容很疲惫，又四下望了望，“猎还没回来吗？”

“他可能还会晚点。”然美在父亲对面坐下，吞吞吐吐不晓得怎么开口。

爸吩咐兰姨热些吃的，今天开会一直讨论到七点，他还没来得及吃饭。

“你也吃点吧，总觉得你太瘦了。”陆乔抬头对女儿笑笑，隐约察觉然美似乎有话要讲，“怎么了？有什么事吗？”

“爸爸这个周末有时间吗？”

“这周末吗？”陆乔大概想了想，“应该有，怎么了？为什么问这个？”

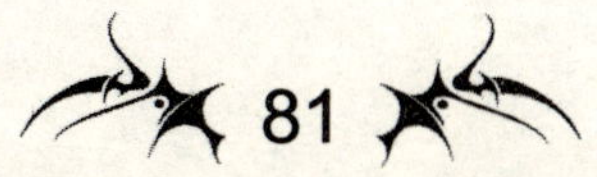

“星期五……是妈妈的忌日，”然美的语调小心翼翼，充满了期待，突然觉得不妥，急忙说明道，“我是说我的妈妈。”

陆乔的神色凝住。

“周六，或者周日，父亲如果有空的话，能不能陪我去看看妈妈。”她说得急切而卑微，害怕被拒绝。

陆乔回过神来，伸出大手揉了揉然美的头发：“那是当然的了。”

望着属于父亲的独特的宽慰的笑脸，然美感激地点头：“谢谢！”

一连两天了，同学们还是有意在冷落她，每到下课，她周围的座位上肯定是空荡荡的一片。莲华虽然来得很晚，但下课都会定时打电话过来，为了应付他的捉摸不定和突然转换的话题，然美不得不全神贯注，也就没多少时间分心去想其他。渐渐地她开始不那么灰心丧气了，每天努力做好分内的事，努力保持微笑，就算她能做的本来就很少，却要努力做得比以前好。

今天上午来到教室，发现身旁的位置是空的，直到课上有人替明娜请假，她才知道明娜犯了胃病上医务室了。

胃病？会不会很严重？

眼里映着空空的座位，然美一面心不在焉地做笔记，一面担忧地蹙眉，一节课老在走神。想要去看看明娜，但真的去了彼此会很尴尬吧？

然美在医务室门外徘徊了很久，直到校医走过来拍拍她的肩：“怎么了？被你那火暴弟弟欺负了？”他还记得眼前这个女孩，那时被心急如焚的陆然猎抱在怀里杀到他的办公室来。怎么也没想到她竟是那小子的姐姐，无论从样貌还是脾气看，他们压根就不像同根生。

“请问，陶明娜她怎么样？”然美往医务室里瞥了一眼，问得煞是小心。

“哦，给她打了针，现在还睡着呢，要不要进来？”校医推开门。

如果是睡着的，应该没关系吧。然美想了想，轻手轻脚地走进去。

明娜穿着单薄的衬衫，蜷缩在被褥里，吐脏的衣服被换下放在一旁的凳子上，虽然睡着了，眉头依旧没松开，想必刚才一定很痛吧。

然美坐在明娜的床头，默默地看着病床上的女孩。这个总是风风火火，总是和男生们称兄道弟，总是为自己出头的，她从小到大最好最好的朋友。

现在这样的状况，明娜一定也和她一样苦恼吧。

只是暂时的，过一段时间，我们一定可以像以前那样要好的，她在心里轻声念道。这是一个愿望，也是一道咒语。

然美从医务室回来，却在过道里被人拦下，准确地说，是被一只拖把拦下。

男生将拖把抵在她脚前，很例行公事地说道："不好意思，我在做清洁，请绕道过吧。"

她张嘴想说什么，但在对方鄙夷的眼神下硬生生打住。

"扑通"，一只脚踢翻墙边靠着的垃圾筒，里面的垃圾散落一地。

男生刚要破口大骂，抬起头来，却看见陆然猎脸色阴沉地倚在墙角。

"抱歉，我没看见。"冷冷地瞥了对方一眼，猎傲慢地扔下一句，"既然都脏了，重做一遍好了。"反正他的脾气向来不好，人缘也向来不好，也不在意多不好这么一次。

他一把拉住然美的手，践踏着"清道夫"的尊严，径直从过道走过去。

猎的动作还是很粗暴，一点也不温柔，走得很快，头也不回，留给然美的只有高大宽阔的背影，还有她熟悉的褐色鬈发，它们有些长了，弯卷到他制服的领口处。

在楼梯口，猎冷冰冰地松开了手，漠然地下了楼。

然美站在楼梯口，望着他迅速远去的背影，英俊桀骜的面孔在拐角的地方转瞬即逝，她都没来得及看清楚，他已经倔强地消失在视野外。

直到上午第四节课，明娜才从床上迷迷糊糊醒来："啊，现在好多了！"睡了这么久的觉，更重要的是，逃了这么久的课，心情自然是大大地舒畅啦！

伸懒腰的时候，蓦地看见坐在她跟前，一脸糗相的蒋泰山。

"哇！！你干什么?！吓我一大跳！！"明娜赶紧下意识地做出自卫的动作。

"喏，"蒋泰山把制服递给她，"快点穿上，免得着凉！"

"我不要，我不要，上面被我吐得乱七八糟，还没拿去洗呢！"明娜连忙推拒，一副避之如蛇蝎的样子。

蒋泰山不耐烦地把校服强行披在她身上。

明娜大呼小叫地挣扎起来："哇，你这可恶的浑蛋，臭……哎？"她突然停下来，没有难闻的味道，本来被吐得一团糟的地方现在干干净净，只是有一点点湿。她诧异地抬起头来，"你帮我洗干净了？"像蒋泰山这样的粗人，她有点不敢相信。

蒋泰山吞吞吐吐地哦了一声，拍拍她的背："快点下来上课吧。"

他走出医务室，从阳台上可以看到学校的正操场，他的目光扫到那个纤细的身影，

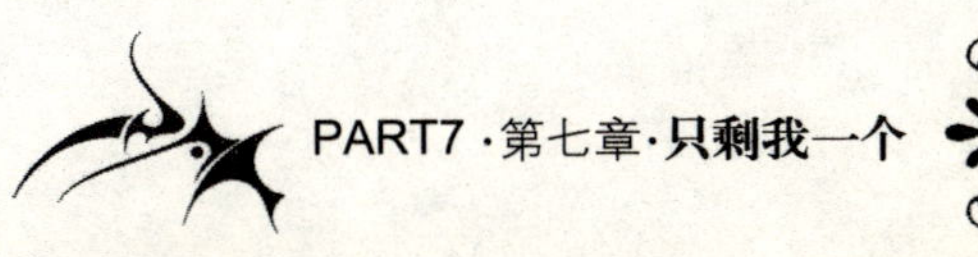

在红色的跑道上，在那么多人当中，她看起来是那样不起眼。

第三节物理实验结束回到教室，他奇怪地发现桌椅旁搁着的纸袋。

"哇，泰山，是不是有女生暗恋你啊！"几个男生吹着口哨，半开玩笑地说。

"给我的？搞错了吧？"嘴巴上这么说，心里却有点期待。纸袋有些重，里面装的好像是衣服，他纳闷，发现袋子上面有一张纸条是写给他的：

"蒋泰山，这是明娜的校服，已经清洗过了，可以请你帮忙拿给她吗？如果她问起，请务必说是你洗的。希望没有给你添麻烦。"

他没有找到署名，但是不用想也已猜到是谁。那个人是为了避免不必要的麻烦才没有写下名字的吧。他心情复杂地伸手进袋里，取出那件女生制服，刚刚才洗过，上面还有湿湿的痕迹。蒋泰山蹲在那里，抱着那件半湿的制服，半晌回不过神来。

"陆然美！手摆动起来！"狄仁在操场边上大喊，干脆还在原地手舞足蹈地做起了示范，"要像这样！像这样！"

单薄的女孩点点头，努力按照老师的话做。

蒋泰山摸出包里的纸条，小心地折了折，轻轻放进过道旁的垃圾筒里。

放学后，学生们背着书包，从校门鱼贯而出。

然美尽量放慢脚步，还是没有错过赶车的高峰期。远远地望着车站，候车的几乎都是东林的学生，她在其中看到明娜，她正穿着她为她洗干净的校服，这个事实让她莫名地觉得欣慰。

算了，还是不要过去了，明娜和蒋泰山都会很为难吧，况且她还会中途在医院下车，那样在大家面前就更不妥当了。这么想着，然美抬了抬肩上的背包，脚步坚定地步行起来。

猎的摩托车停在离校门不远的地方，他本来已经戴上安全帽，却在要发动车子的时候要命地看见然美的身影。果然不出他所料，她在犹疑了片刻后选择了步行。从这里走到家吗？该死，不要跟他开玩笑了！

"猎，走吗？"身旁几辆车簇拥着靠过来，飙车族的同伴询问道。

他没有回话，紧拧着眉头，一瞬不瞬地望着夕阳下渐渐远去的单薄身影。

她走向路边，人行灯亮了，她慌忙加快步伐跑过去，可是还没跑到车辆便开始行驶了，只好一个人耐心地等在路边。

她抬头望着交通灯上闪现的倒计时。

51,50,49,48……

猎的眼睛虚了虚，如果剩下二十秒的时候，她还是一个人站在那里，那么……他就去载她……

30,29,28,27,26,25……

一辆黑色摩托车忽然闯入他的视野，那辆车的主人，他再熟悉不过了。

莲华的摩托车很精确地停到然美跟前。

"要不要搭顺风车？"他单脚支着地，手臂搭在车扶手上，笑着问。

含笑的眼神让然美不由得回忆起当初被他载到希尔顿的经历。

"谢谢，不用了，"她笑着摇头，"我要去人和医院，就一站的路程，而且你也不顺路。"

莲华了然地点了下头，引擎短促地轰鸣，轮子蓦地在路面画出激烈的半圆弧线，黑色的车就这么在原地帅气十足地一百八十度掉头！

他一脚踏在地上，笑道：

"现在顺路了。"

车子驶到离人和医院一百米远的地方。

"你在这里下车吧，我怕万一不小心碰上沈流光会忍不住揍他。"

然美下了车，说了声谢谢正要离开，被莲华从背后一把拉住头发。

"呃，还有什么事吗？"她难过地别过头来。

莲华把她拽到眼前，貌似有点生气地扬着眉："一点礼貌都没有，车子是让你白坐的吗？"

心想大概刚才那个谢谢他没听见，于是然美又稍微大声了一点非常诚恳地跟他道了声谢。

"谁要你说谢谢？"他郁闷，"你拿出点诚意来好不好？"

保持这种姿势，然美自觉脖子都快酸了。诚意？她惯性地说："你是要钱吗？我身上只剩三十块了……"

漂亮的桃花眼里喷出的火焰顿时像是要把她烤来吃了似的。

莲华最终放弃地叹了口气，硬邦邦地说："晚上我来接你。"又低头看了看表，语带酸味地提醒道，"不许超过两小时。"

那怎么说得准呢？然美无奈地想，但见莲华一副不答应就不放手的架势，还是连连

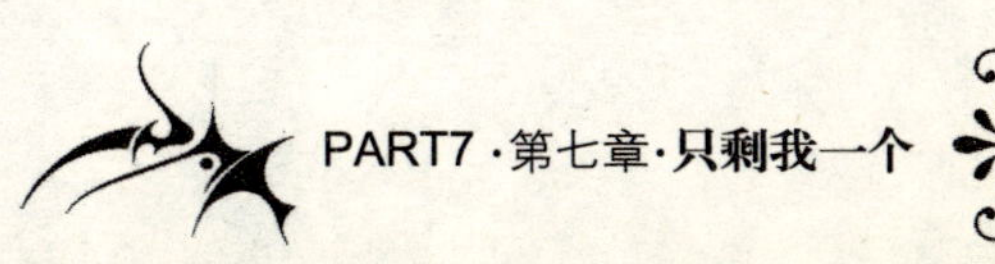

点了头。

莲华有点不甘心地松开钳制，然美片刻不敢耽搁，赶忙走掉，到了路口，不放心地回头偷看了一眼，又正巧撞见莲华也抬头望向这边。

嗯，好可怕！然美连忙转过头来，抚着胸口，加快了脚步，生怕莲华会在下一秒从后面逮住她。真是，明明是那么好看的人，为什么有时候偏这么吓人呢？

到了医院，却赫然听到流光从楼梯上摔下来的消息。

“摔下来了?！怎么会?！”然美紧张地询问前台护士，“他有没有怎么样？”

“还好没有大碍，但大概得过些日子才能出院了。”

推开流光房门的时候，护士刚为他上好石膏。流光则一脸失落地目视着自己包得像个粽子的脚哀号：“惨啊，我以后只能任人宰割了……”

“那倒不错，老娘就将是第一个要宰你的人！”剽悍的护士小姐趁机恐吓道，扬起拳头在他眼前晃了晃，流光惨兮兮地抱头作自卫状。

“啊，然美小姐，”看见门口呆愣的然美，剽悍的护士立刻化身白衣天使，“那么你们慢慢聊，我去隔壁病房看看！”

流光松了一口气，对然美微笑：“今天我很准时吧？”

然美疑惑地看着流光，为何他看起来不像是难过，反而还很高兴？没办法再那样奔跑的流光，不是应该非常地不开心才对吗？

她走过来，坐到他身边，忧心忡忡地望着他骨折的脚：“痛不痛？”

“……当然……很痛。然美，”他突然坐直身子，倾身靠近她，非常认真地说，“我真是伤得最重的那个，对不对？”

又是糊涂的话，看着孩子气的流光，然美脑袋里千头万绪，心中凭空有种不好的预感。

他会不会，是因为寂寞，所以才想留在医院里？

“里面没水了。”然美起身提起暖水瓶，“我去帮你打些水来。”

走到门外，正好剽悍护士路过。

“啊，水我去打好了！”她笑着接过然美手中的暖水瓶。

“那个……”然美迟疑着叫住护士小姐。

护士小姐转过头，一流的服务微笑。

“请问，”然美支吾道，“流光他……是怎么摔下楼梯的？”

护士小姐朝然美身后的楼梯扬了扬下巴：“喏，那就是案发现场。他下楼的时候摔下去的。”

下楼的时候，就这么自己摔下去的？那岂不是很不正常？然美不禁锁紧了眉头。

护士小姐抱着暖瓶，继续说道：“那家伙还真是倒霉，他当时就在楼梯口，后面冲过来一个小男孩，你也知道这里的小朋友都是顶‘活泼’的嘛，”她反讽地笑道，“那小子……哦，流光同学他没来得及闪开，就这么骨碌一声……”她生动地做了个乌龟滚动的手势。

然美仔细听在耳里，又确认了一遍：“这么说他不是自己摔下去的？”

护士小姐有点没听懂然美的话，不过还是点头道：“嗯，他是借助外部作用力下去的。”

幽默的解释让然美扑哧笑出来，不过，真是太好了，是她自己多心了！

“你是……陆然美吗？”

身后，一道陌生柔和的声音唤起她的名字。

然美怔怔地转头。

走廊尽头离她大约三四米的地方，一袭墨绿套装的夫人正微笑着朝她点头，陌生却温暖的笑容，让然美的心涌起一阵亲切的暖流。

站在洒满阳光的医院天台，然美忍不住打量身旁这位叫沈涵的高贵温和的夫人，她就是流光的母亲？她也有着一头卷曲的黑发，整齐端庄地盘在脑后，白皙的皮肤和明亮的眼睛，让她比实际年龄显得更加年轻。

“没关系吧，我只耽搁你几分钟的时间。”似乎察觉然美的视线，沈涵低头柔声道。

“嗯，没关系，”然美轻轻点头，她不知不觉就喜欢上了眼前这位夫人，不想被流光的母亲讨厌，她显得有些过分拘谨和腼腆，“沈阿姨，您不去看看流光吗？”

“不了，看到我，他会不开心的。”美丽的夫人苦笑着摇头。

似乎是很复杂的难言之隐，然美问不出口。刚开始见到这位慈祥的母亲时，她几乎都快认为流光有个幸福的家了，可是……

“他的脚怎么样？”沈涵担心地问。

“据说没有大碍，只是要再住院一个星期左右。”

“那就好，”沈涵放心地点头，和煦的眼光落在然美脸上，“谢谢你照顾他。也许，也只有你能照顾好他。”其他人，无论是谁去碰他，都会被他逃开的，会逃得远远的……“都是因为我的过错，所以我没有资格见他。”她仰起头来，酸楚悔恨的声音飘散到夕阳的晚风里，“如果那个时候没有遇见他就好了……”

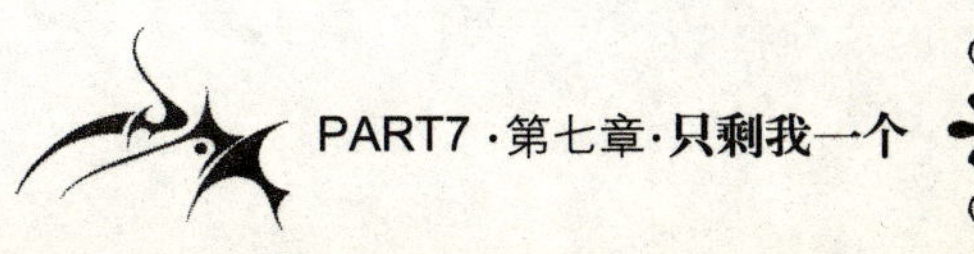

然美心事重重地走到病房门前，刚要推门，门就从里面打开了。

流光双臂扶着门框，一点也不生气地抱怨："为什么这么久才回来啊？"

"对不起，"然美把沈涵买来的水果篮提到他面前，"我下去买了些水果。"

"这种事情让剽悍姐去跑腿就好了嘛！哎，"他接过篮子，探头看着里面的水果，"你怎么知道我喜欢吃芒果？"

"因为，你上次跟我说过啊。"然美随口诌道。

"有吗？"

然美一捶拳头，作顿悟状："想起来了，你说梦话的时候！"

"我说梦话?！"流光瞪大眼，好像听到天方夜谭，"我怎么会在梦话里说起芒果？"

"有啊，"没想到流光会刨根问底，然美只好再度发挥不太丰富的想象力，"你说……芒果，芒果，就这样一直反复。"说完，她对自己的临场发挥满意地点了下头。

流光一脸嫌弃地皱眉，忽然又在意地问："我没有说其他的吧？"

"没有没有。"然美连连摆手，哪可能啊？睡得像猪一样，除了鼻子里哼哼。她忙心虚地转身去剥芒果。

流光在身后沉吟许久："然美。"

然美回过头，尽量露出无所谓的笑脸："什么？"

"我想跟你说……"

流光望着她，目光变得犹豫不决。然美敏锐地觉察到那微妙转变的语调。

除了等待，她什么话也说不出来，病房里突然一阵安静。

"啊，还是不行！"流光忽然泄气地倒在床铺上，眼睛一眨不眨地盯着天花板，"下次……"他的声音细如蚊蚋。

然美屏息聆听着。

"下次，一定告诉你……"

她站在窗前，迟钝地点了下头，卸下一身紧张不安。

待流光睡后她才离开。到了楼下才发现与跟莲华约定的两个小时还差了二十分钟，夜风有些凉，她站在路边搓着手臂，街对面的超市灯火通明，她想起可以趁现在给恺撒买些食物。

超市里，然美心不在焉地推着购物车，从医院出来，进入超市十多分钟，购物篮里还是空空如也。

流光的话，到头来还是欲言又止。她觉得遗憾，却又无端地舒了口气。每当流光想要对她说些什么，似乎是很紧要的话的时候，她的心情就会矛盾地磕磕碰碰，尤其在遇见沈阿姨后。是不是神情无意中流露了蛛丝马迹，才让流光不得不咽下想说的话？

其实她还是胆小的，害怕听到不好的事情，害怕看到伤疤，所以宁愿装出若无其事的样子粉饰太平，也无声地拒绝了流光倾诉的机会。

又胆小，又卑鄙。

站在宠物食品架前，麻木地审视货架上一排排罐头食品，鲜艳可爱的包装终于慢慢让她专心起来，视线走到架子尽头，蓦地落到一个瘦高的身影上。

是那个叫 ALEX 的前辈！

他背对着她，正在收银台付款。

他拿了烟，转身，然美立刻下意识地躲了进来，超市的门开了，待她再次探出头去的时候，那个男人萧瑟的背影，踩着一高一低的步伐，消失在夜色里。

好像心里悬着的石头落了地，可是，为什么看见他就会平白地害怕？

是因为他说过的关于莲华的话吗？她终究还是很在意的，而且怯懦地选择了躲藏。

就如同流光，她本来也有好几次机会可以亲口问莲华，可是每次都败下阵来，但不是由于莲华的拒绝，却是因为自己的懦弱。

恺撒常吃的那个牌子的罐头被放置在有点高的位置。她踮起脚尖，伸出手臂，好像……呃，勉强够得到……

“咣！”罐头一个没拿稳，从白色的栏里掉了下来——

啪的一下，被一只手轻巧接住。

“同学，你怎么这么爱出状况？”揶揄的笑声。

然美抬头，莲华倚在货架旁似笑非笑地瞅着她，罐头在他宽大的手里跳了两下。

刚才满脑子都是他的事情，突然之间他就出现在面前，然美的心绪顿时乱成一团：“你怎么来了？”

“我在外头看见你。”莲华从她手里接过推车。当然不可能说他一直没事在医院附近闲逛着等她。

他生起气来就像兽类，即使你再怎么反抗也没用。只有乖乖等着他饶过你。

默默望着莲华的背影，纯黑 T 恤，水磨牛仔裤，从背后看去，除了高大帅气，却也有一点冷酷不羁。然美惊讶地发现，他身上的冷色调，都是她以前从没察觉到的。

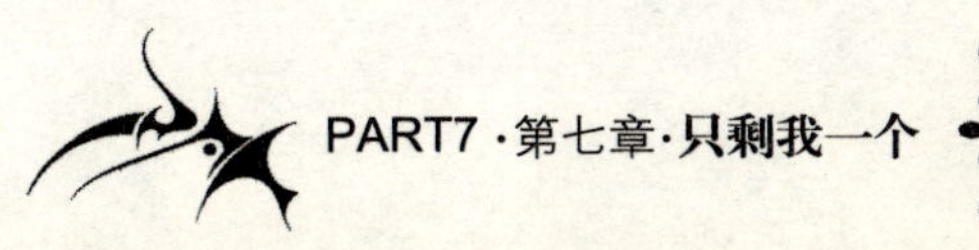

"喂。"莲华站在过道的那头，纳闷地喊她。

她不吭一声地走过去，站在他面前，眼睛不知道该往哪里放，视线飘忽在莲华T恤的领口下方。

莲华递过来一罐骨头饼干："它咬不咬得动这个？"

然美低头，伸手接过来，可是……

莲华的手却将罐头攥得紧紧的。

然美错愕地仰头，莲华正审视开小差的她，一眨不眨的幽蓝瞳孔里，仿佛总有轻度的电流淌过。她整个身子僵住，眼里映着那张棱角分明的脸，浓密睫毛下慑人的蓝眼睛，微微上扬的唇。玩世不恭，少年般的性感，不可否认有时是有一点冷酷，但阳光下却也曾那么明媚，叫人心醉。

半晌，莲华憋不住笑出声："看够没有？"他欺负人地贴过来，右臂抵在货架上，恶作剧地将女孩圈在里面，"我发现，你好像很喜欢这样看我！"

"当啷！"两人都不知不觉松了手，罐头摔在地上。然美啊了一声，连忙蹲下去拾。

莲华从然美手里接过罐头扔进推车里，撇嘴："陆然美，有时候你的心不在焉真的很可恶……"幽蓝的眼睛靠得近了些，粉紫的唇牵起一个坏坏的弧度，"只有这个时候，会叫我很喜欢。"

他终于笑着放过她，懒洋洋地推着购物车开步。

刚刚的声音轻得像风，温暖舒服地吹拂到然美发烫的脸上，她看到自己的影像在那一刻映在莲华的瞳仁里。

他是那种前一秒会很温顺，讨你的欢心，下一秒……眼睛也不眨一下，就能做出这种事的人。

但是，那个曾经把她从树林里救出来、照顾她捡来的小狗、为她阻止猎和流光的，也是这个少年，不是吗？

是因为ALEX对莲华有敌意，还是她受到了诱惑看不清事实？她一下子迷惑了。

在然美选东西的时候，莲华那耐不住寂寞的家伙就像在挖宝一样，几乎把架上的东西翻了个里朝外。

超市的入口处进来一群学生，脚步声嘈杂。其中几个人的声音似乎耳熟能详，莲华诧异地回头。

居然是星奇的人！

他警惕地转过头来，不过，直觉告诉他似乎已经被那群家伙中的某些人认出来了。包括那个上次被他揍得下巴脱臼的星奇的老大。

“怎么了吗？”然美察觉莲华的表情有点奇怪。

“然美，装作不认识我，快点出去。”莲华走近她身边，很小声地叮嘱。

然美一阵纳闷：“为什么？”

“快点。”莲华朝身后瞟了一眼，快步从她身边走过。

那语气好像不是在开玩笑，然美抬眼，也认出星奇人的校服，虽然有点不明就里，她还是赶紧往收银台走。

哪晓得刚一拐出去，就被一个冒失地冲出来的小孩撞到，购物车往然美这边一滑，害她毫无防备地跌向放满罐装奶粉的货架，只听“哐啷”一声巨响，一排排铁罐簌簌地掉下本就已超载的架子。顾客们纷纷替下面纤弱的少女捏了把冷汗。

危急关头，那个刚才还嘱咐她要装作不认识他的家伙已经本能地把她护在身体下。

还好莲华的金刚不坏之身很结实，罐子打在身上还算无关痛痒。

不过……

“哟，还真是冤家路窄啊！”

一片狼藉之中，星奇的老大，下巴上绑着绷带，此刻正自上而下轻蔑地打量着蹲在地上的两人。

身后，一群凶神恶煞般的不良少年跟着歪嘴笑着。

夜幕渐垂，某个建筑工地后面。

听着那堵墙壁后传来的持续的殴打声，然美紧张地拽着衣袖。没有听到莲华的声音，他连一声呻吟都没有，她的心却反而悬得更高。

看守她的两个星奇的男生上下打量了她一番，“呵呵，都不晓得他有女朋友的耶，而且还是这样的乖乖女。”

“知道吗，这可能是莲华头一次挨揍哦。”

“那家伙恐怕这辈子都没被这么揍过吧。”

“为……什么？请你们赶快停手！”然美也不晓得哪里来的勇气，面对可算是半个流氓的星奇人，居然用了平时两倍的音量。

这时，里面有人走出来，比了个手势，示意外面的兄弟把女孩带进去。

然美被领进去，眼前的一幕顿时吓得她不由得捂住嘴。莲华，那么帅气傲气的莲华，正被四个身材壮实的星奇人死命拽着，满身的伤，嘴角还在滴血。“莲华——”她忘了正

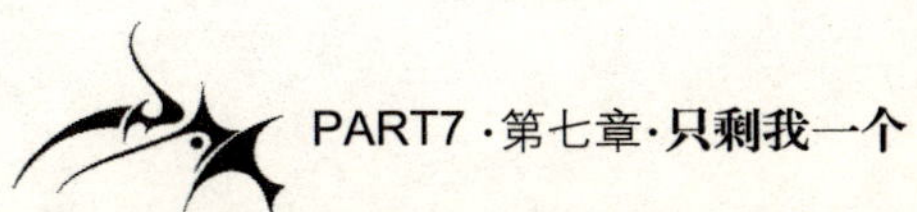

被人拽着，几乎就要冲过去。

直到有人在她面前亮出刀来，“小妹妹，是不是要哥哥我来提醒你一下啊！”

莲华抬起头来，茶色的头发上沾了血滴，挡住他投向然美的视线。

“你们……到底要干什么？”望着正在淌血的莲华，她的呼吸越发急促，“够了吧，已经够了吧……他必须要去看医生！”

星奇的老大扑哧笑出来：“哈哈！真天真啊！原来你中意这样的女孩啊？”他回头瞥了眼无法还击的莲华，“不过，天真小姐，你担心过头了！这个程度对你男朋友来说根本是小菜一碟，对不对，莲华？”他拍了拍莲华的脸，“就是再被这么折腾上一晚上，第二天这小子也可以恢复得跟个没事人似的。”他张开两手，示意莲华背后使劲压住他的四个人，“看吧，要四个人一起才可以把他制住，更别说……”星奇的老大顿了下，伸手抚摩自己缠着绷带的下巴，咬牙切齿，“看见我下巴的伤了吗？你男朋友上次只用了一拳，一拳而已！妈的！”他愤恨地转身，拳头砸在莲华身上。

远远的，然美几乎能感觉莲华重重的喘息，然而他始终没有呻吟出声。

“……真抱歉，”莲华冷嗤一声，垂下的头发遮住了他的表情，但嘴角牵出的弧度却令人不寒而栗，“下次，我会记得把它砸碎。”

星奇的老大震怒，一把抓住莲华的头发，往后猛地一提，强迫他抬起头来。即使狼狈，仰起头的那一刻，仍有种无法形容的利落傲气。漂亮的眼睛里凝聚着狼的凌厉，刀锋一样。

星奇的老大不甘示弱地凑近莲华，对然美发话：“天真小姐，你是喜欢他哪一点？身材很棒？很会打架？”手指游移在莲华紧致的腰间，“很性感？”星奇老大回头瞟了然美一眼，“我猜终究还是这张脸吧？啧啧……的确是会叫男生嫉妒女生疯狂的俊脸啊！莲华，跟你打个商量如何？你可爱的女朋友，我们会保证她毫发无伤，不过，条件嘛……”手中的弹簧刀嗖地弹出，贴在莲华的脸颊，“让我们在你漂亮的脸上留点纪念，如何？”

“不要！求你……”然美倒抽一口寒气，惊慌失措地喊道。

“不要求他。”莲华的声音冷冰冰地响起，“这家伙不配让你说那个字。”

但是你值得啊！压抑不住心里的大喊，可是莲华的骄傲，他高高在上不容侵犯的傲气，让她只能哑然地望着他。

“呵呵，看来你是一点都不心疼你的脸啦！”星奇的老大恼羞成怒地把匕首压在莲华眼侧。

莲华合上眼，声音不可思议地平静：“然美，闭上眼。”

不用他说，她早已不忍目睹地紧紧闭上眼睛。

一阵难耐的安静，也许只有几秒的时间，却让看不见的她觉得无比漫长。

突然“嗵”的一声，响起粗厉的尖叫！

不知道发生了什么，然美战战兢兢地张开眼。

莲华突如其来地起脚，膝盖顶得星奇的老大痛呼一声埋下腰跪倒在地！

“滚开——”他大喝一声挣脱受制的双臂。只一瞬工夫，惊人的力道让那四个壮汉不由得栽了一下，已完全抓不住他！

突然的逆袭让所有人顿时乱了阵脚，慌忙围攻上来。眨眼间，那四个刚才抓着莲华的家伙轮番各吃了莲华一记狠拳，闷闷地摔倒在地，再无翻身之力。在持续不断的尖叫中，莲华闪电般的拳头保持着一次撂翻一个的势头，转眼就招呼得满地是人。

星奇的老大抓住掉在地上的匕首，一跃上来，莲华敏捷地后让，刀锋自胸前一分米处惊险划过，啪的一下，星奇的老大的手还来不及收回，已被莲华一把捏住。五根手指在对方手腕处狠狠使劲，弹簧刀当啷掉在地上，骨头断裂的声音霎时清晰入耳，令人心惊！

“呃啊——”星奇的老大痛得青筋突起，龇牙咧嘴。

“忘了说了，我是下半身比较厉害的那种。”莲华抹去嘴角的血，微虚的狼眼和沉重的鼻息传递着危险的讯号，“现在后悔没把我的脚绑起来了吧？”他一把拽起痛倒在地的星奇的老大，嗵的一声闷响，拳头凶狠地捅进对方脆弱的腹部！

“莲华！”不远处挟持然美的男生似乎这才醒过神来，刀子抖抖地比在然美白皙的脖子上，“你不管你女朋友死活了吗?！”

莲华慢慢转头，本来就凌厉的表情因为沾染上血的缘故显得越发冷酷骇人。

挟持然美的男生直直地看向他，眼睛都不敢眨。

莲华放开星奇的老大，对方不支倒地。挟持的男生盯着莲华朝他们一步一步靠近。

狼样的眼睛锁定那把握着刀子的手，沉沉地开口：“我想你不会吧？手都抖成这样了。”他危险地笑。

“你再靠过来！我就会动手的！”吼声歇斯底里。

莲华靠近的脚步停下，紧盯着近在咫尺的猎物良久，冷漠地警告：“最好不要。万一你不小心弄伤了她……”冷金属质感的嗓音让人背脊发凉，“我也不知道我会做什么。”

手上的颤抖刹那传遍全身，身体快于大脑作出反应，刀掉下来，挟持的家伙蓦地放开然美，仓皇地后退。

然美依然缓不过神，望着面前的莲华，心跳飞驰无法停下。

“好了，危险解除。”看着惊魂未定的然美，莲华的眼神温和下来，微笑着伸出双手。

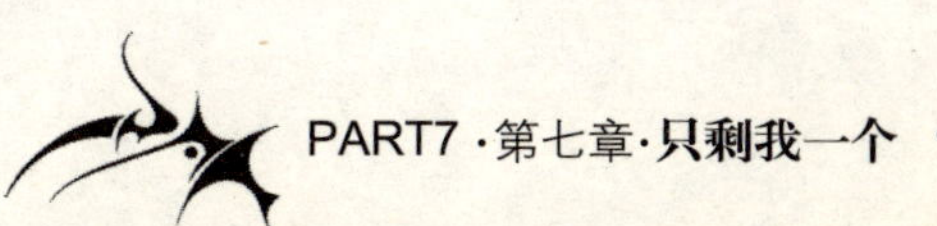

她茫然无措地朝他走过去，刚刚目睹的一切让她的大脑一片空白。

“抱歉，现在不能抱你。”莲华从上到下审视自己，无奈地勾嘴，“我太脏了。”

然美讷讷地摇头：“不，你一点也不脏……” 她忽然无法克制地一把抱住莲华的身子。

莲华怔住，一下子不知所措。

不要说自己脏，脏掉的衣服我会帮你洗干净，伤口我也会帮你上药……只求你不要变成那样！

“……哪里脏了？你一点都不脏！”有一点点害怕、一点点慌乱，让她语无伦次。

当然美的头靠在他胸膛，心境就神奇地安定下来，“那我真的要抱你了……”他伸手轻轻回抱住怀里的女孩，伴着一点点的狡猾，下巴眷恋地搁在然美柔柔的头发上，深呼吸……

身后，有人蹒跚着站起来。

锋利的刀风刮来！千钧一发时，嗅觉敏锐的莲华一把按倒然美。

持刀的星奇的老大扑了个空，刀子在空气里猛力地一划——

刷刷，非常微弱的撕裂声。

慢镜头一般，然美的头发应声而断。

看着飘落在地，她留了两年的长发，然美愣住，随即感到莲华纵身而起时扇起的一阵风，他低低的咒骂夹在风里。

当她定睛时，偷袭的星奇的老大已被莲华一拳打得滑出去摔在墙壁上，鼻血直流。

莲华一步跨到他面前，居高临下，脸上是霜冻的神情。星奇的老大拼命握住弹簧刀，却被莲华狠狠一脚踢过去！偷袭者惨呼，手腕脱臼，刀子噔地飞出去好远！

“莲华——”然美惊呼。

工地上一片血淋淋的寂静，只听得见一声声急促的呻吟。

夜幕降临。

然美推开理发店的门走出来，站在门口，可以看见坐在树下长椅上的莲华歉疚的背影。

她忐忑不安地走过来。

莲华闻声抬头，路灯下，然美原本齐肩的长发修剪到了颈窝，短短茸茸的日本女生似的发型，只有刘海儿还是老样子，细碎的发尾微微往里卷，衬着干净的下颌。然而突然如此清爽的感觉却叫莲华一时适应不过来。

"嗯……"然美抿嘴想了想,笑着说,"很凉快。"

莲华望着她,目不转睛,好半天,低下头说:"对不起。"记得学姐曾说过,长发对女孩子来讲是很珍爱的东西。他真该死,原来他就是这么保护她的。

"不用说对不起,我本来就想换个发型了,只是一直下不了决心。"然美摆摆手,笑着宽慰他,兀自摸了摸耳边的头发,"其实我很喜欢这个样子,所以你不用抱歉。"

他再次不确定地抬头,微风拨开云层,月光照在然美细细薄薄的短发上,干净剔透的黑色衬着同样干净的白色。

"莲华,你的伤……"然美担忧地注意莲华嘴角和脸颊的伤,已经给他贴了创可贴,可是,说不定还是很痛,但愿处理得及时不会发炎。

"放心,不会毁容的。"莲华站起来,双手插进裤兜里,"走吧,我送你。"

望着不远处闪亮广告上长发飘逸的少女,然美却出神了。

小时候,她习惯躺在妈妈膝头,感受着温热的水顺着长长的头发流淌下来的那种触感,妈妈的手指轻轻地抚摩……

"对了对了!"前头的莲华没头没脑地停下脚步,"我还没发表对你新发型的看法呢。"

"啊?"

"你留短发,看起来……"还是他一贯不正经的笑,"很好吃。"

脑袋卡了半天,然美扑哧笑出声来。哪有人说人家头发好吃的啊!

就这样,两人肩并肩走在夏夜的街道。不知道是该怪她个子太矮还是莲华太高,她每次想要悄悄打量他,抬头的动作都必定大到引起他的侧目。此刻的莲华,正如莲一样安静,随风摆动的衣褶,帅气的头发,一切的一切都是如此漂亮,令人倾心。她怎么都无法把眼前的他,同傍晚时发飙的那个人,还有ALEX口中的那个人联系起来。

他是那种前一秒会很温顺,讨你的欢心,下一秒……眼睛也不眨一下,就能做出这种事的人。

即使下午的那些事情还历历在目,然美发觉自己仍然固执地抗拒着不祥的念头。莲华不是那样的人,一定不是那样的!

马路上,汽车飞驰而过,车灯不时照在身上,头顶的树叶一阵一阵哗啦啦地摩挲着,前方的路一路扶摇直上,远远的,道路的尽头是未知的风景,然而莲华近在身边的存在感,让然美体会到一种模糊的幸福。

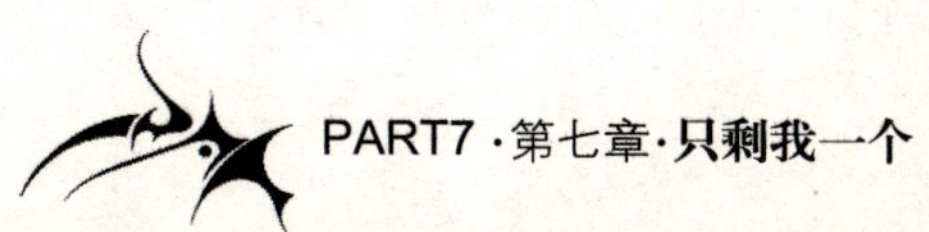

"啊！"无意中望向树林尽头，她突然惊喜地叫出声。

莲华纳闷地停下来。

然美面朝那个方向，确定地眨了眨眼，才抱歉地笑起来："……啊，好像看错了。我以为是萤火虫……"

"萤火虫？你很喜欢？"

"其实也算不上喜欢，只是很怀恋，那个时候……"然美顿住，不好意思地摆摆手，"不是什么大不了的事，你不会想听的。"

"我想听。"

很突然的三个字，然美怔怔地望向莲华。

"我想知道多一些你的事情……因为，我好像还什么都不知道……"莲华看着她，脸上是不易察觉的可爱的腼腆。歉疚还太笨拙，温柔不太熟练，任性摆脱不掉，他却放任它们在夜色里热切地挥发，迫切地想要传达那种说不出的……很在乎的心情。于是这般，便成了美少年身上自然流露的诱惑。

然美望着莲华，目不转睛。他的额头和嘴角还有轻微的伤，夜色里，俊美到令人心痛。月光下那带着薰香的温柔，她只在那个奇妙的夜晚感受过。

"……真的愿意听我说吗？"胸口的潮水不停地膨胀。

莲华静静地点头。

就这样，然美带着感激的笑，有点笨拙地打开话匣。说起那时妈妈和她，虽然过得辛苦，但是很快乐……那时夏夜的星空总是很明净，她和妈妈每晚坐在庭院里纳凉，林子里是安静飞舞的萤火虫，脚边是趴在地上吐着舌头的玛雅……那时的她对于未来总有这样那样五颜六色的幻想……她说起她们不大的小屋，屋檐下那把白色藤椅，爬上阳台的青色蔓藤，以及她放在窗台从河边捡来的漂亮鹅卵石……

说到小时候的事，一开始是零星的点滴，既而庞庞杂杂，渐渐地变得没有逻辑，每当这时她的表情都会有点抱歉。词不达意时老是不停地"总之……总之……"

总之……

就是很幸福。

手轻轻拽着跃跃欲飞的校服裙摆，一路慢慢走着。不宽的马路上只有几辆轿车穿过，路上寥寥几个行人也是行色匆匆。只有她出了神，情不自禁地放慢了脚步。从前在家乡，也有这样一条长长的林荫道，更窄，却更长，一眼望不到头，那是她从学校回家必经的路，放学的时候，别的同学都三三两两兴奋地奔跑回家，只有她一个人背着书包慢悠悠地走，抬头打量四周的风景。

今天的树木是不是比昨天更茂盛了？树上又被刻下了谁和谁的名字……

总是比别的同学晚回家，为此母亲曾不止一次生气。可是她怎么也改不了东张西望的习惯，她认得这里的每一棵树、每一只小鸟，她一度认为自己会是这个世界上最快乐的人。

那一次，当心急如焚的俊仁哥哥终于在一棵梧桐树下找到她的时候，她指着树桠上一窝唧唧喳喳的小鸟，一脸由衷的喜悦："快看，是新的鸟巢！"

俊仁蹲下来，颤抖着抱住刚满十三岁的她，那么重要的话，他忽然不知该如何启齿。

"然美，伯母她……"

……

"都是我的错……"

车子飞驰而过，她懊悔的声音蓦地飘散到风里。光和风抛洒过来，她垂着头，看到光尘如同星星的碎屑，扑散到莲华黑色的T恤上，他的衣服轻轻扯动。即使低头不看，也可以感受到莲华静静的注视，在他们两人之间，弥漫着微热，以及一种难以描摹的牵扯。胸中漫溢的奇妙情愫，无法正确表达，只能付诸糟糕的语言："谢谢，谢谢你愿意听我说。"没有人愿意倾听，什么都堵在心里，真的好难受。

莲华凝视她，淡淡地问："要我做什么吗？"

"……能帮个忙吗？"

"什么？"

"我很想要，一片完整的银杏叶。"

莲华默默地看了她一会儿，叹了口气，顺从地走向路边的树林。

然美抬头，莲华高挑帅气的身影融进夜色里。他竟真的照做了！这么玩世不恭、不可一世的莲华，居然因为她一句没来由的古怪要求就要去为她找完整的银杏叶！然美站在路边，张开嘴想喊住他，泪水却冲破临界点，悄悄滑落。她在路边蹲下，压住抽噎的声音，没有一丝矫情的意思，只是想哭，很想哭。一片完整的银杏叶，只是一个能让她独自哭上三分钟的借口。

妈妈，你在天堂还好吗？……你知道吗，有一个男生愿意在这个时候为我找来一片完整的银杏叶……对不起，妈妈，我是不是很任性？本来，我只是想让他转过身去一会儿的……可是为什么会说要一片完整的银杏叶呢？

……我是不是，其实是在向他撒娇呢？

漂亮的银杏叶，她的蹩脚的借口，还有他的无条件的迁就。有感伤，也有感动，究竟

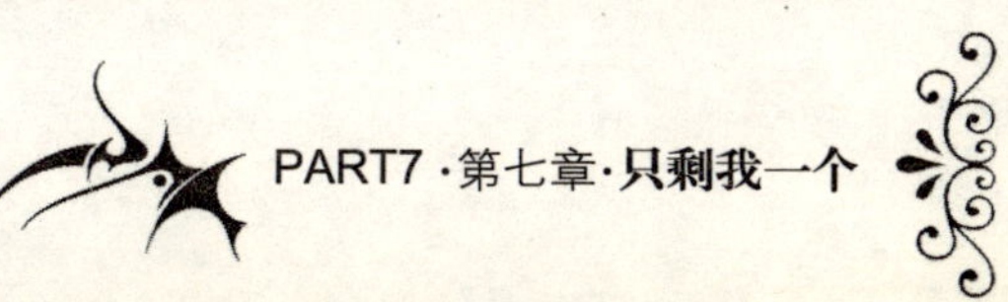

哪一种多一些，她自己也说不清了。

不知道过了多久，周围越发的冷清，路上的车少了，星光也淡了。莲华还没有出来。然美站起来，焦急地望向黑压压的森林。

“……莲华！”她紧张地喊他的名字。

微弱的声音被林子里奇怪恐怖的吠声盖过。

“莲华！不要找了——”她慌了，手忙脚乱地从路上下到森林里，“不要找了！莲华！！”

还是没有回应。

“别找了！莲华——”她懊恼地喊，“都是我不好！”

“……然美。”许久，身后传来莲华落寞的声音。

然美慌张地回头，莲华斜斜地站在不远处，身形顿了一下，走过来，颓丧地看着她，嗓音黯然：“……怎么办？我找不到完整的银杏叶。”

他沮丧的表情让她觉得好抱歉：“没关系，找不到也没关系！本来就是我在无理取闹！我只是……”

奇迹般地，薄薄的树叶出现在她眼前，打断她欲出口的话。

“你给我出的难题。”莲华递过树叶，笑，“它什么地方都很完美，我保证。”

月光下半透明的银杏叶，有着优美的轮廓、曼妙的纹路。然美木木地伸出手，莲华却忽地将手一扬。

“交换。”他说，笑意一闪，手指轻轻掠走凝在然美下颌闪亮欲滴的眼泪，放到唇边，低头吻了下去。

像是漫画中一连串唯美的分格，低垂的眼帘，亲吻的姿态，细柔的发丝在莲华额前浪漫地晃啊晃……那种顽劣的温柔要命地扎进然美的心房。像是，被很轻巧地掠夺了……

“现在可以给你了。”莲华含笑，得逞地将树叶放进她还傻傻摊开的手里。

然美红着脸，机械地说谢谢。

她将树叶揣进怀里，听到头上方浅浅的叹息：“……谁都会犯错，但那又怎么样呢？”像是在安慰她，又像是在问着自己，莲华侧目看着有些怅然的然美，忽然问，“能不能别再这样？”

“啊？”

“下次想哭的时候，肩膀可以借给你。”

心跳被打乱了，然美慌张地移开视线。莲华宽而结实的肩膀，真的让女生有想要依靠的冲动。但是依靠与否并不重要，对她而言，重要的，只是那份认定了可以依靠的感觉。是从什么时候开始喜欢他的？这么喜欢这么喜欢，喜欢到拒绝相信任何人指责他的话，而且越来越喜欢，越来越喜欢……

他是那种前一秒会很温顺，讨你的欢心，下一秒……眼睛也不眨一下，就能做出这种事的人。

“我真傻……”她怎么能……去怀疑这样美好的莲华？心里的想法，不知不觉脱口而出。

“呃？”莲华不解地转身。

好温柔……此刻的你。月光下，凝视莲华，好像就会头脑发热，然美笑得尴尬：“我都不敢相信，你会这么跟我说话……”

“以前我都怎么跟你说话的？”

“刚开始的时候，你好像很讨厌我，看起来都是很冷酷的样子。”倨傲霸道，冷酷又邪气，让她曾经下决心对帅哥这种事物敬而远之。

“我怎么会讨厌你？喜欢都来不及……”慵懒的声音像调皮拨动心弦的风。

然美连忙望向别处，笨拙地抬手指向二十码外的岔路口：“莲华！我们该走哪个方向啊？”

“不知道。”莲华无聊地望了望岔路口，耸肩，“不过我身上刚好有硬币……”

“不要开玩笑了，已经九点半了啊。”

“是啊是啊，可是迷路了我有什么办法？”

然美无奈地叹了口气，他们现在已经站在岔路口了，她是完全不晓得方向的，可在这种节骨眼上莲华这家伙还是一点不正经。她只好无奈地转身往右边走：“那我就往这边走了。”

“喂！错了！”

第八章

自由的飞翔

PART 8

在这没有边际的天空，你就是我自由飞翔的翅膀。

水从头顶刷刷地冲泻下来，他仰起头，任温暖的液体飞溅到宽阔的额头，覆盖住他冷傲英俊的脸，桀骜的褐色鬈发重重地垂在脑后，黏在流畅的颈项。

双手抵在浴室光滑的墙上，他突然觉得已没有力气支撑这个强健的身体。水雾弥漫的镜子里隐隐现出少年高大帅气的轮廓，漂亮火热的身体，曾一度只对速度痴迷，现在却变得不受控制，会突然全身僵硬不知所措，会突然好像周身有电流蹿过！

下午在学校附近看到的那一幕，她单薄的背影。他觉得自己就像个傻瓜，全世界最无药可救的傻瓜，因为他真的……

就快要飞奔去她身边了……

好奇怪，好奇怪，她的存在仿佛耗尽了他全身的力气。他不知道该怎么办！

水温暖而温柔地包裹住他的身体，他摊开双手，却抓不住它。

然美回来的时候，客厅的沙发上扔着猎的背包和外套。

咔嚓，她回头，浴室的门开了，猎穿着一件黑色背心和一条宽松的牛仔裤走出来，脖子上搭着毛巾，头发还在滴水，他冷漠地瞥了她一眼，从她身前擦过时，沐浴后的热气蓦地扑散到她脸上。

她恍惚地，回想起第一次见到猎的情景。

那时她提着行李，一个人站在富丽堂皇的大厅里，手脚都不知道往哪里放，接她来的司机大叔有急事出去了。十分钟以后，她还傻傻地站在白色沙发的后面。

然后就像现在，浴室的门突然开了，她好奇地转过头去，陌生英俊的男生走出来，正用毛巾擦着头发，褐色的头发在阳光下金灿灿的，象牙白的皮肤上挂着水珠，散发着湿淋淋的热气，他赤裸着上身，牛仔裤的拉链也只拉到一半，露出里面低腰的白色底裤，然美来不及收回视线，脸刷地红到了耳根！

然后客厅里蹿起一道惊人的狮子吼：

"喂！！你——"

猎的话没吼完，因为只吼到一半，她已经被那气势吓得仓皇地退后好大一步！害他反而有火发不出。他恼怒地瞪了她半天，才想起裤链还没拉上，很气愤地命令她背过身去。

然美老实地转过身去，过了很久也没听见那个男生再叫她转过来，当她悄悄回头的时候，客厅里早已只剩她一人。

她捂着怦怦跳的胸口：好……凶的男生！

在她的家乡，男孩子们虽然也会很淘气，但她从来没遇见过这么凶的男生！虽然……他长得比她所见过的男生都更帅气更漂亮。

想起妈妈曾告诉她的，然美在心里强烈地祈祷着，这个凶巴巴的男生千万不要叫陆然猎啊！然而事情往往不如人愿。

猎改不了裸身的习惯，他在家里一向嚣张跋扈惯了，突然为了一个平白冒出来的陌生女孩，不得不改变十七年来的习惯，而他自然把所有错都归结到然美头上。

于是，然美便被猎这样那样地瞪着过了一个暑假。

她几乎不敢奢求他会喜欢她，只要不被过分讨厌就好了。

那个时候，他们就是那样，很率直地彼此对抗或躲避着。

然美凝视着猎高大的背影，为什么现在，在相处了那么久以后，反而还掺杂了许多不协调的因素呢？

"猎，今天下午谢谢你。"无论如何，想要和他说句话。

猎背对着她，利索地套上衣服，刺啦拉上拉链："谢我什么？"他转过来，睨着然美，"我该帮你的不是吗？谁叫我们是一家人？"

他昂着下巴，态度依旧高傲，语调冷嘲热讽，然美听得出，他一点也不喜欢他们是一家人这个事实。或者说，一点也不喜欢她是他姐姐这个事实。

"头发是怎么回事？"猎冷眼瞥了瞥她的短发。

"哦，我觉得这样会凉快点，所以就剪了。"都已经立秋了，现在才来剪头发，想想这个回答还真是够蹩脚的。

"是吗？"猎挑了挑眉，毫不费力就看出她在撒谎。她总是在他面前撒谎！他不得不习惯她专门用来对付他的言不由衷。

然美沉默的时候，猎已经穿好衣服，弯腰拿上背包，没入黑夜里，还是只留给她背影。

又要彻夜不归吗？然美有些无力。门外传来父亲回来的声音。

出门一看，儿子和老子又在半路狭路相逢。陆乔下了车，沉着一张脸，和他一起下车的那个瘦瘦的年轻人很客气地跟猎打招呼，得到的只是漠视。

"又想出去？"陆乔没好气地瞪着自己桀骜过头的儿子，语气里是父亲不容抗拒的权威，"从今天开始晚上你都给我老老实实在家待着。"

"什么意思？"猎疑惑地蹙眉，"还有，"他随手指了指陆乔身边顶着他表哥头衔的男生，却不正眼看人家，"他到这里来干什么？"

陆乔懒得解释，只转身对外甥说："车子就在车库里。"

看着父亲和那个唯唯诺诺的表哥朝车库走去，猎好像忽然明白了什么，愤愤地扔下背包追了过去。

"猎！"然美也不安地跟去。

"哇，好棒的车！"年轻人兴奋地打量着巨型摩托车。在车库不算太强的灯光下，火红的车光亮如新，通体散发着火似的荧光，看得出骑它的人有很用心的照料。

"喜欢今天就拿走吧，" 知道自己此刻脸色不太好，陆乔勉强笑了一个，"送给你了。"

"真的可以吗？舅舅！"

"你敢碰它一下试试。"冷酷的声音发自车库门口，猎高大的身子立在半暗半明的地方，浑身透着一股暴戾。

刀一样的目光戳得那位表哥背脊一凉，不自觉地退开了一步，他看了看陆乔，又畏惧地望了一眼怒火中烧的猎，识相地告辞："舅舅，我看我还是以后再来吧。"

然美同从车库里匆匆而出的表哥擦肩而过，不敢相信父亲竟然要把猎最心爱的机车送人，也难怪猎会这么生气了。

"为什么？"猎难得地保持了冷静，脸上却刻着被背叛的痕迹。如果父亲不能给出一个满意的解释，他绝对绝对无法原谅！

"还问我为什么？你为什么就不检讨一下自己？！"陆乔严厉地喝道，"你现在变本加厉地每天去飙车，深更半夜也不回来，有时候甚至一整晚在外面玩命！"他生气，他恨铁不成钢，但更多的，却是害怕。“你以为躲躲藏藏我和你妈就不知道你上次赛车受伤的事吗？”

猎怔住，感到的是更大的背叛，他转过身来瞪住然美，声音从牙齿里狠狠磨出来：“你出卖我?！”

然美木讷地摇头，无辜地承受着猎更胜一筹的怒火。

“不用怪然美，她没出卖你。是兰姨发现后告诉我的。”陆乔平静地替然美解了围，既痛心疾首又失望透顶，“你不但自己学坏，而且还拉着无辜的然美跟你一起撒谎！简直是无可救药！”

“然美，然美，然美……你张口闭口都是然美！”猎受不了地冲口而出，怜悯又自嘲地望向他的父亲，“其实我很能理解你的心情。”

“你说什么？”

“我说我很能理解你的心情！看到她就会想起你喜欢的人，满脑子都是她的影子！会魂不守舍！会……”

“住口——”一个巴掌狠狠扇了过去！

像被打蒙了似的，猎偏着脑袋，好半天没有吭声，然后他转过头来，脸上挂着疲惫不堪的苦笑：“那就让我走啊。”

刚刚父子的一席对话，让然美只能震惊地伫立在后头。

陆乔压住滔天怒火：“你哪里都不许去！机车是我买给你的，我也有权收回来！”

猎冷笑着开口：“我早知道会这样。”他从兜里掏出一张金卡扔到陆乔跟前的地上，“上面是三千块，剩下的我以后会还给你。”

轻慢的态度让陆乔大为光火：“你哪来这么多钱?！是赌车赢回来的?！”

猎从然美手里粗鲁地扯过背包，回头看了陆乔一眼：“我只是想告诉你，假如用钱就可以摆平一切，我也会。”

极尽挑衅地说完这番话，他跨上摩托车，发动引擎。

然美担忧地望向父亲，陆乔的手紧紧地攥成了拳头：“好！有种你就不要回来——”他蓦地朝车尾灯的方向大喊。

夜深人静，然美清醒地躺在被子里，终于还是决定坐起来。轻轻打开房门，赫然发现楼下大厅的灯是亮着的，她听到父亲和母亲断断续续的对话声，其间曾不止一次提到她的名字，她的心忐忑不安，不晓得该不该马上退回到被子里，装作什么都没听见。

寂静的夜里，若梨的声音虚软无力：“自从那个女孩来了以后，一切就都不正常

了。”

“不要胡说，这跟然美有什么关系。”陆乔烦躁地猛抽了口烟。

“还说没有关系？我还没说什么，你就自动站到她的立场上去了。”

“若梨，”陆乔语重心长地望着妻子，“当初你明明也同意接然美过来的。那个时候我真的很感谢你的善解人意，但现在为什么连你也……”

“我答应你接那个女孩过来，是因为不想你对她们母子一直背负着愧疚。”若梨正颜回视他，“每一次猎过生日的时候，或是我们三人聚在一起庆祝的时候，你都是心不在焉，你从来没有注意过猎不开心的表情，我以为让你补偿了她们你就不会再那么三心二意，会稍微用心对待我和猎，可是，结果证明我想错了。”

冷静理性的腔调让陆乔哑口无言。

“猎的性格是不好，所以你嫌弃他，可是你要知道，他会变成这个样子都是因为你的忽视。你是给过他很多物质上的东西，车也好，手表也好，名牌的衣服也好，但他从来就没有感受过父爱。”

“你这么说不公平，他是我的儿子，我怎么可能不爱他？”陆乔疲惫不堪地摇头。

“陆乔，爱若只是嘴上说说、心里想想，那就根本是不值一钱的东西。”铿锵的一句话，仿佛判了陆乔死刑。若梨审视着她抬不起头来的丈夫，眼神疏离，口吻失望，“我曾经也想好好爱护猎，但既然你根本就不把他放在心上，不如干脆放弃他吧，让他跟你父亲一样，成为杀人凶手好了。”

“若梨！！你在说什么？！”陆乔惊恐地站起来。他突然意识到这个女人的残忍！她怎么可以拿自己的儿子做报复他的砝码？！

“你本来有很多机会，但现在我累了。”若梨冷漠地起身，仿佛心意已决。

杀人凶手！

然美背贴着房门，刚刚听到的这四个字在脑海里一阵轰响！猎的爷爷，也就是她的爷爷，是杀人凶手吗？黑暗中，这个突然听到的消息像个晴天霹雳。

猎……他知道吗？知道自己的亲人是杀人凶手吗？知道自己在不知不觉中被亲生母亲放逐吗？这对无辜的猎而言是多么残酷而可怕！

不会的，母亲她不会真的这么想的，猎毕竟是他的儿子啊！她能感觉出那位夫人是真心爱他的，虽然她的态度总是很冷漠，但她真的真的是爱着猎的。

可是，如果……万一……真是这样的话，罪魁祸首毫无疑问就是突然闯进来的她。

怎么办？她该怎么办？一点勇气都没有了……

早上，厚厚的雾降临这个城市，预示着今天将是个阳光明媚的日子。

第一节课的气氛照例无精打采，课堂上哈欠连天，只有老师在讲台上带劲地讲解着："接下来：我们套用这个公式……"粉笔在黑板上发出清脆的书写声。

然美呆呆地握着笔，眼睛盯住笔记本，半晌没有动静。吃早饭的时候，偌大的餐桌上只有她一个人，父亲和母亲已经出门了，只有兰姨告诉她，父亲因这周末要出席一个国际论坛，无法陪她去上坟。她静静地点了下头。反正这些，都不重要了。

旁边的明娜不安地留意着她。

"……陆然美，陆然美！"

直到紧箍咒不快地提高了音量，然美才回过神，赶紧站起来。

"你怎么回事？一节课都在走神。"紧箍咒在讲台上严厉地审视她，"你来回答一下这个问题。"

问题？什么问题？然美手足无措地拿起面前的课本，看了好半天。

"陆然美！"紧箍咒突然大发雷霆，"你知不知道现在是上的什么课？！"

全班哄堂大笑，然美怯怯地抬头看向黑板，才意识到这节是物理课，她手上拿的却是数学课本。

紧箍咒被气得够戗："第三节课完了到我办公室来！"

然美埋头坐回位置上，微微地有些难堪。

课堂秩序刚一恢复，班上的不安分子又开始了例行的嘲讽："一定是在两大帅哥之间犹豫不决吧！"

"要是我就选择莲华了，沈流光那神经病，没什么好考虑的嘛。"

"我是第一次看到同时交往两个男友却没被甩的人哎！"

啪的一声！明娜将课本使劲扔在桌上，不耐烦地嚷道："嗡嗡嗡的！还要不要人听课啊！！"

叽叽咕咕的人这才都噤了声。

黑色的摩托车又一路驶进校园里。

莲华停下车，扯下安全帽，朝操场上的人影喊去："然美！"

穿着白色运动服的女孩仍只抱着膝盖坐在单杠下面，静静地发呆。

真服了她了！"陆然美——"他扯着喉咙又喊了一声。

这回她好像听到谁在叫她，怔怔地抬头望过来。

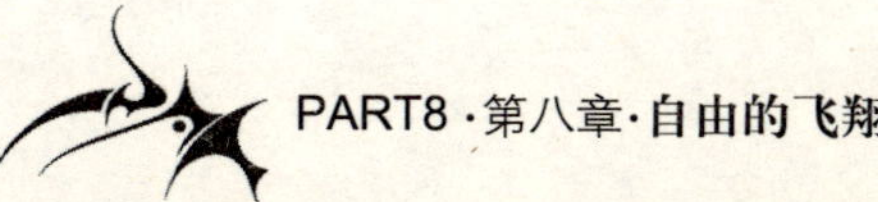

正巧有人影挡住了莲华的视线，他咒骂："快点滚开啊！"

那人疾步跑开，然美已经朝招呼她的狄仁走过去。

什么智商?！莲华气大地跨下机车，管它现在是不是上课时间，他要过去把那笨蛋抓过来好好教训一顿。

"莲华——"身后有魔音袭来！

他下意识地转头，当下就后悔了，一个重重的女式挎包正中他胸前。

秦琴乘胜追击地一把揪住他的胳膊："来上学了不去教室在这里溜达什么?！"

"你有毛病啊?！我不是正要去上体育课吗？"莲华把包扔回去，火大地吼。

"体育课？你跟哪个班的上体育课？"秦琴一挑眉毛。

莲华脸皮厚地笑笑："五班。"

"我什么时候批准你转班的？"

"哦，我不是五班的啊。"他笑着揉揉被掐得生疼的胳膊。

"跟我回去！"

莲华只好认命地被秦琴领走，离开时还不忘回头朝操场上迟钝的然美啜了声："回头再收拾你！"

"你要收拾谁?！"长指甲的手指再用力这么一掐。

他痛得嗷嗷直叫："你温柔一点！！……好不好？"

第二节体育课下了以后，然美心情复杂地走回教室，路过猎他们班上时，她犹豫着往里面瞧了一眼，教室最后一排靠窗的位置空空的一片，只有秋天的阳光洒在桌面上。

明娜在过道那头担忧地望着然美的身影，然美是藏不住心事的人，如果不是发生了什么，那个笨蛋是不会无端地这样心神不定的。哎，说了半天她还是没法丢下她不管啊！

她一口气跑到六班，找到正趴在桌上睡觉的莲华。

"兔崽子！你是不是对她做了什么?！"大嗓门女王一掌击在莲华桌上。

教室里的人集体注目起来，为这句问话里的潜台词。

莲华皱眉抬头："你受什么刺激了？"他推开桌椅，慢吞吞地站起来。

莲华的身高优势总是能让明娜恨得牙痒痒。她倒不是受了刺激，只是一激动起来说话就有点没逻辑。

"一定是你欺负了她，她才会变成这个样子的！"

莲华嗤笑："嘁，说得好像我强暴了谁似的。她是谁啊？老是她她她的……"他顿住，马上便意识到了，表情正经起来，“然美吗？她怎么了？”

“我怎么知道？所以才来问你啊！她一副痴呆的样子，紧箍咒还叫她下节课后去办公室呢。”明娜的语气软了几分，看样子，莲华也是一头雾水。她又不好亲自去问然美，总觉得之前一直冷落好友，心里不免有些歉疚。

抬头，看见莲华轻蹙着眉，她掉了一身鸡皮疙瘩，这个沉思者的表情还真是不衬他。

楼梯拐角处，两个男生正抢着一罐可乐。一不小心易拉罐脱了手，咕噜噜地滚下楼梯，蓦地撞上一双脚，里面的液体溅到来人的裤脚，干净的牛仔裤染上褐色的痕迹。

两个男生战战兢兢地看着站在下面、脸色阴郁的莲华。他沉着脸朝石化的两人钩了钩手指。

两人灰溜溜地下来，站在莲华跟前，低下头，开始自动地搜刮起自家口袋。

五十多块钱递上来，莲华只瞟了一眼：“钱我不要。”

“啊?！”两个男生张大嘴，面面相觑，心想这下有得受了！面对捉摸不透的莲华，不由得双双打了个寒噤。

“我要你们帮我个忙。”

第三节课后，办公室里，紧箍咒紧拧着眉头看着面前不发一语的然美，终于无奈地叹了口气，“陆然美，你有没有注意到你的成绩在下滑？”他翻出测验的成绩和作业本，“测验就不说了，连作业也是一塌糊涂，好像压根没上过课似的。”

“对不起，老师，我以后会注意的。”

紧箍咒咳嗽一声，谨慎地问：“……你和莲华在交往这件事是不是真的？”

然美点头，准备承受任何责难。

秦琴抬头偷瞄这边，不由得替她的准儿媳(她已经把莲华内定成儿子)捏一把汗，浪漫就浪漫吧，怎么也不能让紧箍咒抓到把柄啊，这下肯定得没完没了了。

没想到紧箍咒自我感觉很良好地来了一句：“是那家伙逼你的吧？”

秦琴实在憋不住了，起身插话：“主任……”

“你坐下，秦老师，我是在问我的学生。”紧箍咒头也不回。秦琴悻悻地坐下，注视然美的一举一动，这女孩该不会为了自保回答“是”吧。虽然换了是她，倒是很可能这么做。

“不，他没有逼我。”然美错愕，难道在大家眼里莲华就那么坏吗？

“他没有明目张胆地逼你，而是使用了某些手段，你是这个意思吧？”紧箍咒继续自由阐释。

“主任……”

“你坐下，秦老师，我是在问我的学生！”

秦琴咬着笔杆儿，不服气地坐下。

然美辩解：“不是，他……”

“一定是他诱惑你。”紧箍咒斩钉截铁地下了定论，“他也就只有这些事情最拿手！因为你太单纯了，所以才会被他的外表所骗。”

“不是的，老师为什么要这么想……”

“然美，你要听老师的话，那个男生绝对接近不得。”不给然美插话的机会，紧箍咒已经开始循循地教导起来，“他和一般的学生不一样，来这里只是为了混而已，没有家人管束，我看他倒是自得其乐得很，你和他不同，你是很有希望的学生，绝对不可以为了他分心……”

“老师！”然美终于有些按捺不住，“请让我说句话好吗？”

办公室里静了静。

从来声腺细细的然美蓦地提高音量，倒是让紧箍咒有点惊讶：“……你要说什么？”

“老师，莲华他，从来没有对我做过……您认为会做的那些事情。没有用过什么手段，更没有引诱我，也没有要我放弃学业。我自己不认真不努力，和他一点关系也没有。”因为她胆小、笨拙又迟钝，才老是让别人操心，“不关莲华的事，他很好，虽然我这么说老师一定会觉得很奇怪，但，不在自己身上找原因，却把一切推给别人，这样，不是太懦弱了吗？”她很诚恳地说完这番话，竟让紧箍咒有点无力反驳的感觉。

秦琴摸摸下巴，嘉许地看着然美，这个女孩，当她的儿媳好像还不错。

门砰的一声被推开，莲华一身戾气地走进来。

秦琴的下巴差点掉下来，真是说曹操，曹操就到，而且到得很不是时候。这个时候这小子还拽个什么劲？

办公室因为莲华嚣张跋扈的登场而火药味十足。

然美转身看见莲华朝她大步走来，陡然有些不安。他看着她，目光顿时深深的，闪动着说不出的美丽和灵犀。

紧箍咒骤然起身：“莲华，你不知道进办公室要先敲门的吗?！”

“拿去。”莲华懒洋洋地将两大沓作业纸啪地扔到教导主任桌上，手向后，不动声色地将然美的手攥在手心。她迷惑地望着他的背影。

"这是什么？"紧箍咒低头查看那沓东西，有点摸不着头脑。

"检讨书。"

紧箍咒仰头，像是没听懂他的话："检讨书？我什么时候要你写检讨书了？"

"你会叫我写的。"莲华轻描淡写地笑笑，转向然美，"我们走。"

"走？去哪里？"她诧异，迎上他闪亮的目光。

莲华握紧她的手，毅然转身，在办公室一片惊讶的目光中，旁若无人地带她走了出去。

紧箍咒盯着桌上那两份"逃学"检讨书，好半天才醒悟过来，"莲华——你给我站住！"他恼怒地追出办公室。

莲华在过道尽头突然启动，拉着不知情的然美在拥挤的教学楼里狂奔起来。

消息不胫而走，楼上楼下顿时炸开了锅，许多学生涌出教室，挤到阳台上目睹这一幕轰动的"私奔"场景，兴奋的呐喊声、鼓掌声和口哨声在校园上空交织成一片。莲华带着她突破一道道封锁线，路上的学生如分水岭般为两人刷刷让开道，再集体汇成洪水猛兽挡在紧箍咒和追来的其他老师的路线上。

然美吃惊地望着莲华的背影，他破风奔跑的姿态带着一丝锋利的帅气，那样迅捷的速度，那样义无反顾，仿佛是道飞旋的风。劲猛的气流撞击着她堵得发慌的胸口，令她突然有股想要放纵自己不顾一切的冲动。放下全身的力量和负担，任这道引力牵引着，一直跑下楼，跑上阳光洒满的操场，跑向青翠的绿荫大道，跑进大门外自由的空气中……

坐上莲华的摩托车，更令人眩晕的速度袭来。穿梭在车水马龙的街道上，她却一点也不害怕，紧紧抱着莲华，手指交叉环在他腰上，完全拥有他的感觉，不可思议的幸福和感动。

莲华……也许真的是很坏很坏，坏到让她失去理智，跟着他不顾后果地逃出来，坏到在这一刻涨满她的脑海，让她除了他的存在再也想不起其他。

摩托车超越重重障碍。莲华感到身后纤细的臂膀用力抱住他。

"好想飞……"然美趴在他背上，疲惫的声音夹在引擎的咆哮声中传来。

他的眼微敛："……好。"

摩托车蓦地加快速度，世界转瞬被旋涡般的风席卷！

呼啸的风卷走城市的喧嚣，退去眼睛上的阴霾，沁人的清冷空气一涌而来。

当她张开眼——

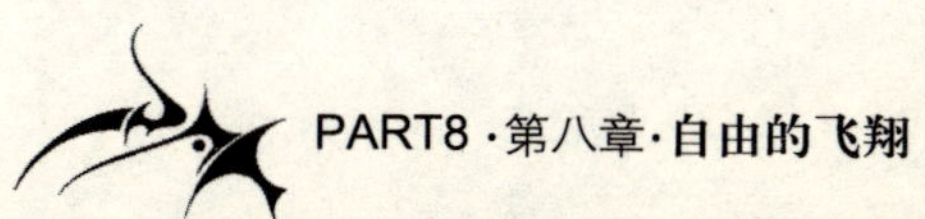

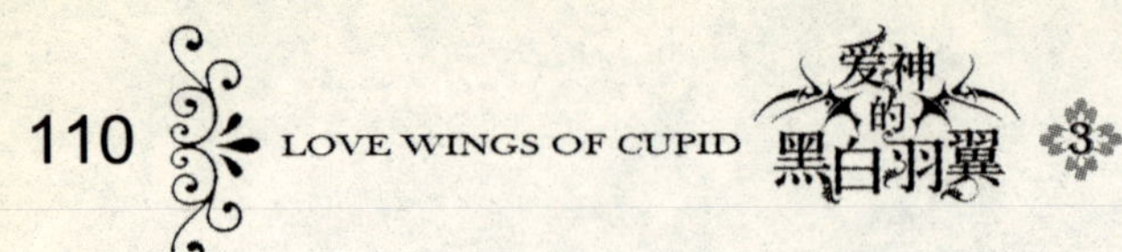

温柔的云雾正包裹住他们，一望无垠的视野里弥漫着缥缈的白色，它们在呼呼而过的风中瞬息万变！更远的地方是蔚蓝的天，宝石般闪闪发光。她难以置信地睁大眼，脚没有接触地面，真的，飞翔在云端……

已经失去了所有
再也无法将这个声音传达给你
只是放任低落的心情
在荒野彷徨
STAND ALONE
但闭上眼的话
与你那日交换的约定就会复苏

I CAN FLY AGAIN
在这没有边际的天空
无数次向今日
依旧闪耀的星座祈祷着
即使依然很遥远
我仍坚信总有一天
能与你一起仰望未来

陪伴着受伤的你
总会有我能够为你做到的事
到处皆是无边无际的黑暗，但是也有
TENDERNESS
即使眼泪再次涌出
如今隐约可见的微弱火焰
会温暖这双冻僵的手

I CAN FLY AGAIN
不想放弃
你给我的微笑

改变了我内心深处的愿望
即使再无法与你相见
总有一天会走到两人梦想中的地方

此刻独自一人
双手合十
为这受到严重污染的世界
献上祈祷
牵手飞奔的日子
无论经历怎样的风暴
也不会忘记
那时勇敢的心情

车在云雾缭绕的跨海大桥上飞驰而过，在这个秋日的早晨，带着莲华的自由和不羁，她用心地体会着这一刻的真实。

短暂的几分钟，对她来说，就是永恒了……

就是……未来了……

第九章
寂寞的少年

PART 9

你当然无所谓了，因为你本来就是外星人。

深蓝的水被海风吹皱，发出一声又一声匀称的呼吸。野草随风摆动，风中有潮湿的泥土味。

然美沉默着打量眼前的景物，这里的一切还和离开时一样，没有改变，改变的只是离开的人，和人的心情。

母亲被寂寂无声的墓群包围着，很安详。

她伸手抚摩那块小小的方碑，彷徨的心宁静下来，随着起伏的海水，平稳地呼吸。

“谢谢你陪我过来。”蹲在墓碑前，抬头望身旁的莲华，她感激地笑。当她告诉他想要回家，他便毫不犹豫地陪她来了这么远的地方。

莲华走到不远处，摘来开花的野草，蹲下，轻轻放到墓碑前：“抱歉，伯母，这次来得太仓促，没能带见面礼。不过，我会照顾好您的女儿，请您在天上好好看着我们。”

还是略略含笑的语气，然而那柔和的神态、诚挚的眼神，仿佛真的正在向谁许下诺言。然美怔怔地侧头望着他，原来玩世不恭的他，也会有如此一本正经的时候。

阳光洒在莲华微弓的背上，就连影子，也温暖无比。纤细朴素的白花在风中簌簌地摇晃。

然美深锁着眉头：“现在虽然和父亲一起生活，却没有一点家的感觉，真的很奇怪。妈妈是为了父亲的幸福和前途才离开他的，可是现在的父亲看上去却并不幸福。”这个世上有太多复杂的东西，迟钝的她怎么也想不明白。不想让妈妈的牺牲毫无价值，她想尽一切可能让父亲幸福，可是，看来她的存在却恰恰起了反作用，“不知道没有我的时

候，猎是不是会比较快乐……”昨晚听到的一切，仍让她耿耿于怀。

“陆然猎？他就是个笨蛋。”莲华皱皱鼻子起身，口气不好却很有条理地为然美一一道来，“有父亲，也有母亲，还有姐姐，家世又好，身体也健全，他还一脸不知足，不是笨蛋是什么？”

然美扑哧笑出来，要都像莲华这么无忧无虑该多好。仰头看他在夕阳底下站立的身姿，真是令人羡慕地挺拔帅气、随心所欲。她望着他，蓦然想起什么，迟疑着开口：“莲华，我还从来没见过你的家人呢！”

“他们啊，在情报部门工作。”莲华看了她一眼，不正经地笑道。

“情报部门？”特工？然美有点傻眼。

“意思是连我都没见过。”轻松的口气化为沉吟，“……挽救一只小狗的生命，上帝就会实现你一个愿望。我的妈妈从来没对我说过这样的话。”黄昏下，他的表情有一丝孩子般的茫然。

“你的母亲，是什么样的人？”然美小心地问，他不像是在开玩笑，似乎真的一直是孤身一人。

“不知道。我那时才刚出生。”莲华无所谓地耸耸肩，见然美表情困惑，才又补充说明，“她死的时候，我那时才刚出生。”

然美惊愕，不久惊愕变成了恍惚，莲华的口气轻松得过了头，她不禁麻木地轻喃道：“……对不起。”

“为什么要说对不起？你又没有做错什么？”莲华好笑地低头看着她。

“那么……你的父亲呢？”她问得一颗心七上八下。

“我也没有父亲。”莲华回答，声音波澜不惊，“不过你不要跟我说对不起，那样会让我觉得自己是个可怜虫。”

然美缄默着，心里却不住地说着对不起。对不起、对不起……因为这些她居然都不曾知道，她想她该一早就发现的。莲华还没有叛逆到会毫无道理地离家一个人生活。他的生活中压根没有父母亲人的影子，好像从石头里蹦出来，天生就孑然一身。

“是阿姨把我带大的，她四年前过世了，所以现在我是一个人。”见然美失神，莲华忍不住要安慰她，“我早就习惯了，也不会觉得难过。”

“……关于你的亲生父母，你一点也不知道吗？”

“知道一点，母亲是女的，父亲是男的。”他半开玩笑地说，翘了翘一边的嘴角，很帅气却也很不屑，“反正知道得再多也没什么用。只是偶尔，觉得有点遗憾罢了。”

遗憾吗？那是自然的吧。看着这样奇怪的莲华，然美不觉有些难受。

莲华望着不大的灰色方碑，一副玩味的样子："我从来没有叫过谁爸爸或妈妈，所以一直很好奇那会是种什么样的感觉……"

然美的心口隐隐作痛。希望能听到猎叫自己一声姐姐，她曾自怨自艾地觉得也许这辈子都不会如愿以偿，可是莲华的心愿，却真的是无论他怎么努力，都注定永远无法实现，一辈子无法弥补的遗憾。

"对了，莲华，我还不知道你的生日呢？"她突然笑着问。

"那个呀，随便。"

"随便？"

"你喜欢什么日子就什么日子好了。"莲华双手插进裤袋里，满不在乎地说。反正他对生日压根没什么概念。想要人家送礼庆祝的时候就随便诌个生日，所以时常一年能过好几个生日。

夕阳下，一阵伤感的安静，浪潮声在远方滚滚。

"……苏兰学姐知道吗？你的生日？"身后的然美大缄其口，终于还是悠悠地问道。

莲华诧异地回过头来，一直注视她良久。她眼睛里晃动的光让他心甘情愿地动摇了："这个星期天，我的生日。"

落寞的口吻，忐忑的期待，然美怔住，头一次看见莲华露出这样矛盾复杂的神情。她努力绽开一个开心的笑："到时我们一起庆祝吧！"

莲华望望她，忽然撩起一边眉毛："那是当然。"

"啊？"怎么说变就变，突然又这么强势了？

"既然话我都说出来了，你就要做好奉陪到底的准备。"

然美没听出他的威胁，而是自顾自地琢磨起来："莲华，按照生日来算的话，你好像应该叫我姐姐……"她的模样好像发现了什么天大的秘密。

莲华愕然，眸子里火星直冒："谁要叫你姐姐？！"她就这么喜欢别人叫她姐姐？！

"不……不叫就算了，不用这么凶啊……"然美怯怯地退后两步。她也没什么别的意思，不过陈述一个事实罢了。

"见鬼！你一直把我当弟弟看的吗？！"莲华伸手箍住她的脑袋，凶神恶煞般。

这架势很明显，如果回答是的话，她就不要指望今天能完璧归赵了："没，从来没把你当弟弟看过！"

"不是弟弟吗？"这家伙刚下了火气，语调又忽而微妙起来，"那是什么？"

"我，觉得你更像哥哥……"

"陆然美——"

天哪！好厉害的狮子吼！然美头晕目眩地捂上耳朵，打算接下来任由他发落了。

夜晚，人和医院。

服务台的护士小姐刚挂上一个询问电话，打了个哈欠。医院的自动门左右开启，她纳闷地抬起头来，这么晚了还有人探望病人？

高大挺拔的身影从夜色里渗出，走进医院大堂明亮的光线下时，有种让人眼前一亮的惊电般的帅气，棱角分明冷酷的五官，桀骜的淡褐色鬈发，一身黑得发蓝的摩托车服衬得本来就高大的身材更加英挺逼人。

瞌睡忽地消失了，护士小姐清醒地瞪大眼，目视这个气质冷郁的帅哥，或者说帅弟弟，犹豫着朝她走来。

“有什么需要帮忙的吗？”她迎着表情略显生硬的少年，绽放最灿烂的职业微笑，也顺便闻到少年身上淡淡的酒味。

猎寻思着蹙眉，沉沉地开口：

“我找沈流光。”

双倍的美少年啊！护士小姐压住意淫的念头，忙低头查看起来：“啊，沈流光在505。”

猎略点了下头，转身朝楼上走去。

呵呵，长得帅是有特权不说谢谢的。护士小姐在后头支着下巴，笑眯眯地目送难得一见的美男。

黑暗安静的房间里，短信声突然响起，流光一个鲤鱼打挺坐起来，手机上是然美发来的短信：

抱歉，流光，今天去给妈妈上坟了，所以没时间过来，明天下午我会带芒果来的^_^。

他笑着读完短信：

没关系，我等你^_^。

然后按下发送。

已经很晚了，今天一天什么地方都没去，被关在病房里，让他觉得有点无聊。倒回病床上，高高地举着手机，一遍一遍百无聊赖地读着然美发来的短信。

上一条，上一条，再上一条……

流光放下手机，肺里吸足了气，大喊：“剽悍姐——快来给我开灯啊！我要小解！”

不屈不挠地喊了几声，直到整层楼的病房都传来不耐烦的抱怨声。

啪嚓，灯亮了。流光早已舒服地窝在被子里，很欠扁地扔下一句："现在又不想尿了，请把灯关了吧。"

他等着听剽悍姐的咆哮，可是随之而来的却只是一片安静。

有人迈着沉沉的脚步朝他靠近。

他疑惑地半撑起身子，转头的刹那，一只手迅雷不及掩耳地捏住他的下巴。

陆然猎！

极其粗暴的动作，猎施加在手指上的力量让流光不由得一阵吃痛，骨骼似乎在咔咔作响。他本能地攥起拳头，一拳扫向猎。

猎没来得及躲闪，硬挨了这一击，踉跄地退后。

"你来这里干什么?!"流光暴怒地掀开被子跳下床来。

猎顺势背靠在墙上，眼神迷离，宿醉让他的动作和感官都有些迟钝，他没觉得痛，也没听清流光在说什么，只是倨傲地昂着下巴，冷冷地瞥了一眼流光缠着绷带的脚，语带讽刺："真是会装啊！你干脆装到棺材里好了，她说不定还会以身相许。"

"你到底想干什么？"退去天真，这一刻的流光，连声音都低哑起来，他戒备地睨着神情古怪的对手。

"出了什么事？"听到异样的声响，剽悍的护士小姐赶到房门口，困惑地打量着对峙的两人。

"没什么，" 流光平静地勾了勾嘴角，猫样的乖顺被一种狼的危险覆盖，"你先出去好吗？"

剽悍护士惊讶于流光身上巨大的变化，怔在原地差点忘了动弹，直到气氛越加古怪，才觉得自己有回避的必要，她带上门，临走时不放心地叮嘱了一句："有事记得叫我。"

门关上，房间里一下子剑拔弩张。

"有什么话快点说，我洗耳恭听，没话就把瓶子里的水喝光了快点滚！"流光冷冷地坐上床，不想正眼看猎。

被如此恶言相向，猎却难得地没有动怒："我是有很重要的话要跟你说。"他说得很慢很慢，鹰一样的眼微虚着，深黑的瞳人里映着流光不耐烦的身影。

流光依旧没有动静，冷漠地望向窗外，只当是在听人发酒疯。窗玻璃上猎的身影一步步走到病床前，高大的影子将他笼罩：

"你喜欢她？"

流光的睫毛颤动了一下。

"呵呵，被我说中了吧，"猎自顾自地笑着，手按在墙上，"老实说你们两个真的蛮般配的，都那么蠢……"

流光实在受不了地抬起头来："陆然猎！你有病吗？！"

"不过你不该喜欢她，沈流光。"猎居高临下、依然故我地说着，口吻带着极度的鄙夷和敌意，"你知不知道她因为和你在一起而被全校的学生排斥？"

流光怔住。

"……有人在她的书桌里放垃圾，清洁丢给她一个人做……你当然无所谓了，因为你本来就是外星人，你被人讨厌惯了，但是她和你不一样，被最好的朋友疏远，被班上的同学视为透明人，还被那些根本不认识的家伙针对，像她这样的乖乖女，你根本没办法想象她的烦恼！这一切，都是因为你明知道自己是个灾星还硬要和她在一起，是你害她每天都神情恍惚……"猎沉了口气，俯身睨着看似无辜的罪魁祸首，声音里滚动着骇人的憎恶，"只要你多一天和她在一起，她就多一天活在地狱里。"

猎一口气说了这么多，流光却一点反应也没有。他完全呆住了，呆愣在床上，如断线的木偶。

猎鄙夷地瞧了他一眼，直起高大的身子：

"快点离开她，你这个扫帚星。"

临走时的一句话，伴随着冰冷厌恶的关门声。流光木讷地抚住胸口，抗拒着那里强烈的窒闷。

等莲华从鹜岛回来再送然美回家完毕，已经是晚上十点多，离打工的时间还剩不到半小时，赶回去也是迟到，反正都要被扣工钱，还不如索性不回去了。这么想着，他在原地掉了个头，开始百无聊赖地午夜漫游起来。

夜晚的街道上有成群结队的年轻人和三三两两的情侣，有时温馨有时糜烂。稍微一抬头，就可以看见这座城市最高大的两座标志建筑，68 层和 72 层的摩天大楼并肩坐落在背风处，它们之间那不到 100 米的距离便是个人工风洞，山那边吹来的风穿过那道门，会发出类似长鸣的声响，长久地回荡在城市上空。有人曾戏谑地称之为龙的叫声。依他看，那更像是恶魔的呼唤。他曾一度迷恋于那诱人神秘的音色。

一阵晚风拂过，他隐约又听到那道悠长的声音，一如既往地很尖锐，很沉重，渐渐地愈加确凿，愈加凄厉，变得全然陌生又再度变回一种久违的熟悉……他的心脏猛地抽搐，不是什么龙的长鸣，也不是恶魔的呼声，他记不得那是什么，只知道是非常令人

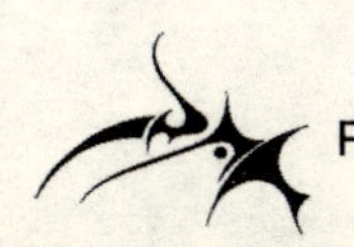

恐惧的东西。

夜色尽头急速传来的尖厉声音，像把尖刀捅破脆弱的夜，他蓦地想起来，惊恐地回头，巨大的消防车从他眼前呼啸而过，闪亮的红色警笛宛如灼人的火焰，笛声凄厉，震耳欲聋。

循着庞然大物飞速而去的方向，他望见夜空的一隅被火光染成猩红。

人们聚拢来，开始七嘴八舌地议论：

“是哪里火灾了啊？”

“听说是一栋废弃的旧楼，在中央公园附近。”

“啊，那栋楼不是有乐队在那里表演的吗?！”

“应该就是吧，可惜了！”

……

莲华沉默地站在那里，他憎恨火，它总是一再夺走他最重要的东西……

茫然地面朝那片暗红的夜空，意识又再度回到两年前那个火光冲天的夜晚，熊熊烈火、高压水管的冲击声和纷纷的议论中他见到那个惊骇的噩梦！

“又是那群街头流氓，听说还有不良少年！”

“不过还好，人质不是被救出来了吗？”

“女孩是救出来了，刚刚听说里面还有个男孩……”

“已经死了，尸体抬出来，被烧得面目全非！”

“天哪！……”

……

那是他的梦魇。以为时间可以治愈一切，但对慢性的创伤它却无能为力。过了这么久，他还是会害怕火，害怕听到消防车的笛声。

“莲华！”有喊声朝他靠近。

“莲华！！”

直到苏兰一把拉住他的胳膊，他才木讷地回过神来。

苏兰怔住，他的手臂竟然如此冰凉，眼睛里满是脆弱和恐惧。那么挺拔帅气的莲华，却在这一刻苍白无力。

在头顶上空盘旋的声音渐渐消失，人群也渐渐散开，只有褐红色的天，还在那头微弱地一闪一闪。

“你在这里干什么？”她强迫他转过来面向她，紧张地提高声音，“大家都在 SERENADE 等你！”

“我不想去，让他们等去吧。”莲华甩开苏兰的手，执拗地转身，沿着街道继续漫无目的地走。

“那你要去哪里?！”苏兰心急如焚地追上来。

“你管我要去哪里。”

“莲华，你到底怎么回事？今天我打了你一下午的手机，为什么老是关机？”

莲华在前面停住，叹了口气，转过身来：“好，我跟你回去。”

苏兰诧异，望着他随手拦下一辆计程车。今天的莲华，真的是怪怪的。她不由得有些提心吊胆。

“上来啊。”莲华在车里招呼她。

苏兰惴惴不安地坐进去，车子开动，身边的莲华疲惫地靠在坐椅上，闭上眼睛。

睡着了吗？苏兰无声无息地打量莲华，那种安静中带着迷茫和焦躁的神态有着让人心跳加速的魅力，她知道自己眼神里流露着太过明显的爱慕，只是这样悄悄凝望他，都有种幸福的罪恶感。

刚刚在街边发现莲华的时候，周围正有几个女生明目张胆地打量他，在夜色的掩护下，少女情怀灼热的渴望表现得毫无掩饰、淋漓尽致。当时，莲华的身影那样不真实，让她在那一刻莫名地萌生“他会被那群妖精样的女孩拐走”的不祥念头，所以她拼命跑向他，直到确实地感到他的存在。

这样的暗恋，让她头脑发热，变得不正常了吧！

车子行驶到红灯处，歇了下来，苏兰凝神看着悠闲地走过斑马线的路人，想起莲华曾开玩笑地问“他们看起来像不像要打群架”，她不由得笑出声来。一天到晚打打打，他好像有用不完的精力似的。可是她还是最最迷恋那样精力充沛、朝气蓬勃的他。

红灯还剩下十秒的时候，莲华缓缓地睁开眼：“对不起，学姐。”

苏兰疑惑地转头。

“喂——”司机吓得朝车窗外大喊！

莲华已经摔上车门，逃进拥挤的车流中。行动派的他，速度总是快得让人措手不及！

红绿灯切换，苏兰只能在车窗后徒劳地大喊：“莲华！！你要去哪里?！”

夜色太浓，他又穿着黑色的 T 恤，很快就不见了踪影。

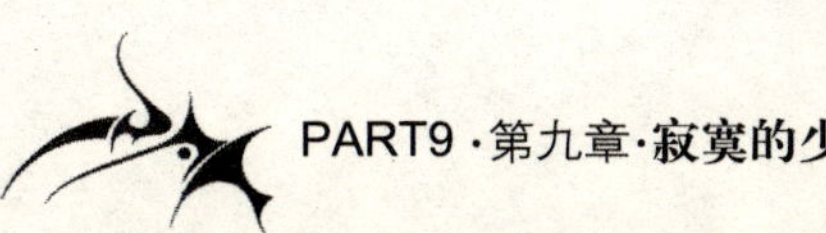

来人和医院探望流光却得到他已出院的消息，然美有点讶异。

“可是，上次来的时候，他的脚不是还很痛吗？”

剽悍护士叉着腰，义愤填膺：“那家伙骗人的！可恶！我看他就是想要折磨我！”恍然意识到她现在是在和病人亲友谈话，剽悍小姐马上挂上假惺惺的笑脸，“不过，他这么可爱的小子就这么出院了，真有点舍不得呢！”

然美僵硬地笑笑。

走出医院时突然收到流光打来的电话，她急忙接听：“喂？流光！”

“嗨，然美！你现在一定在医院了吧？”那边的声音听上去倒是兴高采烈。

“是啊，我在医院。”然美点头，深谙流光脾气的她不由得四处张望起来，嗯，她确信没有看到他的身影，“为什么你出院了都不跟我说一声啊？”

电话那头静了一会儿：“……是报复。”

“？”

“我昨天等了你整整一天，可是你只用一条短信就把我打发了。”

“啊，昨天实在对不起！”然美连忙道歉，流光的语气似乎真的有点不悦。

“你真的很过分，然美……”说这句话时，手机那边的声音无端地暗淡下来。

然美的心陡然一紧：“流光，对不起，真的对不起！”她慌张得差点语无伦次，“昨天我……”

流光吐了口气，笑道：“我开玩笑的。让你白跑一趟，我们就算扯平了。”

然美的一颗心这才放下来：“那个，流光，你的腿真的没事了吗？”她还是忍不住要担心。

“然美。”

“嗯？”

“我不是故意要骗你的，因为……那段时间我和家里人闹矛盾，所以才不想回家，就在医院装病。但我真的不是存心要骗你的……”电话那头的流光，不晓得怎么搞的，越说声音越低。

“那么腿真的没事了？太好了！”然美释怀地舒了口气。只要他康复了，被小小地骗一下也没关系吧。

“嗯，我已经回家了，现在在喝老妈亲手炖的汤。”

“是吗？”这么说他已经和沈阿姨和好了，这个消息对然美而言无疑是更大的喜讯，足以让她精神振奋一天呢。

“接下来，他们要逼着我上学和补课了，我落下了很多课程啊，想想就头痛！”

然美忍俊不禁地听着她再熟悉不过的流光式大呼小叫。

“所以……以后，也许会有很长一段时间无法见面了。”流光静静地说着，嗓音里透着隐隐的落寞。

然美愣住，她一向很迟钝，胸口闷闷的感觉总要等好几秒后才意识到。“……是这样啊？”她浅浅地问。会有很长一段时间见不到他了吗？那会是很寂寞的一段时间吧？但是，流光可以陪在爱他的家人身边，不再一个人到处流浪，这是多么令人高兴的事。于是她强打精神笑道：“没关系，功课补上以后还可以像现在这样见面吧！因为……”她哽住。

“……为什么要送我怀表？”

“因为我很喜欢时间这东西……因为有时间，不开心的事情迟早会过去，开心的事情最后会到来。所以时间这东西真的很好用啊！”

“因为，时间是个好东西……”她喃喃地轻语，心中暗自祈祷着时空那头的人能够获得幸福，比她更多的、更圆满的幸福。

流光沉吟在电话那头，半晌，轻快地问：“然美，我来猜猜你穿的衣服好不好？”

还是那样玩心不减啊，不过，说不定他会有很长时间无法尽兴地玩了，然美笑着答应。

“你是不是……穿着白色的衬衫，粉红色的毛衣？”

然美低头，惊讶：“啊，你怎么知道?！”和第一次他们通电话的情况不同，这一次，流光是真真正正猜到了，果真是心有灵犀吗？

“呵呵……”流光惊喜地笑起来，“我们果然很有默契啊！……啊，我得挂电话了，家庭老师来了！”

然美仓促地哦了一声：“那么……再见！”

电话那头沉默了三秒：“……不要讨厌我，然美。”

代替“再见”的话语，透着淡淡的感伤，然后毅然决然地挂了电话。

一席微风吹过，然美听着手机里的忙音，久久回不过神来。

东林的早晨，依旧从公告栏的八卦新闻开始。

然美远远地望了眼公告栏，那个让她成为众矢之的的地方，不过托它的福，她也可以不再逃避某些东西，现在看见它，颇有点感慨良多。

她走进教学楼大门，忽然被身边的男生一推搡，撞到门上。

“啊，好像撞到什么东西啊？”男生向后瞟了一眼，眼角带着戏谑的笑。

“可能是垃圾筒吧，哈哈……”身边的同学也附和着大笑起来。

正在他们扭头离去的时候，身后突然响起一声洪亮的“对不起”。

不止是这两个男生，在场所有人都不约而同注目起来。

然美柔顺的目光平添了丝倔犟：“撞到了你，对不起。”说这句话时，她觉得无比坦然。

她的口气那么理直气壮，却毫不咄咄逼人，虽然是在说着对不起，效果却更像是出人意料的正面反击。被一个弱不禁风的女生以这样的姿态道歉，让刚才那个恶意撞人的男生脸上有点挂不住。

他嘁了一声，转身刚想走，一只重重的胳膊带着威胁意味搭上他的肩膀。

蒋泰山阴恻恻地笑道：“我说，人家都道歉了，是男人的话也该道个歉吧！不然等偶像来了恐怕不好交代啊！”这些趁火打劫的家伙，不过是看在然美不会去打小报告的分上，才敢这么猖狂地欺负人家吧。

蒋泰山一身柔道黑带的架势，让那个男生不得不屈从在他的淫威之下，蚊子般道了个歉，不服气地离开。

明娜从然美身边走上来，环顾了一下看好戏的各位，大嗓门蓄势待发：“看什么看?!看够了吧！”

然美见蒋泰山和明娜帮她出头，心中感动不已。

明娜回头瞧了她一眼：“喂，你那是什么表情啊？我可从没说过要跟你分道扬镳的啊！这些天你也受够教训了，以后记住什么都要听我的，知道吗？尤其是……”她一副过来人的样子絮絮叨叨起来。

不过然美已经感动得一塌糊涂，眼里映着明娜生动的脸，却压根没听进人家说了什么。

“明娜，我好久没这么近地看见你的正面了……”

看着然美一脸夸张的如隔三秋的表情，明娜以手覆额：“完了，你又来了！”

第十章

雨季的哭泣

PART 10

我终于发现了，为什么常常遇见你都是在雨天。

“莲华喜欢的东西？”明娜奇怪地看向然美，“真是的，你都不知道我怎么会知道嘛？你自己去问他不就好了？”

然美露出犯难的神色：“这个，有点不方便问……”总不能直接问他“你想我生日那天送你点什么”吧？

“据我对他的了解嘛，他喜欢，”明娜煞有介事地扳起指头来，“暴力、欺负人、恶作剧、飞车……”

“他总有喜欢过一点正经的东西吧？”然美哭笑不得。

明娜转过身来，正儿八经：“有吗？”

然美的肩膀无力地塌下去，叹了口气。明天就是莲华的生日了，她到底该送他点什么好呢？

还有啊，之前在图书馆，莲华曾威胁她做生日蛋糕给他。

“可我不会啊。”她老实回答。

“你怎么这么笨？当你男朋友真是辛苦！”

周围投来一束束敢怒不敢言的视线。然美一面把头埋进书里，一面暗自嘀咕：那就让不觉得辛苦的人当我男朋友好了。

“那就慢慢练习吧，反正还有两天。”莲华在一旁很没人性地说。

然美顿觉一个头两个大，小声问又趴下去睡觉的莲华：“一定要生日蛋糕吗？”

“嗯。”他懒洋洋地应了一声。

然美无奈地瞥了他一眼，转过身去苦闷地看起书来，大约过了五分钟，她小心地探到他耳边，问："一定要……很好吃吗？"

"难吃的拿来干什么？"莲华不耐烦地睁开眼。惨！然美吓得往后缩了缩，原来他还没有睡着啊。

"好……吧。"她只得硬着头皮答应下来，"生日蛋糕，而且要很好吃，对吧？"

"天，你好啰嗦！"他受不了地转过头去。

然美愧疚地瞧着莲华的后脑勺，双手合十，默念：对不起了，莲华，我会帮你去定做元祖的蛋糕的。

至于礼物，还得另外选。实在是很挑剔的家伙，然美一面吃饭一面伤脑筋。昨天晚上还做了不吉利的梦，梦中她将很精致的礼品盒送到莲华手上，催促他撕开一层层复杂精美的包装，打开一个个盒中盒……他们一直这样不停得打开啊打开，最后的盒子只有小指指甲那么小，根本没法打开，手指一按，就稀巴烂了……

赶在莲华要发飙之前，她一身冷汗地醒过来。

想要送出有意义的生日礼物，还真不是件容易的事啊。

星期天早上，然美早早地起了床，约定的时间是在下午，她正好趁早上去挑选礼物。穿好衣服，坐在床头，望着写字台上那个精美的礼品盒发呆，其实已经买了礼物，却始终觉得不怎么合适，似乎越是绞尽脑汁想要送出与众不同的东西，就越是想不出该送什么的好。

手机震动，然美蓦地回过神来，拿过来一看，竟是个陌生的号码。

"……喂？"她纳闷地接听。

"是……然美吗？"

"是的……"这个声音似曾相识。

"我是流光的妈妈。"手机那头忧心忡忡的声音如是说。

莲华被苏兰早早地拖出来当搬运工，此刻正候在超市外靠着车百无聊赖地玩打火机。抬起头来，一不小心瞥见对面人行道上跑过的少女。

"然美？"轻喃着她的名字，嘴边就不自觉地噙着笑，无精打采的表情变得生动起来，他朝隔着四条车道的女孩高声喊去，"然美——"

而女孩似乎很着急的样子，压根没听见他的声音，匆匆上了一辆巴士。

"白痴啊她！！"莲华咒骂着，眼看就要横穿马路去赶那辆巴士，他也不晓得干吗一下就这么冲动，恨不能上去把她拽下来！

“莲华！”苏兰的声音在背后适时响起，“你要去哪儿？”抱这么大堆东西出来，还没等她招呼他过来接手，居然就看见他要开溜！

莲华来不及回头，扔下一句“我过去一下”就要飞奔过去——

“莲华！！”苏兰岌岌可危地抱着大包大包的商品，不由得怒火中烧。

与此同时，巴士也满载而去。

莲华逃逸未遂，违反交通规则未遂，绑架未遂。

“莲华！！你是个浑蛋！！”苏兰发起脾气来，把东西一把都摔在地上，转身就走。

莲华蹲下来，粗手粗脚地把东西塞进购物纸袋里，头还朝向汽车驶走的方向，低咒声路人可闻：“陆然美，你这个笨蛋！下午我饶不了你！”

然美赶到的时候，沈涵在偌大的客厅里坐立不安。

然美进了屋子，不待喘口气，便急急地问：“沈阿姨，怎么回事？！”之前在手机里被告之流光不见了。这么大的一个人怎么可能说不见就不见呢？可是，换了是流光，好像任何事情都有可能。

沈涵茫然地摇头，叹息：“连你也没有他的消息吗？”她低头看着手中的信笺，“流光……不如说是离家出走的……”

然美惊异，听见沈涵黯然地说：

“他一直都讨厌这个家。”

“……为什么？”前几天，流光不是还在电话里跟她说，一切都恢复正常了吗？

“因为，我做了好多伤害那个孩子的事。”

然美愈加迷惑，完全听不懂沈涵的话。

“对不起，突然跟你说这些。我只是不知道该对谁说这些事情。”沈涵站在窗边，苦笑着垂下头，眼里满含着愧疚和歉意。

“沈阿姨，为什么？”然美上前一步，“流光，他为什么会离家出走？”终究，这个问题还是没有答案，她禁不住要责怪面前伤心的妇人。

沉吟许久，窗前的人转过身来，递给然美手中的信纸：

“流光其实……不是我的亲生骨肉，他是被我从孤儿院领养回来的。”

然美震惊地睁大眼。

“我儿子流水六岁那年失踪了，我四处寻找他有将近一年，却一点线索也没有。”沈涵慢慢回忆道，“那一年我很消沉，因为我的先生过世得很早，一个人生活的我很寂寞，不过并没有要领养一个孩子的念头。是我母亲……”她的声音蓦地飘远，“那年，是我母

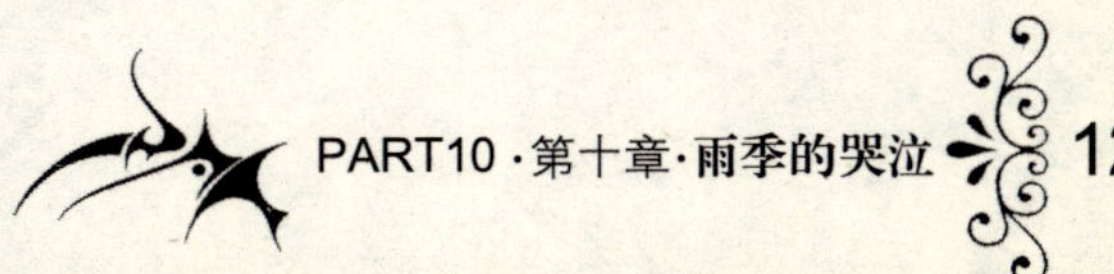

亲带我去那个孤儿院的……”然后，便有了与那个不到十岁的男孩的邂逅。夏天，云朵，小岛，蝉鸣，他坐在树荫下向她微笑，那样美丽，那样温暖，那样无辜。看见他的那一刻，胸口有种被填满的感觉，无比饱满而感动。“我觉得，我好像看见一个天使。”沈涵失神地望向窗外，眼前的画面有些热热的氤氲，仿佛重新回到那个失落的夏天，她记忆中那个没有名字、没有记忆、不悲伤不疲倦、等着寂寞的人来领走的天使。

“我忍不住将他带了回来，尽管他刚开始有点不高兴。我告诉他我就是他的妈妈，只是他一不小心忘记了而已。”沈涵苦笑，想起那时轻信了她的话的流光又埋怨又高兴的神情，用力搂着她向她保证：

“对不起！妈妈，我以后都不会这么不小心了！”

“……可是第三年，他们找到流水了。”沈涵的笑容渐渐凝固，“我尽了一切努力，希望他们能和睦相处，可是……我也不知道究竟是哪里出了错，他们……似乎无法生活在同一屋檐下。也许，那个时候不带回流光就好了……”矛盾和自责从来就没有停止过，她不知道该做什么来弥补自己的过失。找回流水时她高兴得忘乎所以，完全忘了之前根本没有对流光解释过流水的事情，对流水也是。接下来，她理所当然地将真相告诉了流水，却对流光撒了好多谎。她原以为那些都是善意的谎言，在每一次谎言面临拆穿的时候，又手忙脚乱地用另一个谎言弥补上。她忘记他十四岁生日那天，流光害怕得快要哭出来：

“妈妈，求你用心一点好不好，即使是撒谎也用心一点好不好？”

美丽的少年埋首在空荡荡的桌前，压抑着哽咽的声音，而对面的她面如死灰。从何时起，她习惯了忽视，放任流光的困惑和怀疑变成难以治愈的伤？

然美听着沈涵口中的真相，每一句话都将昔日流光粉饰太平的微笑生生瓦解。她忐忑地展开信纸，只见上面写着简单的一行字——

妈妈，谢谢，对不起，再见。

她的嘴唇翕动，喉咙里的哽咽快要冲口而出。那时，流光兴高采烈的声音言犹在耳：

“我已经回家了，现在在喝老妈亲手炖的汤。……接下来，他们要逼着我上学和补课了，我落下了很多课程啊，想想就头痛！……所以……以后，也许会有很长一段时间无法见面了。”

“明知道那孩子根本就不属于这个城市，却因为我自私地想要寻求安慰，非将他带来这里，是我摘掉了他的翅膀，然后他就再也逃不出去了……”沈涵明亮的眼睛覆上婆娑的水汽。

“流光他……”然美的嘴唇讷讷地掀了掀，又闷又钝的痛感袭上心头。

“然美，其实你和流光，你们小的时候曾经是见过面的。”沈涵回过头来，抱歉地望着怔在原地的少女。

然美抬起头。

孤儿院……你和流光……你们小的时候曾经是见过面的……

“你在画什么？”她走过去，盯着男孩在沙地上勾勾画画。

男孩没有答理她，兀自画着，一个半圆的弧，扣在一个椭圆上。

然美局促地坐着，这个时候忍不住说：“你画的好像帽子。”

“不是帽子。”男孩硬邦邦地应了一声。

“那是什么？”然美凑拢来，为他终于有了反应而高兴。

“不知道。”

然美歪着脑袋，还是决定发表自己的看法：“嗯……可我觉得真的很像帽子哦，我就有一顶……”她正要取下背上背着的妈妈编制的嫩黄草帽，却被男孩打断：

“我画的是飞碟。”

“飞碟？”她好奇地瞪大眼。

男生张嘴做了个“笨蛋”的口型，低下头继续画飞碟。

然美尴尬地坐在一旁，抬眼望了望宽敞的院子。那边明明有那么多孩子一起玩耍，而他却只是一个人坐在这边。不寂寞吗？她第一时间想，于是，同情心泛滥的她就小心蹭了过来。可是，她红着眼圈想，他的态度真的好恶劣……

她看见他又在飞碟下画了几个奇怪的东西，悄悄说：“这个……好像章鱼……”

“你怎么老是说错呢？”男孩抬起头来，很生气地睨着她，树枝一本正经地指着沙地上的涂鸦，“是外星人。”

然美难得一见他的正面，不由得怔住，好漂亮，像雪白的洋娃娃。他被她瞪得有点不悦，她急忙笑着说：“可是，我见过章鱼哦，真的是这个样子……”

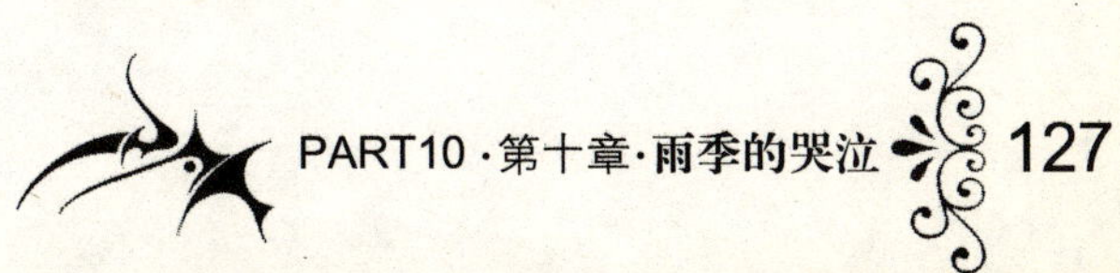

“你居然说我画的外星人是章鱼?!”

“那个……”她笨拙地转移话题,“你是女孩子吗?”

两只手扑过来,死命掐住她的脖子!

陪妈妈来阿姨工作的孤儿院,怎么也想不到会遇上这么古怪的男孩子。后来从阿姨和妈妈的交谈中,她断断续续听到几个字眼,“火车事故”、“唯一的生还者”、“失忆症”,当时她听得半懂不懂,可是妈妈和阿姨脸上的表情,却让她隐隐觉得抱歉。她摸摸红红的脖子,本来决定不再去招惹那个男生的,可是,望向窗外的庭院,今天,他怎么还是独自一人呢?

于是她又不讨好地走过去。

“这个送给你,昨天(弄错性别)的事对不起。”她小心地将漂亮的帽子递到男孩面前。

男孩抬起头来,然美不由得红了脸,她发觉他是这里所有的男孩子甚至是女孩子当中,最最漂亮的一个。

“真的……给我吗?”

“嗯,你喜欢的话,可以把它当成飞碟。”然美点点头。虽然都不知道飞碟是什么。

“这跟飞碟可差远了。”男孩嘟囔着,还是接了过来,“不过,将就一下吧。”他难得地露出第一次收到礼物时的笑容。

然美放心地坐下:“我叫陆然美,你叫什么名字?”她鼓起勇气问。

“啊!叫什么呢?”男孩停下来,仰起头望着天。云朵慢悠悠地荡过,他看得出了神。

然美傻傻地抬头望着他,整整两分钟了,男孩一动不动,她的脖子都跟着僵了。

良久,传来男孩浅淡的声音:“如果我跟你说,我没有名字,你是不是会和他们一样?”

男孩当时的语调让然美有种奇特的感觉,她从来没有听见别的孩子用这种缥缥缈缈的嗓音说话。多年以后,她才知道,那种奇特的感觉其实叫做寂寞。

“他们?”她纳闷地问。

男孩低下头来,目光投射到那群玩游戏的同伴们身上:“因为没有名字,玩起游戏来就不方便。”他们每次都说“你当‘稀饭’好了!”稀饭、稀饭……那就是可有可无的东西。

然美愣了半晌,破天荒地说:“那,我送给你一个名字,好吗?”

男孩怔怔地转头。

“陆然猎。”她很郑重地说,“这个名字好不好?”

“陆……然猎?”男孩喃喃念着这个名字,表情有点不可思议。

“嗯,我听妈妈说,在生我之前就给我想好了名字,如果是男生的话,就叫陆然猎,是女生的话就叫陆然美,不过你看,我现在是女生了,所以陆然猎那个名字便空下来了。”

“……”男孩不发一语。

“不是随随便便起的代号！是有很认真思考的名字哦，这个名字里有我爸爸和妈妈的祝福！”然美很快活地说，“你喜欢吗？”

男孩顿了顿，腼腆地点头。

两人相视而笑。

夜晚。

“上来啊！”

“……很危险的！”

“没关系！”

“可是……”

“啊，女孩子就是麻烦！不要怕啦！”他拉住她的手，一脸不由分说的嗔怒。

于是然美就这样战战兢兢地爬上高高的灯塔的窗台，听到迅速袭来的波涛汹涌的声音，让她吓得不由得闭上眼。在身边男孩的牵引下，好不容易坐上窗台，面朝起伏的潮声。

“你干吗闭着眼睛？睁开啊！”

“不……要！我这样就很好……”然美抖抖地说，两只脚就这样悬在窗外，风很大，大得让她无所适从。

“哎呀，服了你了！真的没关系的！”他按住她抓住窗沿的手，牢牢握在手中，“如果你不小心掉下去了，还有我陪你啊！”

她终于簌簌地张开眼——

刚开始，惊吓于眩晕的高度，然后隔了一会儿，忽悠悠地，便看清夜空下的大海，广阔得令视野都显得狭窄。一抬头，神话中的星座就在头顶闪耀，星光洒落海面，幽蓝的视野里到处都在闪闪发光。静静地听，仿佛可以听到天体的音乐，丁丁东东的，伴着风笛的悠扬。她忘了先前的恐惧，很崇拜地仰起头，这才发觉夜晚不是黑色的，而是很深很浓的蓝，海是蓝色的，连天空也是，越靠近宇宙，就越来越蓝……

“没骗你吧？”男孩的声音有些骄傲，“即使掉下去也很值得！”

那天的景象还时常浮现在梦中，仿佛整个夏天的夜晚，都被深蓝的海洋覆盖着。

那个时刻，才相信老师在地理课上所说的——

地球，是颗蓝色的星球。

BLUE，好听的颜色……

即使在夜晚，也是这样。

噔噔……有脚步声自下而上传来。

“糟了！巨人回来了！”他连忙将她连拖带拽地拉下窗台，躲到门后。没多久，就有人很粗暴地推开了门，眼见那扇门吱呀一声朝躲在后面的他们扇来，两个人都不由得闭上眼。

蓦地，是某个大伯震怒的吼声：“该死，又有谁来过的吗?!”

趁欧吉桑站在窗前摸不着头脑的时候，他迅速拉上她奔出门去！

“小子！又是你!!”

他们沿着旋转的楼梯一路逃下去，脚步如飞，就像在梦里被可怕的怪兽追赶时，可以很神奇地咻咻地跃下一连串高度。

做了坏事，然美的心不由得怦怦直跳，而他偶尔地回头，一闪而过的兴奋笑脸如星辰般灿烂，让她也跟着无所顾忌起来。

一个星期以后。

离开的时候，孤儿院的孩子都来送别，然美坐在车窗边，因为没看到男孩的身影而难过。

明明说好了的，他为什么不来送她呢？

临走前的那个晚上，她送给他珍爱的笔记本，原本是因为漂亮而从妈妈那里要来的东西，现在当做是某种信物转送给别人，才觉得它变得沉甸甸的，格外珍贵。当时，他因为没有可以回馈的礼物而有些沮丧，她便信心十足地安慰他只要有那个日记本就够了，就算他们因为长大而“十八变”，她也能一眼认出他来。

这一刻，她守在车窗边，眼睛找了一遍又一遍，直到车子启动，她怏怏地缩回脑袋。

“妈妈，我们什么时候再来啊？”

“然美想来的话，下次放暑假的时候我们再来啊！”

“嗯！一定哦！”

两分钟后，车子在乡村路上轻快地行驶，她郁郁的心情被寄予未来的希望取代。

没关系的，反正，还会再来的啊！

她难过地咬住嘴唇，记忆中许多无逻辑的片段终于都有了确定的位置。

“陆然美，是这个世界上最美丽的名字。”

“果然……都忘了……”

“你现在……是不是在看星星？”

“流光，你是不是怕我会认不出你？”

对不起，流光，我竟然没有遵守约定！

对不起……真的对不起……

“然美，”沈涵的声音打断然美的回忆，美丽的妇人显得六神无主，“……我现在该怎么办？”

然美抬眸：“当然是……去找他啊！”她的声音陡然提高，眸子里有坚定闪动的光，好像瞬间恢复了神志。

“已经通知警察局了，我也派家里的人出去找了，可……”

“为什么要拜托别人？那些人，他们根本就不认识流光啊！能够找到流光的，不是只有最了解他的沈阿姨你吗？”

沈涵怔住，女孩的话是不容置疑的，如此简单又真实的逻辑，让身为母亲的她惭愧不已。她终于点头：“嗯，我们去找他。”

然美随沈涵坐进车里，天空阴沉得很快，司机急急地赶来，一面开门，一面询问夫人要去什么地方。

想不出一个具体地点，沈涵只得无奈地吩咐：“先去风华学院吧。”

司机转过身去，正要发动车子，动作却突然顿住。

第一滴雨水落在挡风玻璃上，透过那抹淡淡拂落的水渍，然美望见一名陌生俊俏的少年一脸愠怒地站在大门口。看清心力憔悴地坐在车里的沈涵，他甩掉手里提着的书包，径直奔了过来。

“妈！！你要去哪儿？！开门！快开门！”他蛮横地对着车门又拉又拍，司机忙不迭地开了门。

沈涵下了车，面对情绪激动的儿子，不知该说些什么：“流水，我……”

“不许去！我不许你去！”这个年纪的少年有着敏锐的洞察力，根本不待沈涵把话说完，他死命抱住她的腰，“你是我的母亲！为什么我要和别人分享自己的母亲？！”

最末的话震耳欲聋！沈涵手足无措地站在那里。流水将她抱得很紧，明明是单薄又娇嫩的十四岁少年，不晓得是从哪里来的这么可怕的力量。

雨，淅淅沥沥地落下，和着流水带着哭腔的声音：

“如果他要走，为什么不放他走？！他留在这里谁都不快乐！！”

流水的话像尖刀捅进沈涵的心。雨水打湿流水的头发，她痛心地埋下头，对亲生儿子的怜爱和愧疚顷刻间占据了她彷徨的心。一个人的心，终究是容不下两个人的吗？

“啪”的一声，身后的车门突然打开！

“啊，小姐！”司机吃惊地望着毅然冲进雨中的少女。

弱不禁风的，却也是义无反顾的——

没关系，流光！我会找到你的！不会让你再一个人！

去了学校、去了医院、去了两人曾一起去找 ROOF BAND 的那栋楼……最后，来到他们多年后重聚的那个公园。

如果这里再没有的话，她该到哪里去找他呢？

绕过一丛丛树木，那块堆着沙的空地一点点呈现在眼前。

空空的沙地变得泥泞，秋千架和滑梯湿淋淋地立在那里，除此以外，只有四周寂寞的树群。

然美站在树下，隔着雨帘，远远地望着那块沙地。当时，流光就蹲在靠近第三个秋千的位置，低着头，在沙地上写下那首诗：

沿着鸽子的哨音
我寻找着你
高高的森林挡住了天空
小路上
一颗迷途的蒲公英
把我引向蓝灰色的湖泊

那首《迷途》，小小的她曾抄在那个笔记本上的第一页，唯独落下最后一句。所以，流光才总是无法完成。

在微微摇晃的倒影中，我找到了你，那深不可测的眼睛。

原来如此，迷途从来就不是偶然，而是某个人的执著。

刷刷的雨声一直持续，然美在其中失了神，直到短信铃突兀响起。

拿出手机，看着上面的信息，她惊愕地瞪大眼：

——然美，不要再找我了。

是流光！她四下张望，公园里除了她以外依旧一个人影也看不见。难道因为她的马马虎虎所以中途错过了？她迫不及待地回复：

——你在哪里？

没有反应，无可挽回的遗憾在然美心里横冲直撞开来，快要沉下去变成绝望时，跳跃的声音终于姗姗来迟。

隔了仿佛有一个世纪之久的短信，上面写着四个字和一个微笑：

——我在天堂^_^。

……

然美呆住。

我在天堂……

心中垮下一半，又被缓缓支起。

——天堂，好吗？

她平静地问。

——嗯，很好，不用被家长整天唠叨，还顺便见到了上帝他老人家。

——这么好的话，那我也来陪你吧。

——不要啦，你要是来了就只有嫁给我了，很划不来啊！

——是因为那里只有你一个人吗？

……

娓娓的交谈因为她不和谐的提问断了线，幻想空间里起了一阵忙音。然美拿起手机，踯躅着按下那个号码。

电话通了，没有接听，也没有挂断，嘟嘟的声音断断续续。她全神贯注。

雨中突然传来细小的喷嚏声。

像是走失的小动物，蜷缩在野外，一哆嗦，就忍不住打了个喷嚏。那声音捅破一层膜，近得仿佛只隔了两棵树的距离，然美紧张不安地循声走去。

第二棵树干后露出黑色的衣角，竟真的只有两棵树的距离……

流光蹲在树下，头挫败地埋在胳膊上，缎子般的黑色鬈发被时而滴落的水震得簌簌地抖，手里的手机还在闪着微弱的光。

总算找到了……

"……傻瓜，天堂有什么好啊？"她哭着蹲下来，抱住不敢抬头的男孩。

流光一动不动地任然美搂着，蓦地，手机掉落在地，空出来的两只手有点僵硬地拥住她。高大俊秀的男生在这一刻化身成小动物，挤进少女怀里，头疲惫地搁在温暖纤细的肩上。浓密的鬈发浸着雨水，变得沉重，需要依靠。

感觉到流光身体的颤抖，她努力将他搂得更紧。

我终于发现了，为什么常常遇见你都是在雨天。

其实，是你在哭泣……你在哭泣，对吧？

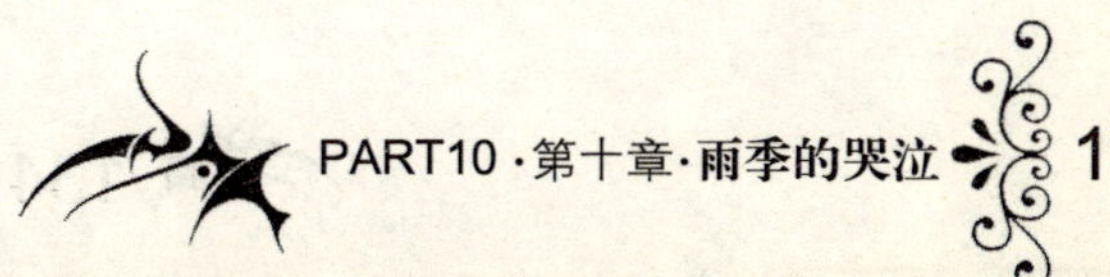

第十一章

缄默的心愿

PART 11

成群结队的搁浅的心愿，朝向温暖明亮的南方，早已起飞了……

“对不起。”和着雨声，流光淡然地开口。

“为什么道歉？”

“因为我本来决定不再来打扰你的，不再去打扰妈妈，我本来可以很干脆地走的……”他皱着眉，羞愧于自己的拖泥带水，苦恼于自己的词不达意，“总之，我给你带来很多麻烦，不是吗？”

“……是有麻烦，”然美凝视他，“但还有更多快乐。”

流光的睫毛动了动，没有说话。

“流光，小时候的事，你为什么不告诉我呢？”他们玩了这么长的捉迷藏，差点就擦身而过了。

“为什么？”流光喃喃自语，润湿的唇泛着浅浅的光，“……我不知道。”大概害怕她忘记，又或许希望她忘记。像他这样一面长大，记忆库一面空空如也的人，是这世上的异类吧。而她，必定和这个世界上其他所有的人一样，一面长大，脑海里一面挤进太多纷杂的记忆。所以如果她忘记他了，那也不过是忘记幼时的一张面孔而已。

“大家的脑袋里要装太多东西，爸爸、妈妈、爷爷、奶奶、兄弟姐妹，还有数学、英语、历史……”流光平静地说，“而我就不用，脑子里很干净，就可以专心地记一些事情。”害怕一觉醒来又是什么都不记得，害怕忘记那个第一个和他做朋友的女孩，害怕忘了和她的约定，所以他在脑海里小心地打扫出一片园地，种上当时的太阳、当时的星空和大海，心无旁骛地，让她永远留在那里。

然美看着这样的流光，不知该说什么。良久，她向他伸出手：

“不会再离开了吧，流光？”

雨花蛋糕店。

然美第 N 次拨了莲华的手机，一概是关机。她困扰地皱着眉。烘烤房里的嘉夜回头问：“怎么了？有急事？”

“不，没什么。”然美抱歉地对嘉夜说，“嘉夜，对不起，给你添麻烦了。”

“没关系。”嘉夜笑道，“是因为找不到合适的去处才到我这里来的吧，说明你很看重我这个朋友啊！我很高兴呢。”她不放心地看了一眼帘布外面，“他没事吧？”

然美也望过去，流光一个人坐在窗边，双手握着咖啡，目光呆滞。

“喂喂！！嘉夜！”花痴小姐紧张地溜进来，“你那个怪朋友一直瞪着人家看啊！”一开始觉得他长得好看，她就忍不住多看了几眼，谁想到那个美少年似乎……脖子上头那个部件，有点问题。

“啊，对不起！”然美连忙解释，“他只是……”

嘉夜不屑地耸耸肩：“他不过是在盯那个黑森林而已，谁叫你自己要站在那个位置？”

“那一直都是我的位置耶！而且我不是站，我是坐，是坐，好吧?！”

然美走出去，坐到流光对面。她惯性地想说“回家吧”，却蓦然发现不能说。回家，对流光，是个禁忌。

“不管怎样，见到沈阿姨的话，把你想说的话，全都告诉她吧。”

听话地点了下头，流光呼了口气，靠在椅背上，目光落在桌面上浅浅的阴影上：“然美，我一直都在做错事。有些事情，是不可以强求的。”他抬起头，眼睛一闪一闪地看着她，“一个人也是可以过得很好的，是不是？”

“不是一个人，还有我啊，”然美握住他的手，“无论什么时候我都会支持你。”

流光垂下眼，端详覆盖在他手背上的少女的手，不由得咧嘴一笑：“真像姐姐。”

“嗯，所以不会丢下你一个人。”然美保证，却没有留意到流光眼底慢慢暗下去的光，“待会儿我陪你一块儿去找打工的地方！”

“不用，我自己能行。”流光轻松地笑了笑，清秀俊丽的面孔，看上去比以前成熟了。

“我知道你能行，不过，反正我有空啊！”她言不由衷地说，其实还是有些放心不下。

“我真的没问题！保证不会跑掉！”流光举起手来，信誓旦旦，“而且我没有看上去那么没用啦！”即使没有妈妈，也不要紧。因为身边还有她，使他突然想要赌一把，试着在

这个城市生存下去,要像个男子汉一样开始自己的生活。

然美信任地点头,这时手机响起,她看着来电显示,抬头征询流光:

"……是沈阿姨。"

流光沉了口气,接过手机,一直盯了屏幕很久,按下接听键:

"喂……妈妈……"他的声音无比地轻。这大概是最后一次这么叫她了。

然美安静地坐在一旁。流光只是嗯嗯地答应着一些什么, 神情依旧是难以掩饰的伤感,通话持续了一小会儿,他默默挂断电话,将手机递给她:"我要回去一趟。"

"嗯,我陪你。"她正要站起来。

"然美,"流光笑,按住她的手,"我知道回去的路。"他抬头瞅着她,神情很调皮也很落寞,"你不要对我这么好,然美。"拜托了,别对我这么好啊……

"流光……"

"那我走了!"流光抽身站起来,走到店门前对她回眸微笑。

那是个让她能放心的笑容。

沈涵独自坐在大厅的沙发上。流水大概是闹得疲倦了,正在楼上睡着。她也有点昏昏欲睡的时候,听到管家赶来开门的声音。

她睁开眼。管家正从门口接过一把伞,然后,流光犹豫着站了进来。

沈涵怔怔地起身,显得很被动。

流光局促地站在大门口,头发微湿,清潭一样的眼睛远远望向这头的沈涵。尽管身材纤细,还带着一分迷茫的孩子气,流光,却已长成不折不扣的高挑英俊少年了。沈涵这才恍然发现,原来他们在一起已经快七年了。

"……要不要换件衣服?"她尴尬地出声。

流光垂眸看了眼身上的校服:"不用,我习惯穿这个。"

"……苏玫!热茶……"沈涵急忙招呼管家。

"不用了,"流光抢先一步说,"我一会儿就走。"

"走?你要去哪儿?不是这才回来吗?"

"我已经想好了,打算搬出去住,"流光无所谓地笑笑,"我已经十六岁了,想试试自己的能力。"

"是这样……那,可以搬到寄宿学校……"

流光温和地打断她:"你不要操心了,好吗?"

"可是,你才十六岁……"

“我也不知道这么做对不对，但觉得即便是错了也无所谓，反正还来得及，因为我才十六岁，还可以重来，要重来多少次都可以！总觉得……只要是自己的决定，即使错得再离谱也没关系。”按自己的意愿前进，就算最后的方向错了，过程也会很爽快！这个想法在他脑海里无比强烈。

流光心意已决的态度让沈涵自知无法挽回：“流光，你真的……打算离开这个家？”

“嗯。”流光应道，又困扰地皱起眉头，“不过，我还没想好要怎么报答妈妈，但是，”他望着窗外无尽的天空，“一直在这个家里待着，也什么都做不了。”

沈涵略略颔首，不知是出于默许还是由于无力，一味向下的视线让她没能看见流光最后的举动，只是听到一声“那我走了”和轻微的关门声。

人和医院。

剽悍的护士小姐惊讶地望着站在医院大门口朝她挥手的流光，眼睛左右前后兜了一圈，终于确定那个瘟神一样的小子是在向她打招呼。

“你小子要干什么？又想来装病啊？真没见过你这么败家的！”在天台上，剽悍护士数落道。

流光两只胳膊撑在护栏上，极目远眺，纤细的身子放松下来显得懒洋洋的，好像风筝，一起风就能飘起来。穿着黑色校服的颀长身影，从背后看上去是十足的翩翩美少年，能让众多花痴姐姐们有种强烈的“想犯罪”的冲动。不过，前提是他不说话的话。

护士小姐蹙着眉，遗憾地想，要不是这小子的作风太乱来，其实还真是道很好的视觉体验。

流光乐呵呵地回头：“剽悍姐，我想到一首歌可以来形容你耶！”

“我不听。”

流光欠扁地唱起：“一见到你啊，就让我快乐……”

“你找死吗？！”剽悍护士上前给了他一粒爆炒栗子，“把老娘当喜剧演员啦！”

“不是喜剧演员，是杂技演员！你像上次在我病房里那样给我来个三级跳吧！”

“我想给你来个五马分尸。”

流光看着她，突然拉长一张俊脸，毫无预兆地爆发：“剽悍姐……我失恋了！”

“你耍我的吧？”剽悍姐斜着眼。

“哎呀，我都要因此神志不清了！”流光只顾在一旁哇哇大叫。

“你这说话没逻辑的白痴，我才要被你搞得神志不清了呢！！”

“我真的喜欢她！不是那种喜欢，是……”

“？”

“是……想要和她打啵……的那种……”

“啊！你这小流氓！”她一巴掌拍过去，流光原来就红着的脸更是锦上添花。

“哎呀，你不明白的。”他捂着通红的脸，黯然地侧过身去，“反正，是想离她很近的……那种喜欢。”

剽悍姐抬眼，流光别过头去的侧脸沮丧又茫然，沉默中的英俊让人心动。她叹了口气：“你跟她说过了吗？”

他摇头：“她已经有喜欢的人了，只是把我当弟弟。”

“不满足吗？”

“剽悍姐，你一定没喜欢过谁吧？”他无精打采地瞥她一眼。

剽悍姐一把揪住流光的衣领：“听着，沈流光！老娘我在这家医院实习的时候，曾经喜欢上一个病患。”

流光万分惊讶地瞪大眼，表示难以置信。

她忍不住又给了他一记爆栗：“不过，跟你一样，他那时已经有了喜欢的人，只是把我看成妹妹而已。没错，我是单相思他了！一直到现在都这样。昨天我们才见了面，还有他的妻子，我们三个人一起吃了饭，还看了电影。他过得很幸福，到现在都不知道我喜欢他，我也很幸福，因为我可以安心地做他的朋友，陪在他身边。”她义正词严，目光炯炯，“沈流光，我跟你说，喜欢一个人可以有很多方式，他能给你多少，你就接受多少，并不一定非要能打啵才叫喜欢。我就从来没跟他打过啵！懂吗？”

流光瞪着她，似懂非懂：“……那，我该怎么办？”

剽悍姐想了想，视线扫过这空旷的屋顶：“实习的时候，那个人曾跟我说，他经常一个人来这个天台。”

“他想不开？”流光问完就向后闪了一步。

护士小姐白他一眼：“因为这里风很大，而且常年都吹南风。他不开心的时候就会跑来这里，把心里的不开心大声喊出来，好让它们都被吹到南方去。”她顿了顿，微微抬头，“我现在也一样。”

深秋的天空很高很远，偶尔，一队鸽子绕圈飞过远处的建筑，扑扇扑扇的。流光仰着头，静了半晌，忽然兴奋地喊起来：“啊，好像要起风了！……你快点走！”不等剽悍姐缅怀完她的初恋，他就忙着赶起人来。

剽悍姐敌不过更剽悍的他，被强行驱逐出境。

门关上，最强的一波风正呼呼吹过，流光的黑发被拂起。

从衣摆和裤脚涌过的，是成群结队的搁浅的心愿，朝向温暖明亮的南方。

我喜欢你！我喜欢——陆然美——

他连忙张开嘴。

却没有喊出来。

它们早已起飞了……

朝着充满希望的南方……

然美心急火燎地赶往与莲华约定的咖啡店，急跑的途中屡屡撞到路人。

“干吗?！大雨的天小心点啊！”

她顾不上听完别人的咒骂，匆匆道完歉，又脚步不停地飞奔起来。

滂沱的大雨，即使打着伞，雨水仍湿透了她的裤脚，她跑得气喘吁吁，终于看到约定的地方。咖啡店里还有荧荧的光，淡雅而温暖，她忐忑不安地放慢脚步，忽然想起现在已经是七点半了，莲华一定不可能还在那里等她的。可她为什么还要这么厚脸皮地跑来?

冰凉的指尖抚上被雨水洗涤的玻璃。只有今天是特别的，她一定不会再被原谅了……

咖啡店的女服务生正拿了 ORDER 过来，路过门口，赫然发现一身湿答答的少女茫然无措地伫立在门外。

服务生将 ORDER 交给别人，走过来好心拉开门：“请问有什么需要吗？”

然美木讷地收回视线，她已经确定过一遍又一遍，没有莲华的身影。她迟到得这么离谱，他当然没理由还在这里等她。好过分！她真的好过分！今天是他的生日啊！下意识地抱住双臂，一定是雨水湿透了衣服，否则她不会觉得全身这么冰凉。

“小姐?”服务生担心地打量她苍白的脸。这个女孩明明握着雨伞，却还是淋得这样湿。

“谢谢，我没关系。”然美呼出一口白气，眼神恍惚地转身。

那么失魂落魄的背影，好像被打湿羽毛的小鸟，服务生挣扎了很久，终于提高声音喊道：“你是来找人的吗？”

瑟缩的身影蓦地转过来，带着渺茫的希望征询她。

服务生抿了抿嘴：“有个男生在店里等了一个下午，你是在找他吗？”那么惹眼的俊美男生，从期待到耐心再到失落的每一个表情变化，她都小心看在眼里。

然美不确定地上前两步，沾着雨水的睫毛激动地颤抖：“……那个，请问，他……”

“他刚刚才走，你现在去追的话，说不定……”女服务生说到这里，突然打住，目光定定地落在然美后面。

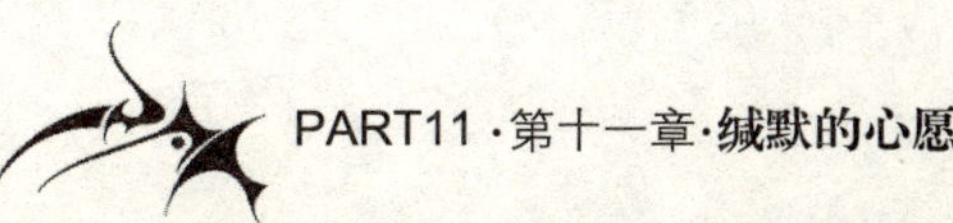

然美困惑地回头，透过雾一样的雨帘，惊愕地看见浑身湿透的莲华。

高大帅气的男生就这么站在苍白朦胧的路灯下，在雨中没有任何遮盖，仿佛要被冲刷得透明起来。纯白的衬衫半透明地贴在他身上，厚重的牛仔裤包裹住他的双腿。这一刻，不再桀骜不驯，不再俊逸洒脱，那一身落魄的雨水，将他身上的骄傲折损得分毫不剩。

莲华凝视然美手握白伞站在那头，湿润的嘴唇欲说还休。本来已经下定决心离开，却又情不自禁、带着最后一丝不甘倒回来。受不了，快要连尊严都丢弃了！不等然美靠近，他突然难堪决绝地转身离开。

“莲华！！”然美追上去，拉住莲华湿透的衣袖，高举起伞，替他挡住如注的雨水。

他还是停了下来，尽管仍固执地背对她，沉默不语。

“对不起……”任自己整个后背暴露在雨中，然美慌乱地开口。天哪！难道真的每次都只能说这三个字吗？

莲华转过身来，看着她，唇角牵起虚弱的笑：“……我的礼物呢？”

她说不出话来，只能眼看着莲华脸上希望渺茫、艰难维系的笑容硬生生地凝固。

莲华发冷的手指握住然美拿伞的手，重又将伞举回她头顶。他失望得连喉咙都开始发紧：“陆然美，你看看我……”

她一瞬不瞬地仰头看他，他真的湿透了，像个雨人，头发在滴水，睫毛也打湿了，嘴唇煞紫，淌水的皮肤比象牙还白。俊美得触目惊心，却也脆弱不堪！

“我从来没有这么狼狈过……你为什么还要追过来看我现在的样子？”

“莲华……”除了这两个字，迟钝的她不晓得此刻还能说什么，心跳紊乱，她突然害怕，如果再不赶紧说些什么，就无法挽回了，“对不起，你听我解释，因为流光他……”

“我不想听。”任性的嗓音在雨中无比单薄，冰凉的手抚上然美的脸，为她拨开纠缠的湿发。靠得那么近的莲华，他的手，他的体温，他的呼吸，他怪罪又心碎的眼神，在冰凉的雨天萦绕住她的全部感官，那样清晰确凿，渗入骨髓。

“我不想听。然美，我不是那么小气的人。沈流光也好，陆然猎也好，他们对你来说是很重要的人，我没办法让你不去想他们。……可是，为什么我总是被忽视的那一个？”

然美望着莲华眼里迷离破碎的蓝光，愧疚和心痛的沉重，让她仿佛失去了讲话的能力。

莲华伸手轻掩住她的双眼，艰难地开口：“拜托了，你这样我好难受……”

手掌传递来她曾眷恋的热度，热得她的眼睛快要融化。愧疚的泪涌出的那一瞬，莲华却已漠然地放开手。

渗入骨髓的气息也随之远去，徒留下雨声震天。

第十二章
黑色的莲华
PART 12

在这种地方，是不可能保持一尘不染的。

一连三天，莲华没有来学校，甚至也不在家，凡是能找到的地方都没有他的踪影。

傍晚，然美再度徒劳地从莲华住的单身公寓走出来。

楼下那三个不良少年注视她良久，终于嗫嚅着向她喊了声。

然美回头，隐约记得这三个染着夸张头发、烟不离手的男生，她下意识地抓紧书包带，怯怯地望向他们。

"那个，你不要再来找莲华了……"为首的男生把烟拧熄，有点不好意思地上前两步，"他这些天都没回来，那个什么恺撒也带走了，估计不会立刻回来的。"这个女孩已经是连续三天来找人了，每次都失望而归，却又锲而不舍，他们一开始还拿她当笑柄，打赌她明天还会不会来，现在却有点刮目相看了。

"多谢。请问，你们知道他去了哪里吗？"然美急切地问。不去学校又不在家，他会跑到哪里去？

"可能在打工的地方。"

"谢谢！"然美匆匆道了谢就要走。

"喂！"那个男生连忙叫住她，头顶一粒大汗，"你知道他在什么地方打工吗？"

她这才恍然停下，对呢，她什么都不知道啊，于是再次请求道："能告诉我他在什么地方打工吗？"

三个男生面面相觑："你最好不要去那个地方，那里不适合你这样的女生。"

可是无论如何她也要知道！然美正要追问，蓦地被一道调侃的男声打断。

“喂，你们这帮小子又在这里干什么坏事？”

然美回头，是那个叫 ALEX 的前辈。

三个男生撇下嘴啜了几声，怏怏地离开，临走前还不放心地回头看了然美一眼。

ALEX 笑着走上前来：“没事吧，被他们几个缠上可不好脱身。”

然美忽然想到，ALEX 身为莲华的舞蹈指导，应该知道莲华的去向，便急忙问：“前辈，你知道莲华这两天都住在哪里吗？”

“咦？”ALEX 面露吃惊，“他都没跟你说吗？”

“因为……”个中缘由然美一时也难以说清，“总之，我一定要见他一面，有很重要的事要当面告诉他！”

“这样啊……”ALEX 寻思了片刻，“我可以带你去找他，可是，你要做好心理准备。”

“真的？太谢谢了！！”心理准备？现在哪里还管得了那么多，只要能早点见到他，她便感激不尽了。

ALEX 的车一路驶进本市著名的歌舞娱乐街，然美茫然地望着车窗外陌生的一片霓虹，热闹而糜烂的景象让她有点不适。

“前辈，我们这是要去……”

“放心，”ALEX 向左打方向盘，车外闪烁的灯照出他有点异样的笑，“你马上就可以见到他了。”

想到只要能快点见到莲华，然美便没再问什么。

车子停在一家名为 SERENADE 的俱乐部门口。这里不算是歌舞街最大的娱乐场所，但却明显是人气最旺、档次最高的夜总会。

然美惴惴不安地四下张望着，衣着亮丽、打扮时髦的男男女女从她身边频繁地进入华丽的大门。

“对不起，小姐。”出神的当儿，门前的 BOUNCER 走过来很客气地问，“能请你出示下身份证吗？”

“身份证？”

“按照规定，未成年人是不能入内的。”BOUNCER 依旧笑得很职业很客气。

然美上下审视自己，一身学校制服，手里还提着书包，的确是跟其他客人差距太大。

ALEX 走过来拍拍侍者的肩，替她解了围：“她是我带来的，不要这么死板嘛。”BOUNCER 了解地应了一声，转头打量一身局促的然美。

ALEX 走上台阶，示意然美："进来吧，莲华就在里面。"

莲华……

她点点头，深吸了口气，穿过黑洞，走进另一个世界。

SERENADE，秘密的夜，暗光流动，酒香四散，就像个妖精的世界，浮华、颓废、绚烂，女人们如同孔雀开屏般花枝招展，男人们则声音粗哑醉生梦死。然美紧紧跟在 ALEX 身后，沿着长长的吧台，穿过一桌又一桌翘首以待的客人，前方中央的位置是一个舞台，望着眼前不真实的景象，她的心莫名地沉甸甸的。

ALEX 将然美安置在靠近舞台的沙发上："想喝点什么？"

"不用，谢谢。"她摇头，邻座投来的好奇视线让她不由得越发拘谨。

ALEX 站起来，转向吧台叫酒，然美扯住他的袖子：

"前辈，我什么时候可以见到莲华？"

灯光这时暗下来，气氛也逐渐热烈起来，ALEX 慢性子地坐下，别有用心地笑道："看，马上就能见到了。"

"这样就没问题了！……灯光！还在磨蹭什么?！"后台，ANGELA 麻利地指挥着全局。苏兰站在来往忙碌的人群当中，第 N 次目睹这毫不逊色正规舞台表演的架势——舞美、音效、造型、伴舞……这便是 SERENADE 和一般的娱乐场所不一样的地方，一切都是最最一流的。这也就是为什么莲华和 ALEX 会同时存在的原因，虽然 ALEX 那家伙变态到让人无法容忍，但不可否认他具有很高的舞蹈才华而且看人的眼光的确很准。苏兰常常在想，那家伙是不是因为嫉妒莲华才总是千方百计来招惹他的？

莲华从洗手间里出来，立刻遭到 ANGELA 一阵训斥："你在干什么？马上就要开始了，现在才钻出来！"她风风火火地走过去，抬头怒瞪莲华。

莲华也面无表情地回敬过去："不要对我大呼小叫。"

"我才懒得跟你大呼小叫！"ANGELA 伸手理了理莲华的头发，"好了，快点！"

莲华接过麦克风，低头戴上耳塞。

苏兰蹙眉，他这个样子真的很勉强，可是冷血的 ANGELA 从来不会管这么多的。"莲华！"她朝他招招手，"我会在下面。"她一向是他最忠实的歌迷，虽然在 SERENADE 她看到他跳舞的时候比唱歌多得太多。

莲华强打精神对她笑了笑。

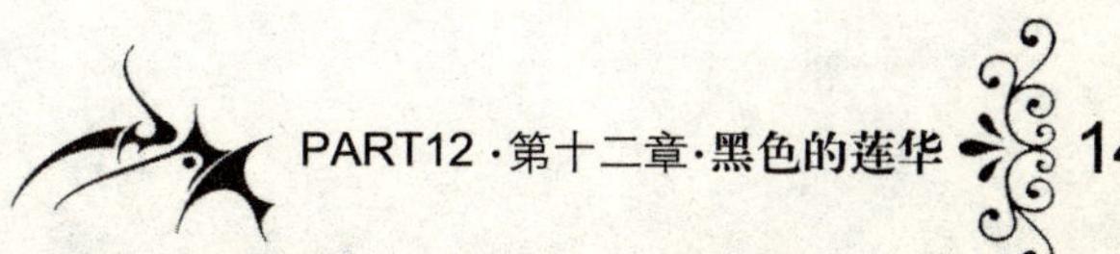

舞台上，随着轻柔浪漫的钢琴声，暖色的灯光亮起。淡蓝的聚光灯投射在坐在钢琴前的莲华身上，他微微低垂着头，深情的歌声将场内所有不安与躁动安抚下去。弹完一小段，手握话筒起身，站在一片柔情的黑夜中，以那种稍微带点率性的姿态。精心打造过的茶色头发泛出一层柔和的橘光，飘逸的黑色皮外衣里是半敞的白衬衫，衬着贴身的皮裤和露指手套。月光洒在这一身神秘的黑色上，那种集温柔和帅气、浪漫和不羁于一身的英俊让人目眩神迷。无数星光聚集在他头顶，这一刻，他是众星捧月的王子，是占据所有少女情怀的英俊骑士。

苏兰若有所思地望着莲华的身影，经过造型师的手，本来就俊美逼人的莲华更加魅力四射，有时会成熟得看不出年龄。但她却会觉得心痛，就算他看上去再骄傲再完美，也始终只是某些人的道具而已，甚至是台下所有人的道具。本来是那么自由的风，他该为自己而活。

一曲终了，舞台上的灯光又全体熄灭，台下是激动的等待。

激烈的爆炸声掀开劲舞的序幕，深蓝的烟雾后，莲华背对观众，脱下黑色外套扔到一旁。台下响起了亢奋的尖叫。

聚光灯适时地从他身上退去，罩住登场的身穿性感红裙的女伴舞。

苏兰受不了地撇开脸。ANGELA 真是越来越离谱了！这个伴舞的女人比莲华岂止大了两三岁？她还要忍受着去目睹这个女人贴在他身上，做这样那样暧昧的动作！

下面的观众显然都很满意，证明 ANGELA 的抉择是没有错的，虽然她偶尔是比较功利了一点。台下比刚才唱情歌的时候更专注，几乎可以感到男男女女气血上涌的势头，尤其当红衣舞女像蛇一样从背后缠上莲华身体的时候。

半透明的白衬衫，让结实精干的身体在白光下若隐若现，少年的身体，精致而干净，让人憧憬。低腰的黑色皮裤已经超过了苏兰可以接受的范围，但却吊足客人们的胃口。接着是百看不腻的贴身舞，缠绵的音乐一直持续了有一分半之久，然后灯光骤变，冷金属的光充斥着舞台，红衣女郎消失，取而代之的是四人的劲舞团。

虽然是激烈的劲舞，而莲华的舞里总是少不了对抗和格斗的元素，但偶尔，不纯洁的暗示也非常明显。

苏兰曾向 ANGELA 抗议："已经够性感了！上衣都脱了，还要怎么样?！他才只有十七岁，你要他性感到哪里去？你这个闷骚的女人！"

ANGELA 没有动怒："这是老大的意思，你跟我说也没什么用。况且，劝你实际点吧，在这种地方，是不可能保持一尘不染的。只不过要他跳得挑逗点，又没有真让他去挑逗谁，看得到又摸不到，你紧张什么？"

在这种地方，是不可能保持一尘不染的。

这句话让她哑口无言。SERENADE 的报酬付得很高，所以他们自然也有要求过分的权利。

台下，ALEX 以最专业的眼光审视着台上的莲华。目前为止，莲华的表演仍是精彩绝伦，但并不是毫无瑕疵。ALEX 虚着眼，不放过任何一个微小细节：

干得好极了，这个分腿！眼神太他妈酷了！腿绷得也很直，漂亮！不过后仰的幅度还是不够，该死的，不晓得提醒过他多少遍！

……见鬼，居然在揩额头的汗！在舞台上就要力求完美，以为退到暗处不该他跳的时候就可以为所欲为吗?!

还好，扯臂的动作倒是很帅！蹲下的姿态堪称完美！ANGELA 的风效做得太他妈棒了！……真够野性的，那小子！下来后真该好好夸奖两句。

ALEX 忘情地注视着舞台，没有留意到身边的然美如坐针毡，直到表演接近尾声，才悄然转头，瞥见女孩震惊无措的表情，他露出一个满意的笑。

舞台上方十多个喷水器突然全部开启，整个舞台笼罩在一片蒙蒙雨中！全场兴奋地欢呼！水中的劲舞性感异常，近百双眼睛会聚在舞台中央的少年身上，润湿的眉、眼、唇，湿漉漉的头发，淌着水的上身和发亮的黑色皮裤，节奏超强的步伐踏在水中，水花刷刷飞溅，带来视觉和听觉的双重享受！

然美听着耳边激烈的呼喊，全身僵硬无法动弹。望着舞台上的莲华，同样是被水湿透，现在的他和当时失魂落魄的他明显判若两人，却又何其相似。或受伤或凌厉的眼神后，都有着相似的隐忍。

“怎么样？见到他的心情如何？”表演结束后，ALEX 点了一支烟，调侃着问。

然美不由得咳嗽，她始终不太习惯刺鼻的烟味，ALEX 挑挑眉，在烟灰缸里熄掉烟。

然美挣扎了好久，如蚊蚋般请求道：“前辈，你可以带我去见他吗？”

ALEX 睨着然美，倒是没想到她会问得这么开门见山，他原以为以她的性格，会先小心在他这里试探地打听一下，才会考虑要不要直接去见莲华的。

“好啊，我带你去后面。”

本星期的重头戏完毕，后台是一片狼藉。莲华浑身湿湿地走进来，KENT 递过来毛巾和外套。一队美少女组合赶紧上了台。

两个有门路的女大学生鬼鬼祟祟跑到后台，不巧莲华刚好穿上外套，而且把一头湿

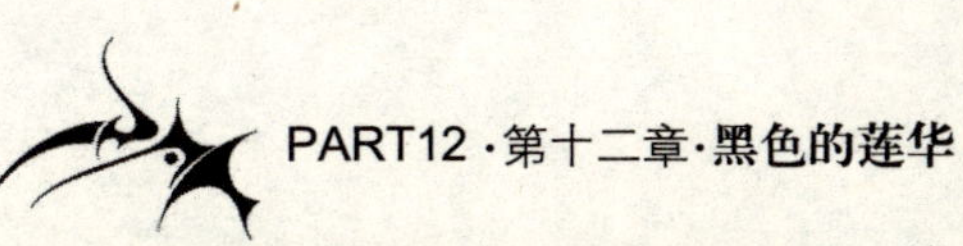

发擦得乱糟糟的。

“不过这样也好帅！”远远地望着浅浅喘息的莲华，两人犯着花痴。

“这么看起来好俊啊……不过好像很年轻，不像十九岁哎！”两个年轻女子偷偷拿起手机瞄准心仪的目标。

手机被某人不客气地没收，苏兰皱紧眉头：“这里不许拍照，你们又不是头一次来了，不知道规矩的吗？！”不等对方发作，她已经转向ANGELA，“喂，ANGELA，你到底怎么放她们进来的？！”

ANGELA走过来，不太在意地说：“好了，苏兰，手机还给她们吧，不要得理不饶人。”她又朝两个心有不服的女生说，“你们两位也是，人也看到了，请出去吧，下次要是想拍照，最起码不要被人看见。”随即很强势地将两名女子请了出去。

苏兰气愤地对身边的KENT抱怨：“不是说了不许拍照的吗？势利的女人，一定是收了人家贿赂！”

KENT诧异：“就算如此，你也不必这么义愤填膺吧？拍个照又死不了人。”

“谁说死不了人，我就要让那些拍照的家伙去死！”

KENT夸张地拍拍胸口：“哎哟，好可怕啊，不过，苏兰，你这样子也蛮可爱就是了……”

“可爱你个头！”苏兰没好气地赏了他一脚。

两个女生才悻悻地走没多久，门又被从外面推开，ALEX大摇大摆走进来：“不好意思，ANGELA，有个客人一定要……”

苏兰代替ANGELA挡在猥亵的男人面前：“ALEX！请你搞清楚，你没有权利带任何客人进……”

蓦地认出ALEX身边苍白的少女，苏兰顿住。

KENT左右看了看，觉得有点不对劲：“怎么了？你的气势呢？”

苏兰凝视然美许久，依旧难以置信：“你怎么到这里来了？”

“学姐，对不起！突然就跑到这里来，但我真的有很重要的事要见莲华！”然美急切地上前一步。

这回换KENT吃惊了，这个穿制服的女生竟是来找莲华的？连这样的乖乖女也下手，他不禁开始怀疑莲华的纯洁程度。这么想着，他回头望向莲华的方向。

莲华表情僵硬地站在那头，头发凌乱地垂着，衬衣松松垮垮地穿在身上，模样不单是颓废，更有种仿佛被揭发般的罪恶感。

然美也发现了离她大概十米的莲华，她没想到他就在这里，脑袋里浮现出方才谢幕的激烈表演，一下子有点说不出话来："莲华！我……"

STAFF 都停下来好奇地注视这一幕。

ANGELA 走过来，上下打量然美，抬头质问等着看好戏的 ALEX："你不知道这里不许未成年人入内的吗？"

"当然知道，不过，她是莲华的朋友，就另当别论了吧。"ALEX 抱臂站在门口，莲华竟然会露出这么沉痛的表情，真是大出他的意料，他已经迫不及待想知道他的下一个反应了。

ANGELA 回头问莲华："你和这个女孩是朋友吗？"

众人都很合作地让开道，以方便莲华看得更清楚，他和然美，突然就这么赤裸裸地面对面。这样的情景就像在看电影，所有人都陪着然美，耐着性子等着听莲华的答复。

"不，我不认识她。"

莲华只留下一句冷酷的否认，不愿再看然美一眼，带着透顶的绝望，转身逃离。

然美茫然地站在那里。那么冷漠的语调，断然撇清和她的关系。她本来想追去，但脚上好像绑了千斤重，一步都迈不动，直到 ANGELA 非常没人情味地请她打道回府。

他说他根本不认识她，是不是表示一切真的无可挽回？

晚上十点，ALEX 在房门口看到表情阴沉的苏兰，他笑着朝她打招呼："怎么，现在想要跟我这个老朋友攀谈了？"

"你是不是故意的？"苏兰不理会他的套近乎，沉着嗓子，睨着眼前放肆的男人。

"你是说把然美带过来这件事？"ALEX 勾嘴笑笑，"老实说，我没想到后果会这么戏剧化。"

"你到底想干什么？！"苏兰朝他靠近，压住想要拽起他衣服的冲动，这个肮脏的男人还不配她出手。

ALEX 轻浮地说道："我真不知道你为什么这么生气？不是该高兴才对吗？那种娇弱得像一朵花的女生根本不适合莲华，这就好比把豹子和百合放到一起，说有多不协调就有多不协调。今天目睹了这世界肮脏的真面目，她一直以来爱慕的天使一样的男孩早就被玷污了，那个女孩想必很受打击吧。"他一面遐想一面摸摸下巴，"这样就好了，不适合在一起的东西勉强放在一起只会互相伤害而已。"

苏兰强迫自己别去听他的妖言惑众，她来找他理论，是因为莲华真的受伤了。

"苏兰，你应该觉得高兴才对。那个白纸一样单纯的女孩没法再觊觎你喜欢的人了，你应该感谢我。"

“住口！”苏兰恼羞成怒地打断他。

“呵呵，你明明不想任何人靠近他，明明那么喜欢他，却只能委曲求全地当他的学姐，还真是可悲……”ALEX 嘲笑着瞥了苏兰一眼，“什么学姐、学弟？都是放屁！男人和女人之间只可能有两种关系，不是爱人，就只能是陌生人，你记住了！”

苏兰怔怔地望着 ALEX 扬长而去的背影。

手机急促响起，打断她的失神。

BLUE 酒吧。

正在庆祝今晚表演成功的小伙子们被突如其来的踹门声打断。

几个装扮入时的年轻男子大摇大摆走进来，看见在酒吧里豪饮的少年，撇着嘴叫嚷起来：“哪儿来的不懂规矩的臭小子？！不知道西区的人是不能到东区来的吗？”

四个小子面面相觑，认出这几人是东区的牛郎，想起 ANGELA 曾告诫他们不要生事，便怏怏地起身准备离开，可他们刚站起来，就被这几个男人团团围住。

“怎么？坏了规矩就想溜，哪有那么便宜的事？！”早就看 SERENADE 的人不顺眼了，这些小子，一个个乳臭未干的样子，居然敢和他们竞争？难道现在的人都有恋弟情结不成？

“那你们想怎么样啊？！”年轻气盛的少年忍不住顶了一句。

对方一位立刻黑了脸，只这么一句话，足以成为动手的理由。

BOUNCER 想来劝解，可是已经来不及，拳打脚踢的声响和阵势吓得酒吧其他的客人陆续逃跑。

十七八岁的少年毕竟不如成年人身强体壮，虽然有用不完的激情，却是心有余而力不足，再加上这几个牛郎个个都是一米八五以上的身材，少年们很快就被收拾得鼻青脸肿。

刚刚出言不逊的男孩挣扎着想站起来。“啧，真是可怜啊，让哥哥来帮帮你吧。”其中一个牛郎笑着一把将他拽起来，“看看你这张脸，变成这个样子就没什么市场了吧？喂，”他转头招呼其他牛郎，“干脆把他们都毁容算了！回去好好吃奶吧！”

“好了好了，吓吓他们也就得了。”为首的牛郎挑着眉走过来，捏起少年的下巴，“不过，按照道上的规矩，得打电话叫人领你们回去才成。我记得你们的头儿是莲华对吧？”他递了手机过去，阴险地笑道，“打电话叫他过来。”

电话拨过来的时候，莲华正从洗手间洗了脸出来。全身疲惫，虚脱一般。

手机上显示的是一个陌生的电话号码。

“喂。”他郁郁地接了电话，听里面说了半晌，然后用平板的声音回复，“我明白了，暂时不要把他们怎么样，我就来。”

BLUE 酒吧这时已经没有多少人。大概一刻钟以后，听见外面摩托车引擎轰鸣的声音。

“哟，来得还蛮快的。”为首的牛郎将烟熄在吧台上。

门开了，莲华走进来，一眼就看见被摁在沙发上的四个少年，脸上受伤的程度，估计没有一个月是无法恢复的了。

牛郎们怔了怔，自莲华走进来的时候，便察觉到这个少年的与众不同。原以为 SERENADE 的男的都是幼稚的儿童系。然而，眼前的少年，身上散发着混淆年龄的不羁和帅气，微翘的头发和黑色的衬衫下，隐蔽着危险和野性。

“要我做什么？”莲华冷漠地睨着他们，开门见山地说。这种事情，他以前还从未遇到过。

“你就是莲华？”牛郎之一暧昧地笑起来，靠近他，“你多少岁啊？”

“我的年龄跟这件事有关吗？”

“莲华，想要把他们几个领回去，最好乖乖按我们说的做，叫你回答问题的时候就好好回答。”为首的牛郎从吧台起身，“现在，说说你多少岁。”

莲华蹙眉，此刻的心情极度败坏，想要速战速决。

“十七。”

为首的牛郎走过来，一瞬不瞬地看着莲华：“十七？真是不可思议……”他情不自禁地轻喃道。那种眼神，那种稀世的俊美，那种漂亮的倨傲……这个世界上恐怕再难找到第二个如此完美的模本。这个莲华，让他无法用语言形容。嫉妒？喜欢？还是两者兼有？

眼前牛郎的目光让莲华想起 ALEX，不由得一阵恶心的反胃。

“OK，”年轻牛郎笑道，“他们几个现在就可以回去，不过条件是，”眼光猥亵地一转，“你得陪我们玩上一晚上。”

莲华环视在场所有的牛郎，挑眉，“这么多人？”

“你的理解力还不算差。YES OR NO？”

四个男生不禁全体倒吸一口冷气。

莲华轻蔑地笑了笑：“可以啊。不过我是要收费的。”

没想到莲华竟会答应得如此干脆，刚开始看他一副傲慢不可一世的样子，还以为他

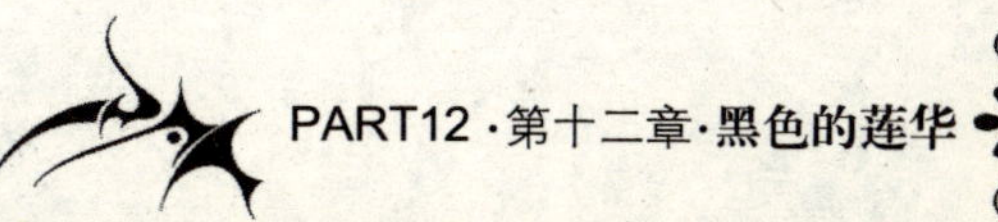

真是出淤泥而不染，看来不过也是为了金钱什么都可以卖的货色。“没有问题，说来听听，你要多少？”

“我要、这个……”

闪电般的拳头蓦地将眼前的男人打翻在地！

“关野！！”其他的牛郎震惊地站起来。

四个少年趁局势混乱之际赶紧逃了出去。

关野咬住破裂的嘴唇，愤愤地起身，却被莲华从上面一脚踹趴下！

“浑蛋！！”牛郎们冲过来，却突然都生生地顿住。

莲华强势地压住关野，匕首抵着他的脸，神色冷然地命令：“叫他们全部出去。”

脸可以说是牛郎的第二生命，关野心中即使有百般不情愿也只能束手就擒，示意其余牛郎退出酒吧。

牛郎们心不甘情不愿地离开，偌大的酒吧中央只剩他们两人。

有一段时间，跨在关野上方的莲华没有一丝动静，只是那样冷凝地睨着敌人。关野几番想要挣扎，却发觉对手的力气大得惊人，让他毫无翻身之力，他目不转睛地望着莲华，紧张之余，心中忍不住欷歔，逆光下，居高临下的莲华，明明是那么冷酷残暴，却又美得让人眩晕，不带一丝脂粉气，那是超越了性别的俊美。天哪，他是不是神经错乱了，竟然在这个时候赞美起一个凶手?!

莲华冷冷地开口：“你看着我干什么？”见关野不语，他抡起拳头，一拳又一拳，机械却凶狠地砸在关野英俊的脸上。

为什么……这个男人的眼神那么像 ALEX？这一切都要怪他太像那个男人！否则他不会这么控制不住自己的暴戾。

酒吧里的侍者在远处胆战心惊地望着这一幕，关野麻木的呻吟被越加结实的拳声掩盖。

良久，莲华直起身子，望着已经被他揍得面目全非的关野。

“浑蛋！你……你会后悔的！莲华，你绝对会付出代价的！！”关野恶狠狠地诅咒。

莲华冷眼扫过关野淤青的脸，想象着眼前的人是 ALEX，他解恨地笑笑。

“给我一杯红酒。”他朝不远的酒侍吩咐道，慵懒的嗓音带着施暴后的喘息，和一丝狡猾危险的气息。

ANGELA 和苏兰接到电话赶过来的时候，四个少年焦急地等在附近，七嘴八舌地说明了事情的经过。ANGELA 把他们四人训斥了一顿，苏兰已经等不及赶去 BLUE 酒吧。

在酒吧门口，两人听到惨痛的呼叫声。

“莲华——”苏兰紧张地冲了进去。

ANGELA 在后头慢条斯理地松了口气：“放心，那不是他的声音。”

赶进来的苏兰只看见关野倒在地上，捂着眼睛痛呼，咒骂声已经听不清楚。莲华轻松悠闲地在吧台付了红酒的钱。

“怎么回事?！”苏兰惊异地问一旁的酒吧小姐。

酒吧小姐抖着声音说：“莲华他……把红酒倒在关野的眼睛里面，天哪！”她抱着手臂一阵哆嗦。

ANGELA 首先便关心起对方眼睛有没有瞎的问题，只要不用赔偿，就算把硫酸倒进去也无所谓。

苏兰压住怒火朝莲华走过去，莲华转过身来，立即被狠狠扇了一巴掌。

他愣了两秒，不屑地开口：“我又没做错。”谁叫那个家伙要用那种猥亵的眼光看他。

做了这么残暴的事，他居然可以脸不红心不跳地说他没做错?！苏兰突然之间怒不可遏：“你如果要发泄，就找个正当的方式！你以为这样就显得你很了不起很有勇气吗?莲华！你是个懦夫！连面对自己女友的勇气都没有，只能在这里逞匹夫之勇！”她已经受够了，这种靠暴力来解决事情的方式！那种欲除之而后快的念头，原先她也是那么迷恋，可是，已经有过那么惨痛的教训，再也不能这样下去了，否则，又会有人像许夜一样成为牺牲品的！她不要看见莲华像从前的她那样陷进去！可是她无论如何都无法改变他！他已经习惯了这种生活和解决问题的方式。她只能眼睁睁看着他继续被玷污下去。

苏兰的话在莲华昏沉沉的脑海里轰响，好像在他的伤口狠狠撒了把盐，痛彻心扉的感觉那样确切分明。他愤愤地盯着苏兰，仿佛错误被揭穿的小孩：“我是懦夫又怎么样?！”一把推开苏兰，他头也不回地落荒而逃。

苏兰失神地站在那里。

安静的空间里传来 ANGELA 庆幸的声音：“还好眼睛没大碍。”

第十三章
爱情的占卜
PART 13

逃离束缚，斩断情丝，重获自由。

十月三十日，东林的秋季学院祭热热闹闹地拉开了序幕。

见然美一副三魂丢了六魄的样子，明娜便拉上她在学院祭上四处乱逛，什么好玩的东西都去插上一脚，一方面是帮前阵子被冷落的然美拉拉人气，另一方面是想让她好歹振作起来。当然，光两个弱不禁风的女生还不够，学院祭上人山人海，自然还得搭上个大块头的开路先锋——蒋泰山是也。

“看！射箭比赛耶！我跟你说哦，这个比赛人气可是很高的，可以算是学院祭上的传统项目了！知道为什么吗？因为这个比赛的目的，就是要参赛的男生彼此竞争，赢回奖品送给自己喜欢的女生！呵呵，很浪漫吧！而且获胜的奖品也是超级精致的！”明娜一面滔滔不绝地介绍着，一面拉上然美，并颐指气使，蒋泰山赶快去开道。

苦命的蒋泰山在人群中冲锋陷阵。待三人来到最前线时，又一轮比赛即将开始，这次的礼品是一只手工制作的风铃，不算昂贵，但胜在可爱，台下已经有许多心仪的女生蠢蠢欲动，不少男生也跃跃欲试起来，为了赢得 GF 或是自己暗恋的女生的芳心。

蒋泰山一个劲摇头：“我对这种游戏最反感了，简直是在侮辱我们男性的尊严嘛！”

“你这个不解风情的笨蛋，你当然不会明白了！”明娜不客气地给了蒋泰山一棍，忽然又嬉笑道，“不过那个风铃还真是好可爱啊！喂，蒋泰山，你去帮我赢过来！”

蒋泰山从明娜眼里看见一种“不成功则成仁”的坚决，只得从命。

望着蒋泰山上台的背影，明娜得胜地歪了歪嘴：“喊，还跟我说什么男性的尊严！”

然美看了看那巨大的、货真价实的硬弓：“蒋泰山他学过弓道吗？”

“没有，那有什么关系，大家都是门外汉！”明娜扫了台子一眼，颇惋惜地说，“不过好可惜莲华没有来！以前的学院祭，好多女生可是心心念念地巴望着他能来参加这个比赛的！”她蓦地转向然美，“他太欺负你了！你也真是，这么好的机会也不晓得把握！以前那家伙没有喜欢的女生，也就罢了，可这回好不容易有机会能看他大显身手！”

然美不知该说什么，只能挤出一个无奈又抱歉的笑。

在一群门外汉中，蒋泰山也能毫不费力地取得 7、7、8 第一名的成绩，他拿着风铃走下来，感叹：“哇，比我想象的要简单耶！”

“太棒了！你比我想象的厉害呢！呵呵，真是非常可爱的风铃啊！”明娜兴高采烈地晃得风铃丁当作响。

人越来越多，上午的射箭比赛进入了一个小高潮。下一个奖品展示出来的时候，台下又爆发出一阵阵“卡哇伊”。

然美好奇地往台上望去，不由得惊讶出声，这次的奖品竟然是一只哈士奇的毛公仔！身上纯黑，四肢纯白，还有那冰蓝色的眼睛，活脱脱就是恺撒的翻版！

“咦，怎么了吗？”明娜也好奇地望过去，“哇！好可爱的小哈！这样的毛公仔很少见耶！”

“明娜，记得我跟你说过的恺撒吧，跟它几乎一模一样呢！”

“啊！那跟莲华走在一起一定双倍帅气了！”明娜立即进入状态，想入非非起来。

“不过，他好像不是很喜欢恺撒……”然美没辙地苦笑。

明娜突然蹦到蒋泰山面前：“喂！泰山！拜托了！去把那只毛公仔也赢回来吧！这次是送给然美的！”

“哎？不太好吧，”蒋泰山面露难色，“这好像不该我去……”

“哎呀！你干吗这么死板！没看见莲华不知死哪儿去了吗？快去啊！”说罢，一拳捶在蒋泰山背上。

“好吧！”蒋泰山干劲十足地点了个头，“然美姐，放心交给我！”

“嗯，谢谢你！加油！”

蒋泰山再次登台，引来台下一片抗议：“喂，你干吗又来啊？”

“泰山！”一个娇嗲的声音袭来，蒋泰山回头，被扑过来的学妹一把抱住。

“小碧？”

“呵呵！你也来参加比赛啊！”小碧跑到前排，热情地朝明娜和然美打招呼，“学姐好！！”

一看到这个小碧明娜就是一肚子气：“喂！你跑到台上干什么？没看见人家要比赛吗？”

小碧笑嘻嘻地蹦下来：“猎也要参加比赛哦！因为人家很想要那只毛公仔啊！”

“什么？！”明娜简直怀疑自己的耳朵，“你没搞错吧？！猎怎么会……”

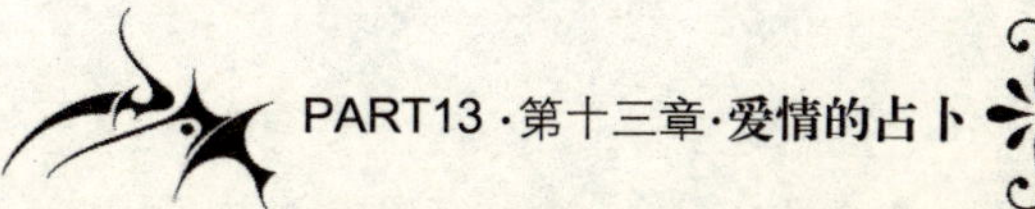

正说到这里，周围的女生忽然集体惊叫起来。然美抬头，穿着黑色 ADIDAS 的猎出现在擂台上，左手握着长长的黑色硬弓，他的动作并不专业，但姿势很叛逆又很帅气，右手袖子挽上一半，黑色的弓贴着他白皙结实的小臂，引得众人不住欷歔！

蒋泰山下巴都快掉下来，笑呵呵地走过去套近乎："哇，小猎猎，怎么是你？不过说实话，你刚刚上台的动作真是很性感耶！！"

猎斜着瞪他一眼，拳头攥紧，对蒋泰山不分场合的暧昧玩笑恼火不已。

然美恍惚地望着猎，有点不敢相信会在这种擂台上看见他，正巧猎为了回避缠人的蒋泰山也转过头，两个人的视线蓦地撞上。

小碧兴冲冲地朝台上的猎喊道："猎！加油啊！！"

"喂！"明娜一把提起小碧的衣服，怒道，"怎么回事？你用了什么卑鄙手段让他答应帮你比赛的?！"

"我没有……"小碧委屈地嘟囔。

"喂，男人婆，放开她。"猎大步走过来，跳下擂台，"她没有使用卑鄙手段。"

小碧笑逐颜开，一把抱住猎的胳膊："看吧，我说过猎是自愿帮我的！"

"你也给我放手！我可不是自愿的！"猎不耐烦地扯开小碧的手，如果不是因为跟她打赌时输了，他才不会来这种无聊的擂台！

"哦！"明娜趾高气扬地瞥小碧，"搞了半天人家是可怜你啊！"

猎低头，挑眉睨着然美，冷嘲热讽："不会吧？原来你也是这么虚荣的女生啊！不过也好，莲华呢?要是没有他在台上，我会很无聊的。"漂亮的褐色瞳孔散发着挑战的锋芒，面孔虽然傲慢依旧，阳光下却格外英俊。

"小猎猎，要让你失望了！偶像没来啊，他把这个光荣而艰巨的任务委托给我啦！"蒋泰山对然美夸张地拍拍胸脯，"放心吧！然美姐！我会帮你赢得那只小哈的！就算是小猎猎我也照赢不误！"

"谢谢！"然美感动地点点头，又笑着对猎说，"你也要加油！"

这一瞬，猎的目光闪过一丝复杂。望着这样的然美，他居然有一丝怜惜，她的微笑，还是会让他不由自主地失神。

比赛开始，又重又大的弓，力气小的人连举起来都困难，但大家还是豁出命去拉开紧绷的弦，哪怕结果再滑稽也不怕，这样的勇气让不少人感动。

轮到蒋泰山了，体格强健的他自信满满地操弓射箭，姿势虽算不上养眼，但成绩依旧相当辉煌，三回下来，分别是 7、8、8！比上次还高出一环，台下掌声四起。

终于轮到猎了。蒋泰山在那边敲锣打鼓地喊起来："哈哈，小猎猎，不管结果怎么样，你的动作还真是帅呆了啊！”

“猎——”

“加油啊猎！！”

男生女生齐声呐喊起来。

猎那种完全随心所欲举弓上箭的姿态，居然酷到掉渣！

小碧兴奋地嚷嚷着，连明娜都花痴般眨巴着眼：“哎，原来穿 ADIDAS 拉弓也能帅得这么没天理啊！”

嗵的一声，射出的箭扎扎实实地命中了九环！

全场一阵屏息。

第二回，猎的动作更加自如流畅，随着铿锵的声音响起，这回赫然是十环！

蒋泰山傻眼：“……你确定你以前从没碰过这玩意儿吗？”

这么下去小哈就得落入小碧的魔掌了，明娜哪能允许，操起大嗓门喊起来：“射不中射不中！下一发绝对射不中！！”

小碧也急了，尖利的嗓子更胜一筹：“猎，一定能中的！！一定是红心！！”

蒋泰山苦着一张脸：“哎呀，猎，你好歹给人家留点面子嘛！”

猎站在擂台上，绷紧了弓弦却迟迟没有放箭，虚着的眼里映着那只小哈，小碧和明娜的争吵声搞得他不胜其烦地蹙眉。真该死！他居然为了一只傻帽得要死的毛公仔心烦意乱！

硬弓发出吃紧的声音，他咬牙：“可恶！”

刷——

就在小碧和明娜唇枪舌剑之际，猎已自暴自弃地放了箭。

下一秒，众人难以置信地看着那根射出的箭斜斜地插在箭靶边缘。

“哟呵！”明娜率先欢呼起来，“真是天助我也！小哈是我们的了！”

猎火大地把弓箭塞到主持人手上，在众人一片惋惜的目光中翻身下了擂台，脸色……很难看。

小碧心有不甘地靠过来：“猎……”

“走开啦！都是你吵得我没法集中精神！”

围观的人齐齐为气冲冲的猎让开路，这个陆然猎，是典型的只可远观的类型。

然美抱着那只酷似恺撒的小哈，望着猎远去的背影，心头有种说不出的滋味。

“喂！猎！”蒋泰山追了上去，勾搭上猎的肩，“一个人多无聊啊，不如我们大家一起啊！人多一点才热闹嘛！……”

“嗯，不错不错！”小碧一个劲儿点头，“人家喜欢热闹！”

“喂，”明娜竖着眉毛，“我可没答应啊！蒋泰山！”

"哎呀，你们两个真是！"蒋泰山只好左拥右抱，好言相劝。明娜倒是勉为其难地妥协了，而猎压根没有软化的趋势。

"小猎猎，不要这样输不起嘛！"蒋泰山忍不住咕哝。

输不起?！猎气血攻心地转过身来，扯住蒋泰山的衣领："有种再说一遍？"

然美连忙赶来打圆场："猎，一起来吧！"

"可恶！"猎的矛头终于转向她，气生得莫名其妙，"你以为你是谁啊?！是不是你说的话我都得听?！还有，告诉你，不许用那种……"

"……姐姐的口吻跟你说话？"然美沮丧地说，"那我以同学的立场跟你说话，这样总可以吧?……那个，不如我们大家来投票啊，谁也不勉强谁，支持大家一起的举手！"她率先举起手来。

蒋泰山煞有介事地赞成："人民喜欢民主。"

"还有我还有我！"小碧兴高采烈地把手伸得高高的。

明娜也懒洋洋地应和。

猎环视周围四个举手表决的傻瓜，感觉简直蠢毙了，就这样被柔道男蒋泰山不由分说地拖走。

一行人转战占卜屋，水火不容的明娜和小碧，居然不约而同兴奋起来。蒋泰山感慨，占卜对于女生果然有着非同寻常的吸引力。

小小的占卜屋里暗暗的，一个接一个进进出出的无一不是女生，偶尔有一两个男生，似乎也是被强迫着拉来的。

明娜率先吃螃蟹，在里面磨蹭了半天，出来的时候两眼放着崇拜的光，直念叨"真是太准了太准了"，而身旁的小碧已经等不及一溜烟钻了进去。

接下来轮到被小碧纠缠得不耐烦了的猎："别开玩笑了！你要我去这种娘娘腔的地方?！"

"猎，我们明明说好的，赌输了你就要陪我逛学院祭的！而且，这个真的很准的哦！你一定要试一试才行！"

经不起女生的奶油攻击又明显理亏的猎，走进占卜屋时，表情是万分不甘的。

"真的好灵验的！过去的事情都算得很准！对未来的事情也说得很有道理！你看看这个，"明娜兴致勃勃地掏出一张小纸条给然美看，"这是对我未来行事的建议，'不必在意别人的眼光，做你自己认为好的就好'，非常有道理啊！这就是在叫我不要盲目地减肥嘛！"在明娜一个劲地怂恿下，然美不禁也有点好奇。

猎沉着一张脸走出来的时候，大家忙拥上去七嘴八舌地询问："怎么样？你占卜了什么？都怎么说？"

猎的目光在然美脸上不自然地一扫而过，将手中的纸条捏成团："没什么。"他的声音有些压抑，独自走出人群。

然美疑惑地望着猎的背影，明娜笑着将她一把推进占卜屋里："快去！问问莲华那家伙到底死哪儿去了！"

占卜屋里点着一只昏黄的蜡烛，然美被占卜的女生招呼着在那张矮矮的桌前坐下。

负责占卜的女生掀开神秘的斗篷，对她微笑："然美，是我啦！"

"……嘉夜？"被烛光映照着的嘉夜看起来神秘而漂亮，然美难以置信地瞪大眼，"你会占卜？"

"用塔罗牌，很简单的！只要懂得解读就行！上午十点到十点半，轮到我坐镇，正巧又遇见你！所以这次一定会是最准的！"嘉夜倾身，对然美露齿而笑。

然美低头看着桌上那副华丽的塔罗牌："要怎么开始呢？"

"你想问什么？爱情还是运程？"

"……呃，爱情。"她有点不好意思。

嘉夜倒是很大方："首先，在脑海里想着你要占卜的事，尽量具体点，比如，那个人的名字，如果想好了，就叫停……"她一面循循说明，一面开始专心洗牌。这个样子的嘉夜，真的很像位地道的女预言师。

然美想了一会儿："嗯，好了。"

嘉夜将塔罗牌顺时针收拢，然后抽出七张排成了一个V字阵形。她看着这些牌，满意地交叉双手："好了，现在翻开它们吧。"

然美翻开第一张大阿卡那，茫然地看着牌面上貌似小丑的人物："这个，是什么意思？"

嘉夜娴熟地解答道："第一张，正位愚者，代表曾经你和那个人的爱，是非常纯粹自由的。"

然美懵懂地点头，翻开第二张。

"第二张，逆位太阳，代表着你们目前正经历着危机，意志消沉且情感分裂。"

然美讶异地抬头，这个似乎真的蛮灵验的，让她反而有点担心。接着，她逐一翻开余下的牌，每开启一张，嘉夜就替她解读：

"……第三张，正位命运之轮，代表你们的感情未来可能出现转机……第四张，正位战车，是建议你应该采取主动……第五张，正位力量，象征那个人的个性，"她饶有兴趣地笑了笑，"呵呵，他一定是个精力旺盛的家伙……下一张，正位月亮，表示谎言和恶意的中伤可能会阻碍你们的感情……"

在然美即将拿起最后一张牌的时候，嘉夜按住她的手，郑重提醒道："最后的这张，就代表你们最后的结局了。"

然美在恍惚中眨了下眼。

"这张，由我来看就好。"嘉夜朝她点点头，小心将牌掀起一角，然后，她脸上的表情很是复杂。

是不是很糟？看见嘉夜的神情，然美的心顿时凉了半截。无法挽回了吗？就这么结束了吗？

嘉夜吐了一口气，从身旁的塔罗牌盒里拿出一卷纸条递给然美："这个，就是答案。你想现在打开来看吗？"

打开吗？望着手里的纸条，然美犹豫了很久。

"算了，不用了。"她最后绽开一个释然的笑，将纸条轻轻放进一旁的纸篓里。那里阵亡着数百张已经拆开来看过然后又被揉得皱巴巴地丢弃了的"大结局"。

嘉夜蹙眉看着她："你真的不打算看？"占卜有占卜的默契，就算结果再可怕，也要学会去面对，否则，一开始就不该寄望于它。

然美盯着纸好一会儿，摇摇头："因为即使占卜的结果再不好，我也不打算放弃，所以……看不看都无所谓。"她深深吸了口气，低头凝望桌面上六张神奇的纸牌，"它们已经告诉我要勇往直前，这就够了！"

嘉夜望着她道完谢起身离开的背影，淡淡地，了然在心。

即使在热闹的人群中，即使阳光当头，猎的身影依然冰冷孤傲。一身劲爆的黑亮 A-DIDAS 套装，单手插在裤袋里，另一只手捏着那张纸条，挽起的衣袖，微虚着的眼，浑身散发着一股颓唐不驯的帅气。

远远地，然美掀开布帘，向明娜的方向走去。她并没有发现一个人的猎。而他却惊讶地发觉，原来自己从很久以前便丧失了呼唤她名字的勇气，在角落或是她的身后匍匐等待着，却每每必败下阵来。

回想起站上擂台的那一刻，望着那只让众女生为之疯狂的小哈，他的心情难以言喻，他搞不懂那种毛公仔究竟可爱在何处，但是，仅仅因为她喜欢，他就强烈地觉得它有了无穷的价值。

紧张、嫉妒、时不时地躁动、说不清的狂热期盼……快要让他不堪承受。已经没办法当她安静的弟弟了，可是没人教他该怎么办。

占卜结束后，他看到了最后那张牌，是恶魔。不管是正位还是逆位，对他而言，都该死地那么贴切！

默默握紧手里的纸条，他没有动手扔掉它。是因为不甘心，想要再次确定？还是因为害怕被人窥探到什么？

——逃离束缚，斩断情丝，重获自由。是上面写下的结果。

可是他能逃开吗？

就算可以，他也不愿意。

是很痛苦，但比起受着这些欲念的恣意煎熬，抹去这一切，会让他痛苦一万倍。

第十四章

痛苦的回忆

PART 14

然美看见，他的电吉他靠在窗边，沐浴在那片金灿灿的阳光下。

莲华冲凉出来，秋高气爽的天沉下来，擦头发的时候他打了个喷嚏。望着窗外灰蒙蒙的一片，擦拭的手慢慢垂下来。出神的时候，第一滴雨落在窗棂。

恺撒懒洋洋地趴在地上，一副丧失野性的样子，让它看上去不太像帅气无比的哈士奇了。

莲华坐在床边，无精打采地擦着头发。雨越下越大。静下来的时候，才察觉身边一直有细微的震动。手伸到枕边，摸出正在震动的手机，他看也不想看，就想直接关掉，反正也知道是谁打来的。

可是……不知为什么却又忍不住瞄了一眼。

果然，还是那个名字！他烦躁地皱眉，却蓦然发现手机上接连六个未接电话都是来自这同一个名字。

他有些厌恶自己，为什么不删掉她的号码？为什么明明不想接她的电话却又舍不得将她从电话簿中彻底抹去？难道真的一点自尊都不顾了吗？

懊恼之际，震动戛然而止。他的一颗心沉下来，这一次，想必她也意识到徒劳了吧。

莲华注视着手机上的名字，手指放在确定删除键上，正要按下，它却突然又不屈不挠地震动起来。沉下的心禁不住再度提上来，怀着复杂莫名的心情，他迟疑着，最终按下接听键：

"……喂？"

电话那头一片簌簌的雨声，那道细柔的声音带着万分的庆幸和害怕被拒绝的紧张，

重复着曾出现在他短信上数十次的请求："……莲华，我能见见你吗？"

"……"

"……就一会儿。"

"三分钟。"他冷淡地开口。

"？"

"三分钟内，你不出现在我面前的话，就不要再打电话来了。"公式化地说完，他预备挂断电话。

"等一下！"

他蹙眉，慢慢拿起手机，用冷酷的口吻提醒道："还有两分四十秒……"

"你……到窗边来好吗？"

他现在就坐在靠窗的位置，无意识地抬头望向窗外，只看见一个深蓝带灰的水世界。突然间，他似乎意识到什么，情不自禁地起身来到窗边。

雨声滂沱。曾一度明媚的景物一件件都披上哀伤的水光，树木、房屋、街道、停在路边的小货车、便利店的遮雨棚……

莲华的目光一眏不眏，眼前的景象让他心乱如麻，直到耳边传来几不可闻的声音："……看见我了吗？"

单薄的少女站在一棵行道树下，有点困难地迎着雨水仰着头，因为害怕雨水打湿手机，而双手拢着，为了能让他看见，她只好站在没有遮掩的地方。

然美浑身湿透地站在那里，然后看见窗边的人影退去，手机也骤然掐断。听着电话里嘟嘟的声响，她难受地垂下头。还是不行吗？怎么样都不行吗？他无论如何都不肯见她，哪怕一面吗？她耍起这博取同情心的小手段，连自己都讨厌起自己来，一定让莲华更厌恶了。

"你在干什么？！"蓦地，熟悉的怒吼刺破喧嚣的雨声。

然美难以置信地抬头，莲华已赶到她面前，为她高高地撑着伞，雨水没再肆意打在她身上。

莲华突然的出现让她手足无措。那张看过多少遍都不会厌倦的俊美面容，渗入她骨髓的属于他的气息，好像隔了有几个世纪之远，才重新回到她的身边。

莲华睨着然美，有点喘，胸膛起伏着，因为疾跑，也因为生气。她的脸颊满是雨水，好像刚哭过一样，让他一阵心烦意乱。那么瘦小的肩膀，被雨水淋湿，更显得纤细脆弱。

他不知道该说什么，不容分说地抓住她的手，冷酷地转过背："跟我上去。"

“不，”然美摇头，抽出手来，执拗地站在原地，“我有话想对你说……”

“要说什么上去说。”莲华侧着身子，没有看她，依旧保持着疏远的语调。

“上去的话，又什么都说不成了，因为你一定不会听我说话的！”然美急切又无奈地望着他的侧脸，“我知道这样很狡猾，但只一会儿就好，我只是想对你说……”

莲华想装作冷漠不耐烦，在听到她的声音时，却是紧张多过镇静。

“对不起，莲华。还有……”像是有什么悬在嗓子里，然美用力吸了口气，“我喜欢你……”

我喜欢你。涩涩的，带着颤抖的每一个字。这一瞬，雨声被滤去了。真真切切地听到这四个字，莲华的目光里有控制不住的闪烁，难以抑制那种战栗的感觉。

“我喜欢你。”带着哭腔的、湿湿的告白，连吐字都无法连贯。头一次意识到自己的自私，多么重要的一句话，她却从未对莲华说过！还历历在目，当时，在食堂，他当着那么多人的面说他喜欢她，于是她便心安理得地独享着他的喜欢直到现在。“那次我失约以后，你就再也没来学校，我突然很害怕，害怕你以后都不会再来学校了，所以到处找你，所以才让 ALEX 前辈带我去你打工的地方……”

莲华侧目俯视然美，再也没法装作什么都不在意了：“……你都看见了，为什么还要来找我？”他的嗓音低哑，目光沉痛。被看见他在那种地方打工，被看见他最最不想让她看见的一面，那种无所遁形的感觉记忆犹新。面对她的勇气和自尊，那一夜他们对视的那刻，他就都彻底丢失了。

“……因为，我喜欢你啊。”然美咬着唇，再一次，用心而确凿地告诉他。

莲华怔怔地睁大眼，眼神透着孩子般的热切。即使自尊也抛弃了吧，因为他发觉自己竟是那么喜欢听她说这句话。那四个字，从她口中说出来，就像带了电，会让他情不自禁心跳加速。

然美深深地吸气，憋在心里那么久的话，在这一刻如洪水般一倾而出：“一开始见到 SERENADE 里的你，我也觉得难以相信，怎么都无法将舞台上的你跟身边的你联系起来，但是……”她极力压住哽咽，“但是，只要当我想到那个人是你，就会坦然接受。……你喜欢摇滚，那么我也喜欢，你喜欢跳舞，我也会让自己喜欢，无论你做什么，我都会学着去喜欢……”

话的尾音被截断。雨伞掉落在地。

莲华的拥抱，还是那样霸道，带着浓烈的占有和保护的欲望。豆大的雨滴落在他的头发和背上，他仍保护着怀中的女孩不湿分毫。

“我好羡慕苏兰学姐，”在莲华火样的怀抱中，然美梦呓一般，“她知道你的生日，知

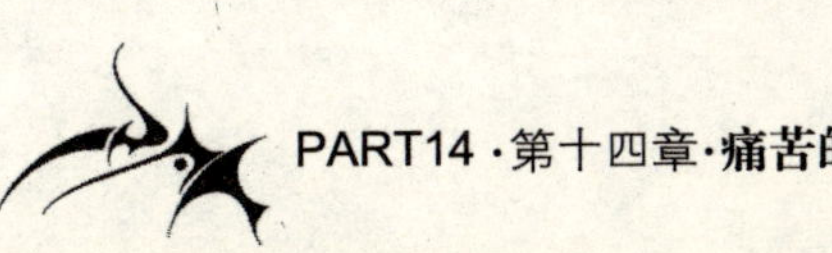

道你的爱好，知道你在哪里打工，知道你过去的一切……”

“你想知道的，我都会告诉你。”

莲华身上灼人的热度，慢慢中和着然美冰凉的身体，她伸出双手，手指眷恋地攀着他背上湿透的衬衣，他身上独特的麝香味和着清凉的雨水气息，那么亲切，她感动地闭上眼。

莲华垂头坐在窗边，眼睛稍微抬起来，就会看到浴室的方向，他抿了抿嘴，不自在地转头望向窗外。

浴室的门打开，然美怀里抱着换下的湿衣服走出来。

莲华瞥见她穿着他的T恤和牛仔裤松松垮垮的样子，忍不住笑起来。不过，看到她身上穿着他的衣服，奇怪地让他有种满足感。他低头：“……裤脚太长了。”

“哦，”然美正准备弯腰去挽，莲华已经先她一步起身蹲下。两个人的头差点撞在一起，视线突然间无比靠近，她连忙尴尬地说，“我自己来就好！”

莲华笑笑，没理睬她，兀自低头为她挽着裤脚。

然美不安地站在那里。半跪的莲华，姿态好漂亮。他的头发映入她眼帘，夜一样纯黑的发丝，以那种率性又好看的STYLE散开垂下来，她不由得想起那天帮他吹头发的情景。

情不自禁地，她轻轻碰了一下他头顶那个固执得可爱的旋涡。

莲华错愕地抬头，然美赶紧收回手：“你、头发上粘了水……”真丢脸，这不是废话吗？为什么她老是有想要去拨一下那个头发旋的冲动呢？

莲华笑而不语，起身走到一边的沙发上坐下，抬头瞥她的目光兴致盎然。

那种邪气中带点神秘的姿态从前总叫然美提心吊胆，现在却让她暗自欣慰。无意间，她的视线扫到那把靠在墙角的白色电吉他，还是被厚重的帆布掩盖着。

“……莲华，你真的，什么都会告诉我吗？”

莲华手肘枕着膝盖，两手交握着，认真地点头：“嗯，你想问什么？”

“那把吉他，为什么会是这样？”然美小心地问。

屋子里静了半晌，只有簌簌的雨声，末了，听见莲华低沉的声音：

“那不是我的，是我朋友的……我的第一个朋友。”他抬头望着她，唇边泛起有点苦涩的笑：

“他叫许夜。”

夏天，车站。

一群女生簇拥在一块，兴奋地翻看着一本时尚杂志。

“看！就是这个！”中央的鬈发女生，神采飞扬地指着杂志上的某页。

这页的标题是：“你身边的美少年”摄影作品有奖征集大赛。满页的美男照片，经过各种艺术效果加工或隐蔽的PS处理，然而其中最大篇幅，也是最吸引眼球的一张，却赫然只是一幅普通的街照，照片中唇红齿白的美少年，不经意地回身，微微颔首的七十五度侧脸，阳光中透着一抹不驯，俊美慑人！不过，看样子似乎是被偷拍下来的。

“哇！好帅！小悠，你真的拿他的照片去投比赛了！真有你的！”

“而且还是第一名耶！看下面的照片，还都是艺术照，跟你的简直差太远了！根本没得比！”女生们垂涎三尺地盯着目标照片，眼睛里桃心直冒。

只顾着犯花痴，却没注意到一只手越过她们肩头伸过来，一把扯走那本杂志。

“哟哟哟！”梳着夸张嬉皮式的发型高个儿男生高高举着抢来的杂志，“看看这是什么啊？”

另几个不良少年也围上来，打趣地看着杂志，“哇噻！你们这叫不叫侵犯人家肖像权啊？”

“还给我！！”叫小悠的女生跳起来想要夺回杂志，无奈身高差距太悬殊。

“喂，莲华！她们拿你的照片登在这上面耶！”嬉皮男生转身吆喝，“你说要怎么办？”

小悠立刻顿住，其余女生也怔在原地，脸上混合着惶恐与期待，望着照片上那个无与伦比的美少年被一群不良少年簇拥着走上前来。

莲华从嬉皮男生手中接过杂志，无趣地翻了翻，扔还给小悠，嘴角轻蔑地一勾：“拿钱来吧。”

小悠羞愧难当地低着头，嗫嚅着：“我现在身上没有钱……”悄悄抬眼，正对上莲华锐利冷漠的眼神，她连忙解释，“是真的，钱都拿去买杂志了……”

嬉皮男生嗷嗷地叫起来：“别开玩笑了！那上面不是说第一名可以得索尼的CD机吗?!”

有个女生撇撇嘴：“奖品还没寄过来呢。”

嬉皮男生眼尖地瞅到小悠挎包里的CD机：“哈哈，还说没寄过来？”然后霸道地将人家的CD机夺了过来。

“啊！还我！”小悠尖叫。

嬉皮男生把CD机递给莲华：“好像是松下的，管它的呢！也可以卖个好价钱了。”

眼见一群男生要离开，小悠连忙追上莲华：“不要！请……把那个还给我！那是妈妈

送我的生日礼物……”

莲华停下脚步，睨着她，没有说话。

就在其余女生都为小悠捏一把汗的时候，莲华慢慢抬起手，把CD机递到她面前。

小悠怔了怔，有点感激地伸手接过来……

哐啷!!

他突然放开手，银色的CD机重重掉在地上。

小悠惊慌地蹲下，拾起被摔坏的CD机，哇的一下就哭了出来，她的朋友们连忙赶过来，安慰起痛哭的女孩。

在女孩难过的抽噎声中，莲华没人性地笑了笑，头也不回地离开。

“叫你们学校的莲华滚出来!!”几天后，一帮外校的男生，气势汹汹地堵在莲华学校的校门前，“敢欺负我妹妹，他小子活得不耐烦了吗?!”为首的壮实男生拉住门口一个男生，怒道，“他人呢?!”

身后传来一个懒到骨头里的声音：“在这里。”

一帮男生诧异地转身，只见莲华只身一人站在校门外大约三四米处，一脸还没睡醒的表情。

果然是难得一见的美少年，为首的壮实男生也不得不承认，不过，越是这样就越让人心头不爽!

“知道你怎么得罪我了吗?!”他上前一步，狠狠睨着莲华。

“不知道。”莲华懒洋洋地回答。

那副轻慢的态度瞬间激怒了众男生。“妈的！那就别怪你要死不瞑目了！”壮实男生一声令下，手下的人立即聚拢来。

莲华打了个哈欠：“每天早上都这么无聊！”接着眼光一掠，手里的包，闪电地扔了出去，将对方老大苦大仇深的脸掷了个正着。

隔三差五的群架场面，学校两保安已是见怪不怪，只巴望着莲华能速战速决。

很快，莲华的后援团也风风火火地赶来，加入了战斗。

在激斗声中，突然闯入一道不和谐音：

“莲华!! 住手!!”

正给了某人重重一拳的莲华不耐烦地蹙起眉头。

纤细清秀的男生不顾四周飞舞的拳脚，奋勇地冲杀过来，一把抱住打得正上瘾的莲华：“莲华！停手！你答应过我……”

莲华眼里只映着敌人飞速袭来的拳头，哪有空聊这些，很干脆地一拳扫翻千辛万苦跑来劝架的人："别碍手碍脚!!"

火热的斗殴继续上演。

直到有人发现倒在地上……不省人事的某人。

"夜!!"莲华这才惊醒，推开被箍得龇牙咧嘴的对手，连忙跑去扶起地上昏迷的少年。这个弱不禁风的笨蛋，居然被他一拳就揍得彻底歇菜了。

校医处。

小志急匆匆地推门而入，他的老哥正疲惫地靠在枕头上，一脸尚未恢复的酱色。莲华不发一语地坐在靠窗的位置，无动于衷的脸上有……小指指甲那么一丁点愧疚。

"哥，怎么回事？"十四岁的小志扑到许夜的床边，"你怎么这副衰样？"

衰……样？许夜僵僵地抽动嘴角，这个……姑且算是在担心他吧。

没等许夜回答，小志又转向莲华："莲华哥，怎么回事啊？"

莲华昂着下巴，毫无悔改之心地答道："你哥又在我打架的时候跑来拖后腿。我一拳把他 **OUT** 了。"

小志诧异地张大嘴，来回看了看两人。

怕小志把一切都怪罪在莲华头上，许夜好心为莲华开脱道："其实，他也只是想把我推出去，没想到我这么不经……"

"我说哥!"小志托着腮帮，盯着许夜，"你不要老是拖莲华哥的后腿好不好?很丢面子耶!"

不止许夜，连莲华都是一副完全意想不到的表情。他什么时候把小志收服得这么服服帖帖了？

小志留下一句没良心的"你还没死我就放心了"便潇洒离开。

病房里，许夜咳嗽一声："杂志的事情我听说了。"

"什么？"

"那个女生随便拿你的照片去参加比赛是不对，但你也有不对的地方……"

莲华相当不屑："我又没说我是对的。"

许夜无奈地苦笑，随即点点头："不过没关系，我已经帮你去道过歉了。"

莲华火大地起身，闷吼："谁要你多管闲事的?!"

"对了，我还要告诉你一个好消息!"

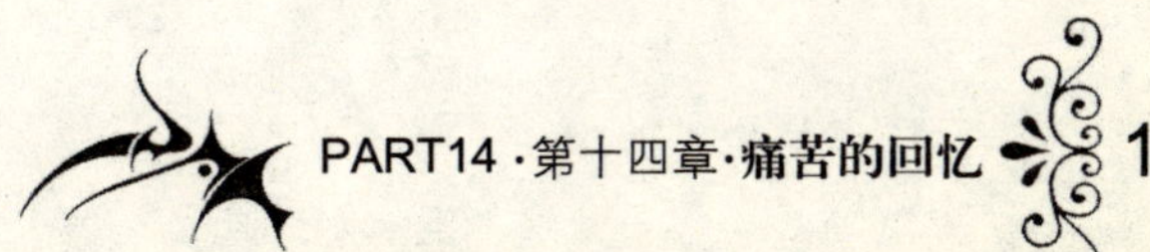

“许夜!! 不要打岔! 想死吗?!”

“呵呵,如果我真的死了,还得请你照顾好我弟啊。”

“没问题! 他包在我身上! 你随时都可以去死了!”

面对火冒三丈的莲华,许夜呵呵地笑了一会儿,不慌不忙地说:“上次那家店,答应我们这周去表演了。”

莲华愣了半晌,不确定地问:“你说……什么?”

“所以今天晚上我约了大家来家里庆祝。”

莲华警惕地皱眉:“喂,你是不是又低三下四地去求人家?”

“为了自己在意的东西,低三下四也值得。”云淡风轻地笑着,许夜郑重叮嘱道,“今天晚上六点半,一定不要迟到啊。哦,对了,我还没联系上苏兰,见到她的话记得叫上她……妈已经做好准备了……”

“许夜……”莲华闷闷地开口。

“嗯?”

许夜无辜地仰起头,清秀的脸立即被莲华不客气地扔过来的书包炸弹命中! 他应声向后栽到床头上!

莲华那冷酷的家伙就此摔上门扬长而去。

下午,莲华翘了课在公园闲逛。喷水池的地方,有乐队正兴致勃勃地为跳 **HIP-POP** 的年轻人们伴奏着。看乐手们的年纪应该比他大多了,但经验却明显不足,出错的地方不少,不过,热情掩盖了一切,就像他们……

他在黑色的长椅上坐下,悠闲地靠在椅背上,仰头闭上眼,嘴角微扬的弧度加深了。

韵律、节奏、配乐……一切的一切都是那么完美,世界因为有它们才变得可爱……

究竟是从什么时候开始迷恋上的? 记不清了,似乎自他出生的那一刻,他便喜欢上了那些跳动的音符。表演的时候,会觉得仿佛拥有了全世界! 演出结束后,和许夜、其他志同道合的同伴一起跑去小吃店里庆祝,大家常常兴奋得过了头,却不理会别人的眼光,只顾宣泄着那种无法用语言表达的精彩。那份心有灵犀的默契,唯恐哪一天失去……

才不会失去呢,只要有音乐,有摇滚,他们就会是永远的同伴。

想起半年前,为了预祝首次公开表演成功,大家照例约定到许夜家聚餐。那天下午,他也是翘了课跑到这个公园来闲逛;那个时候,喷水池那个方向也有一只乐队在卖力地表演;那个时候,洪阿姨就站在这张椅子背后,蓦地轻拍他的头顶。

他记得自己朦胧地睁开眼，眼见三十多岁大刺刺的短发大女人，站在长椅背后自上而下瞅着他。那样鲜活，那样生动……

"洪阿姨……"

"好哇，又逃课了你！"刺眼的阳光下，活力四射的女人提着大包小包的东西，刺溜在他身边坐下，"不过也好，我抓到一个免费劳动力。"

他睨着那些鼓鼓的大口袋："你买这么多东西干什么？"

"夜告诉我大家晚上都要过来嘛。你们这帮小鬼食欲那么旺盛，不多准备一些怎么行？"

他哦了一声。喷水池那边的乐队收工了，他不由得望了过去。

洪月微笑着看着莲华："第一次在正式的地方公开表演，一定很兴奋吧。"

莲华转过头来，不屑地哼道："也不一定是什么好事。"

"哎，你这家伙，怎么这么瞎说？那可是我那宝贝儿子好不容易争取来的耶！他要是听到你这么说，不伤心死才怪！真是的，他为了你可真是什么事都可以做啊！"说着说着，不由自主又开始表露其同人女的潜质，"我们家夜对你可是一心一意的，你就这么狠心吗？"

莲华受不了地堵上耳朵。

"哎呀，你这样子还真是可爱耶！以后一定会帅得没话说！把我们家夜托付给你真是再好不过了，"洪月笑呵呵地趴在莲华旁边，"虽然你比他小了一岁，不过今后一定会比他更高大，更有保护力，呵呵，我相信我的眼光。再说了，我也不是白把你养这么大的(是为了实现从小的同人女的梦想)，给你们培养了这么珍贵的青梅竹马的感情……"

莲华一直牢牢闭着眼睛，直到察觉身边忽而一丝动静都没了，才疑惑地张开眼。

洪月正望着他，不知是不是错觉，他似乎看见她的眼中隐约带着泪光。

"怎么了？"

大女人无所谓地笑笑，凑过来："我喜欢听你叫我洪阿姨，再叫一声好不好？"

"省省吧你，肉麻。"

"哪里肉麻？你都叫了这么多年了？别这么小气嘛！我可是把儿子都给你了！"

……

那时的洪阿姨，已经是癌症晚期，亏她隐瞒得那样成功，以至他们所有人都到最后一刻才知道。如果时间能回到半年前的这个下午，他一定不会那样吝啬，不管多么肉麻，都会叫她一声：

"洪阿姨……"

——哪里肉麻？你都叫了这么多年了？别这么小气嘛！

熟悉的声音回荡在脑海深处，当莲华麻木地睁开眼，已是黄昏时分。他竟不知不觉靠在椅子上睡着了。抬手看了看表，离约定的时间只有半小时了，他连忙起身，手机在这时急促地响起来……

“莲华……”见莲华失神，然美担心地出声。

莲华转头，看着她，眼神疲倦。

“后来……发生了什么？”然美小心翼翼地问。

“后来？……就这么结束了。”莲华的头埋在肩下，疲惫不堪地说，“那个聚会取消了。因为，那天发生了事故……”

然美悬着一颗心。事故？是什么事故？

“电话不晓得是哪帮人打来的，看样子多半是我以前得罪的人。他们抓走了学姐和夜。……我赶过去的时候，他们向房子放了火，我没来得及救回夜……”他的声音越来越微弱。

然美怔怔地望着低垂着头的莲华，一句话都说不出来。

他将两手埋进细密的头发里，迷茫不知所措：“……为什么我老是在外面惹是生非？”

你这样子还真是可爱耶！以后一定会帅得没话说！把我们家夜托付给你实在再好不过了，虽然你比他小了一岁，不过今后一定会比他更高大，更有保护力……

他一度以为，只要变得很强很强就可以保护身边重要的人。他曾一拳将看不惯许夜的某男生打破了胆，从此以后学校的男生在他们两人面前都不太敢抬头说话。不过令莲华郁闷的是，每次他帮夜出了头或是得罪了某某，那家伙总会擅作主张地替他去向人赔礼道歉，甚至瞒着他单刀赴会别校的不良学生，结果被揍得鼻青脸肿地回来，还沾沾自喜自己阻止了一场无谓的原始部落战争。

每每看见许夜伤痕累累还很庆幸的样子，莲华的气就不打一处来。丢脸又爱送死的笨蛋！这样老跟他对着干，要他怎么保护他啊？

他和许夜之间，就像一个 CIRCLE，如此无休止地循环着，直到被彻底打破的那刻。

然美静守着身边的莲华，他宽阔硬朗的背弓着，两手狠狠捂着埋下的脸，高大的身姿在这一刻显得不可思议地苍白脆弱。他似乎是哭了，虽然也许是将眼泪吞进肚子里……她忽然觉得很心疼。

她想她好像明白了许夜的心情。尽管看上去弱不禁风，他一定也想要用自己的方式保护莲华，这个看起来无比的强却又无比脆弱的少年。

傍晚，莲华送然美到门口，迟疑着说："我送你回去吧。"

"嗯。"然美点点头。

莲华低头望着她，腼腆地笑了笑，转身带上屋子的门。

那天下午，雨过天晴。

从门的缝隙中，然美最后看见，白色的电吉他靠在窗边，沐浴在那片金灿灿的阳光下。

第十五章

醉酒游仙境

PART 15

看清楚！你见过这么帅的妈妈吗?!

东林学院一年一度的郊游日又到了。

然美目睹着长龙般的队伍慢慢被塞进校车里，有点咂舌，从 PROJETC 到学院祭，再到郊游日，直到以后的篮球赛，这个学校似乎三天两头地在搞活动。

“该死！座位都没有了！”明娜一想到得一路直立到城市的尽头，脸上升起两团惨淡的愁云。

“哎呀，姑奶奶，我怕你了！”蒋泰山连忙弃械投降，让了座，殊不知其实在这之前，明娜压根没看见他。

“哇，老天爷对我真照顾！”明娜一溜烟地跑过去坐下。

“不是老天爷，姑奶奶你看清楚点，让位的是我啊！”蒋泰山耷拉着脸。

“可是然美你怎么办？”明娜困扰地抬头，可恨这位置是单人座。

“啊，我没关系！”然美笑着摆手。

“那我们一人坐一会儿吧！”

“嗯。”人生得此一知己，夫复何求。

车子一路行驶，车上还是一样地很热闹，大约半个小时后，蒋泰山身边的小碧开始出现不良症状。

“哎呀哎呀！！”害怕小碧一不小心吐到他新买的衣服上，蒋泰山一惊一乍地喊，“小猎猎！不好了！小碧她晕车了！”

他的声音以穿墙之势直达车上每个人耳里，并如愿号召来了在最前线的猎。

“蒋泰山！你嚷个头！！她晕车了关我什么事?！”猎恼羞成怒地吼回来。

所有人在这时都认定这个火暴帅哥和那块豆腐女有一腿，暗自同情起虚弱得泫然欲泣的小碧。

蒋泰山见小碧被猎吼得症状加剧，慌张地指着靠近自己的小碧，结巴道：“可是、可是，她要吐了！！”

“要吐就吐！关我什么事?！”不近人情的猎照例不睬。

然美想起自己包里有橘子，连忙递给小碧：“听说这个可以止晕车！”

“呜……谢谢……”小碧接过橘子，偷看了一眼冒火的猎，伤心地吸了吸鼻子。

猎的眼里映着正给小碧剥橘子的然美，突然浑身无力。他转向眼皮底下霸占着座位的两个男生，冷声道：“还坐着干什么？给我起来！”

两个男生对望一眼，心不甘情不愿地让了座。猎粗鲁地把小碧抓过来按到窗边的位置上，然后伸长胳膊刷地拉开窗户。清新的风灌进来。小碧感激地抬头，仰角下的猎，从伸臂的动作到焦躁的神情，都无比帅气。她红着脸，吐意全无，娇嗲地说：“谢谢，猎，你好细心！”

蒋泰山猛地捂住嘴，差点先吐出来。

“你也过来。”猎转向然美，示意她坐在剩下的座位上。

然美受宠若惊，点点头：“哦，谢谢啊，猎。”

车里人很多，她走过来，擦着猎的身子坐进去的一刻，感觉到他离得很近的呼吸。

在家里，已经很多天没跟猎打照面，她抓住机会，抬头说：“猎，我帮你拿包吧！”

“拿什么包？”

他没带包，是空手来的，还是穿着蓝黑的摩托车服，在然美印象里，好像没有人比猎更适合这种冷色调的、带金属拉链的衣服。还有，他的褐色鬈发已经修剪过了，顺风扬起的弧度很熟悉。

后排的明娜趴过来，对然美笑道：“嘿嘿，还是猎最可靠啊！然美，虽然你是坐在这里了，可是我们约好不可以和小碧说话哦！”

小碧惊讶地回头，委屈不已：“为什么啊？”

“你本事那么大，去跟猎说啊，看他会不会理你！啊，糟了，我说过不可以跟她说话的，哈哈，然美，我们来讲笑话……”

汽车突突突地，沿着 COUNTRY ROAD 一路颠簸。秋高气爽的日子，到处可见乡村朴素亲切的景象：路旁林立的枫树群，停在小邮局门前的自行车，不超过两层的可爱木屋，马路边晒太阳的狗，以及在屋檐下编织毛衣或是晒棉絮的老奶奶。再远一点是一望

无垠的花田和果园，满山的茶树和棉花田，现在正值收获的季节。

叭！叭！叭！！

东林的众人正陶醉在田园风光里的时候，不知道是哪辆车子煞风景地从背后疯叫着追来！

“干吗啊？！”学生们嚷嚷着回头，以为是跟在后面的校车，结果一看，是校车不错，但那居然是风华的校车！！看样子他们是冤家路窄，风华竟然也在这天来郊游，而且很可能是同一个地方！

那辆风华校车在乡村路上左突右闪，癫痫似的追上来，而且不停地按着喇叭！刺耳的声音让东林的各位都捂上耳朵。

“搞什么？！风华又在发什么疯啊？！”

窗外，那辆号叫着好似怪兽一般的风华校车竟已与东林的校车并驾齐驱！

“然美！！是我啊！然美——”

然美吃惊地望向窗外，天哪！那个开车的……不是流光吗？！不对，仔细看了看，被流光的胳膊圈住的，好像还有一个人……那个被箍得脸红脖子粗超级狼狈的，应该……是司机大叔吧！然美已经目瞪口呆。

风华的司机大叔快被压迫得喘不过气了，正处于挣扎进行式，但流光还是牢牢地掌控了方向盘和油门。他挥着手朝然美喊：“然美！到时候我来找你啊！”

“可恶！”猎以迅雷不及掩耳的速度刷地拉上窗子，然美狼狈地弯下脑袋，猎的身子正位于她正上方，她可以想象他凶神恶煞般地瞪着流光的眼神。

蒋泰山带领车上一干人等，开始和风华车上的学生对攻，橘子、苹果、香蕉以及“我是你爸爸”的手势在两车间来回飞舞。

“陆然美，不许跟那家伙说话！”

“什么？”然美缩在座位上，抬头，猎居高临下的表情很是恐怖。

猎叫过刚才让位的一对男生，命令他们把外衣脱了挡在窗户上。

“让开！”他拨开拥挤的人群，朝驾驶室走去。

“哎哟，猎啊，什么事啊？！”司机对猎很熟悉，转过头问。

猎瞪大眼睛看着仪表盘上优哉游哉的 60，难以置信：“真窝囊！你就满足于这个速度？！”

有愧于男人的尊严，司机悄悄把速度提到 70。

“90！”

司机惊骇地喊：“猎，这可不是在高速公……啊！！我的小祖宗！”

于是，在宁静的乡村小镇上，校车拉力赛如火如荼地上演了……

目的地，麒麟山。

然美在猎的贴身看守下下了车，还好，风华和他们的最后目的地不同，她松了口气。

“陆然美！”

后面by车还没停稳，莲华已率先跳下车。

不晓得为什么，一看到他的表情，然美就有不好的预感，下意识地，居然站到猎的后面。

“嗨，你好……”她心虚地朝疾步走来的莲华打招呼。

莲华郁闷地睨着她：“嗨，你还没死啊？”

“你为什么每次都说这么忌讳的话？”不是“想死吗”就是“找死啊”，然美欲哭无泪。真的那么想她死不成？

“我给你打了一万次电话，不是死人都该听见了！”

“哎，”然美掏出手机，果然，上面有一串未接来电，她无比尴尬，“啊，真抱歉！昨天测验的时候我定了静音，忘了换过来了！”她急忙抬头询问，“你找我有什么事吗？”

莲华哑然。要说有事，也的确没什么事……

猎挑了下眉毛：“没事就请走好。”他以哥哥的架势护住然美，转身就走。

“陆然猎！”莲华伸手按住猎的左肩，压低了声音，“把那笨蛋还给我！”

然美咽了口唾沫，纠正道：“……我不是笨蛋。”本来都没打算跟猎走的，可现在她坚定了站在弟弟这边的信念。

“她说了不愿意。”猎得意地耸肩，拂去莲华的手。

“她说的是她不是笨蛋。”莲华朝然美扬起一个魅力十足的笑，“陆然美，你前天才说过喜欢我的，忘记了？要不要我把那段感人肺腑的话重复一遍方便你记起来？”

天哪！然美好想哭。真是追悔莫及！那句话果然还是不该说的！以后在这只狐狸面前，她将永远地、永远地英雄气短了……

猎的脸色已经越发阴沉。

“啊！莲华！”明娜拉着蒋泰山朝他们三人跑来，“太好了！我们一起去玩吧！”

明娜的声音听在然美耳里，第一次有如天籁。

然美陪着明娜不辞辛劳地爬山、划船、钻山洞、套圈……蒋泰山如同柏林墙，夹在冷

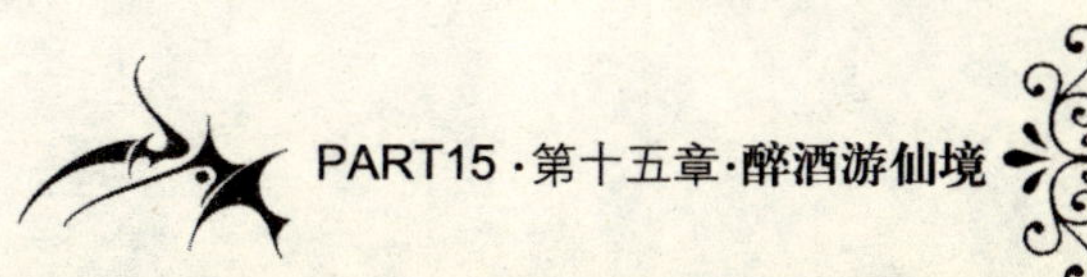

战的猎和莲华之间。

一直到傍晚，他们来到一家饭馆。明娜不知从什么地方听说这家饭馆的水煮鱼很好吃，害得饭馆主人气喘吁吁地赶到半山腰买了条草鱼回来。

然美的左边是唧唧喳喳的明娜，右边……柏林墙看上去即将崩塌。

“啊，好香啊！我开动了！”明娜抄起筷子直奔鱼头而去。

猎不屑地冷哼：“一天到晚就知道吃。”

明娜的嘴巴吧嗒吧嗒地嚼开了：“我知道你喜欢打架，这山里野熊多的是，你要去过瘾没人拦你……”

猎难得地没有发飙，只说：“陶明娜，你待会儿自己付钱。”

“不过，光这么吃的确没有情调！不如我们来划拳吧！猎，你说好不好？划十五二十！输了的就喝酒！”她转身吆喝来一瓶干红葡萄酒，没有，求其次，来了老白干。

于是，在明娜热情的怂恿下，大家闷闷地划开了。

“来！猎！”

“来！莲华！”

“再来！猎！”

“再来！莲华！”

怎么回事？当然美反应过来的时候，猎和莲华已经连喝了数杯，恐怕正处于神志不清的状态。反倒是她这个划拳新手的运气好得不得了。她大惑不解地端详自己的神之左手恶魔之右手。这个划拳，不是一向是男生拿手的吗？

接下来，喝得晕头的两位帅哥好像是铆上了。其余三人都鸦雀无声地退居二线，瞪大了眼看着他们你来我往，划拳划得火气冲天！

蒋泰山这堵柏林墙早就倒塌在持续的炮火下，现在正发挥着自己男人的第六感，不妙地皱眉：“哎呀，我看再这样喝下去，这两个人准得打起来。”

“好啊！打起来！”明娜喝得不多，但也有点飘忽。

然美紧张不已：“真的吗？”

明娜：“真的吗真的吗？”

“凭我多年观察猎的经验，他最多还能坚持一分钟！”蒋泰山摸着下巴，琢磨道。

明娜：“最多一分钟最多一分钟！”

又一局分出胜负，猎举起酒杯仰头就要喝，杯子却被然美连忙夺过来。他诧异地看着她。

“我，我替他喝！”然美咬紧牙关，一饮而尽。

蒋泰山竖起大拇指："然美姐好酒量！"

唔……好辣啊……她放下杯子：眼泪都快出来了！

没过几秒，蒋泰山又惊悚地道："危险！莲华，最多能坚持一分零一秒。"

"一分零一秒！一分零一秒！"

"为什么，就多出一秒？"她还以为莲华能比猎稍微坚持久点的。

蒋泰山转头，理所当然地说："就是猎出拳的那一秒嘛。"

"出拳！咻咻！出拳！咻咻！"

又一局胜负分晓，然美连忙端起莲华面前的杯子："我……我来！"她皱着眉头咕噜咕噜灌下去。不行了啊！好辣！

莲华很温顺地看着她："然美，这局输的不是我……"

她傻眼地转向猎，猎很古怪地瞅着她。干脆一不做二不休了，她又拿起猎的酒杯，一鼓作气地灌下去。

三分钟以后，然美是唯一一个瘫在桌上的人。她被两个折磨人的美男和一个煽风点火的蒋泰山打败了，一蹶不起。

"喂，你真的喝醉了？"莲华好笑地伸过手来揉然美的头发。居然还想帮他挡酒啊，这女孩有够不要命的！

"莲华，拿开你的手！"猎凶巴巴地说着，一把捏住蒋泰山的手腕，痛得蒋泰山龇牙咧嘴。

"哎哟哟，搞错了小猎猎，这是蒋泰山的手！"

"该死！莲华！少给我来这套！你还不拿开手！"

"啊！然美?！"

咻咻一个身影从饭馆门口袭来，待众人定睛下来，流光已经把他罪恶的手放在然美的肩上。

"啊！！沈流光——"明娜抄起桌上能抓的东西，一股脑地朝蒋泰山扔去，"快滚快滚！这里不欢迎你！"

无辜的蒋泰山再次充当了挡箭牌，流光也就可以无视明娜的存在了，赶紧把软绵绵的然美从桌上扶起来，一个劲儿晃着她的肩膀："然美，你怎么样?！你不要吓我！"

明娜气大："她还没死呢！你咒她干什么?！"

然美晕乎乎的眼睛里映出卷毛狗一样的流光："……你怎么来了，恺撒？"

流光一怔："我不是恺撒啊，我是埃及艳后！"

莲华："……"

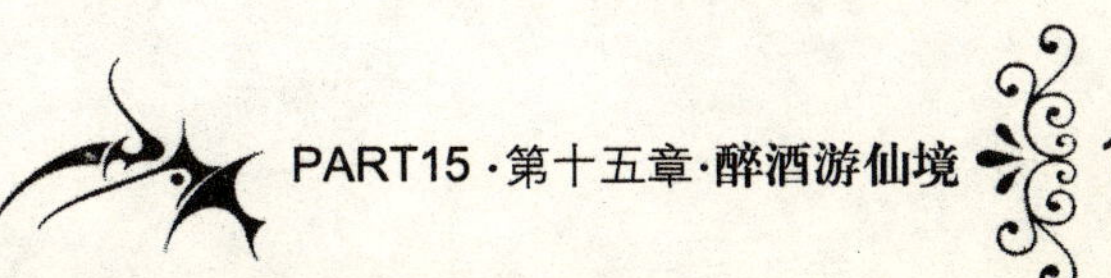

另一方面，因为猎的注意力转向了沈流光这个宿敌，蒋泰山终于可以专心致志地应付明娜飞过来的酒杯、筷子、碟子和鱼头。

“沈流光，你给我马上出去。”猎从后面猛地提住流光的衣领。

“啊啊！看我金蝉脱壳！”流光居然很机敏地嘿咻一下把校服让了出来！

猎气结地瞪着手上抓着的空外套，一把扔在地上：“那你就脱个够吧！”

流光端起旁边桌上的盘子，挡住猎袭来的铁拳：“陆然猎，这又不是你的地盘，我为什么要听你的？”

猎收回捏紧的拳头：“好！那就公平一点，我们比赛，谁输了谁就从这里滚出去！”

“比什么？”莲华饶有兴趣地坐山观虎斗。

猎和流光同时哑然。

“扳手劲如何？”莲华撑着下巴提议。

于是，两人摆起了针锋相对劲头十足的架势，决斗一触即发。蒋泰山咂舌，不晓得这两人清醒过来后，对自己幼稚的行径又会有怎样一番滋味。

“然美好像要吐了，”莲华拍了下蒋泰山，“你看好他们，我带她出去一下。”便趁机扶着然美出了饭馆。

两大极品帅哥间势均力敌的比赛，吸引了远近来郊游的小妹妹大姐姐前来观看，加油声一浪高过一浪，手机摄像的声音此起彼伏。气氛很是热烈。

直到明娜非常煞风景地打了一个饱嗝：“那两人怎么还没回来啊？”

被这么一说，蒋泰山才恍然有种受骗的感觉。

“喂，不要再这样了！你没这么严重吧？”

走到不知哪个山道口，然美突然蹲下来，死活不肯再走了。莲华没辙地居高临下看着她。一路将她诱拐过来，虽然她不曾哇哇大叫，但看起来却是一副委屈得想哭的样子，似乎真的非常不情愿跟他单独相处。美少年大白天强抢良家少女的一幕，也引得路人频频侧目，连不可一世惯了的莲华脸上也难掩难堪之色。终于，当然美再次歇气的时候，他使出了甩头就走这招。

他沿着长而陡峭的石阶一路往下，走到底了才带着一丝恩赐的意思回了下眸，结果然美那不知感恩的家伙，依然蹲在最上面那棵树下，丝毫不为所动。

她抱着膝盖埋着头的脆弱样子，最终还是让莲华认命地沿着巨冗长的山坡倒了回去。在她面前蹲下，除了没辙还是没辙。早知道她喝醉了会这么折磨人，打死都不会让她沾酒的。他叹了口气，伸手将然美纷纷落下来的头发一缕缕顺到耳后。

“然美，你好点没有？”天哪，他一定也醉得不轻，声音居然会这么温柔似水？

事实证明美男的温柔一招，无论走到哪里都是很有市场的，先前一直不肯理莲华的然美，竟乖乖地抬起头来。她离他很近，脸颊粉红，眼睛里水汪汪的，很深情地喊：

“妈妈……”

“陆然美！！”莲华愤然撒手起身，“你给我站起来！谁是你妈妈？！看清楚，你见过这么帅的妈妈吗？！”

“呜，对不起，妈妈……隔壁大叔的哮喘犯了，我不是故意的……”然美抱着膝盖蹲在地上，开始语无伦次。

莲华再度没辙地蹲下来，轻轻抬起她哭花的脸。

她面对这张无比英俊温柔的脸，很感动地又叫了一声：“妈妈……”

“嗯，亲妈妈一下。”

然美吸了下鼻子，义无反顾地埋下头去，不再叫他“妈妈”。

“好吧好吧！我承认我不该把你单独带出来！”在这深山老林里，莲华真恨不得能冒出个神仙传授他一条哄女孩听话的金玉妙计，“然美，你在这里会感冒的。”他突然想起这个常识来，越发地担心。

她只是呓语：“嗯，我不想传染给你……”

莲华苦笑，真不知道她现在有几分清醒。“起来，我背你，”他将她抱起来，认真地说，“我们必须快点下山。”

然美终于顺从地趴在他背上。宽阔的感觉和小时候被妈妈背着的时候不一样，但是很暖和很舒服，她迷糊地笑了，手臂把莲华搂得更紧，“……知道了，是爸爸呀……”

“傻瓜。”

一个半小时后。某户农家。

莲华忍受着十三岁的女生发了疯似的围着他一面转一面嚷：

“哇！哥哥，他真的好帅！真的好帅哦！”

因为太晚赶路实在很危险，莲华只得带着昏睡不醒的然美投宿到一户农家。农家的主人是个慷慨好心的年轻人。作为答谢，莲华答应帮他修理摩托。不过，这个该死的小屁孩吵得他好烦！

莲华忍无可忍地从摩托车旁直起身子，目光四周兜了一圈，冷笑：“你哥哥呢？”

女孩扑过来：“哥哥在前面院子里喂狗！喂，我可以嫁给你吗？我可以嫁给你……哎呀！！啊啊！！好痛好痛——”

下半夜，她的喊声变成了："哥哥，他真的好凶！真的好凶哦！"

然美浑浑噩噩地睡醒，见自己正躺在一张陌生的床上，惊吓得跳起来！还好，检查了一下，该在的都还在。那么，这里是哪里？

有人开门进来，是个身材魁梧的青年。

"啊，你醒了！喝口水吧。"

看着他和善的面容，然美也放下半颗心，问道："请问，我怎么在这里？"

青年把她喝醉了酒和借宿的事一五一十告诉了她，并指了指屋外："他在外面，正帮我修车，哈哈，真是不好意思，他应该也很累了，不过那小子说他不想欠我人情。"

然美走出来的时候，莲华正站起来换扳手，顺便发现了站在门口的她。他松了口气，脱下手套走过来，忍不住捏她的脸："笨蛋，你醒了没有？"

"我……我能帮你忙吗？"然美迫切地说。

"你去睡觉。"

"可是，我会良心不安……"她想到莲华将她一路背下山，这么崎岖的路，就算他体力再旺盛，也一定很辛苦吧！

"摩托车你又不会修，那就给我点精神上的鼓励吧。"

"嗯，你要我做什么？"然美很单纯地点头。

"吻我一下。"

"……我去睡觉了……"

背后，莲华依旧是无所谓的调调："好的！不过你最好不要睡着了，不然晚上会发生什么我也不知道……"

然美辛酸地体会着所谓的"江山易改，本性难移"。

不过，离开前，悄悄回头看了一眼又弯下腰去修理摩托车的莲华，他认真的样子真的……很帅呢！尤其当高高的身子埋下去的那一刻，线条好看得烫人！

上帝造物是公平的，有了这么漂亮的外表，她自然得忍受莲华那差强人意的个性了。

半夜，当然美冲了澡出来，莲华已经躺在地上，还故意翻过身去："别靠近我，你身上一股酒味。"

然美尴尬地抱着毛巾："我已经洗过澡了，而且……"她望着莲华无动于衷的背影，有点委屈，"而且我也不想靠近你。"

看不见莲华此刻的表情，仿佛他突然之间很能克制自己了。

然美小心翼翼地坐上床，轻轻摁熄床边的台灯。冷战了一个晚上，谁都没有说话。

她不晓得莲华为什么生气，但是她也很生气，虽然也气得莫名其妙。说是要赶紧睡着，其实却彻底失眠了。怎么能不失眠呢？之前在他的背上已睡得够久了，更重要的是，这是第一次和男生在夜里共处一室……

月光从窗外流泻进来，静静地淌在地板上，照着莲华的睡脸。然美忍不住侧头打量他，原来他喜欢趴着睡啊，头枕在手臂上，宽阔硬朗的背一览无余。一想到她就是趴在那样的背上一路睡过来的，不觉会有种特别真实的亲切感，突然很恶作剧地想一拳捶下去试试他的反应。她就这样出神地望着莲华，他桀骜的眉、轻合细密睫毛、微抿的嘴唇，每一丝线条都荡漾着流动的美。

莲华，不管什么原因，对不起啊，我已经没生你的气了，你也忘了不开心的事吧……

把所有的不开心，都忘了吧！

为了赶上全校的集合，第二天凌晨，失眠了几乎一晚的然美又不得不爬起来叫莲华起床。结果他自然是非常生气，在她又推又叫了 N 遍以后才愤然翻身起来，对她的万千恨意都凝聚在那一刹那的一瞪之中。最后当她把主人的屋子收拾好、在大门前再向主人道了谢，跑出来一看，莲华已经走到马路的尽头。她又连忙小跑追上他。

沿着长长的 COUNTRY ROAD 一直走，中途，有一只小猫从路边的草丛里钻出来，抬起头，突然冲然美"喵"了一声。

"啊！你是在叫我吗？"然美惊喜地蹲下来。这是一只淡棕色的长尾猫，脖子上还系着铃铛，看样子是从不远的农舍溜达过来的。它乖巧地坐在然美面前，伸出爪子轻轻往她身上拨了一拨。实在是太可爱了！比某人可爱多了！然美笑着抱起它，"对不起，我身上没有吃的，不过我帮你挠挠痒吧！"抓挠开始了，小猫咪歪着头，眯着眼，一副很享受的样子。

漫长隐忍的两分钟后。

"喂！！"

然美赶紧回头。莲华大人在叫她呢。

"你过来。"那头的莲华沉着嗓子命令。

那口吻好跋扈，然美愣愣地问："……做什么？"

"我要抱一下。"他硬邦邦地说。怎么也该行使一下身为男友的权利！

"哦，好啊！"然美高兴地正要把小猫抱起来。这算是他们之间打破僵局的契机吧，尽管他的口气很凶。

"不是！我不是要抱它！！"莲华抓狂地打断她。

然美蹲在地上怔了半晌，好像明白过来，结巴地开口：“莲华，它软绵绵的，抱起来一定会‘比较’舒服……”

“你又想死了是不是？”

“可是，”然美无辜地望着莲华，“你不觉得你刚才那种口吻，有点不礼貌吗？”早就想提醒他了，说话时全用祈使句实在不是个好习惯。

“你是我女朋友，我连抱一下都不可以吗？！”

“话是这么说……”

“快点过来！”

不敢想违背他的后果，然美只好怏怏地放下怀里的小猫，头皮发麻地走过去。

莲华恼火地盯着她，皱眉抱怨：“身上都有股猫味了……算了，我勉强接受！”然后粗手粗脚地将她揽进怀里。

然美僵硬着身子任他抱住，过了很久，也没见莲华有动静，于是她小声问：“好了吗？”

沉吟许久，头顶传来莲华相当不甘心的声音：“……可恶！你到底喜不喜欢我？”

她没想通莲华为何有此一问，那四个字，她记得那天，她总共说过有三次。

莲华的声音听上去有点可怜兮兮的：“如果喜欢一个人，不是会很想要和他亲近吗？为什么每次我靠近你，你都要躲开？”这场恋爱谈下来，他身为帅哥的自尊心受到前所未有的严重打击。

露骨的埋怨让然美脸上一阵绯红。其实被莲华抱着的感觉真的蛮舒服的，他的身体很结实，不算太软也不算太硬，虽然她靠不到他的肩，但是头枕着他的胸膛，也觉得不可思议的安全且舒服。但是，为什么他每每靠近，她都会慌着逃开呢？是因为他总是那样毫不避讳就突然靠近，搞得人措手不及？还是因为……对亲昵这种经验，她依然一点心理准备都没有？

“莲华，我……”

“闭嘴。”莲华闷闷地收紧双臂，下巴重重抵着她短而柔软的头发，“……可恶，我觉得自己喜欢得好不划算……”

哪能这么斤斤计较啊，然美哭笑不得，她可以发誓，她对他的喜欢真的一点也不会比他少的！

与此同时，长尾猫先生开始不屈不挠地咬起莲华的裤脚……

第十六章
妖精游乐园

PART 16

这个世界上，有一种情绪叫做摩天轮情结。

东林学院。

然美望着窗外，不知不觉已经入冬了，天空开始飘雪，不断有白色降落在这个灰蒙蒙的城市。

“陆然美在吗？”教室门口，一个女生怀抱一沓东西探进头来。

然美起身走过来：“有事吗？”

“麻烦你把这些交给猎，这是老师这个星期布置下来的要背的东西。”女生把那沓很有分量的历史资料递给她，“虽然他肯定不会背，但是我还是有义务要交给他的，”她无奈地叹气，“要不又会像上次历史课一样，那家伙反而把事情推到我头上。”

然美低头看了一眼手里厚厚的一沓：“那个，猎都没来上课吗？”好像自从郊游以后，都很少看见猎了。

“嗯，本来该我给他的，但他已经连续三天没来学校了。”

“……是这样。”喃喃地点了下头，然美的样子看上去似乎有些回不过神。

那么猎每天早出晚归，甚至彻夜不归，都是干什么去了呢？

傍晚，然美刚推开家门，就撞见迎过来的兰姨。妇人一见是她，脸上期待的表情垮落得声势浩大。

然美恍然记起，这些天早餐和晚上父母回来的时候，兰姨似乎都有话要说，但不是被一通紧急的电话阻碍，就是看着父亲母亲疲惫的背影和冷战的局势欲言又止。

她悄悄地，对这位憔悴的妇人觉得抱歉。

星期六上午下楼时，见父亲正披了外衣出门，而兰姨站在大门口，在断断续续飞进的雪中，她的背影显得很无奈。

然美不想打扰她，独自走进厨房，却在门口愣住了。

她闻到浓浓的蛋糕的味道。

半成的芝士蛋糕，静静地坐在一片香甜的狼藉之中，像个粉妆待嫁的公主。

她怔住，偌大的冷清的别墅，却是在这个小小的、不起眼的角落，她找回失落已久的温馨。

身后，兰姨推门而入，然美迟钝地转身，映入眼帘的，是妇人脸上夹杂着尴尬和愠怒的表情。

"这个蛋糕……"

她张口想问，却被兰姨没好气地打断："试验品而已，没什么用了。"她脸色难看地走过去，端起那个蛋糕准备扔进垃圾筒里。

"等一下！！"然美急忙跑过来，"为什么要扔掉？兰姨你好不容易才做成的不是吗？"

"小姐想吃蛋糕的话我可以叫人去元祖定做，"兰姨微扬着下巴，用一贯的趾高气扬来掩饰突如其来的难堪，"不必为这种注定要扔掉的东西惋惜。"

"可是，这是你辛苦做给猎的生日蛋糕啊！"

兰姨微微怔住。

"今天是他的生日，他看见你做的蛋糕一定会很高兴的！"然美从兰姨手中小心地拿回蛋糕。她为今夜的王子，挽救回公主的性命呢。

兰姨转头，眼见然美将蛋糕重新放置在白色的桌子上，呵护的动作，像是捧着培养已久的植物。她明明该生气的，气却愣是上不来。

"原来猎喜欢巧克力味道……"然美端详着满桌的巧克力酱，为这个发现，欣喜地自言自语。

兰姨怅然地望着眼前的画面，有着星亮眼睛的少女和点缀得如同皇冠的芝士蛋糕，彼此对视着，连冬日的阳光照到她们身上，也变得温暖而跳跃。

头一次，她发觉，这个女孩也是有一点点漂亮的……

周末，狄仁出来买下个星期的方便面，却在附近一个加油站撞见一个熟悉的身影。那年轻人穿着加油站的红色工作服，一米八的身高在一群工作人员中很是出挑。不过因为戴着工作帽，又离得很远的缘故，让狄仁一时想不起那是谁。

加油的车付了钱，开走。那道身影在后头很职业地欠了欠身子，抬起身来转过背去的那一刻，英气逼人的面孔就这么一晃，狄仁简直不敢相信眼前所见：

“陆然猎！！”

高挑的少年疑惑地转身，表情顿时僵住。

两人肩并肩坐在花台上。

“喏，”狄仁从袋里取出一罐啤酒递给猎，“我请你。”

“我不会要老师的东西。”猎拽拽地抽出一根烟，都懒得看狄仁一眼。

狄仁一把抓下他的烟，扔得老远，义正词严：“高中生不许抽烟！”

“你神经。”猎不理他，摸出烟来，又抽出一根。

狄仁一不做二不休，干脆把整包烟都没收。

猎火了，要站起来，压根忘了面前的人是老师，潜意识里准备要揍人了。

狄仁适时地把啤酒塞给他，狠狠地。

猎嗤鼻。原来高中生不能抽烟，喝酒就没问题了！

狄仁自己也开了一罐，啜了一口，问身旁的猎：“你小子怎么在这里打工？别告诉我你想体验生活。”

“关你屁事。”果然，猎直接奉送四个字，可表情却有闪躲之嫌。

“……”狄仁盯了表情怪异的猎良久，超水平地发挥了一回想象力，“难不成你在外面鬼混的时候欠了债？！”

猎不耐烦地啜了一声：“这关你什么事啊？少来管我！”

“陆然猎，我是你的老师！”

“体育老师。”

“妈的！体育老师不是老师吗？！”狄仁揪住猎的衣领，磨牙道，“就冲你侮辱我的职业，你今天不把话给我说明白了，我就去告诉你老爹！”

“去吧。”猎无聊地扯开狄仁的手，“他们才不会管我的死活。去了也是白搭。”

“是吗？我倒不信这个邪了。”狄仁随即摸出手机。

猎有点紧张地瞥他一眼：“你干什么？”

“给你班主任打电话，再问你家号码。”狄仁面不改色。

猎没有做声，眉毛桀骜地轻蹙着，在纷飞的雪后，整个人迷茫而帅气。

一番通话，狄仁要到他家的电话号码，转头看了猎一眼：“你真的要我去问你家人？”

猎闭了闭眼，长长的睫毛耷下来，无动于衷。

电话接通了好一会儿，才有人来接听。

“哦，您好！”狄仁立刻滑稽地正襟危坐，心里止不住咒骂，这该死的陆然猎怎么这么不给他面子，非要他打到家里去，老实说他还从来没有过面对学生家长的经验，这回是被陆然猎这混账东西给逼得骑虎难下了，“我是陆然猎的……老师。”他咳嗽了一声，用了个含糊的称谓，“打扰了，请问他的父母在家吗？”

猎紧闭的眼睫微妙地颤动了一下。

“……啊，是这样吗？……没关系，我再打来好了……”

果然……猎嘲讽地勾了勾嘴角，从初中起，他就从来不必担心有人打电话到家里兴师问罪。别的孩子曾不止一次羡慕他的“安全”。

“啊，我叫狄仁，那个、不是敌人的敌人……”狄仁正疲于应付时，电话被另一个人接起。

“狄仁老师吗？”细细的声腺。

猎的心被一撞，眼睛怔怔地张开。

“哈，是然美啊。”不用解释自己那费解的名字，狄仁大松了口气。

“老师，是不是……猎有什么事？”听筒那头的声音听上去很是担忧。

猎默默地坐在一旁，想象着然美双手握着话筒的姿态，每当她心有不安时，都会下意识地两手握住话筒。他放纵自己想念那个动作，每想一次，都要心动。

“他暂时还没惹什么事，我只是来问问，你知道他……啊！！”

猎夺下狄仁的手机，二话不说就关掉。

“你小子干什么？！”狄仁正要发火，却瞥见猎一脸紧张的神色，他有点吃惊，没想到这个目中无人、不可一世的家伙，也会有这么慌乱无措的时刻，而且还表情愤愤地使劲儿掩饰，真是，看得他这个老师直想笑。

“怎么啦？你紧张什么？呵，看来你倒很在意姐姐嘛！干吗不让她知道你的近况？”狄仁调侃道。大概是因为被父母疏忽，只有那个温柔善良的女孩能带给他久违的亲情的味道吧。

“不要跟她说。”猎闷闷地垂着头，声音低哑，眉头紧锁，宽大的手掌死死盖住狄仁的手机。

“那你就告诉我究竟是怎么回事。”狄仁正色道，等他听完再决定要不要去告状也不迟，“你怎么会跑到这儿来？是不是真的欠了债？”他不无担忧地问。有钱人家养尊处优的少爷，跑到这个偏僻之地来辛苦干体力活，也太反常了。

“……我想存了钱以后，买摩托车。”猎冷淡地回答。

“摩托车？”狄仁不相信，“你那辆本田还不够炫啊？！”他记得那个车是叫“火焰”来着。这小子恐怕不知道，当他骑着那辆火红的摩托车飞驰而过时，那无与伦比的帅气和狂傲叫校内校外多少女生倾心不已呢。实在想不通，看得出他明明很喜欢那辆摩托车的，怎么……

猎顽固地皱着眉头：“就是要买它。”

“哈？”狄仁挤出一对大小眼，“你在跟我开玩笑吧？”

猎抬头望向停在不远处的“火焰”，缥缈的雪中他的目光也变得缥缈，却又无比认真：“那是老家伙买给我的，现在还不属于我，所以我要存足够的钱，然后从老家伙手里买下它。”只有那样，他才觉得是真真正拥有了火焰。

在这个世界上，起码还有一样东西是他可以去争取的。

狄仁愣了半晌，猎的话，他半懂不懂，却可以体会这个桀骜少年的心境。陆然猎，虽然脾气是暴躁了一点，但他有他的魅力，他叛逆不羁中火焰般的执著，尽管难免夹着些固执和任性，却是他身上真正让人着迷的东西。

狄仁张了张嘴，不晓得是该支持还是反对这份无垢的孩子气，最后只好感叹：“你真是爱自找麻烦啊，不过放心吧，我不会跟别人说的。”

“你去说了也无所谓。”猎不屑地耸肩，眨眼又恢复成一副欠扁的拽样。

狄仁站起来，气得嘴角抽搐：“哦？无所谓？告诉你姐姐也无所谓？”

果不出所料，猎蓦地抬起头来，犀利的眼光刷地对准狄仁。

“臭小子，我给你面子，你也要给我放尊重点！”虽然要让这不知天高地厚的小子学会文明礼仪几乎等于对牛弹琴。狄仁瞥了猎一眼，“那我走了，不要太晚回家，你……”他顿了顿，“你姐姐会担心的！”还好，他有个姐姐……狄仁庆幸地想。

猎把手机粗鲁地扔过来，起身扭头走开，脸上是什么表情，慌着去接手机的狄仁也没能看见。

“喂！臭小子！要是手机摔坏了我唯你是问！！”

晚上八点。

空旷的大屋子里只剩下然美和兰姨，主角和最重要的配角到头来都没能上场，她们两人显得形单影只。

父亲来电话说晚上有应酬，当时然美拿着听筒，听到电话那头因公务而敷衍的语调，什么都无从说起。母亲说是要开会，回来的时间没准。然美发觉自己在暗暗祈祷，祈

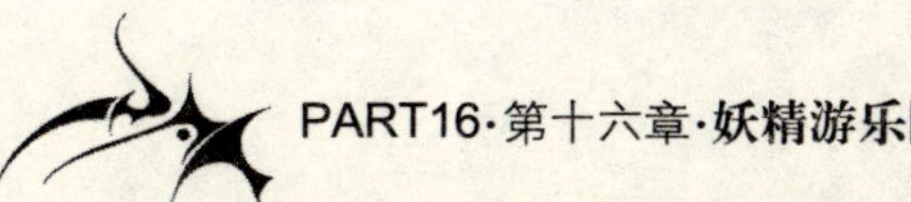

祷他们千万不要忘了今天是猎的生日。

拨猎的手机，也一概是关机，她发了短信，请他今天务必要回来，可是——她抬头看了看钟，都已经这个时候了，他是不打算回来了吧。她越想越难过，猎的生日，从来都是这么度过的吗？如此重要的日子，没有生日蛋糕，没有礼物，没有家人的庆祝和朋友的祝福，只有影子陪着自己，那该是多么孤单的一件事。

猎，是不是已经习惯这样的生日？

别墅里就这么空荡荡的，然美坐在沙发上，望着那只漂亮的蛋糕发呆。

好可怜，这么美丽的公主，却等不来王子的垂青。她无精打采地想。

偶尔兰姨路过客厅，面朝大门外，也是神色黯然。

有汽车的车灯晃过，然美望向大门方向，果然，门开了，穿着灰色大衣的陆乔走进来。

“爸。”然美欣喜地站起来。

陆乔笑着寒暄：“你今天没出去啊，也好，外面还真是冷……”取围巾的时候，他看到了茶几上的蛋糕。

在然美眼中，父亲高大的身形似乎是顿住了。

半晌，陆乔嘴角勾起一抹怅然的笑：“啊，真是好漂亮的生日蛋糕……”

“是兰姨特意为猎做的。”

陆乔转向一旁的兰姨：“果然是好手艺，谢谢你，兰姨。”

妇人有点不好意思地摆摆手：“哪里，先生你别这么客气。”

然美来回看着两人，印象中，父亲的表情难得这么温和。

陆乔在沙发上坐下，茫然地望着那个蛋糕，有点遗憾：“猎要是能早点回来就好了……”

屋子里又一阵安静。

丁零零——

电话声急促响起，陆乔直起身子，随手接了电话。

“喂，哪位？……是的，我是。”几秒以后，他的表情突地黯下来。

然美和兰姨纳闷地看着。

漠然地说了声“好，我马上就到”，陆乔沉着脸挂了电话，即刻起身，吩咐兰姨让司机赶紧把车开来。

“可是，爸爸才刚回来，要去哪儿？”然美连忙追上去，满脑子想的都是，万一猎回来，岂不是好可惜！她绞着手指，焦急地望了望身后的座钟，“猎说不定就快回来了……”

陆乔在门口站住，疲惫地转过身来，凝视紧张企盼的少女，他痛惜地问：“你想见他吗？……他在警察局。”

黑色宾士在夜色里呼啸而过。

然美不安地侧目，父亲一语不发地握着方向盘，显得焦躁。本来是吩咐司机开车的，后来不知怎的又作罢。此刻，安静的车里只有他们两人。

车子行驶到红灯处，缓缓停下来。

“……本来是他的生日，却要落得在警察局度过。”陆乔喃喃地开口，尾音讽刺又无奈。

从一开始就察觉到陆乔似乎有话要说，然美踌躇了许久，终于还是忍不住问出在胸口憋得发慌的疑问：

“……爷爷他……真的是凶手吗？”

陆乔怔住，直到后面的车不耐烦地鸣笛才回过神来发动车子。

然美听到父亲似有若无的叹息。

“然美，其实我一直在想该怎么对你说。虽然这些事情不说也罢，但我还是不想对你有所隐瞒，不仅因为你是那个人的孙女，”陆乔转头看着她，眼里有沉淀的深意，“……更因为，你是猎的姐姐。”

然美怔怔地望着陆乔的侧脸。

“猎有时会让我想起我的父亲。我父亲，也就是你们的爷爷，年轻时是个很有前途的赛车手，在我印象里，他陪伴车的时间永远多过他留在我和母亲身边的时间。那时他一年到头都在赛车，偶尔来看我，也不会像别的父亲一样带什么礼物。我记得我十三岁生日那年，他获得了某个比赛分站的冠军，难得来看我，还是一样空着手，但笑容很骄傲，还硬要带我去骑他的车。我不像猎，小时候的我胆子很小。但为了讨好父亲，也为了不让母亲失望，我是硬着头皮答应的。那是我第一次坐上父亲的车……”陆乔顿了顿，眼中闪过刻骨铭心的锋芒，“那种感觉像烙印在我身上一样，想忘都忘不掉……”话锋一转，他改口问：“然美，猎载你坐在他身后的时候，你是什么感觉？”

完全陷进父亲的讲述里，然美蓦地被问了个措手不及，思虑了片刻，她的回答有点儿不太确定：“……刚开始的时候，很紧张，可到后来……”到后来，可以很安心地趴在猎背上，不再畏惧那闪电般的速度，因为她觉得可以把什么都交给那张宽阔结实的背的主人，那种“交给他就没问题”的信任来得毫无道理又自然而然，“后来，甚至有点喜

欢坐车的感觉。”

“是吗？”陆乔的反问透着一丝困惑，“可我坐在父亲身后时却害怕极了。”他低声说，眉心皱着灰色的阴影，“就像是抱着一个陌生人，而且还是个危险又疯狂的陌生人，总觉得下一刻车子就要翻倒或是撞上什么，我会死掉，而那个陌生人一点儿也不会管我的死活。你知道吗？那种没有一点儿安全感的状态。可是，那个人明明是我的父亲。”陆乔苦笑，迷茫不已。

然美只能这么倾听着，喉咙里带着团呼不出的压抑。

陆乔继续说：“后来也有几次，我壮着胆子尝试坐父亲的车，可是，那种丝毫无安全感的印象完全无法改变，甚至越来越严重。父亲一心想要我和他一样成为赛车手，可我最后却告诉他我讨厌车，我不喜欢那种玩命的方式，那时我十五岁，正是叛逆的年龄。我父亲大骂我没出息，在我那狂傲的父亲眼里，不能像他那样玩命就不能算一个真正的男人。不过我不理睬他，还是坚持己见，结果他对我失望透顶，看我的眼神都变得鄙夷。他挑选出的好苗子，在他眼里，随便谁都好过我这个不争气的儿子。”他的话告一段落，长舒了口气，“……我十七岁的时候得到他残疾的消息。赛车时出的意外，右腿废掉了。我去见他的时候他已经装了假肢。他在我面前好像一下子老了十几岁。他对赛车的热情是被腰斩的，我和他依然说不到一块儿去。后来听说他成了赛车教练，最后一次得到有关他的消息，便是在警察局……”

然美没敢去看父亲，心紧张地悬着。

“据说，他涉嫌谋杀。”陆乔平静地说，“据说”二字放得很轻，“警察跟我们谈案情的时候很多都是赛车术语，我只听懂似乎他在那个年轻人的机车上动了手脚，导致比赛中发生了事故，那个选手因抢救无效死亡。令我吃惊的是，那个年轻人便是当年他最看好的赛车苗子。父亲什么都没对我们说，到底是不是蓄意，这些都不重要了，重要的是法庭认定的事实。那段时间是他有生以来最谦卑的日子，后来，他在监狱里迷恋上了折帆船。”粗粗的主线终于散成琐碎渺小的线头，陆乔的回忆也适时中断，“猎，有时会让我想起我父亲。”

同一句话，作为开始和结束，悬而未决，不太安稳。

然美默不作声，尽管内心思潮翻涌。其实好想告诉父亲，她一点儿也不觉得猎像爷爷，真的一点儿也不觉得！但是，有什么东西冥冥之中阻止她破口而出。猎一点也不像爷爷。她凭什么这么认定呢？至少那火焰般的气质，一定是秉承自那个人吧。

窗外风雪渐渐平息，已经可以看见位于路的尽头的警察局。

“……然美，自从你来了以后，猎变得安静了。”

车子缓缓停下时，然美听到自己的父亲如此说。说这句话时，他也是很安静很安静的。

今夜的警察局，混乱得热闹。

然美跟着陆乔，很快就发现了大厅里猎的踪影。和他在一起的还有一帮男生，其中几个貌似东林的学生，大部分是面生的脸孔。一个个鼻青脸肿，垂头丧气。猎的额头也受了伤。他在这群少年中无疑是最惹眼的，即使穿着咖啡色的摩托车夹克，即使垂着头，也被陆乔一眼认出。

身边负责调查的警察正向陆乔讲着经过："他们在盘山公路大打出手……"

没等他说完，陆乔已经大步朝猎走过去。面对神色冷酷的父亲，猎皱着眉，很不情愿地站起来。

等待他的是毫不留情的耳光！当着这么多人的面，重重地扇在猎脸上。一想起那个精心准备的生日蛋糕，想起当年出于歉疚给猎买来他最喜欢的车，陆乔下手的力道更是惊人。

这一刻，好像所有人都屏息静默下来。直到一个声音抱歉地打断：

"……陆先生，你误会了，你儿子没有参与群殴。他一直帮着阻止……"

然美愣住，连忙看向父亲，只看见陆乔顿住的背影。

猎狠狠瞪了陆乔一眼，一把推开他，飞快地走了出去，头也不回。

然美情不自禁地追到门口，又停下来犹豫地望向父亲。

陆乔转过身，脸上的木然转成无限的后悔，他看着她，慢慢点了下头。

她赶紧追了出去。

猎骑上车，正系着安全帽。

然美急急地冲出来："猎！等一下，你要去哪儿?！"

他没理她，兀自踩下油门。车轰轰地吐出热气。

"猎！那个，"然美跑到他身边，着急之下，说起话来笨拙又无措，"我们一直在家等你，今天……"

猎盖下护目镜，不耐烦地推了然美一把，她往后一趔趄，机车随即发动，眼看着朝夜色尽头奔去。

然美沮丧地站在原地。好笨！她该对他说生日快乐的！第一句就该说出来的！她却尽说些没用的！

可是，没对他说出那句话，总觉得好不甘心……

木讷地，她迈开步伐，朝着渐渐远去的摩托车的影子，一步、两步、三步、四步……越来越快，越来越快……

猎的车驶出平直的马路，斜斜地拐进右侧的小街，速度慢了下来。他很迷茫，没有目标，连加速也没有了意义。

要是这条冷清的街道没有尽头，让他可以不用频繁地做选择，一直无目的地跑下去就好了。

这么想着的时候，又一个岔路口出现在眼前，他来不及想什么，本能地再次右转。

后视镜上，熟悉的人影一闪而过！路灯下，雪一样剔透的少女追过来，却被远远地抛弃在第一个路口。

猎惊异之际，车仍在陌生的道路上一路狂奔。

回去？还是继续？

心跳得那般狂野，他几乎咬紧了牙关。

车越驶越远，身后那股温暖的引力却越来越强烈……

第二个路口，然美扶着电线杆停下来，喘息中夹着哭腔，胸口堵得那样紧，她难受得想蹲在地上抱头大哭。像个笨蛋啊，陆然美，你是十足的笨蛋啊，真的以为这样可以追上他吗？为什么会这么伤心？为什么会这么难过？

猎，有时让我想起我父亲……

猎不是那样偏执的人！但是，如果这样顽固下去，如果这样寂寞下去……

她突然心痛地发觉，她好喜欢这个弟弟，超出了她可以想象的范围。她的亲人、她的弟弟、她的猎，总在默默保护着她的猎……

没有泪水，干枯的哽咽。然后，她听到不真切的引擎咆哮声，从很远的地方飘来。

刺眼的光照射在她身上，全身笼罩在舒服的热度里，她木木地抬起头。

猎英俊桀骜的面孔，位于光影交错的地方。

“……生日……快乐。”然美望着他，喃喃却确凿地说，这一次，就算是幻觉，也不能放过。

猎一动不动地注视她。英俊的少年和清秀的少女，在飘着细碎雪花的夜街上，彼此对望着。世界这一刻无比静谧。

她微笑着又说："生日快乐，猎，生日快乐！"

清脆、温柔、幸福的"生日快乐"……

不知道是谁说过，游乐园是妖精们的场所。

然美心想，那一定是在形容：深夜里，没有一个人的游乐园。

"拉住我。"猎向她伸出手来。

她抓住他的手，被拉上陡峭的坡。他们弯腰穿过一个破裂的铁丝网。

"到了。"猎将双手插回口袋，兀自抬起头来，望着某个方向。

真不可思议，他们现在已置身游乐园中了。夜晚的游乐园和热闹的白天截然不同，静悄悄的，像真有妖精在飞舞，又像是薄薄的冰，流淌着怕被惊扰的美好和脆弱。

然美顺着猎仰望的方向看去。夜空下，山顶巨大的摩天轮，隐匿在散漫稀疏的枯枝后，宛如从童话王国发掘出来的遗迹。硕大的骨脉延绵，像是某类美丽昆虫的骨节，撑出一片蜻蜓翅膀的透明。它是最漂亮的奇迹。

这个世界上，有一种东西叫做摩天轮。

这个世界上，有一种情绪叫做摩天轮情结。

"你坐过它吗？"身边的猎出声问。

"嗯。"然美点头，坐过两次，一次是和妈妈，一次是和流光。

猎没有说话，默然地牵上她的手："我想靠得更近点看。"

他们来到摩天轮脚下，体会着它的庞大和亲切，感受着他们的渺小和孤独。

两个人肩并肩坐在长椅上，第一次靠得无比地近，因此也很温暖。

然美侧目，猎的轮廓在星辰下朦胧俊美。

半晌，猎静静地问："坐在摩天轮上，是什么感觉？"

然美按着膝盖，想了想："它带着你慢慢上升，然后你就看到下面的世界慢慢变小，人、车子、树木、房屋、河流……全都变得很渺小，你会觉得自己身在天堂。不过，也会有一刻觉得很孤独，所以，大家都不会一个人坐摩天轮。"

"是吗？"猎浅笑，"那好可惜。"

"为什么？"

"因为总有人注定要一个人坐。"

然美愣了愣："如果有人一直都是一个人，那他就暂时别坐好了，直到他找到可以陪他的人，然后再两个人一起来坐它。"

猎无聊地瞥她一眼："笨蛋。"其实他并不是真的认为她很笨，但就是忍不住要骂她"笨蛋"，好像口头禅。很多时候，他对她的感情，好像只能用这么迂回古怪的方式来表达。而她也从来不像别的女生一样，会打打闹闹地否认。他喜欢看她被他的一声声"笨蛋"、"白痴"唬住，喜欢看她毫无怨言地将他的恶言恶语全盘接收。

曾有一回课间，当他趴在课桌上睡觉的时候，听到前面几个女生兴致勃勃地议论，"真想不通，男生怎么就爱欺负自己喜欢的女生！"

"真的是这样的哦！"

真的，是这样的。

"困了吗？"见猎默然，然美小心地问。

猎恢复抵触的表情，很冲地回答："困的是你吧。"

"没有没有，我精神好得很！"然美连连说，然后又补充，"真的。"

猎斜瞄她一眼："我困了的话，怎么办？"他别过头去，抿抿嘴，"在电视上看见，弟弟好像都是枕在姐姐腿上睡觉的。"

"你想睡……"然美惊异地低头，有点儿脸红，大概是因为猎压根就不像一个弟弟，又高又帅气，在她心中，他的形象跟莲华更接近，"可是，或许会不舒服……"

"那就算了。"猎拒不正眼看她，口气里的潜台词分明是：烂借口！

于是然美从容就义般地拍拍腿上的雪，大方地说："请吧，如果骨头弄得你不舒服，还请见谅！"

猎的目光瞬时变得定定的。

如果这个世界上，有另一个女孩，和她一样的面容，和她一样的声音，和她一样腼腆，和她一样迟钝，只是……不是他的姐姐，那该有多好。

他眷恋地枕在她腿上，她的声音从上面传来："我们就这样坐到天亮吧，我有生日礼物要送给你。"

"为什么现在不给我？"

"现在……还拿不出来。"然美心虚地笑。

"嗯，我等你。"猎硬邦邦地说，语气还是很冲，"但是，如果我不喜欢的话，那你就……"

"？"

"那你就等着倒霉吧。"他闭上眼，软绵绵地说。

枕着她的腿，真的很舒服，猎轻蹙的眉渐渐舒展开，原来，他是这么容易满足的人。

意识游荡在半睡半醒之间，也不知过了多久，短得像是剪辑后入睡和醒来的两个镜头，却又长得容得下一个梦。梦里他骑着他的“火焰”，一阵阵冷风飕飕地刮过，女孩紧紧环抱着他的身子。后面似乎有什么在追杀着他们，很滑稽很夸张，却很真实。

他听到自己对身后的女孩说：

“我会保护你。”

……

“猎，猎……”轻柔的声音将他唤醒，模糊地睁开眼，有热热的东西扣着他的眼帘。他嗅到清晨的气息。

“快看。”

然美手指的地方，是一轮非比寻常的日出。阳光如充沛的雨，凝聚在摩天轮的某个点上，涌起一时的流光溢彩，温暖灼热地充溢着两人的视野。他们高高地仰起头，目睹丛生的光晕沿着那把巨伞的轮廓蔓延。阳光下的摩天轮，仿佛被光的力量推动着，在一点一点地旋转……

然美微笑着对身边的猎说：“我送你的生日礼物。”

猎忽然沉默，埋下头去。

然美出神地凝望着猎，就连他的沉默，也是火焰般的浓烈，让人挪不开眼。失神之际，有冰晶落在她的鼻翼，她小小地打了个喷嚏。

猎的外套，不太温柔地盖在她肩上。

“……谢谢。”然美受宠若惊地拢住身上暖和的赛车服。

猎仔细打量她。良久，他说：“之前，有个人曾跟我说过他喜欢你。”

听到猎几不可闻的低语，然美一怔，机械地问：“……是吗？”

“嗯。”

然美默不作声。

“你不想知道他是谁？”猎冷不防地问道。

“他……希望我知道吗？”

那般小心翼翼的语气，仿佛她做了对不起人家的事。如此过分的温柔总是让猎有种打在棉花上的感觉。“不，那时你已经和莲华交往了。他永远也不想让你知道。”他沉了口气，“只是，我想告诉你。”非要她一直记得，有个男生曾喜欢过她，也许，到现在都还忍不住喜欢她，也许一点儿都不会比那个家伙喜欢得少，再也许，一辈子都会这么喜欢着她……

然美静静地仰头，眺望巨大的摩天轮：“……谢谢你告诉我。”至少，她可以还一些祝福给那个人。

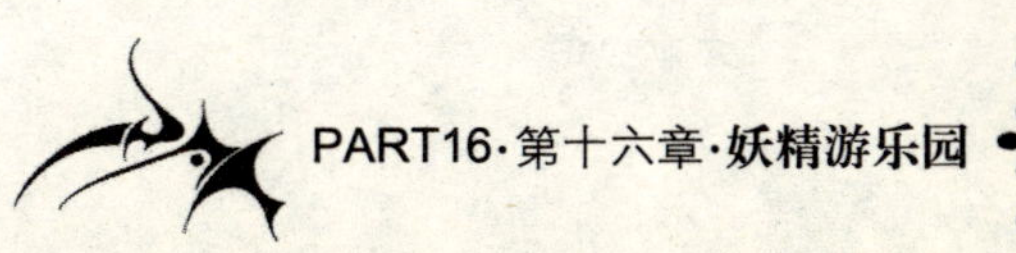

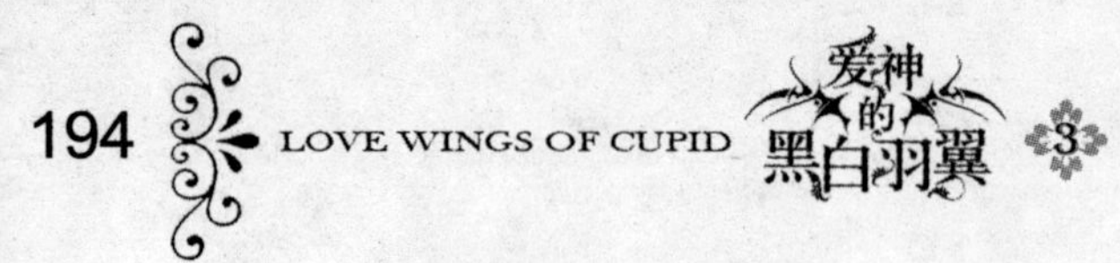

一刹那的宁静。

身边窸窣一响，猎漠然地起身，双手插进裤袋里，背对着她。

“走吧，姐姐。”

虽然声音小到几乎听不到，但那两个叠音还是让然美惊喜得差点慌乱。

猎站在四五米远的地方，帅气地侧着身子，眉毛不耐烦地拧着：“快点！待会儿就有人来了！”

“哦！！”她连忙追上去。

猎没有等她追过来，率先转身，走进冬日的阳光里。他一直走在她前方，脚步踩过一路枯萎的草坪，一丝不可名状的痕迹镌刻在他高挑的身影上，那样动人、英俊，叫人揪心。

在梦里，他听到自己对身后的女孩说：

“我会保护你。”

我会保护你。而你，要是能成为我的就好了。是“我的”，而不是“我的姐姐”。那时，他曾清醒地、痛心地想。

告别的仪式，至少他很努力地做了。

第十七章

恶魔的毒咒

PART 17

满月下，白雪中凶残魔幻的狼，美得让人血液沸腾。

深冬来临，寒冷的季节越发透出温暖的氛围，街道上徜徉着靠得更近的人们，相互攫取着温暖。

莲华穿着一件毛领夹克，只在脖子上围了条毛茸茸的黑色围巾，那是学姐织给他的，虽然细处是粗糙了点，好在还算暖和。最重要的是如果不戴的话会被骂死。

白天的歌舞街很安静，长长的街道飘荡着丝丝清冷气息，莲华推门走进 SERENADE，取下围巾时口中呼出阵阵白气。

"莲华！大事件！"KENT 异常兴奋地冲过来。

看他的表情，应该是好事才对，莲华挑眉："什么？"

KENT 吸了口气，大声宣布道："那个变态被辞退了！"

莲华愣了愣。

"怎么样？不错吧？这算是最好的消息了吧！"

ALEX 被辞退了？"什么时候的事？"他的脑袋有点钝钝的。

"前天，我也是昨天才知道的。你也知道，没什么人爱去打听那家伙的消息……呵呵，现在心情是超级 HIGH 啊，大家正商量晚上出去庆贺一下！你怎么样？要不要一起来？"

莲华给了他一拳："废话！！"俊美的脸霎时笑起来，无比痛快，"今天晚上我请客！"

夜晚，外面一直在飘雪，小饭馆里却白雾升腾，异常热闹。一群年轻人大剌剌地围

坐着两张并在一起的桌子，传递着菜单。

“哈哈，要是 ALEX 那家伙知道我们为了他的事情特意跑来庆祝，不晓得会是什么表情呢！”

“他一定会感动得要死，就连 BOSS 大人都没有这样的殊容啊，呵呵……”

大家跟着一阵哄笑。

KENT 站在门外东张西望，终于看见街口的苏兰：“喂！快点！”他朝那个方向挥手，苏兰加快脚步跑过来。

“哈，真够热闹的！”她跟着 KENT 走进来，环顾了一圈，“莲华和小志呢？”

“不晓得，”KENT 看了看表，咒骂，“该死的！迟到这么久！”

“学姐！”外面传来莲华的声音，两人不约而同地回头。

莲华正横穿马路跑过来，两手插在外套的兜里，零星的飘雪中，黑色围巾在身后忽而扬起。KENT 笑，这小子，就连迟个到都帅得一塌糊涂！再看身旁苏兰开心的表情，他脸上浮现一个寂寞的笑。

店里的客人对这一拨激动过了头的年轻人颇有微词，隔壁两三桌的大学生还在猜测这帮小子是不是高中生，反正看打扮绝不可能是大学生就是了，看他们的年龄似乎和高中生相仿，最后一致得出“现在的高中生是这个样子啊”的结论，然后见莲华走进来，不禁都有种特惊羡的感觉，又趴在桌上交头接耳起来：“快看，那个就是东林的莲华！”

“是吗？！他果然很帅！”

“唔啊！真的，好俊美！”

“原来他们真是高中生啊！”

苏兰坐到莲华身边，那种可以很自然地靠他很近的感觉真的很好。就让她适当地放纵一下小女人的虚荣心吧。

“小志呢？”莲华奇怪没看见那小子活蹦乱跳的身影。

“不知道。”KENT 啜了口啤酒，“打他的手机，半天也没人接。”

有人开玩笑地说：“是不是被老师留下来了？还是上晚自习脱不开身啊！”

KENT 拿起手机：“我再打过去试试。”

“不用，我打给他吧。”莲华站起来，走到稍微安静点的门外。

他耐心地听着手机那头的嘟嘟声，半晌也无人来接听，其间只听到身后店里人的对 KENT 的不良调侃，“人家喜欢的是莲华，哪里会买你的账啊！”

正要放弃的时候，电话突然接通了，莲华不耐烦地抱怨：“喂！你在干什么？！还不快点！”

“……”手机那头只有隐蔽的呼吸声。

那呼吸声，有种毛骨悚然的感觉，他刻意放低了音量：“……喂，小志？”

一声很沉的吸气，然后他听到那个他再憎恶不过的声音：

“……他在我这里。”

店里的小青年们开始不自量力地拼酒，干杯，普天同庆那个变态被炒鱿鱼的大好消息。苏兰察觉莲华一直没进来，忍不住朝门外喊：“莲华！你打通了吗？”

KENT 嚼着花生，也抬头看去。

莲华静默了一下，将手机揣进包里，转过身来：“他说在学校被老师留下来训话了，我去接他过来。”

苏兰站起来：“我跟你一起去吧。”

“不用！”莲华突兀地打断她，笑道，“又不是什么大不了的事，我一个人就可以。”

“可是……”

“我马上就回来！”不等苏兰说完，莲华随便挥了下手，转身跑进飘飞的雪中。

苏兰木木地坐下，望着被落在桌上、她为他织了好几个晚上的围巾。

有少年看向窗外，含糊地出声：“雪开始下大了耶。”

大家跟着望向店外，零星的雪变成一片一片的，簌簌地朝四面八方飞散，夜晚原本安静的街景，也隐隐透出躁动的先兆……

城郊。

ALEX 独自等候在废弃的仓库楼里，异常地有耐心。

半个小时过去了，终于听到让他的血液为之沸腾的摩托车引擎声。他转向黑暗的某处，嘴角勾起一抹诡谲的笑：“骑士来了。”

黑色的车刹在白茫茫的雪地里，莲华翻身下车，顾不上取下钥匙，穿过被雪铺满的空地，飞奔进空旷庞然的三层楼房里。

“ALEX！你在哪儿?！”他急躁的喊声打破雪夜的寂静，在空荡荡的楼里蹿升，良久，四周才平静下来。

竖起耳朵，昏暗又偌大的废楼里，回荡着男人恐怖诡异的低吟。歌声通过扩音器传下来，仿佛无处不在。

“ALEX——”莲华的吼声越发暴怒。

那男人只是兀自哼唱着，颇有耐心，丝毫不理会莲华的愤怒。

“浑蛋——我要杀了你——”

连回声，都石破天惊！

“呵呵……”ALEX终于笑了起来，“莲华，你的耐心只有十秒不到，啧啧，可惜，看来我对你的评价过高了……好了，想知道我在哪里？那就快来找我吧！”变态的男人透过话筒献上一个响亮的吻，“顺便说明一下，亲爱的，只给你两分钟时间。”

一分四十八、一分四十九、一分五十……

“哐啷！”门被大力踹开。

莲华站在门口，压抑着胸口剧烈地起伏和想要杀人的冲动，冷声问道：“他人呢？”

“你来得真准时啊。”ALEX坐在房里唯一一张破旧的沙发上，一面抽烟一面抬头，赞许地看着莲华。不愧是嗅觉灵敏的野兽，这么快就找到他藏身之处了。

“他人呢?！”

ALEX睨着莲华捏紧的拳头，他暂时还没有领教那铁拳的打算，于是很快扔出一张校卡。

莲华盯着脚边的卡片，那确实是小志的东西。

ALEX站起来，靠近莲华：“他现在不在这里，但的确在我手上。我对那种小男生不感兴趣，所以你大可放心，他现在好得很，毫发未伤。不过，你应该也清楚，我是不可能那么便宜就把他还给你的……”他挑起眉毛，猥亵地打量莲华。

“……你想怎样？”莲华压低声音，强迫自己冷静下来。

“谈心。”简单地吐出两个字，ALEX含笑的目光却意味深长，“我只想跟你谈谈心，就这最后一个晚上……”见莲华沉默，他蹒跚地走到沙发边，坐在扶手上，拍了拍自己受伤的右腿，“知道这条腿是怎么报销的吗？上次你说是被狮子咬掉的，呵呵，那可真是大大地抬举我了，我哪里敢自称是上帝？其实……我才是那只被上帝豢养的狮子，不自量力地想要背叛，却根本不是上帝的对手。”ALEX说到这里，语气颇有些自嘲，“你说是不是？狮子再强也只是狮子，永远别想逃出上帝的掌控……”

莲华像静止的雕像，站在那里一动不动，幽蓝的目光冰冷汹涌。

ALEX热切专注地凝望着莲华，情不自禁地轻喃：“……真是美丽……”凝聚在那具漂亮躯体周围肃杀的暴戾，越是想要压制就越是强得叫人战栗，美得叫人欷歔！

“莲华，我又想起第一次见到你的情景，当时真的有种不可思议的感觉！我在你身上嗅到熟悉的味道，让我更加确定你和我是同类！在我遇见的所有学舞的少年中，你真的是最最优秀的，可惜……还不如当年的我。你喜欢压抑你的本能，”男人将食指放到嘴边，逗似的晃了晃，"……这一点儿也不好，真的一点儿也不好。"

抽了口烟，他继续说道："说你是我的同类，一点儿也不夸张，只是你还少了些决绝。你很看不起我，恨不得把我一脚踢到地狱里，很好，这些都和当年的我一样，可是你毕竟还是没有真的出手做什么，就像个坐在跷跷板上的孩子。可是我跟你不同，我真的出手了……"ALEX 的声音渐渐低了下去，混沌的眼神仿佛穿透莲华，看着遥远的别处，"我真的出手了……想要毁掉上帝的一切……可惜，我失败了……"

那个时候的他，年少轻狂，抱着对舞蹈近乎痴狂的热爱。他想起第一次遇见那个戴墨镜的男人的情景，想起从那个专业的男人口中听到的赞美，想起他真的从此平步青云眼看着即将站在梦寐以求的舞台，想起自己如何渐渐在那个男人的束缚下变得不耐烦，想起他膨胀的自信心让他自以为羽翼丰满了可以肆无忌惮地背叛了……

最后，他想起……那场预谋好的车祸如何夺走他的右腿，也从此夺走他的希望。

世界的画面不再平稳，再也不能生动地腾空而起，再也无法像陀螺般旋转，而被永远定格在那个令人耻辱的倾斜的角度。

直到眼前的少年出现，像一团火，点燃他业已成为死灰的希望。

对于莲华，他究竟抱着怎样的感情？因为莲华在某些方面很像他，所以疯狂地迷恋过，又因为他比他幸运得多，所以也疯狂地嫉妒过。最终，是想要将眼前的少年据为己有，也许只有独占他，才能弥补心中多年的遗憾，那个巨大得无法填补的空洞。可是，他悲哀地发现自己压根儿没法驯服莲华，真的一点儿法子都没有。

既然无法得到，就只有……

"好了，"ALEX 突然哑然地笑了一声，"过去的事情我从来没对别人说过，你是唯一的一个，该觉得荣幸才是。"他摊开双手，"怎么样？我这个变态男人不为人知的过去？"

莲华恍惚地眨了下眼，冷漠地回答："抱歉，我没怎么听。"

ALEX 神色一凝。

"你要是有兴致可以再说一遍，"莲华面不改色地睨着他，"反正夜还长着呢。"

ALEX 笑起来："呵呵，你总是想方设法激怒我，得承认有时候还是有点成效的，不过，我知道你都听进去了，每一个字都听得真真切切。所以我没必要再重复，现在该轮到你了，说说你的事情。"

"我没什么不为人知的过去。"

"不是吧？要不要我来提醒你一下啊，比如，关于被你杀死的许夜……"

狼一样犀利的目光瞄准 ALEX。

"看样子你想起来了。"ALEX 向前倾了倾身子，"莲华，希望你搞清楚现在的状况，

不照我的话做的话，我随时可以叫那个小子去见阎王。现在回答我的问题，你是怎么杀死许夜的？”

极力克制住体内强烈翻滚的冲动，莲华沉沉地答道：“我没有杀他。”

“不，你杀了。”ALEX 用催眠般的口气柔柔地说。

“好吧，我杀了。”莲华不想再跟他纠缠不清。

“据我所知，那天，房子被人放了火，不过当你救出苏兰的时候，火势还不大，对你而言，那时候要救出许夜不是没可能，况且他是你最要好的朋友，我不明白你为什么没有回去救他？”

“……当时……我不知道他在里面。”

ALEX 凝视莲华良久，眼里闪过一丝明了一切的光：“……莲华，你撒谎了。”

莲华盯着眼前的男人，紧抿着嘴，没有反驳。

“别忘了我说过我们是同类，你是不是在说谎，我一眼就能看出来。”ALEX 步步诱导，“其实，你知道许夜在楼里，但你害怕火势变大，你犹豫了，于是装作不知道他在里面，而没有去救他。”

说完，他很满意地看到莲华眼中的动摇。

“虽然是最好最好的朋友，虽然……当时你少些犹豫的话很可能已经把他救出来了，但是，自保的念头也是无可厚非的。人，毕竟是自私的动物。”

ALEX 魔咒般的话在莲华脑海里回响，他仿佛又回到那栋在火海中绝望地崩塌的楼房前。是的，他明明知道夜在里面，之前明明还不太迟，只要他行动，夜说不定就可以获救！而他每多迟疑一秒，夜就多一秒受着煎熬！

ALEX 饶有兴致地站起来，靠近莲华：“这就是真相，对不对？”

“不……不是像你想的那样……”下意识地轻喃，莲华的声音开始颤抖，好像面对的人不 ALEX，而是被他无情地抛弃在上千度的高温中到最后连尸体都千疮百孔、惨不忍睹的他生命中曾经最重要的人。

“细节也许是有出入吧，”ALEX 毫无怜悯地耸耸肩，“不过，你知道他在里面却没有救他，这是事实。”他走到莲华面前，遗憾万分地说，“你救出苏兰的时候明明还毫发无伤，而且那个时候，火势其实没你想的大，你又明知道许夜还在里面……”

莲华抬起头，眼睛里满是惶恐，他知道 ALEX 歪曲了某些事实，但他无力辩驳，因为……两年前的那个夜晚，他的确是彷徨着最终没有去救夜，明明告诉自己夜就在上面，为什么当时没有立刻去救他？为什么？！

“怎么不说话？心虚了吗？”ALEX 挑眉睨着莲华，“说你根本不知道许夜在火里啊！

像你最开始时那样否认啊！否则，就等于你默认了。”

悲痛的记忆不断袭来，缝合的伤口开始松裂，线头噼里啪啦地断开，罪恶感如黑洞般无限膨胀，莲华疲惫不堪地垂下眼帘：“……我什么都不想说，因为都与你无关。”

昏暗的空间里一派死寂，然后，突兀地传来第三个声音：

“……他说的……是真的吗？”

心脏剧烈抽搐，莲华难以置信地回头，看见站在门外的小志，正用一种绝望空洞的表情注视着他。

ALEX带着高高在上、胜利的笑，他就快让这匹不驯的野兽彻底崩溃了。

小志走上前来，艰难麻木地重复：“他说的……是不是真的？你明知道哥哥在火里，却眼睁睁看着他被烧死……”

莲华怔怔地看着小志，仿佛哑了一般，一句话也说不出来。

“说话啊！！”小志激动地一把拽住莲华的衣服，“为什么不说话？！”从刚才，他就一直矛盾万分地躲在一旁，虽然对ALEX的话将信将疑，更多的却是怀着对莲华的信任，然而他却迟迟等不到一个断然的否认，莲华的缄默，将他的信念，一步步瓦解……

ALEX看好戏似的，在一旁火上浇油：“莲华，当着小志的面你就承认了吧，告诉他实情，都已经走到这一步了，何不彻底做个了结？”

小志狠狠地逼视莲华，就算是死，也要等到他的亲口承认……

“……对不起。”莲华艰难地张开嘴，沉重的三个字，包含了难以言喻的愧疚和决绝。

“……为什么？……为什么你还跟我说不知道哥哥在上面？！”小志浑身颤抖着拽紧莲华的衣服，不可遏制的愤怒和被背叛的绝望吞噬了脑海中与眼前的人在一起的最后一丝快乐记忆，控诉的话几乎带着哭腔，“为什么你竟然不去救他？为什么事后还要对我撒谎？……你明明能救出他的！只要你有所行动……哪怕、哪怕最后没能救出哥哥，我也不会怪你，真的一点儿也不会怪你……可是，你甚至都没有想过要去救他！”

莲华定定地看着小志，心痛如绞。原来单纯简单的小志，也是可以有那样愤恨的目光的。

要是我死了，我弟弟就得拜托你了！

对不起，夜。看来我要再一次地 ，无法遵守诺言了……

ALEX走过来，突然一把将小志反扭住：“看你的模样，是想替你哥哥报仇吧。”他将明晃晃的匕首放进小志手里，“那么去杀了他啊！”

小志颤巍巍地握着小刀，朝纹丝不动的莲华蹒跚靠近。是的，他要杀了这个见死不

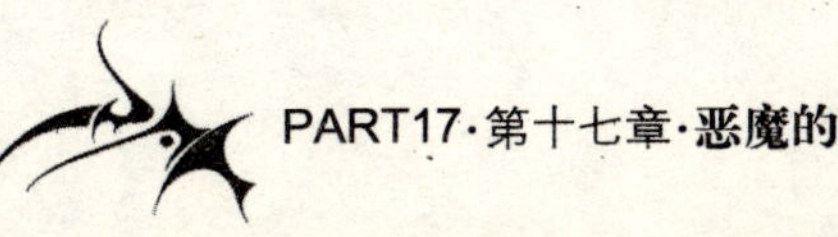

救、欺骗了他的感情这么久的家伙！

站在莲华面前，他的呼吸越发急促，手抖得更加厉害，终于决然地闭上眼，用力捅了过去！

刀子对准莲华的腹部，刺穿他的外套，刀尖扎进肉体的真实感让小志惊吓得松开了手。匕首掉落在地，刀尖染上猩红的血。

ALEX 捡起刀子，抽出手帕细细揩拭着，嘲笑地瞥了一眼全身发抖的小志："怎么？也就只有这个水平？还口口声声说别人，你自己见个血都吓成这样，有什么资格说别人？"他走过去，用刀子抵住小志的下巴，"就算只是厨房里的锅着了火，你恐怕也早吓得尿裤子了。"

小志被迫仰着头，眼里映着冰凉的刀子，全身僵硬。

"放开他。"

ALEX 怔住。

莲华的右手紧握住匕首，将它从小志下颌处硬生生地移开，血顺着银白的刀刃淌下来，从指间溢出，滴落在地板上。

ALEX 慢悠悠地抽回刀，"要我放了他也可以。"他面向莲华，阴笑道，"你代替他留下，我的目标本来就是你。"

"好。"莲华一口答应。

"我不需要！！"小志不领情地吼道。

"这里还轮不到你来说话，小子。"ALEX 投去一个威胁的眼神，"我和你的杀兄仇人还有些事情要了结，而你，回去候结果就好。"接下来的事情，始终还是不太适合温室花朵观看的。

小志来回看了看两人。他不得不承认自己的胆小怯懦，既然如此，就把莲华交到这个目光阴险的男人手里吧。他只需拭目以待。这么想着，他放弃地低下头，顺从地退出门外。

莲华失神地望着小志的背影，看到他在门口停下来，背对着他，用绝对零度的声音说：

"你最好死在这里。"

洞开的窗外，风变得肆虐，夹着大片大片的雪，不断呼呼地灌进来。大风拨开云雾，月光惨淡地投射进这个寂静的空间。

莲华默默地伫立在苍白的月光下。小志仇恨的目光烙印在他脑海里，临走时憎恶的话语挥之不去。再也回不去了，那段单纯快乐的时光……

他转过身来，逼视 ALEX，情绪激动："为什么？我到底什么地方得罪了你？为什么要这样对我？！为什么你要毁掉我的生活？！"

"……因为看你步我的后尘是件非常愉快的事。"无与伦比的快感在 ALEX 体内水涨船高，像有千万只蚂蚁啃噬着骨头，"莲华，你似乎还没意识到，你和你身边的人是不一样的，你跟他们所有人都不同！在你这里，"他指着自己胸口的位置，"……寄生着恶魔。"

"住口……"

"……说实话，KENT 也好，苏兰也好，看着你跟身边那些人办家家，就像看一只狼跟一群家畜搅和在一起，那感觉真是要多恶心有多恶心！"ALEX 轻蔑不已地撇嘴，"还有那个叫然美的女孩，你知不知道每当我看见你跟她在一起，都会觉得是你在诱拐她？我会想，天哪！为了诱惑无知少女你 TMD 还真是俊美温柔得像个天使啊！别跟我说什么喜欢。你喜欢她？见 TMD 鬼去吧！！你甚至连喜欢和欲望都分不清！现在你在她面前一副阳光少年的模样，不过你很快会明白，这些伪装都是为了最后能痛快地玷污她！让她对你死心塌地，都不晓得反抗，只能任你摆布！这就是你喜欢的感觉，对吧？你不是典型的 S 型吗？只有那样会让你觉得爽快！呵呵，你总会走到那一步的，对此我毫不怀疑……"

胸口剧烈起伏，莲华的右手狠狠攥紧。

ALEX 依然忘我："……或者，你觉得那女孩很洁白很干净，和你完全不一样，所以才吸引你？不过省省吧，她再干净也不可能同化你，因为你太脏了！……所以，莲华，你跟那个女孩，真的一点儿也不适合！最后你一定会腻了，然后毁掉她，就像你当初毁掉许夜一样，然后再去找下一只纯洁的羔羊，呵呵……"ALEX 没头没脑地笑了一气，眼光兴奋地闪动，笑容里有难以掩饰的疯狂，"莲华，你明明和我一样邪恶又肮脏，下场也该跟我一样才对！我们这样的人天生就没有获得幸福的权利。你刚刚问我为什么要毁掉你的生活，其实，没有什么人可以毁掉你，除了你自己，因为你本性如此，欲求不满，自私残暴，善于背叛……"

倏的一声！ALEX 及时制住莲华疾飞而来的右拳，却转眼又被狠狠一脚踹到墙角！刚直起身子，迅雷般的一拳砸在他脸上！眼前蓦地一黑，致命的拳头让 ALEX 耳中一片轰鸣，咸腥的血在口中奔涌！莲华像一只毫无理性的野兽，狂暴的攻击一拨接着一拨，如惊涛骇浪！ALEX 完全无力抵挡，吃了第三记拳头，健壮的身子终于不支地朝窗口摔去。

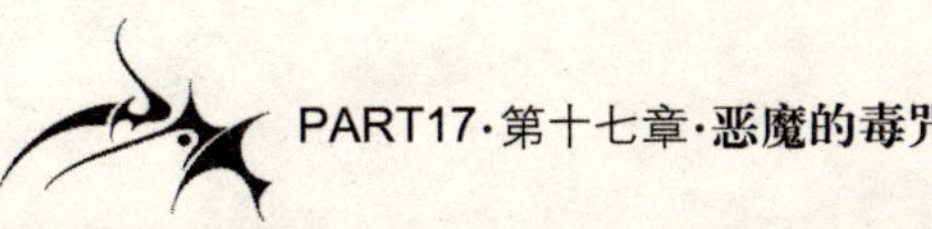

莲华单手擒住 ALEX 的脖子，将男人的半个身子悬空压在窗外暴虐的风雪中。

感到莲华因愤怒而痉挛的身体，ALEX 猥亵地笑开，血从咧开的嘴角不断涌出。他喜欢看着鲜血唤出莲华暴戾的本能和浓烈的野性，喜欢看那乌黑的头发在风雪中狂舞鞭挞的样子。凌乱的头发遮不住幽蓝眼睛里迸出的疯狂、尖锐、迷惘和绝望。困兽一般……是的，满月下、白雪中凶残魔幻的狼，FED ON BLOOD，美得让人血液沸腾。

ALEX 艰难地望着莲华，濒临死亡的脸上飘过一丝快意十足的笑。

莲华用两只手，紧紧扼住 ALEX 的脖子，看着男人的脸在自己手中迅速泛青……

挣扎中，ALEX 够到身上的匕首。突然起手——

莲华向后敏捷地一让，右手啪地捏住 ALEX 的手腕，闪电般地夺下匕首！被体内汹涌的潮水推搡着，他完全无法控制自己的举动，下一秒，刀子已然朝 ALEX 直挥而下——

男人的嘴微微张开，吐出无声的五个字：

为……我……陪……葬……吧……

第十八章

不可能的事

PART 18

如果，这里真的有神灵的话，请您庇护我们吧……

深夜。

手机急促的响声惊醒睡梦中的然美。她爬起来，困惑地看着屏幕上陌生的号码，小心地按下接听键：

“喂？”

“……然美吗？”电话那头传来一个犹豫的女声。

那声音听上去有些耳熟，“是的，是我，你是……”

“……我是苏兰。”

“苏兰学姐？”然美讶异。

“然美，莲华他……晚上有跟你联系过吗？十点以后？”苏兰的声音听上去十万火急，似乎努力克制着才没有哭出来。

“没有……”然美忽然有种不安的感觉，“他怎么了？”

她听到电话那头的哽咽，强烈的恐惧感袭来：“苏兰学姐，到底怎么了？莲华他出了什么事?！”

苏兰沉吟许久：“ALEX死了……”

然美震惊：“……死了？……什么意思？”

“我不知道……我不知道，我们赶过去的时候他已经死了……”苏兰有些语无伦次。

“那莲华呢?！”然美激动地追问。

“他不在那里，但是……”苏兰筋疲力尽地说，“凶器上有他的指纹……”

风雪的夜里，电铃被按得吱吱作响。梧桐大叔一面披上外衣一面怨声载道地起来查看，兰姨也开了灯疑惑地走出大门。

电铃依然催命般响着。

“来了来了！谁啊？大半夜的！”

梧桐大叔来到雕花大门前，看清门外的警车和一脸严肃的警务人员，霎时傻了眼。

警察的大驾光临将陆家上上下下都惊动了。

然美不知所措地扶着楼梯扶手，见父亲和母亲披着睡衣站在一楼大厅，正与两名警察交谈。

“对不起，这么晚来打搅，今晚发生了一件命案，我们想向令嫒询问一些事情。”其中一名中年警官礼貌地说。

“然美？和她有什么关系？”陆乔惊讶万分。

与此同时，那位警官也发现了拘谨地站在楼梯上的然美。霎时成为所有人目光的焦点，她的双腿好似瘫软了一般，连迈开一步都困难。猎从楼上望着她，眼神不无担忧。

“你是陆然美吧。”警官走上前，例行公事地问道，“你和莲华认识吧？”

“是的……”

“你知不知道他现在在哪里？”

她老实地摇头。

“那他今天晚上有没有跟你联系过？”更严肃的追问。

“……没有。”

两名警察对视一眼，不约而同眉头微蹙，狐疑地睨着然美。

然美强压住自己的紧张不安：“他真的没有跟我联系过。”

警官点点头：“如果他跟你联系，务必及时通知我们。”他身旁的年轻警察递来一张名片，“知情不报，后果怎样你也清楚吧。”这句话，与其说是叮嘱，毋宁说是威胁。

然美接过电话号码，两名警察仍有点儿不放心地看了她一眼，才转身向陆乔告辞。

然美忽然跑到门外，喊住欲离去的警官：“请等一下！”

两人转过身来。

“请问，究竟发生了什么？”她惴惴不安地捂着胸口，“莲华他……究竟怎么了？”

回答她的，是简单平板的五个字：

“他涉嫌杀人。”

房间里没有开灯，然美呆呆地坐在床上，心乱如麻，手里的名片无力地滑落在地。

手机的指示灯无声而剧烈地闪烁，她慌忙拿起打开，终于等来那个望穿秋水的名字。好矛盾！她想要他打给她，又害怕他打给她。

"莲华！"然美将手机紧贴在耳边，急切又紧张。

"……然美……"

电话那头的嗓音，虚弱得好似濒临透支，然而那的确是她耳熟能详的声音。"莲华，你还好吗？现在没事吧？刚才，有警察来找过我……他们正到处在找你，还有，苏兰学姐，她、她很担心你，担心得都快哭了……"不争气的泪水却先模糊了自己的眼睛，一股脑儿地说着，她现在什么也不想知道，只是害怕，害怕那些穿着冷酷制服的人找到莲华。

手机那头一直沉默着，良久，传来莲华梦呓般的声音：

"……想见你。"

她怔住。

"好想……见你……"

夜深人静。

然美悄悄打开房门。

"你要去哪儿？"身后传来猎不动声色的质问。

被猎发现，她一下子手足无措，僵僵地立在漆黑的过道里。

"他打电话给你了？"猎走上前来，声音低低的。

"猎，我……我必须去见他，在把事情弄清楚之前，不可以让别人知道……"她抓住猎的双臂，使尽浑身解数恳求着。

猎沉沉地开口："如果你现在去见他，警察同时就会找到他。"

然美愣住，半晌才明白猎的意思，顿时乱了方寸："那该怎么办？莲华他……"他需要她啊！她无论如何也要赶去他身边才行！

锐利的目光锁定她良久，终于像是下了决心："……我帮你。"

明娜正在快活地上着通宵网，论坛上几个经典喜剧视频让她一阵捧腹，这时手机没命地响起来，她目不斜视地盯住屏幕，手在身边的床上一阵摸索，好半天，才抓到那个叫得正欢的家伙，也不看是谁打来的，边笑边接了电话。

电话是然美打来的，明娜听着手机那头焦急颤抖的声音，渐渐没了笑容。

“胡说！”她难以置信地挺直了腰板，望着视频上滑稽的一幕幕，却一点儿也笑不出来了，半晌，嘴唇才木木地翕动，“……怎么会？”

“明娜，我现在真的很急，你能……帮我个忙吗？”

一辆黑色轿车停在离陆家别墅不远的地方，耐心地监视着那个方向的一举一动。

已经一个小时了，还是一点儿动静也没有。

就在车上的人哈欠连天的时候，引擎的轰鸣声划破寂静的雪夜，一道刺眼的光捅破黑暗，以迅雷不及掩耳之势冲出雕花大门，一个利落的摆尾，加速驶向夜色尽头。

看清机车上少年和少女的身影，黑色轿车上监视的警察连忙拍打前座：“快快！那女孩出来了！跟上！”

司机忙不迭地发动车子，小心谨慎地跟上火红的机车。

行驶的声音渐渐远去，街道又恢复宁静。

然美躲在阴影处，在确定四周没有人以后，决然朝相反的方向拔足奔去。

谢谢，猎！谢谢，明娜！

迎着扑面而来的飞雪，泪水却温暖了脸颊。

雪夜里的校园，万籁俱寂。

然美裹紧身上的衣服，来到大门前，斑驳的白色点缀着沉睡中的校园，让人不由得有安心的感觉。抹抹脸上的泪痕，想到莲华就在里面，她忐忑的心也慢慢平静下来。

大门锁上了，而那高度又是她绝对望尘莫及的。她恍然想起校园西面的围墙正在施工，从那里应该可以想办法进去。

绕着校园外一路疾走，忽然察觉后面有鬼祟的脚步声。她屏住呼吸，加快步伐走到路灯下，低下头，苍白的路灯果然投射出另两道颀长阴森的影子。

身后蹿出一声惊悚的怪叫！毛骨悚然！

像是被蛇猛地咬到，然美仓皇地跑起来，身后的脚步也更紧地尾随而来。

嗵地一下！慌乱中，她在拐角撞上一个人，急促的喘息被打断，一双温暖有力的手将她轻轻按住。

她倏地仰起头。

莲华！

紧盯住不远处两道无所遁形的身影，高大英俊的少年神色冷凝。那两人不约而同地咽了口唾沫，灰头土脸地逃走。

莲华冰峰般的目光黯下来，被一种无所适从的迷茫取代。象牙白的皮肤，夜一样浓黑的头发，月光下，整个人如剔透易碎的玻璃。

“莲华！”

她抱住眼前的人，双臂环抱住的充实感让她确信自己见到的不是幽灵。

“你真的够笨，为什么现在过来？要是出了事怎么办？”莲华回抱住她，手臂一次次收紧，下巴埋进少女柔软的发间，渐渐地，急促的呼吸安稳下来，剧烈跳动的心也回归平静。

踏着一地枯萎的草皮，然美跟随莲华来到东林湖对岸存放体育器材的仓库。

巨大的门被缓缓拉开，“哐啷哐啷”的声音在空旷的空间回响。

冷飕飕的风夹着雪片，跟在然美身后呼呼地闯进这昏暗的八十平方米。

“我都不知道为什么会跑来这里。”莲华在背后关上门，自言自语，“可能只有这个地方，会让我觉得安全。”

然美抬眼环顾四周，心有戚戚。这个校园里毫不起眼的一隅，铁锈和灰尘的味道四处弥散，但对于他们两人，却有着令人安心的力量。

“……让我看看你手上的伤。”

两个人面对面坐在角落，头顶那扇不大的窗户泻进一缕月光。然美借着月光查看莲华受伤的手，那些纵横的血渍已经凝结，像蛛网般缠住漂亮苍白的手指。而她所能做的只是这么看着，心痛又无奈。真笨！为什么出来的时候没记得带上药和绷带呢？为什么她总是在关键时刻就笨拙得要命？

她难过地垂下头，眼泪涩涩地流进嘴里。

“……莲华，究竟怎么了？为什么……会发生这样的事？”

莲华默然地望着她，良久，才幽幽地开口：“然美，人不是我杀的。”

她抬起头。

莲华审视自己的双手：“我是很想杀他，而且差一点儿就杀了他，可是……我没有真的下手……”然而事实已摆在面前，ALEX 死了，凶器上又有他的指纹，他知道就算自己再怎么解释也无济于事。

亲耳听到莲华的证实，然美终于放下一颗心：“太好了！”细柔的嗓音因为欣慰和感激而颤抖，她倾身靠过去，搂住莲华的肩，“太好了！这样我就放心了！你没有杀他……”

感受着如此亲切的体温，莲华疲倦地闭上眼，胸口涌动着莫名的感动：“……然美，

为什么我说什么你都信？……你一点儿都不怕我是在骗你吗？”

然美趴在莲华宽阔的肩上，摇头：“不知道，我不知道……我就是想相信你。”十七年来，头一次如此任性又固执，“如果想骗你就骗吧，随便你怎么骗我都可以……”

她埋首在他肩上，泪一点一点浸湿了他的衣服。四面是朴素高耸的墙，一两片雪花从天窗翩翩飘落，融化在他们纠缠的发间。在这个安静的夜，月光洒了一地，他们宛如身在结界的保护之中，所有人都找不到，所有人都看不见。

她想起曾和莲华在这个楼顶一起弹过的那首《献给阁楼上的神仙》。

阁楼上的神仙……

如果，这里真的有神灵的话，请您庇护我们吧……在属于我们的避难所里……

一大早，秦琴出了家门，匆匆叫了辆出租车赶往莲华家。

天刚蒙蒙亮，车窗外风雪已经很大。她坐在暖和的车里，心里忐忑不安。昨天深夜警察打来电话时，她简直不敢相信自己的耳朵！就连现在，都还觉得一切像噩梦一样不真实。

车子路过学校时，秦琴心情烦躁地朝校园望了一眼，却蓦地瞥见一个熟悉的身影。

纤瘦的少女正急急地穿过学院大道。

秦琴睁大眼：“……然美？”

“你在这里干什么？”

然美慌张地回头，秦琴站在身后五米远的地方，气喘吁吁，表情疑惑地打量她。

“秦老师……我、我来……”然美顿在原地，语焉不详，忙将手里的车票揣进兜里。

这样的反应让秦琴更加怀疑：“莲华在这里对不对？你知道他在这里对不对？”她一面说一面走向然美，一把拉住女孩的手，“带我去见他！”

“不……行！”

秦琴惊愕：“你打算把他藏在这里吗？以为这样就可以安然无恙了？”她的声音忽然紧张地一沉，“他真的……杀人了？”

“不，人不是他杀的。”

“那为什么躲在这里不敢出来？！”

“……因为警察到处在找他，所有的证据都对他不利……”

“简直乱来！！你以为可以在这里躲一辈子吗？！”秦琴气结，她注意到然美紧紧攥在衣兜里的右手，心里有不好的念头。如果莲华藏身在学校，那这女孩这么早出去，会是去干什么？她逼视然美，严厉地问：“你手里拿着什么？”

然美眼见瞒不过秦琴，反而平静下来："是长途车票。"

"陆然美！你要干什么?！这是在害他你知不知道?！"秦琴惊慌地喊，"不行，他不可以这样逃走！"她摸出手机。

"老师！"然美使劲拖住秦琴，哀求道，"不要！求你了！所有证据都对他不利啊！"

"如果他没做，就不用害怕！调查以后自然会还他清白！这个样子只会惹上更大的嫌疑！"

"可是，已经不是嫌疑了啊！大家不是都已经认定了吗?！我知道应该相信调查，但是这一次我不敢相信！万一……万一调查的结果认定他杀了人，那该怎么办啊?！凶器上留着他的指纹，他没有不在场的证明，而且死的人又是 ALEX，这么多证据都对他不利！与其相信调查，到头来后悔，不如一开始就错下去！"然美跪在雪地里，"老师，求你！求你了……"

秦琴静静地睨着然美，这么疯狂又荒谬，却又情有可原，她叹息："……就算是他真的杀了人，你也要这样求我吗？"

然美跪在地上，埋着头，呜咽着不说话。

一瞬间，校园上空又恢复了清晨的寂静。

直到听不到秦琴的回应，耳边只有清冷的风声时，她才抬起头来。眼前只剩落雪纷纷。

"谢谢……"感激地轻喃着，她站起来，不顾双腿冷得打战，朝湖对面的仓库赶去。

"莲……"

然美急急地赶进来，看见背对着她站在仓库中央的人影，顿时哑住。

不是莲华。

直觉让她僵在门口，屏住了呼吸。隔着偌大的昏暗空间，那个模糊的身影极其缓慢地转过来。

她虚着的眼睛蓦地瞪大：竟是小志！

"……怎么是你？"她整颗心悬了起来，无措地四顾，"莲华呢?！"

小志看了她一会儿，面无表情地说："他被警察带走了。"

她惊惶地转身欲追出去，却被门外恭候已久的两名警察拦住。

小志从后面漠然地打量着然美，这个女孩手足无措的样子，让他联想到小白鼠、小白兔、小绵羊……一切白色的、温顺又可怜的动物。她甚至笨得连被他跟踪了一上午都不知道。

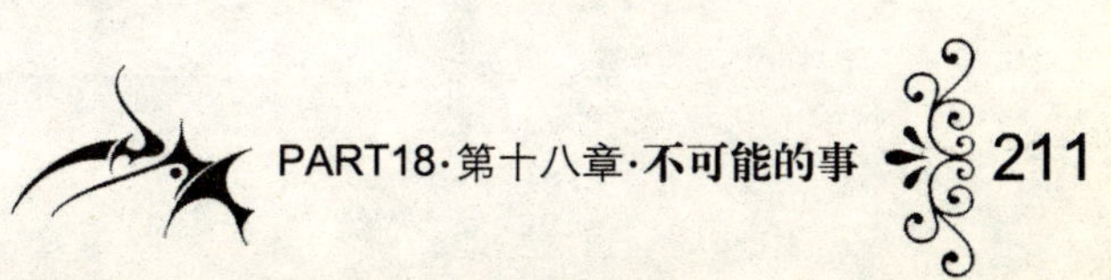

然美茫然地面对表情严肃的警务人员，只听到“杀人嫌疑”、“协助调查”……几个残酷可怕的字眼。接着他们按住她的肩，强迫麻木的她按照他们的指示走向停靠在不远处的警车。那自始至终压在她肩头的力量，就像一把无形的手铐，让人一瞬间失去了自由和尊严。

她望着自己的双手，心吃痛地绞紧。

他们……也是这样带走莲华的吗?

第十九章

陷入了绝境

PART 19

如果死的是我们，是不是就没事了？

警局。审问在轮番进行着。

对这个年少而俊美的“凶手”，似乎全体人员都充满了好奇。

传讯室里，记录员正忙着记下相关人的证词：

“莲华和ALEX的关系？死对头！ALEX那个同性恋很早就打起莲华的主意了。不过谁叫他看上的是莲华呢？”鸡冠头抽了口烟，颇遗憾地说，“别看莲华长得漂亮，却是个十足的暴力狂。这SERENADE的人都知道。对了，他有次还威胁说要让ALEX一辈子都在轮椅上度过，也不知道ALEX说了什么得罪了他。喂，我重复的可是他的原话……”

“不错，莲华看ALEX不顺眼很久了。”ANGELA听了警官的提问，耸耸肩，“也不是所有人都站在他那一边，不过，你知道，有时候人太漂亮了，你就不大讨厌得起来。……他是在外面惹过不少事，我也帮他收拾过不少烂摊子，杀人，这还是头一次。幸好他还没满十八岁。”她淡然地说。

“他身手很厉害，连我都不是对手。杀ALEX，只要他想，应该不成问题……哦，这个，”关野无奈地摸摸眼睛上的纱布，“那家伙把红葡萄酒灌进我眼睛里，所以才这个样子。”

“虽然我讨厌那家伙，但不得不承认他很强，单枪匹马就可以放倒十几个人，”星奇的老大歪了下嘴，“ALEX是谁？不是一个军团吧？要只是一个人，又恰好得罪了他，被他一不留心弄断了气也不奇怪。我的下巴还不被他一拳打折过……”

“那孩子经常旷课，在学校也是无法无天，连老师都不放在眼里，听说初中的时候

就是有名的不良少年，拉帮结派的！不过，杀人……”说到这里，紧箍咒犹豫了很久。

“……莲华是被我母亲收养的，和我死去的哥哥是好朋友，以前也很照顾我。……嗯，他很恨 ALEX，曾经用皮带勒过他，还说……”小志在这里迟疑了很久，连记录员都不由得停下笔。

询问的警官小心地问：“还说什么？”

“……他说……会在十八岁前杀了 ALEX。”

然美来到警局却没有见着莲华，而是被径直领进一间房。

“坐。”长桌子对面坐着一位女警，正招呼她入座。

她面无表情地坐下，拒绝了水，只是麻木地这么坐着。警官似乎问了好几个问题，她都没有听进去，反正，那些好像都是无关紧要的问题。

“你和莲华是什么关系？”

“有人看见你早上去车站买票，是他叫你这么做的？”

……

莲华……

你现在怎么样？

腾的一声，随即是尖锐的椅脚划过地板的声音，然美意识到一个身影罩在她上方。

女警来到她身边，俯下身子：

“我能理解。”

然美倏地抬头，看见的是女警脸上善解人意的表情。

“他那样的男生，一般的女孩子很难拒绝得了。”

他那样的男生？很难拒绝？什么意思？然美愣住，眼神再度涣散迷茫。

女警的手搁在她肩上：“你不需要紧张，他现在不能来伤害你了。”

“你在……说什么？”然美震惊地抬头，“他怎么会伤害我？”

也许因为她现在的精神状态不太稳定，女警也只是露出一个安抚的笑：“好，好，一定也有不少像你这样的女孩喜欢他，不过像他那样的男生，对女孩子的感觉仅止于‘需要’而已。我知道你也许是发自真心地喜欢他，但是他对你的感觉并不像你想象的那样。你生长在有教养的人家，而他很小的时候就被复杂的世界耳濡目染，”她顿了顿，轻言细语地问，“他有没有诱使你跟他发生过不正当的关系？”

“从来没有！！我们从来没……”然美激动得要站起来。

“好，那你还算幸运。”

望着女警由衷庆幸的面孔，然美哑然，她发觉她们之间存在着严重的语言障碍，根本无法沟通！

“好了，”见然美的眼里终于有了神，女警拍拍她的肩，坐回桌对面，“现在你要好好地配合我们，只要你说出你所知道的，一切都会没事的。”她双手交握，正色问道，“发生命案的那天晚上，他是什么时候打电话给你的？那之前他一直在什么地方？……”

然美听着一连串应接不暇的质问，只感到天旋地转。明白了，这一切根本没有意义！他们不是想证明莲华的无辜，只是要证明他是个轻易就可以杀人的、诱惑女孩子的恶魔！

半晌。

“……如果……死的是莲华呢？”

女警疑惑地注视着少女翕动的嘴唇。

“……如果死的是我们，是不是就没事了？”

“啪！”

刺眼的灯光应声照在莲华脸上，他的眼睛微微眯起，昏暗之中，几缕凌乱的头发耷拉下来，颓废而英气，令人心惊。

“该工作了，小子。”警官不客气地敲敲桌子，“你也睡够了！”

莲华从半趴的姿态慢吞吞地坐直身子。

“现在，回答我的问题。”警官双臂撑在桌上，第N次问道，“人是不是你杀的？”

“你问过了，我也说过有一百遍了。”嘶哑的声音懒散地应道。

“那么刀上怎么会有你的指纹？那个时候除了你和ALEX，没有别人，现场还留有你的血迹，这你要怎么解释？”

“我要是能解释，还要你们来做什么。”

“臭小子！！”警官一把抓过莲华的衣服，“你最好给我放聪明点！不老实交代对你没好处！”

“老实交代是什么？要我说我杀了人？”莲华捏住对方的手，眼神锐利冷酷，“你想都别想！我不会说的，因为人不是我杀的。”

“莲华，你不承认也没关系，证据确凿，你这样臭名昭著的家伙，几乎所有证词都对你不利！现在只剩些细节而已，要不了多久我们也能掌握，你就等着在少年监狱蹲一辈子吧！”警官放完狠话，拿起椅背上的外套，愤愤地就要出去。

“我要洗脸。”莲华冷不防地开口。

警官咬牙切齿地回头，十七岁的少年没有正眼看他，只是举起被铐的双手，冷冷地重复：

“带我上洗手间。”

秦琴被领进警察局的大厅，坐在角落，接过有人递来的一杯热开水，思绪沉淀。早该知道会被人发现的，她对今早自己没有坚持原则后悔不已。

透过过道的玻璃，一个熟悉的身影晃过，她怔怔地站起来。

“就是那个小子?！哇噻！真是俊俏啊！……可惜！”

听着别人的议论，她又平静地坐下去。刚才虽然只是一晃而过，但，莲华的样子看上去似乎很糟啊。

“秦琴！！”高个子的狄仁风风火火地闯进来，劈头就问，“怎么样?！”

秦琴叹了口气：“哪能这么快，这可是杀人案件。”

“我不相信！这……这怎么可能呢?！”

她没有说话，耳朵里灌满狄仁惊悚的声音。

良久，她木讷地开口：“……狄仁。”

“?”

“要是问到我，我该说什么?”她虚弱地问。

狄仁看了秦琴一会儿，在她身边坐下，握住她冰凉的手：

“就说你知道的，你所认识的莲华。”

她麻木地蹙着眉，她所知道的莲华，突然间竟模糊不已。

洗手间在过道的尽头，莲华一路走得很慢，幽暗的目光晃过来往的人和一扇扇陌生的门窗。

那头，洗手间的门开了，小志走出来。莲华的脚步顿住。

两个人在长长的走廊里狭路相逢。

小志不发一语地低下头，从莲华身边匆匆走过。

擦身而过时，莲华蓦地出声：“是你带警察来的?”

“……是又怎样?”

“不怎样，我只是在想，既然是你告的密，你应该见过然美。”莲华平静地说，“你知道这件事从头到尾都跟她无关。”

小志静了半晌：“她在传讯室。也该有人为你说说好话才行，要不然你就太凄惨了。”冷漠地撇下这句话，他兀自离开。

警署大厅。

“好了，你可以走了，有事我们会打电话给你。”警员接过苏兰填写的联系方式。

苏兰怅然地走出两步，又迟疑着回头问：“请问，最糟的结果……会是什么？”

警察头也没抬，敷衍道：“他还没满十八岁，死不了。”

苏兰怔怔地失神：死不了，那代表会怎样？

走出警察局，KENT·正在外面等她。他没有说话，只是替她叫了辆计程车。

苏兰走到车边，忽然拉住 KENT 的衣袖：“我想走走，你可以陪我吗？”

“嗯，好。”KENT 鼓励地搂了搂她的肩膀。

他们沿着清冷的街一路走着，彼此都没有说话。

她回想起在传讯室里的那一幕。这个警察局，她早已不是头一次来了。两年了，似乎仍有不少人认得她，这大概可以解释他们注视她时的眼光吧。她明白那些眼光是什么意思。她是个出了名的不良少女，小太妹，干过无数坏女孩才干的事，这是她一辈子都摆脱不掉的印记。原本，这些都没什么，因为她有更在乎的东西。可是在传讯室的那一刻，她突然意识到她是多么希望自己能从头到尾干干净净！她本来是可以有机会帮到莲华的，她是那么那么希望可以帮到他！可为什么一坐到那里，她却连头也抬不起来？每一句从喉咙里艰难挤出的话都显得那么没有底气，没有分量。好后悔！为什么她不可以是个品学兼优的学生？这样，至少，就会有人相信她为莲华说的那些话。

抬起头来，落雪寥寥。就像两年前那个冬天的下午。

“好冷啊，”俊美的少年搓着手，望着灰蒙蒙的天轻喃道，“学姐，给我织条围巾吧。”

“什么？”她愕然，拿下嘴里的烟，“可我不会啊！”

他侧头瞥她一眼，顽劣地撇嘴，“那我去找个会织围巾的女朋友好了。”

“莲华！你要求还真低！无论是什么样的女孩子，只要会织围巾就好了吗?！”她不知道怎么就着急起来。

“喂，夜！搞定没有?！”莲华的注意力分散得太快，在她还干瞪眼的时候，他人已朝着街对面的夜跑去，中途，刹住脚步，很可恶地对她回眸一笑，“围巾和女友啊，当然得在我冻死之前啦，不求质量，我只求效率。”

“你以为你是阿拉丁神灯啊！”

那时绽放在雪后的莲华的笑，要命的阳光！让十七岁的她了解到什么叫做“顾盼生辉”。

眼泪模糊了视线。视野所及，全部是白茫茫的一片。

天哪！该怎么办？她要怎样才可以救他？只要能再度看到那样的笑容，她愿意做任何事！

她一直埋着头，麻木地迈着脚步，直到察觉身边的 KENT 突然停住。

抬起头来，她看到迎面走来的小志。

在她还发怔的时候，KENT 已经忍无可忍地冲过去，一把提起小志的衣服！

“浑蛋！亏莲华那么照顾你！你怎么可以这么做？！”

小志不自然地动动嘴：“……我哪里做错了吗？”

“什么？”

“他不是杀了人吗？！我揭发一个杀人凶手，哪里做错了吗？！”

KENT 凶狠的拳头砸在小志脸上，吼声震天：“TMD！就因为你揭发的是他！”

小志被打得倒退好几步，整个人懵懵的，听着 KENT 的咆哮：

“谁都可以去揭发他，连我也可以！但是你不行！你 TMD 随便怎么都不行！”

“呵呵，是这样吗？是这样吗？”小志苦笑着仰起头来，目光投向站在后面，从刚一开始就一语未发的苏兰，“苏兰姐，你说呢？我是不是没有资格？因为莲华的自私，我失去了最重要的哥哥，唯一的亲人，你说我是不是有资格揭发他的那一个？！”

KENT 困惑地回头。

苏兰震惊地睁大眼，嘴唇簌簌颤抖着：“你……都知道了什么？”

“我什么都知道了。”

KENT 的目光来回于两人之间，迷惑不已：“怎么回事？苏兰？”

小志冷冷地说：“那个时候，莲华其实是知道哥哥在上面的，对吧？”

苏兰的脸色一片煞白。

“他居然让哥哥就那么烧死在里面！我最重要的、唯一的亲人！而他事后竟然告诉我他根本不知道哥哥在上面！胆小鬼！他连承认的勇气都没有！”小志浑身战栗地控诉，“知道我为什么这么恨他吗？因为我知道，那个时候如果换了是哥哥，一定不顾自己的性命会去救莲华！就因为这个！就因为这个！我无法原谅他！”

苏兰茫然地看着泪水在小志眼里奔涌，她只听到自己急促的呼吸声。

“害了他的不是我，也不是 ALEX，而是他自己，如果他不是有着暴虐的本性，事情也不会变成这样。现在我终于把他看清了,即使不是这次,不是ALEX,他也迟早会走上这条路。"小志深吸了口气,恢复了平静,最后看了一眼怔在那头的苏兰,"对不起,苏兰姐,我无论如何也无法原谅他。"

那样淡然而可怕的决绝,让苏兰的心一阵抽搐。她木木地注视小志拦下一辆计程车,突然激动地冲过去!

她不顾一切地拉住他——

"听我说,小志!那都是ALEX告诉你的是不是?不是那样的!莲华他是无辜的!他是无辜的!害死你哥哥的那个人是我,是我……"

"你在说什么?!"小志听不明白她的话。这个女人,为了那个自私残忍的人,竟然宁愿成为替罪羊吗?

"真的!害死你哥哥的人是我!"苏兰望着他,疯狂而恳切。

小志盯了她许久,眼神忽地沉下来:"不错,苏兰姐,你也是害死哥哥的帮凶。如果不是因为你惹到那群流氓,哥哥也不会去救你!"他冷酷地推开她,钻进车里。

"小志!"苏兰拼命拍打窗户,可是车子还是决然开走,她踉跄地追上去,大声地喊着他的名字!

KENT赶上来,一把抱住她:"苏兰!你冷静点!"

她绝望地趴在KENT肩头,眼泪决堤:"他错怪他了!不是莲华的错!都怪我,全部都怪我!"

"好了,谁也没有错。"他对之前的事知之甚少,只能这样勉强安慰着。

"不,你不懂!"苏兰艰难地摇头,泣不成声,"莲华他是无辜的!全部……都是我的错!"

然美端坐在开着暖气的房间里,却比在外面受冻还备受煎熬。

无法从她口中问出什么,女警失望地瞥了她一眼,吩咐她好好休息一下,然后留她一个人在这狭小的空间里。

然美疲惫地伏在桌面上,闭上眼,想起昨天。哪怕,能回到昨天也好……

她想要帮助莲华逃走,是不是一开始就错了?

过了不知多久,女警开门进来,告诉她她的家人在外面,她可以离开了。

然美吃惊地抬头。

女警和煦地一笑:"他都承认了,与你无关。"

她惊骇,眼睛慢慢睁大:"与我……无关?"

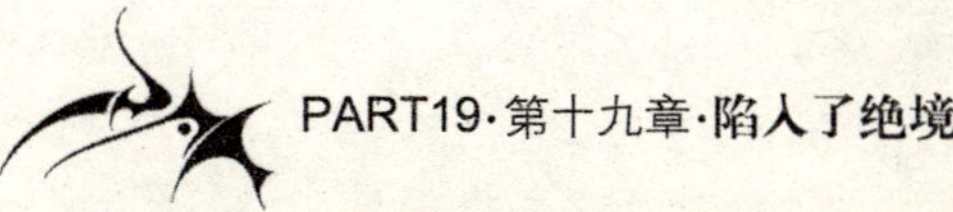

“嗯，他承认是他逼迫你和他维持这样的关系，是他威胁你去买车票，并且恐吓你不许说出来。”

然美倒吸一口冷气：“我……我要见他！”

女警诧异：“见他？有意义吗？”

“他怎么可以承认这些?！根本不是这样的！为什么你们只肯相信假话?！”

女警同情地看着她，那眼神，仿佛是在观看一只精神失常、仓皇无辜的小动物。

然美噤声，忽然觉得无比绝望。

“好了，我们出去吧，你父亲来接你了。”女警打开门，轻推她的背。

她麻木地走出去，白花花的灯光一拥而来，几乎要刺伤她的眼睛。

“然美！没事吧？”

父亲是什么时候赶来身边的，她压根儿没有印象，只能木讷地抬头回应：“对不起，让您担心了，对不起……”看见父亲充血的双眼，她觉得好抱歉！她是个失败的女儿，失败的姐姐！

“没事就好。”陆乔爱怜地揉揉然美的头发，“我去办一些手续，马上就来。”

她被再度搁弃在喧闹的人声中央，承受着四周投来的有意无意的视线，她错觉偌大的空间里有什么正在缓慢地膨胀、变形，化成一只巨大的、无声的怪物，向她袭来……

大门被很粗暴地推开！猎火急火燎地赶进来，眼光焦急地四处寻觅，终于落在那个靠墙站立的茫然无措的身影上：“然美！”

那些白光和注视铺天盖地将她网住，她呆立在原地不知所措。

怎么办？坚持不下去了！这些陌生沉重的、不友好的视线让人害怕。

眼泪夺眶而出的一刹那，一个高大的身影护在她身前，挡住那些灼灼猎奇的目光。

……猎！

她被猎抱进怀里，除了他火一样的怀抱，什么也看不到，什么也感觉不到。他用身体为她筑成一个小小的城堡，让她可以安心。

在猎坚实的怀抱里，她变回很小很小的孩子，毫无忌惮地哭起来。

当莲华再度睁开眼，四周已一片漆黑。他难过地动了动身子，才发觉两只手依旧被铐在椅子上。浑身无力，脖子也酸了，一个晚上的刑讯让一向精力旺盛的他也近乎体力透支。好像一天没有吃东西了，他打趣地想，到现在还没有发飙，算不算是个奇迹?

周围很安静，估计已经是深夜了吧。他想把头靠在桌上睡一会儿，但是手向后绑在椅子上，根本不由他动弹。

徒劳地挣扎了一番，手铐和椅子发出剧烈的碰撞声，直到呼吸变得急促、手腕擦出血丝。

“可恶！”他放弃地仰头靠在椅背上，凌乱的发在额头丝丝缕缕地沉下来、垂散开去……他贪婪地吸着气，冷空气灌满肺，冻得呛人。

“干吗这么冷……”

干涩的自语，被黑暗吞噬。

门外，有脚步声。

“夜路走多了，总会撞鬼的。”一道熟悉的揶揄响起，有人推门而入。

灯亮了，莲华的眼睛不适地眯上。待适应了眼前的亮光，才认出靠在墙边吞云吐雾的墨镜大叔。

严格地说这次不能叫他墨镜大叔了，因为他难得地没有戴墨镜，有着一张消瘦的脸，眼睛一点点凹陷进去，却炯炯有神。

“是你啊。”莲华无精打采地说。

墨镜大叔端详他良久，苦笑：“你的样子真惨。”标准的困兽，全身被缚，只余眼神照旧凌厉。他吐了口烟，在莲华对面坐下，“莲华，我跟负责你案子的警官谈过了。你可以把事情都告诉我，我或许可以帮你。”凭他在警察局多年的老资质，这样的人情大家不会不卖给他。

只可惜面前这个还不领情：“你是谁啊？上帝吗？”

“为什么这么悲观？难道你真的杀人了？或者你打算承认自己杀了人？”

“……”

“莲华，我跟他们不同，他们是想找到凶手早点结案，而我，是真的想帮你，你明白这其中的区别吗？”

莲华抬头凝视他，“……为什么帮我？”

“个人原因，我可以不回答吗？”

“随便，只要能帮我出去，就算是恶魔，我也答应。”

明明那么想要自由，刚才干吗嘴硬？墨镜大叔不动声色地笑。这个莲华，终究还只是个不甘心的孩子。

“好了，那我们开始吧，我看过你的问讯资料，”墨镜大叔正襟危坐，“还有几个不明白的地方要问你，你说你没杀他，那你怎么解释凶器上有你的指纹？”

“……我握了那把刀。”莲华皱眉，有点不耐地回答。

“也就是说，你想过要杀那个人？”

沉吟，过后是麻木：“算是吧。”

“什么叫‘算是吧’？”墨镜大叔颇意外地问。

“你问这个干什么？我没有杀他！要我说多少遍？！我是想杀他，几百年前就想杀他！因为他该死！但是我没有！可恶，你到底是不是要帮我？！”

墨镜大叔耐心地等着莲华发泄完毕，猜想着如果这小子现在不是手脚被绑，估计面前这张桌子免不了受重创。待莲华安静下来，大叔长长地吐了口烟：“喊完了吗？”

莲华筋疲力尽地安静下来。

“喊完了就听我说。你知道什么叫做杀人动机吗？除了物证，就属这个最大。”大叔敲敲桌子，“看看你在口供上说的那都是什么？那都是一堆屁话！什么叫你想杀他但是你没动手？你知不知道你这么一说，不但物证有了，连动机都有了！你平时不是挺聪明的吗？这次怎么这么蠢？生怕全世界不知道你想杀他吗？”

回应他的是莲华倔犟犀利的眼神。

“因为我是想杀他。现在更想了！要是他还活着，我发誓不会让他死得这么轻松！！”

“你给我冷静点！现在在这里诅咒发狠有什么用？！”墨镜大叔也被激怒，“你有动机，有物证，现在再强调那些有什么用？！如果你没有杀人，洗脱嫌疑的唯一办法就是找出杀人的真凶！听好，我要你好好想清楚，除了你之外，还有没有人会杀他？那天晚上除了你和他以外，还有没有别人在场？”

“……”

“怎么不说话？”从莲华突然的沉默中嗅到一点儿不寻常，墨镜大叔警惕地问，“当晚究竟有没有其他人？”

“没有。”莲华异常平静地说。

墨镜大叔皱眉，但也知道某些被莲华认定的事情即使再追问也是枉然，于是认命地说：“好吧。也就是说，现场除了你和 ALEX 没有第三个人，凶器上有你的指纹，你也有想杀他的念头，但你又的确没有下手，对不对？”

“……对。”

“假设这些都是事实，那么，还剩下最后一个问题，”凹陷的眼睛目光灼灼地看着莲华，“……当时，你为什么没有下手？”

这个问句带来一阵沉寂。灯光如一潭死水，照在莲华有些乱的黑发上。

“……我想保护她。”

“？”

“……刀快要落下去的时候，我突然……很想见她……”

虽不解于莲华的呓语，但墨镜大叔似乎能猜出他口中的“她”是指谁。

莲华埋下头，双肩在簌簌颤抖，似乎有些坚持不住了：“……帮帮我！我的命也好，人生也好，也许是不值钱，但我不甘心变成这样！”

墨镜大叔的表情怔怔的，他印象中的莲华，从来不曾这样恳求，这么卑微，这样脆弱。

“……如果没有遇见她就好了，可是怎么办？已经遇见了！我不甘心！为什么会变成这样？！我不想变成这样！……”

清醒的夜晚是恐怖的，会让人想起太多事来，快乐的事变得悲伤，悲伤的事更加地悲伤。

他想起和夜、学姐、小志在一起的时光，想起失去夜的那个夜晚，想起在自动贩卖机处第一次见到然美的情景，想起他坏心眼地将她一个人丢在森林里，想起在二十层楼的屋顶那些酣畅无比的 LIVE，想起 ALEX 临死前的话……

莲华，你跟那个女孩，真的一点儿也不适合……

也许，被那个浑蛋说对了。

今天上午，他透过走廊的窗户看见她一个人站在人群里，小小的身影显得茫然无助。他怔住，想不起自己是怎样把这个无辜少女的生活搅得一团糟的。

要是时间能倒回从前，他会从那台贩卖机前冷漠地走过，不去碰触她，让她按照自己的方式，永远生活在平静运转的世界里。

而他，情愿带着那太多太多的不甘心，守在远处……

第二十章

真正的凶手

PART 20

你会继续像个白痴一样喜欢她下去吗?

学校里,各种传言纷至沓来,气氛一触即发。

然美收拾好东西,在同学们或同情或无奈的目光中走出校门。火红的摩托车停在大门外,猎从机车上下来。

"我送你回去。"他走过来拿走她的书包。

然美正要说谢谢,目光忽然转向别处。

猎回头,身后,短发的年轻女子神色憔悴地站在不远处,望向这边时,她的表情透着一丝尴尬无助。

"学姐?"然美疑惑地走上前。

苏兰抬头看了看然美身后高大英俊的褐发少年,犹豫着对然美说:"你能……陪我一会儿吗?"

她们坐在公园的长椅上。然美静静地陪着埋头不语的苏兰。

入冬了,稀薄的树荫下,凉意正浓。

"……对不起,以前对你说过很自以为是的话。你现在,还愿意听我说话吗?"苏兰低首,讷讷地问着身边的女孩。

然美点头:"嗯,我愿意听的。"如果说出来会让你稍微舒服一点的话。

苏兰打量身边的女孩,笑容淡淡的:"我觉得,你有种魔力,好像无论对你说什么,都错不了。"不张扬,不做作,只是安静地倾听,这个叫做然美的女孩有着富于同情的温

柔。

然美只是腼腆地笑："我没什么魔力，但是，身边的人愿意对我倾诉，真的会让我很高兴。"因为她不会别的，帮不了什么大忙，能做的，也只有这么一点点。

苏兰垂眼看着地上的影子，喃喃开口："……我不知道该怎么办？什么都憋在心里，如果不找个人说出来，我会受不了的。"她抬头凝视然美，"你知道……小志的哥哥许夜的死吗？"

"……嗯，那天晚上莲华告诉我了，"然美的眼底有难掩的黯然，"他很自责……"

苏兰苦笑："看来他还是没有真的告诉你。其实他不需要自责的，因为他那时根本不知道夜在火里。"

"？！"然美惊讶，"可是……"

"全都是我的错，"苏兰平静地打断，"莲华他是无辜的，是我欺骗了大家。……那天晚上，大家本来约好了在许夜家庆祝，但是，我却在路上遭人绑架。那群人是我惹上的，莲华因为帮我也得罪了他们。他们把我绑到那栋宿舍楼，打了电话给莲华，还有夜，威胁说要把房子烧掉。后来我昏了过去，但是在那之前，我看见夜赶来了。那个时候说什么放火，我以为他们只是开玩笑，可是醒来，房子真的着火了！莲华救我出来后，我却一直没有告诉他其实夜也在里面。我那时躺在地上，莲华就守在我身边，他一直在拨夜的手机，样子很焦急，他是真的就要冲进去了，但是……我在那个时候骗他说'放心，夜不在里面'，"苏兰说到这里，深深地吸了口气，这句简单的谎言，成了困扰她两年的心结，"那高温很可怕……我从前不相信所谓的预感，但那时，心里好像有个声音在喊：'不可以让他进去！'况且，那时已经叫了消防车了！我觉得消防车就快来了！我觉得他们一定能平安地救出夜！可是……真的，我怎么能脸不红心不跳地说那样的谎话呢？……不过，只有一点我没有撒谎，"她激动地说，"那时的火真的很大，真的很大！只有这一点我发誓我没有撒谎！"

然美惊骇地听着这一切，无法做声。

"在莲华看来，错的是他，因为他曾认定夜就在火里却没有行动。他会一个人承受这些，是因为他不知道我那时撒谎了，因为他相信了我，就算最后错了，他也以为我是无辜的。的确，有谁会相信呢，我会撒那样的谎？太疯狂了！……在这之后我不断地说着对不起，但是多少对不起都不能弥补了，我害死了夜！然而莲华一直都只是自责，没有责怪，他还安慰我，说没有必要说对不起，因为那不是我的错。可是……可是他不明白那些对不起代表什么！"苏兰抽噎着，"因为害怕莲华不会再原谅我，所以我一直在掩盖

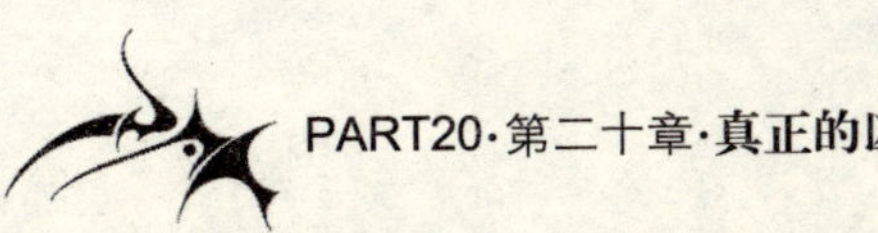

真相,想装作若无其事,可是,我却让莲华代替我被憎恨了。现在发生这样的事,我知道凭我是帮不了莲华的,即使去找小志也无济于事,可是,最起码我不能让小志误会他憎恨他！我去找过小志,但他甚至不愿意听我说一个字！"她绝望地抬起头来,"……我很卑鄙,是不是？所有人都会骂我的对不对？"

然美说不出话来,矛盾的情绪排山倒海。她想着,如果那天晚上换作是她,又会怎么做？在燃烧的大火前,她觉得,问题仿佛已不是该不该让莲华冲进火里去救许夜。小志对莲华的恨,究竟是因为"眼睁睁地看着夜在火里",还是"为什么撒谎说不知道夜在火里"？

"……对不起,学姐,我不知道该说什么。"她望着苏兰的侧脸,"也许……是你让莲华一直内心有愧,但也许,因为你那时说了谎,今天我才能遇见他。"

如果那时莲华真的去救夜,会有怎样的结果？也许两个人都能获救,也许其中只有一人获救,也许谁都不能获救。然而苏兰学姐的一句话决定了一切。不管结果是好是坏,一切已经无法挽回,上帝只给了人们抓住现在的能力。

所以,最重要的,是现在。

风华学院。

走出校门的时候,小志有点不敢相信自己看见了谁。

那个叫陆然美的女孩,居然会在门外等他。

他抿抿嘴唇,提了提肩上的书包,目不斜视地走过去,不想答理她。

"小志,等一下！"然美拦住他。

小志无奈地停下,却只是不发一语地回视她。莲华的朋友,就算以前也是他的朋友,现在一律和他形同陌路。

"你能不能,去看看莲华？"然美恳求道。自从两天前从学姐那里得知了真相,她一直犹豫该不该把实情告诉小志,在风华学院门外彷徨了很久,但刚才见到小志的一刹那,她恍然顿悟:即使现在把一切都推到学姐身上,又有什么用？仇恨并没有消失,只是转移了而已。于是此刻,她只是想要确定和争取一些东西。

小志斜斜地看了她一眼:"我跟他之间现在还有什么好说的吗？"

"难道……除了那天晚上,你们在一起的每一天都是假的吗？"

小志恨恨地睨着她:"你说对了,我现在的确这样觉得！"

然美怔怔地望着他,再无话可说。

"学姐还是快走吧,你这样穿着制服出现在风华学院的大门口,是会惹麻烦的。"轻蔑地丢下一句话，小志头也不回地离开。

然美这才发现，前前后后已站满风华的学生，每一个的表情都不怀好意。

“同学，你到风华来有何贵干啊？”为首的头领已经发话了。

“对不起，我马上就走。”她慌忙转身，却被一排人堵住去路。

“喂！你以为这是什么地方啊？能允许你随便要来就来要走就走吗？”头发帅气地立着的风华的老大讽刺地笑道，“你以为你还被人保护着不成？”

“你们……非要这么落井下石不可吗？难道就不可以有一点同情心吗？”然美忍不住还击。

“哟，口气倒蛮硬的！这可是在风华，你就不害怕吗？”

“……我不害怕，”然美意外地很平静，“因为……我觉得你们不会打女生的。”

风华的头领略吃了一惊，笑起来：“这可不一定哦！”他率领身后的一票人集体上前一步。

“都不许动！！”

就在这时，校园里传来一声振聋发聩的命令。众人齐齐震惊地回头。

在分开的人影中，然美赫然看见站在人群那头、眼神冷酷的流光。他扫了一眼周围的人，从他们中间径直走过来。头发依旧是调皮的鬈发，校服依旧穿得不规矩，但此刻的流光却全身散发着凌人的气势。没有一个人开腔，所有人愣在原地。

“我们走。”他牵过然美的手，往门外走。

过了好半天，校门里才恍然响起一声怒吼：

“沈流光！妈的！你给我站住！”

这时，流光很嚣张地回眸笑笑，抓紧然美的手，飞快地逃逸！

秦琴正独自在办公室批改试卷，忽然接到狄仁的来电。

“喂。”她有气无力地接了电话。

“秦琴！太好了！案子水落石出了！人不是莲华杀的！”电话那头狄仁的声音听上去兴奋得有点惊悚。

消息来得太突然，秦琴半天没缓过神来。

“秦琴！你听见了吗？”

“……狄仁，你……没喝醉吧？”

“哎呀，我这样的模范青年怎么会喝酒？！我现在就在警察局，莲华那小子早就离开了，他说不定待会儿会自己给你打电话的！”

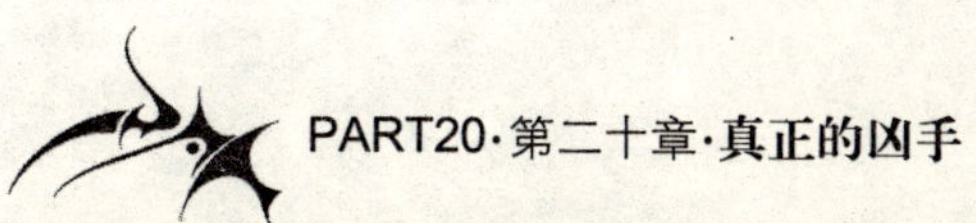

狄仁精神抖擞的声音终于让秦琴确定没有听错，激动地站起来，只要莲华没事，其他一切都不重要了！不过，她忽然有点挂心地问："那凶手到底是谁？"

"哦？这个，哈哈，我一兴奋都忘了问了！那我去问一下，待会儿再打给你！"他匆匆挂断电话。

秦琴坐下，真正地如释重负。

几分钟后再度接到狄仁的电话，一切终于真相大白。似乎有人从凶器的指纹里发现了蛛丝马迹。刀上只有莲华和ALEX两个人的指纹，所以一般会判定凶手是莲华，但是从凶器切进致命伤口的角度和方向来看，以莲华的握刀位却是绝不可能办到的。但是ALEX手握刀的位置，与凶器进入身体的角度，却异常地吻合。

凶手其实是ALEX自己。

秦琴坐在偌大的办公室里，为一个连面都没见过的疯狂男人惊出一身冷汗。一个人究竟要偏执到何种程度才会做出宁愿与对方同归于尽这样恐怖的事？她无法揣摩那种黑暗的念头！但是，为什么要选中莲华？为什么一定要葬送一个不过十七岁的少年？为什么非要是他不可？！只要一想到莲华险些沦为那个变态男人的陪葬，她就无比后怕。

现在想想，莲华的确也握过那把刀，也许他是真的想要杀之而后快。正确与错误，只在一念之间，无论在那一刻是什么挽救了莲华，她都无限感激，对了，还要烧香拜佛感谢那位不知名的福尔摩斯先生，她解恨地想，总算没让ALEX那个偏执的变态者阴谋得逞。

接下来，就让一切进入正轨吧。

晚上九点，流光正领然美逛着夜市。

今晚的夜市异常地热闹，人声喧闹，灯光流溢，街道上四处飘逸着美味的香气。

"啊，然美，你一定要试试这个，这家的章鱼烧一级棒！……对了，还有那边的新疆羊肉串，虽然是冒牌新疆人，不过不妨碍他的味道啦！……啊！我们等会儿还可以试试捞金鱼！我玩那个是高手，老板见了我都会跑……"

知道流光在努力哄她开心，然美不想扫他的兴，尽量笑着，却还是显得心不在焉。

望着然美兀自向前走的背影，流光脸上有了丝受伤的迹象。

"然美，等一下。"他突然张口叫住她。

"嗯？"她停下来，转身纳闷地望着他。

流光抿了抿嘴，轻轻走到她面前："知道我为什么让你停下来吗？"

"……为什么？"

"你好像……没有看见……"流光神色怅然地抬头，手指向右边……

然美跟着转头，目光吃惊地凝住——

礼品店的门前是一棵巨大漂亮的圣诞树！就在她的眼前，就在他们身边，居然……就在这么近的地方。

她迟钝地望着那棵闪耀的圣诞树，上面洒着美丽的六角冰晶，挂满五颜六色的礼物和大大的毛茸茸的袜子，还有星星状的小彩灯，就像童话中那样美好。在它的背后，女生们簇拥在礼品店里，笑声融融，MERRY CHRISTMAS 的问候声像糖果一样洒落人间，欢歌笑语不绝于耳。

快乐的圣诞歌曲正在城市上空丁丁东东地响着，她却一直没有听见。

"今天是圣诞夜，然美。"流光轻声说，笑容苦涩又无奈，仿佛是在唤醒沉睡在梦中不肯醒来的公主，"如果你都没意识到的话，我会不好意思说……圣诞快乐。"

"对不起，"然美低下头，抱歉地笑了，"……我好粗心！"

铃儿响丁当的歌声蹦蹦跳跳地传来。

"预祝你们圣诞快乐！"

背着大包裹的圣诞老人将两顶纸折的彩色尖帽戴在两人头顶，笑着挥挥手，一摇一摆地继续分派礼物去了。

流光仰起头，望着远处的尖顶，突然心血来潮："然美，我们去教堂吧！"

教堂吗？那个会聚了大家心愿的地方。她微笑着点头："……嗯。"

远远地，传来教堂的钟声，和着人们温馨的祝愿：

"圣诞快乐！"

"MERRY CHRISTMAS！"

"平安夜快乐！"

……

就连街心公园里也举办起各式各样迎接圣诞的节目，其乐融融的场面一直持续到半夜。

莲华独自坐在公园的长椅上，抱着双臂，闭着眼睛，仿佛睡着了，头发和衣服上点缀着细密闪亮的雪。他就这样安静地颔着首，一动不动，像王子一样俊美，天使一样剔透，不禁让路人以为这又是平安夜里为吸引眼球而别出心裁安排的一道风景线。

鼻翼有冰凉的感觉，莲华蹙眉，点滴的清冷濡湿了睫毛，簌簌睁开的时候，雪花正

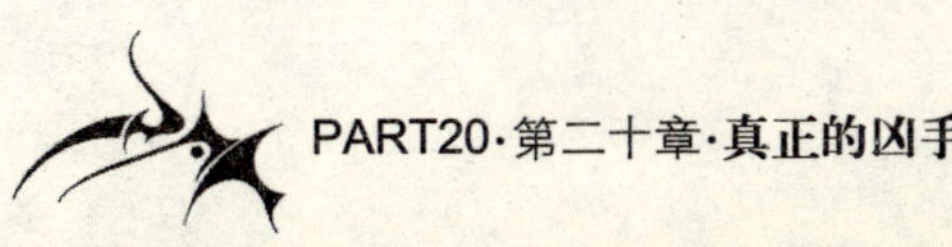

纷纷扬扬地落下。他的肩上、围巾上已落满茸茸的白色。夜空很黑很深，周围的人声消失了，华丽的平安夜陷入甜美的睡眠。

有种时空错乱的感觉。

六个小时以前他还在警察局狭小的房间里，听着窗外缥缈动听的圣诞旋律，绝望地等待着厄运降临。忽然有人告诉他他没事了，可以回家过圣诞节了。墨镜大叔还提着装凶器的口袋在他面前晃，得意地说什么"解铃还需系铃人"。一切来得太突然，也去得太滑稽！他完全不信任的上帝他老人家在平安夜里意外地对他显恩了！可是就在几分钟前，他还在脑海里用最恶毒的方式诅咒着已死去的 ALEX，以及所有他痛恨的人！甚至构思着希望渺茫的报复！

ALEX 原来是个天才啊，竟然算准了他会杀他，差一点点就得逞了。其实已经成功了，因为他的脑袋此刻已经全被肮脏邪恶的念头涨满，腾不出一点空间去想一想眼前美妙的圣诞节了。实在很讽刺，他恨不得杀了的人，竟然才是最了解他的人。

耳边回响起墨镜大叔的话："那个变态就是要毁了你，所以你才更不可以遂他的愿。莲华，你要过得很好才是对那家伙最好的报复！"

还有负责他案件的男人冷嘲热讽不甘心的话："这次算你走运。不过，其实都一样，你自己心知肚明，下没下手没太大区别，你已经有了犯罪的念头！莲华，第一眼看到你我就知道，你跟他们是不一样的。"

两个人对他的未来似乎都表现了过多的热情，只是他们各执一词，他不晓得该相信谁。

拿出手机看了看，凌晨一点多，他呼了口气站起来，继续等待。

身后有脚步靠近。

"喂，你出来怎么也不说一声？"是流光。

莲华正搓着手取暖，闻声，恼火地转身："沈流光！你怎么迟到这么久？！"

"不能怪我，我手机没带在身上，回到宿舍才看见你的短信。"流光耸耸肩，又说，"喂，你还没回答我，然美知道你没事了吗？你怎么不告诉她？知不知道她有多担……"

"今天晚上在夜市我看见你们了。"莲华冷漠地打断他。

流光愣了半晌："……是吗？那你怎么不叫我们？"

莲华懒懒地靠回长椅，无聊地摆弄起手机，语带酸味："……那种情况下我怎么好意思去打扰呢。"那个时候他就站在大约十步远的地方，默默地看着两人。不需要躲避，因为她根本没有发现他。但是他却看得很清楚，当时她脸上幸福温暖的笑容。

他嫉妒了，也被伤害到了……

“根本不是那么回事！只是因为然美这些天都无精打采我才想让她高兴一些，毕竟……”流光顿了顿，很孩子气地说，“……毕竟今天是圣诞夜。”

“噗……呵呵……”莲华忽然情不自禁地笑出声来，他埋着头笑了好一阵，清朗落寞的笑声在寂静的树群间回荡。

“有什么好笑的！”流光板着脸。

莲华忍住笑，歪着脑袋从头到脚端详流光：“喂，沈流光，我越来越觉得你和然美才是绝配。”

“可恶！不要拿她开玩笑！”流光一个箭步上前，一把拽住莲华的围巾。

“好的，我不开玩笑，”莲华连连用两手挡他，笑着问，“那你回答我一个问题好不好？”

“……什么？”

“你现在，是不是还喜欢她？”

流光松开手，直起身，隔了一会儿，开口道：“我……之前已经放弃了，现在也不会反悔，但是，”他凝视莲华，“抱歉，我大概还会继续喜欢然美，只有这个是控制不住的，因为我不想去控制喜欢她的心情……”

“白痴。”

流光羞愤地攥紧了拳头：“莲华！你不要老是戳了人家伤口还来撒盐！”

莲华手枕着下巴，饶有兴味：“她那样笨得要命的女孩，为什么还会喜欢她？喜欢她的人……都是白痴。”尾音自嘲地拔高，他弯弯的眼角有了明亮湿润的笑意，“不过，听到你这样说，我就放心了。你会继续像个白痴一样喜欢她下去吧？”

“莲华！！”

“那我就放心了，我真的放心了。笨蛋和白痴，我真的放心了。”

第二十一章

遥远的守候

PART 21

你不是一个人,我也不是……

圣诞这天早上,东林的校园里几乎所有人都在议论:莲华要回来了!

然美惊喜得顾不上去在意为什么她没有更早地得知这个头条消息,匆匆地拨了莲华的手机。

电话嘟嘟地响着,她按捺着莫名激动的心情:抱歉,莲华,这么早给你打电话!你现在一时还不会来学校吧,但是我只是想早点听到你的声音!

电话嘟嘟地响了一阵,被很突兀地挂断。

然美怔了一下,放下手机。他现在一定不希望被人打扰,嗯,对的,她应该体谅他。她静静地合上手机,双手握着,在心里默念着什么。

第一天过去了,接着是第二天、第三天……不知不觉,莲华已经有一个星期没有露面,手机一开始是无人接听,最后演变成一直关机。

这个周末,然美去了那栋单身公寓,莲华不在那里,甚至连恺撒也不在。她无措地坐在门前等了一下午,直到夜色笼罩。

匆匆地又赶去了SERENADE,没有找到莲华,却找到了恺撒。

“恺撒,它怎么会在这里?莲华呢?”

“别提了!”KENT猛抽了口烟,“那个杀千刀的家伙,说人家在他家里乱拉屎,硬要把恺撒兄转移到这里来!我的靴子都被咬坏好几双了!对了,莲华到底跑到哪里去了?ANGELA到处在找他!”

她才知道原来ANGELA和KENT也不知道莲华的去处。

抱着一线希望打电话给苏兰学姐，她却说也一直联系不上莲华，还说，她觉得……有点害怕。

然美疲惫地靠在路灯下，雪花在朦胧的光下缓缓降落，她的心跳却越来越不安。

当迟钝的她终于意识到不对劲的时候，莲华仿佛已经人间蒸发一般，消失得干干净净。

一月四日，全市高中篮球赛开始了，一年级一位很有潜力的学弟顶替了莲华的位置。

一月十五日，东林学院篮球队惊险地卫冕成功。

一月十九日，忙碌的学期末临近。

莲华已经快一个月没来学校。

秦琴看着教室后方空空的位置，总觉得无比刺眼。教导主任紧箍咒不止一次询问莲华的下落，并让她转告他："期末考试前还不来的话就等着被开除吧！"

可是到处都找不到人，她也很无力啊。那样可怕的突发事件，似乎彻底改变了莲华。在警察局最后一次见到他时，他忧郁的眼神，让她无言以对。没有人知道他为什么突然不见，但所有人却又好像知道一点点。

蒋泰山恢复了惊人的气势，经常在教室煽风点火，号召全班团结起来抵制紧箍咒的不良企图，天天下课后都有人跑来签名。秦琴咂舌，还没到期末，看来熟悉莲华秉性的各位已经算准他到时不会回来了。

办公室里，物理老师曾冷嘲热讽地说："开不开除都一样，反正我看那家伙是不会再回来了。还搞什么公车上书，一群无聊的小子！"

"开不开除对您来说或许很无聊，"秦琴忍不住回击，"不过，那群无聊的小子只是要为他们的同伴保留教室后面的那个位置。"只要不被除名，莲华就还是高二六班的一员，他们会耐心地等他回来。大家……是这样想的吧？"同伴"这个词，多么奢侈，不是每个人都会懂得的。

"真的吗？到学期底紧箍咒就要开除莲华？！"食堂里闹哄哄的，这些天都讨论着这个核心话题。

"啊！要是莲华被开除了，来学校就都不好玩了！"唯恐天下不乱的分子们也无精打采地抱怨。

"对啊对啊！我还记得上次的 PROJECT，他翻上二楼的窗户把朱梨盗出来，好浪漫

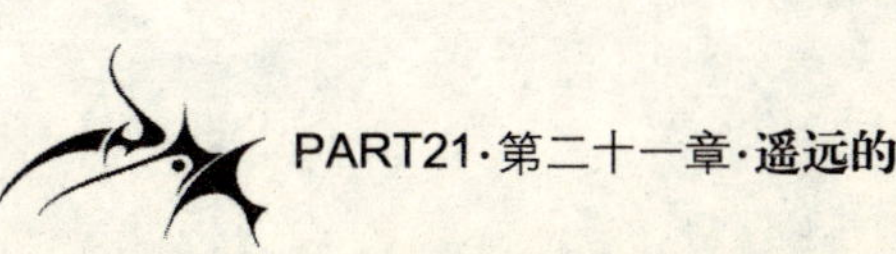

啊！”女生们开始不由自主地发花痴。

“还记不记得四月一日那回，教导主任去捡被贴在地上的硬币，呵呵，我笑得肚子都痛了！也难怪紧箍咒会这么恨莲华！”

有男生激动地站起来：“莲华不能被开除！比起紧箍咒，莲华对东林的贡献大多了！”

大家群情激昂地附和着，比如，少了莲华东林就缺了一骨灰级美男，少了莲华就不会有诸如必杀问系列那样好玩的东东，少了莲华校篮球队就失去一大主力前锋，少了莲华就不会有人在他们被别校的学生打劫的时候出手相助（尽管他要瓜分走一半之多），少了莲华东林男生的整体素质(比如平均身高)就会下降，少了莲华紧箍咒在学校就会越来越肆无忌惮……

东林这个超级无厘头又乌烟瘴气的地方，怎么能没有莲华？

就这样，紧箍咒在全校极大的抗议声下，一再推迟着开除莲华的最后期限。一直到考试前最后一周，那个位置依然安静地为他保留着。

周末又开始下雪，狄仁搓着手，赶来学校取他忘拿走的东西。

偌大的校园弥漫着清冷忧郁的气息，光秃秃的枝桠，湿漉漉的红色跑道，人工的绿茵草坪也披上一层霜，篮球架孤零零地面对面站在操场一角。

面对这一片萧索，狄仁有点伤感地锁上办公室的门，转身正要下楼时，视线却蓦地被操场上一个熟悉高挑的身影吸引！

雪花在那道身影周围寂寞地飘洒。这么冷的天，依然穿着校服，黑色的制服和白色的衬衫穿在那副好看的身材上，俊逸之气悠悠散发，连仰起头深呼吸的动作都那么洒脱不羁。狄仁终于确定自己没有认错人，他突然有种想哭着痛揍那家伙一顿的冲动！

莲华并没有留意到阳台上的人，他绕过操场，慢慢地朝教学楼走来。

“莲华——”见莲华靠近，急性子的狄仁终于忍不住，一声震天咆哮。

莲华抬头，怔了一下，果然毫不含糊地转身就跑。

狄仁恨自己不该打草惊蛇：“既然来了干吗要跑?！！莲华——你给我站住！否则……”

莲华哪里会睬他，狄仁咬咬牙，看来只好使出撒手锏了！

莲华一口气跑了老远，还在想狄仁那笨蛋怎么可能追上他，背后忽然嚓嚓的一响，他惊怔地回身。狄仁赫然从天而降！尽管左脚很不给面子地跛了下，他还是迅速调整好正气凛然的姿态立在莲华跟前。

莲华倒吸口气，退后一步，看狄仁的表情，那一脚估计扭得不轻。要是他趁现在跑掉，狄仁的另一只脚就算蹬着风火轮也未必追得上他，可是，他却奇怪地没有逃开。

"你知不知道再有一个星期你就要被开除了？！"狄仁龇牙咧嘴，朝莲华劈头盖脸地吼道。

相比狄仁的恨铁不成钢，莲华则是一脸满不在乎："想开除就开除吧，我不介意。"

"浑蛋！！你不介意也要替你老师想想！还有你的那些同学，大家都在想办法让你不用被开除，你居然是这副吊儿郎当的样子！"

莲华下意识地皱眉，抬眼睨着狄仁，眼神极其复杂，然后冷酷地说："让他们不用自作多情了。拜托你去告诉他们，说我根本就不领情。"

狄仁蹒跚地几步跨过来，霍地一把提起莲华的衣服："这样的话，要说你自己去说！！可恶！"他不晓得怎么搞的有点老泪纵横的感觉，"这个校园……真的没有一点值得你留恋的地方？"

莲华凝视高大的狄仁许久，慢慢张开嘴："……有的。"

那样感伤的声音，狄仁怀疑自己听错了。

"老师你的光头，秦琴那家伙的魔爪，明娜的大嗓门，蒋泰山，小丸子，基地，PROJECT……"

狄仁怔住，听着莲华一件一件细数着关于校园的记忆。一个人的记忆，原来是可以这样细致入微的。他本以为这个男生真的洒脱到可以什么都不在乎，什么都丢得下……

可是，如果他真的是他们眼中那么潇洒的莲华，今天，也就不会出现在这里。

雪花在校园上空翩翩飞舞。

"……这样就够了。"莲华凝视狄仁，声音静如止水，"我不再需要别的东西了。"

狄仁的手僵僵地松开。他突然又意识到不可以放开，急忙想要再次拽住莲华。

疾如流星的拳头袭来，闷闷地捅进狄仁的腹部，待他缓过劲来，莲华已经跑到他追不上的距离。他拖着扭伤的脚踝，仍穷追不舍。

"莲华！！你给我回来！！"嘶哑的声音回荡在校园里。

莲华骑上车，发动了引擎。

"莲华！这才是属于你的地方，"狄仁孤注一掷地大吼，"和大家一起笑闹，和大家一起打篮球，和大家一起毕业，难道你不想吗？！别去管那些该死的家伙跟你说的话！你和我们大家是一样的！！——"

黑色的摩托车在风雪的旋涡中绝尘而去。

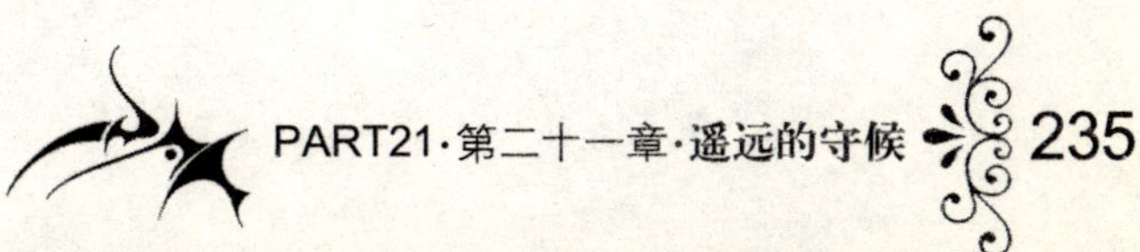

然美坐着猎的车，再次来到莲华的单身公寓。猎每天都会载她过来，陪她一起见证这些古董式的房子在冬季逐渐萧索的过程。还是那样泛黄的楼，她抬起头来，冬日清冷的光自房顶的一角流泻下来，落进眼睛里，暖暖地好像要呛出眼泪。然美虚着眼，记起第一次来莲华家时的情景。

“你仔细看对面公寓从上数下来第二层、从左数去第四间窗户！”

“那里有什么东西吗？”

“那里有一台天文望远镜。”

“啊！好厉害！住在里面的人，是天文爱好者吗？”

“不是，他是个偷窥狂。”

不过现在这个方位，好像看不到那个发光的点。也许，永远也看不到了。

猎在一旁不发一语地看着她，他曾答应陪她来找莲华，直到她死心的那刻为止。但现在他怀疑，她是否真的会死心。一个月的时间，他载着她几乎跑遍了城市的每一个角落。也许，只要这间屋子还存在，她就是不到黄河心不死的。

然美怀着渺茫的希望走上楼，赫然发现莲华的房门是半开启的。

“莲华?!”她激动地推开门。

KENT 蹲在屋中央，正在收拾东西。一个陌生男子和一个欧巴桑站在窗边。

“莲华呢？”然美讷讷地开口，忽然惊讶地发现屋里乱糟糟的一片，一些东西被打了包搁在一旁，“你这是要干什么？”

女孩仓皇的样子让 KENT 忍不住抱歉：“对不起，莲华托我来收拾些东西。房子要租出去了。”

“租出去？”然美难以置信，她抱着的最后一线希望也要失去了吗？“他……他有找过你？”

“没有，只是给我留了言。”KENT 掏出手机递给她，“还有，恺撒在苏兰那里，你随时可以去看它。”

然美恍惚地看着手机上的留言。

窗边的年轻男子最后四下看了看，对欧巴桑说：“看起来还不错，你开个价吧。”

“月租五百。”欧巴桑客气地笑笑，“如果租季度的话可以便宜些。”

“五百？会不会太……”

“我租下！”还没等男子的话说完，然美忽然打断，坚定地面向惊讶的欧巴桑，“五百吗？我租下！”

KENT 哑口无言地站在那里。

“然美！”猎实在受不了，走过来拉住她，“你知不知道你在说什么？！你哪来每个月五百块钱？！”

“我会去打工。”然美突然倔得像头牛，而且一点也不像是在开玩笑，“一份不够的话我可以打两份，两份不行的话就做三份。请把这间房租给我。”

猎怔怔地睨着她，简直拿她毫无办法。

不单是那个欧巴桑，连那个租房的男子都吓了一跳：“喂，怎么能这样？”

欧巴桑突然拍了下手，笑道：“那么就这样，房子就租给小姐你了。”她拍拍然美的肩，“好好照看它吧。”

“谢谢！”然美忍不住向两人鞠躬。这对她而言，真的太重要了。

寒假里，她在快餐店找到一份工作，还有一份是在一间礼品屋。因为开学的话时间会很紧，所以她得趁现在多赚些钱，不但要缴房租，还要照顾恺撒，不可能什么开支都靠学姐。日子虽然忙碌，却也充实。

在快餐店打工的时候，有一次，她惊喜地听见有学生在议论 ROOF BAND。

“他们好像很久没有 LIVE 了！”

“啊，我也奇怪啊，昨天早上还有好多人一大清早跑去看呢，结果没来！”

“扫兴吗？”

“不会！站在那么高的地方就不会觉得扫兴！大家唱唱闹闹了好久才离开！他们没有 LIVE 的时候，我们一直都这样！”

“真羡慕！喂，你说，会不会是被星探发现了，要走向职业乐队了？！”

“咦？真的很有可能哦！他们的水平比许多摇滚乐队高太多了！”

“啊，是啊……第一次听他们 LIVE 时那种震撼的感觉，我想……大概一辈子都忘不了……”

门外的风雪时不时冲进来，快餐店的那一角却热气蒸腾，他们生动得像是欢聚在夏天海边阳光下的棕榈树下。

那些天马行空、异想天开的话，是会被大人们嗤之以鼻的，但是，同龄人朝气十足、热情开朗的声音，却让然美觉得明天越来越清晰。

永远朝向好的方向展望，未来才会变得美好起来。

开心的事还有：恺撒已经长成健壮帅气的哈士奇了！想要快点让莲华看见，她给它

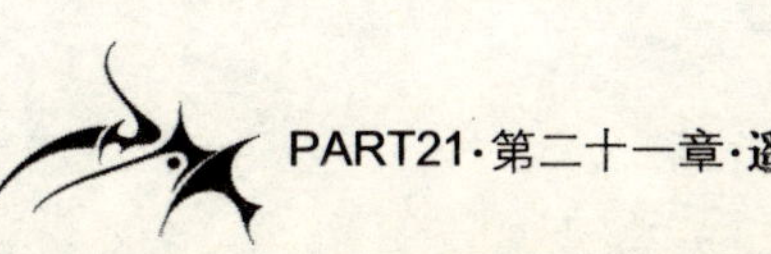

照了好多照片，天天揣在包里，掏出来看的时候，会傻傻地抿嘴笑个不停。每天傍晚她都会到学姐那里接来恺撒，陪它一道散步。

打工结束后，夜空也冷清下来，绒雪打着转儿飘下来，有时会被一阵擦肩而过的风或是路人热热的呼吸吹得向上飞起，就像蒲公英一样，格外温暖。

她来到这片年代久远的单身公寓区，停下脚步。

站在那座公寓的下方向上仰望，总觉得，有无限希望和可能，夜空下漆黑的窗户，也许，下一秒，就会亮起来。

"好了，恺撒，我们回家。"

"你不累吗？"猎坐在快餐店里，一面慢条斯理地点餐，一面拖住她搭话。

"还好啦，反正我也缺乏锻炼。"然美笑着替他擦干净桌子。

他一把抓住她的手，生气地说："别擦了！已经够干净了！"

然美"哦"了一声，笑，这就是猎，莫名其妙也会发火。

有服务生见然美一直在跟帅哥搭讪趁机偷懒，不悦地喊："陆然美，你在干什么啊？这边还有客人呢！"

"闭嘴！没看见我在点餐?！"猎粗鲁地扬起手中的菜单，女服务生不再说话。

"那猎你也快点吧。"然美催促道。

猎这才低下头，心不在焉地翻起菜单来。

"喂，"他很突然地问，"那些女人有没有欺负你？"

"呃？没有啦！"然美哭笑不得，有你在谁敢欺负我啊，"请你快点点菜吧！"

"……就要这个好了。"猎很不情愿地随便点了一份小吃。

"光这个吃不饱的……"搞了半天他就点了两个饭团。

"我之前吃过了……只是还没吃饱。不够我再加点啊！"猎理所当然地把菜单往她怀里一推，"快点给我端上来！"

一直望着然美的背影，猎的眼光恨恨的，好像瞪着她总也不解气。

身后传来熟悉的嘈杂人声。

"啊，小猎猎你果然也在这里啊！！"话音未落，蒋泰山其人已经亲昵地和猎挤上一个座位，猎没有防备，险些被蒋泰山的大吨位挤下去。他恼羞成怒地推开他。

"蒋泰山学长，你这样人家会以为你是 GAY 啊！"小碧心疼他的猎王子，连忙把蒋泰山拽过来。

"我是 GAY 啊！有什么好奇怪的？"

明娜正在打望然美，闻言大吃一惊，所有客人也大为骇然，头一次见到这么大胆的同性恋。

“我是说我是‘高兴’啊，有什么好奇怪的？哦，然美姐！”蒋泰山站起来招呼然美。

“你们也来了，”然美抱着菜单走过来，又感动又无奈，“大家不用特意这样照顾我的。”

“嘿嘿，不是特意，是顺便啊！”门口传来另一个声音。

然美受宠若惊地抬头，嘉夜也来了，还有杜谦永学长。接着，顾凯带领一票班上的同学大摇大摆地进来捧场。

大家大大咧咧地坐满了一屋子。

“开玩笑，怎么可以不来支持啊！”顾凯扬起爽朗地笑，“然美学姐你是在为莲华战斗啊！”

战斗……

从前的莲华，也一定和她现在一样，为了梦想，为了所爱的人，一直……一直……在战斗着。

满眼都是同伴们的身影。

莲华，你看，你不是一个人，我也不是……

第二十二章

只想见到你

PART 22

生活还在继续，校园生活却将告一段落。

一年半以后。

东林学院新修了体育馆，常常可以在那里看到猎的身影，他和队友的合作多了，进球后也学会和同伴击掌，虽然只是形式上的，而且私底下据说口碑仍然恶劣，但也不得不说是个不小的进步了。他还在玩着吓人的飙车，听说已经挑战了几个超高难度路段，被飞车党顶礼膜拜着，一度成为一个传说。猎学会了不动声色地去追求自己想要的东西，他在速度的世界里活得越来越精彩。

神一样的杜谦永学长也已经毕业快一年了，蒋泰山玩票性质的竞选学生会会长一职，竟然爆冷获得了全胜，光荣地继承下杜谦永会长的衣钵。当时明娜还大声疾呼，说蒋泰山的上任亵渎了学生会会长这个名字，理由是：他不仅跟杜谦永的差距是天上地下，就是跟东林历代风流倜傥玉树临风的学生会会长们都无法比！不过蒋泰山自己得道还不过瘾，干脆把副会长的位置大方地指给了跟他志趣相投的顾凯，一帮子废柴都跟着鸡犬升天。就这样，蒋泰山的当选彻底宣告了平民会长和平民干部的崛起！

好在学生会还被他搞得越来越有声有色。每月一次的 PROJECT 还在继续，狼帮的传说也还在继续。只不过如今的狼帮里，除了猎、顾凯和狄仁老师，其余成员都是大换血后血气方刚的英俊少年。

日子就这样延绵到了明媚的五月，对于将要面临毕业和升学的他们来说，生活还在继续，校园生活却将告一段落了。

音乐社团里，然美正帮着嘉夜擦大提琴。

她从嘉夜口中意外地获知月底将举行毕业典礼的事。

“可是，不是要到六月才考试吗？”

“是学生会确定下来的，学校也同意了，因为，”嘉夜抬起头来望了望窗外，表情有淡淡的伤感，“考试以后大家也许不会有此刻的心情了。”她回头笑道，“我到时会在典礼上表演独唱哦，记得为我鼓掌啊！”

“好啊，”然美点头，“是……什么样的歌？”

“嗯……现在，还没想好……”嘉夜托着腮帮，仿佛陷入了沉思，她的眼睛里总是映着很高很远的天空，仿佛可以看到世界的彼岸，仿佛有人在那里等他，她也在等着那个人……

然美望着这样的嘉夜，不由得也失神了，但是很快恍然过来，微笑着擦拭着大提琴。她发觉，每当她凝望嘉夜的时候，都能从她冰蓝色的眼睛里获得勇敢的心情。

“勇敢是一种很感人的心情。”

她将这些都记在日记里，这是在莲华离开后养成的习惯，大概是为了将来能应付各种突发情况，比如哪天患了失忆症，或是哪天，又有很重要的人要不辞而别……

“……今天去看了学姐，才知道恺撒居然已经有女朋友了，不会吧，很吃惊啊，不过也算是好消息就是了！还有，流光决定要报考易州工大了！真没想到，这是今天最值得高兴的事情！虽然他自己说是因为看不清方向，所以想先走着看看，但是，这也不失为一个明确的方向吧。明天就是升学考试前的假期了，趁这段时间流光约了要一起报考易工的室友去易州工大打探一下军情。不过，我怎么觉得，他其实是想去玩呢，考易州该不会只是借口吧，真是替他担心……”

偶尔她会去东林湖对岸那个废弃的仓库转转，莲华的摩托车也停在那里，他把它留给了蒋泰山。为了照顾好帅气的黑色摩托车，蒋泰山也算历经波折地考来了驾照，不过经常可以看到他开着它一脸战战兢兢的样子。

“哎呀，我觉得开起这个来真是胆战心惊，看来开摩托车不适合我。”蒋泰山摸着脑袋对然美无奈地说。

“不过，谢谢你把它照看得这么好！”然美伸手抚摩光滑的流线车身，可以想象当这些漂亮的冷金属被引擎炙烤着活过来时的温度。

上学期间她一直坚持在礼品屋打工，经常会接到流光打来一聊就是半个小时的电话：“这个时候去易州，考试真的不会有问题？”

“正因为要考试才要缓解压力嘛！”手机那头他还是大言不惭，“考不上的话就代表老天安排我走另一条路，我会遵从他老人家的！对了，我明天就走了，要我给你带什么礼物吗？”

“……礼物……一时还想不起呢，哦，对了，我要下班了，回去后再打给你啊！嗯，那我挂了！”然美挂了电话，取下胸前可爱的佩章，笑着向柜台前的人点头，“那我走了。”

“嗯，路上小心啊！”

她独自走在初夏的夜晚，不时有一两辆拉风的摩托车飞驰而过，那种光影流动的感觉让她不由自主地出神。远处有高楼和万家灯火，星光明媚的夜晚，这座城市就像夏夜里的圣诞树，铺天盖地都是幸福的光点。

咔咔！

身后有某种熟悉的机械声，然美回头，见一个扎着马尾的小女生在自动贩卖机前困惑地弯着腰。

“奇怪啊……”她用异乡口音嘟哝着。

“啊，这台机子有些问题！”然美热心地走过来，“你是不是要了脉动？如果是脉动的话，要按这个才会出来的。”她用力按下，一瓶脉动咕噜噜滚了下来，她弯腰拾起来，递给感激的小妹妹，“喏，给你。”

“啊，谢谢姐姐，这个城市的人都好好啊！”小女孩抱着脉动冲她笑。

“……嗯，是啊，”她凝视单纯的女孩，“这个城市……很好……”

“啊！”小女孩抬起头，惊讶地望着然美，“姐姐你为什么哭了？……你看！”她有点不知所措，连忙把脉动递到然美眼前，“已经拿到了啊！因为你帮我，所以我还是拿到了呀！”

然美哽咽着点头。

什么时候，也会拿到的吧？努力地伸出双手，想要抓在手心的东西……

眼泪流得莫名其妙，却是不可名状的温暖。

安享公司大楼外。

陆乔静静地坐在车里，等了大约十分钟，若梨边和设计师说着什么边走出来。她穿着白色的衬衫和西裤，就连走下那长长的阶梯的时候都不忘叮嘱身边的人，秘书一路帮她提着外套。

陆乔感慨，她和当初他们才结婚时一样，依旧是个不要命的女强人。他招呼司机把车开过去。

车灯闪了两下，若梨看见了，走了过来。

“到哪里吃饭？”陆乔问。

若梨想了一下：“回家吃吧。对了，那件事已经确定下来了，因为母亲有点急，手续这两天要全部办好才行。”

陆乔沉吟了一会儿：“……嗯，那今天晚上回家就告诉他们吧。”

因为事先若梨交代今晚有重要的事情要说，所以难得地连猎也提早回家了。

“我很困了，要说什么快点说。”猎懒洋洋地靠在沙发上，抱着沙发垫，依然很没礼貌地连眼角也不瞟他对面的父母。

“对于你们来说，这个消息可能有点突然……”陆乔面对猎和然美，在脑海里组织着语言。

猎抬头瞥他一眼，有点挑衅地问：“好消息还是坏消息？”

“……应该算是好消息。”陆乔像是在说服自己一样点点头，他们毕竟是年轻人，对新奇的事物总有着好奇心和很强的适应性，所以，起码对他们来说应该是好消息才对。

“哦？知道了，”猎叛逆地笑笑，朝身边的然美扬眉道，“是个坏消息。”

若梨把茶杯往茶几上轻轻一磕，直接开口：“我们这个周末移民去美国。”

正要上茶的兰姨手一抖，茶水差点泼在桌上。

猎没有说话，第一时间留意着然美的反应，可是，大约是这女孩太迟钝，她整个人呆滞着，丝毫没有动静。

猎低声问：“原因呢？”

“主要是你妈妈的公司，未来会主要在海外发展，我们公司的业务也有朝那边拓展的趋势，不过，最重要的是，你们在那边的姥姥这两年身体不好，所以……”陆乔笑着看向然美，“抱歉，然美，你才搬过来没多久就又要你搬家，不过，那边的环境是不错的，而且，猎这小子以后也要拜托你多照顾了。”他不是没有注意到，然美来这个家的一年里，猎性格的改观，虽然他那火暴的儿子说起话来还是很冲，但是，毕竟已经学会克制了，他自知若梨和他都没有尽到做父母的责任，猎能如蜗牛般地成熟起来，说是然美的功劳毫不为过。

“我已经十八岁了，不需要什么人照顾。”猎扔掉沙发垫站起来，丢下一句“无聊”就转身上了楼。

兰姨站在厨房外，凝望着怅然若失的然美，无奈地叹了口气。

卧室里亮着台灯，灯光很暗，然美提着笔，望着空白的日记本发呆。窗外的风刺啦啦地翻过纸页，她的目光扫过过去的每一天每一天。

咚咚咚的敲门声响起，随即传来猎喑哑的声音：“出来，我有话跟你说。”

然美控制住酸楚的心情，合上日记本，开了门。

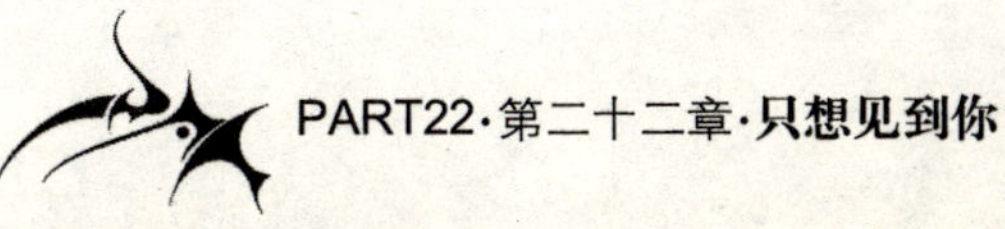

猎站在过道，低头凝视然美良久，说："如果你想留下来，我会跟你一道拒绝他们。"

"……猎！"然美抬头，一瞬的头脑发热很快被理智熄灭，"……那怎么行呢？"

"有什么不可以？反正已经十八岁了，就是移民去了美国，我第一件要做的事就是搬出家去！"在叛逆的猎眼里，没有什么不可能，"所以我陪你在这里等他也无所谓。放暑假的话，我可以带你去找他。"

然美心中一热，抬起头，轻声说："……猎，你能叫我一声姐姐吗？"

猎诧异："干吗？"

"你就……叫我一次吧。"

她好像很认真，于是猎觍着脸，很小声地嚅了声"姐"，马上又抱怨回去："你到底干吗?!"

然美满足地笑了笑，深吸了口气："……其实，我已经决定搬去美国了。"当女朋友这么失败，最起码不能连姐姐和女儿也做不好啊。

猎沉吟着看着她："你真的已经下定决心了？"

"嗯。"然美点头。

"既然如此，不许反悔。"猎很孩子气地伸出小指。

然美盯着他寻求保证的手，呆了半晌，终于也伸出手指，钩住，扯一扯，算是约定。

易州是座发达的工业城市，少了几分温馨，却多了几分热闹喧哗。它也是著名的不夜城，即使到了半夜，还有浩浩荡荡的飙车队在山顶道上玩着惊险的飘移，成为城市里别样的风景。经常都能看到慕名前来的车队。这附近的汽车修理行里几乎都有几个不好好学习而玩起飞车的不良青年。

早晨，某间修车行。

卷门哗啦啦地拉开，老板气急败坏地看着车库里乱七八糟的景象。这群臭小子，玩飞车也就罢了，居然连车库也不给他收拾好。他火气冲天地上了二楼，沿着一排寝室砸鼓一样地敲开了。

"还睡个头！都起来干活了!！"这帮不更事的小子，真是又可爱又可恨！

房间的门大敞开，里面睡着的都是二十岁左右的男孩，听到大哥的河东狮吼，不顾春光乍泄，慢条斯理地起床开始漱洗。

"喂，今天又是馒头稀饭啊？"一个年轻人不满地朝大哥喊，"我们车队昨天可是赢了头彩哎，起码换点花样啊！老是馒头稀饭的……"

“换了啊！”大哥朝桌面指了两下，“这不是，‘稀饭馒头’?！”

房间里还剩最后一个抱头大睡的男孩，手枕着双臂，脸半蒙在枕头里，茶色的头发，英挺的鼻梁，细密的睫毛，他穿着黑色的紧身背心，露出性感结实的身材，在窗外万缕光线下，居然透出香艳的感觉。皮肤黝黑的大个男人走进来，脸上瞬间扬起贼贼的笑：“喂喂，小子你再不起来我们可要上你了哦！”

“哇，他还没起啊?！”隔壁房的年轻人都蹭过来养眼，“这不都在嫌早饭不好吗? 这里不是就有野味?”

“喂，你们有点良心啊，人家可是车队的功臣！”戴眼镜的青年咬了口馒头，伸手拍了拍床上的人，“莲华，快点起来，这个月的工资又要被扣了。”

几分钟后。

莲华脖子上搭着毛巾走进来，馒头已经只剩下最后一个了，稀饭更是见了底。

“那些没人性的家伙，”只有黝黑男依旧喝着稀饭，很慷慨地把手里的馒头递过去，“这个你吃吧。”

“谢啦，不过无功不受禄。”莲华盘腿坐下，微翘的嘴角无意间扬了个暧昧的角度。

黝黑男忽然像被电到一样正襟危坐：“喂！说真的！我是真的对你一见钟情。你考虑一下好不好，反正你也没有女朋友。”

“好啊。”莲华边咬馒头边漫不经心地说。

黝黑男兴奋异常：“啊?！你说真的?！”他这个可怜巴巴的 GAY，被人甩了有 N 次了，原来，那些痛苦的经历，都是为了今天能邂逅眼前的极品好男孩啊！

莲华依旧半寐着眼，懒洋洋地点头：“你赢得了我的话，就是你的。”

“……”天堂到地狱也就是这么一两秒的时间，黝黑男绝望地垂下头，飙车，他再练八辈子也不是莲华的对手……

他们被人们叫做飞车党，都疯狂地迷恋那种风驰电掣的感觉，只是，莲华飙起车来，似乎是在玩命，所以至今还没有人能赢得了他。

黝黑男不由得想起昨天，当莲华的车进入隧道赛段时，有辆保时捷很不要命地挡在前面耀武扬威，跟在后面的大伙都为莲华捏一把汗，却没想到他驾着那辆车居然贴着隧道墙插上！超车的电光火石间不忘顺势一拳砸碎保时捷的挡风玻璃。

就这么“哐啷”一下！保时捷好像全身都抖了抖，后面的车手目瞪口呆。

他挑衅的样子，真是帅呆了！

黝黑男冲动地一把抓过莲华预备抓馒头的手：“我来帮你看相！”然后煞有介事地端详起来，“嗯……这是一只充满暴力的手！”尤其是当戴着黑色露指手套的时候，成了暴力美

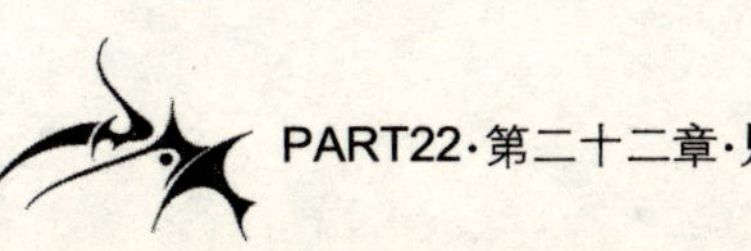

学的经典诠释，“不过，嘿嘿，依我看，对于自己喜爱的人，这却会是一只很温柔的手……”

“啪！”他套近乎的手被一小女子打开。

女孩穿着制服提着书包坐下，愤愤地训斥黝黑男：“拿开啦，你这个同性恋，这个社会怎么有你们这样的人！不要玷污莲华！”

“哎哟哟，大小姐我可是惹不起啊！”黝黑男居然也没生气，只是夸张地笑着，披上外套下楼去干活了。大哥的妹妹可是大哥的掌上明珠，他们整个修车行的人，都可以说是在为这个小公主打工。同性恋这样边缘的东西，纯洁的公主自然是不屑一顾的。

女孩盯着大个子的背影，好久才消气。

莲华望着她身上干净清爽的制服，发了一会儿呆。

女孩被莲华的目光看得不好意思：“……干吗这样看我啊？”

“你不去上学？”

“啊，就是让你陪我去啦！”女孩蹦到他身边，“今天是学校的毕业典礼！”

莲华愣了一下，走到一边背对着她，抬臂换衣服：“为什么不让你哥陪你去？”

“因为你陪我去会很拉风啊！放心啦，哥哥已经答应今天放你一天假了！而且你不可以不答应！我之前可是经常帮你补课的！”

“好啊！”莲华很干脆地答应下来。因为，很想去看看，毕业典礼……

大街上车水马龙，流光和他的室友冒失地在其中穿梭。

“易工在哪儿啊？怎么没看见，地图上明明标着在这附近的啊！”室友一脸丈二和尚的表情。

流光二话不说拉住一个路人就问起来。

路人以一种很惊异的眼光看着焦头烂额的两个人，然后抬起手来，比了比他们身后头顶。

两个人顺着望过去，“啊”地张大嘴。

居然就在他们背后不到五米的地方，真是糗大了！

不过，这也不能怪他们，这个学校的大门实在是……巍峨得离谱！

两个人仰头巴望着，“易州理工大学”几个烫金大字在五月的阳光下熠熠生辉。

室友已经摸出手机对着大门一阵猛拍：“哈哈，我的易工，我来了！等着吧！”身后的流光似乎没动静，他回头，看见流光正望向马路对面的中学。中学生们都清一色校服装扮，脸上洋溢着骄傲的笑，家长和学生们一道有说有笑地进了大门。

“哦！”室友凑过来，“没想到易工附中就在易工的对面啊？喂，流光，”他拍拍流光的肩，比比身后的大学，“我们要不要进去看看。”

“啊，你自己先去看吧，我想去那边看看毕业典礼。”流光说。

“毕业典礼有什么好看的？难道你初中毕业没有毕业典礼吗？”室友不解地问。

“有是有，但那时我没有参加。”总觉得……像缺了什么。

室友望着他很认真很向往的样子，也笑了：“哎呀，你还真是个孩子，这次高中的毕业典礼就绝对不能错过了哦！那我先去易工看看，你自己过去好好羡慕一下吧！待会儿我们再会合！”

毕业典礼，在明媚的初夏，这样的季节，校园里的树木和花草，都是一片欣欣向荣的繁盛。

流光站在门外，静静地望着操场，他从来没有见过坐得如此整齐端正的学生，从来没觉得校服穿在身上会这么好看。他看着学生代表们走上主席台，鞠躬，很正式地接过毕业证书，他们的背挺得笔直，散发着令人羡慕的自豪感。

校园里传来伤感却充满希望的歌声，男生很坚强地跟着唱着，女生们潸然泪下，与身边的同学彼此依偎。

他闭上眼，校园里的风迎面扑来，真好……

这种感觉……

真好……

毕业典礼很快结束了，学生们依依不舍地走出来，或是三五成群地在樱花树下合影留念。

流光抿嘴笑了笑，想到不久他也会迎来这样的时刻，有种慌张的期待和不安。他转身向斑马线走去，中途又忍不住回头，这一回头，他突然震住！

那个穿着蓝色T恤的少年，背影好熟悉！

茶色的头发，硬朗宽阔的背，随性的姿态……

“莲华……”流光难以置信地轻喃道，突然大喊出声，“莲华！！”

少年身边的女孩率先停下来，回头张望，疑惑地看着身后的俊俏男孩。

流光激动得屏息。然后，那个人影，像是迟疑了很久，战斗了很久，才缓缓回头……

流光的眼刷地张大。那张脸，比印象中成熟了，精致的杏眼在阳光下敛着，微扬的唇角抿着欲说还休的尴尬，幽蓝的眼眸里藏敛着不易发觉的焦躁。他更高大更英俊了，看样子，似乎也更潇洒无畏了。

“该死的！”流光几步冲过去，一拳扫在莲华脸上，他被这愤怒的一拳打得快跌倒。

女孩连忙在背后托住莲华，但他那么高大结实的身体，如果不是他自己稳住脚，她也只有被压倒的分。

“……你！你干什么打人啊你？！”女孩看到莲华淤青的嘴角，又气又急。

流光无视那女孩，愤恨地吼：“浑蛋！莲华，你是我见过的最欠揍的浑蛋！你知不知道然美一直在等你，可是你呢？却居然有了新女朋友！！”

“我……我不是他女朋友啊！”怕误会一深对方又要施加暴力，女孩只得嗫嚅着澄清。

流光顿住，仿佛求证似的看向莲华：“那……”他无法想通，“那你为什么不回去？”

莲华转向身边震惊不已的女孩：“你先回去。”

“可是……”

“不要可是，让你回去你就回去！”

被莲华一凶，女孩撇着嘴，听话地独自离开。

流光正色盯牢莲华，莲华却朝他粲然一笑：“我请你喝酒。”

河堤上长满软软的草皮，一条不算长的拱桥架在潺潺的河面上。

莲华和流光并肩站在堤岸上，他请流光喝的是易拉罐。

“沈流光，你记不记得有一次我帮过你。还我个人情如何？”

“……”流光不客气地啜着酒。那一次在车库莲华曾经救助过他，他当然不会忘记，不过也不会这么便宜承认就是了。

“不要告诉然美我在这里。”

流光立马回绝：“我不答应。伤害她的事情我永远不会答应。”

“就是因为不想伤害她才让你这么说。你不知道我是个什么样的人吗？”莲华举起自己的右手，“这只手，差点杀人。”他垂着眼，偏头打量修长的手指，微风拂乱他的头发，他的表情有些自嘲和迷惑。

流光沉吟。

“就是那段最落魄的时候我也没有反省过，被关起来的时候，我还在想，要是时间能倒转，我会想个万全的法子把 ALEX 折磨死，会干得很漂亮，不给人发现的机会。还有那些在警察局对我动手的浑蛋，我想着要是有机会出去，一定打断他们的下巴，”莲华不屑地笑着，“我就是这样的人，即使到了这里我也还是有名的不良少年，成天不是飙车就是打群架。然美那样的女孩和我在一起根本就是个错误，和她在一起就要随时保护她，不能让她看到那些肮脏的一面，那种呵护的喜欢方式我不太会……那样我会很累，她也无法理解我。”

流光想要反驳，却想不出反驳的话。莲华的话说得头头是道，让他也不由得相信莲华离开然美，然美才能慢慢寻到自己的幸福。

“啊，就这样，我该回去了。”莲华看了看手机，潇洒地摆手转身离去。

流光一个人站在那里，犹豫不决，直到夜幕笼罩。

手机铃音忽然大作。他打开，见那上面跳动着然美的名字。

“……然美。”现在叫她的名字，他居然有种心虚的感觉。

“流光，你能回来一趟吗？”

“呃？”流光有点意外。

“……我可能要移民去美国了，很想再见你一面，否则的话，可能会很难再见到了……”

流光愕然地握着手机，一动不能动。

修车行外一排人懒散地一字站开，手不约而同地插在口袋里，望着老远的街心公园的方向。

公园里传来一阵阵酣畅的节奏声，精彩的前奏后，一个还显稚嫩的男声带着十二分饱满的热情演唱起来。

“我的妈呀！光听配乐还好，一唱出来真是吓死人！”黝黑男啧啧地撇嘴。

眼镜男同意：“嗯，歇斯底里。”

“对呀，他唱的好像是布莱恩亚当斯的《HERE I AM》，哎呀，其实是首好歌，可惜被唱成这个样子！”

大哥抽了口烟感慨道：“这你们就不懂了，我倒是很羡慕，有激情就不管别人怎么说，想表现就表现出来，啊！年轻真好！”他转身回车库，里面只有莲华一个人在检查排气管。

“莲华，出去休息下吧，”老板走过去拍拍他的肩，和蔼地笑道，“不要你劳动的时候不用在这里假正经。”

“大哥，你不用叫他了！他是音痴，音乐这么高档的东西他那种粗人不懂的！”车库外某个没心眼的家伙调侃着。

“啊，那真是可惜。”老板惋惜地看着莲华。可惜了，外表这么完美的小伙子居然没有艺术细胞？

莲华受不了地瞥他一眼：“我是音痴，不是聋子，你不必这种眼神。”

老板摇摇头，又走出去，给外面偷懒了N久的人一人一记爆炒栗子：“好了好了！都歇息够了，开工，人家那辆三菱还等着用呢！”

闲人纷纷散去，歇斯底里的歌声还在继续，老板正要进车库，突然望见下坡的马路上有人飞跑过来，那动作和身影让他一阵眼熟。

不过怎么可能呢？他笑笑。

可是，那个人影以极快的速度靠近，那一头卷毛狗一样的头发映入他眼帘！

"……流光？"他轻喃。

莲华的手顿住。

流光上气不接下气地赶到这家修车库，看清大张着嘴的老板也是大吃一惊。

"小子，你怎么跑这里来了？！"老板简直下巴都要掉下来了。

"欧吉桑，你……这是你的修车行？"

会叫他欧吉桑的，也只有流光了，他以前还不晓得这个欧吉桑是什么意思，白白被他喊了一个月之久。

"呵呵，在这里办修车行生意比那边好啊，你怎么来了？"老板从上到下打量流光，他还真是没变多少，虽然挺俊俏，但无论如何身上都摆脱不了那骨子可爱的欠扁劲。

"啊！那个！很重要！"流光忽然紧张起来，连忙问，"莲华……莲华是不是在你手下打工？！"他探头往里面望，一眼就发现了莲华。

"莲华！然美她，要走了！"见莲华不想答理他，他不顾一切地喊出来，"她要去美国了，不是我在开玩笑！她真的要走了！我不知道你会怎么样，但是……"他的声音开始颤抖，夹杂着许多许多的不甘心，"当我听说她要走了，我觉得……好像世界都塌下来了。"

在场所有人，都沉默了。

"一直以来，我以为美国只是地图上的一个名字而已，可是，现在……觉得它好遥远……"

莲华静静地站在那头，这个消息，这个女孩的名字，这个男孩的哭诉，竟让他的眼神……极其动人！

"我是这样的心情，然美一定也一样，我觉得，你应该……也是一样……"流光走过来，从怀里掏出一张相片，"如果即使这样你还是不想见她的话，那就保留这个吧。"他转身，走出车库，飞也似的离去。

莲华站在那里，怀着矛盾的心情低下头。手中的照片上，她蹲在地上，抱着恺撒。

他突然看不见背景了，看不见照片里的天空、树木、房屋……全部全部都看不见了。

她的头发长了，又扎回初次见面时的麻花辫，她还是穿着制服，白色的领口下是高三的校牌。

死寂了一年的心咚咚地跳动起来，强烈得几乎快破膛而出！

流光说对了。

他想见她！

当啷一声，扳手被扔落在地！

"啊！莲华！！"老板惊呼出声，"你要去哪儿——"

第二十三章

上帝的玩笑

PART 23

让停留在那个“永远”中的我们，永永远远，在一起……

然美一个人站在落地窗前，昨夜下了一晚的雨，此刻天空已经放晴，阳光笔直地落下，院落里金灿灿的一片。

第一次来到这个家里的她，曾怀着那样忐忑不安的心情，那时也是这样明媚的夏天，盛夏的庭院里流动着光，橙色的、绿色的……绚丽而斑斓。去年的夏天，如此叫人难忘。她永生也不会忘记，学校的事、家里的事、莲华的事、流光的事、大家的事……

脚边的行李只有小小的一袋，人活在这个世界上，最终能带走的，也只有记忆。

定睛出神的时候，黑色的轿车驶进视野。曾经送她来这里的司机大叔将要再度送她离开，她望着司机大叔走下车来，帮着兰姨往后备箱里放着不多的行李。

偌大的屋子，了无生气，一片萧条的忙碌，和鼓噪的蝉鸣。

分分秒秒无奈地流逝，直到兰姨招呼她，她拉开门，迎着早晨的艳阳，走进清爽的空气中，坐进车里。

膝盖上放着不大的行李袋，里面有那顶蓝色鸭舌帽，有临走前一天晚上和明娜、蒋泰山一起照的相，有班上同学齐送的同学录……

这个时候的大家，正在参加毕业典礼吧。在这里度过的每一天，其实都是为了这个时刻，可是就这么突然的，一切都变得没有意义。

她手握胸前的银色怀表，心有些痛。流光……她承诺他会回来看他的，可是，她突然很害怕自己无法履行诺言。

猎弯腰坐了进来，蹙眉瞅着身边的然美：“你是不是晕车？”她的脸色很难看。

然美摇头，抱以一个宽慰的笑："没关系，现在都不怎么晕了。"坐在他们的摩托车后那么多次，就是想要再晕车也困难呢。

猎表情复杂地看了她一会儿，转过身去，砰的一下关上门。兰姨和司机大叔说话的声音被隔绝在外面。然后母亲坐了进来，再然后司机大叔拉开了门。

"没有什么忘掉的东西吧？"母亲最后询问他们。见两人都没什么反应，便吩咐司机开车。

要走了，这回是真的要走了。

车子平稳地开了出去，庭院的繁盛景象慢慢后退。啊，要是头一天能在院子里照张相就好了！然美突发感慨，蓦地，一个接一个的遗憾爬上心头，狄仁老师、秦琴老师，为什么忘了跟他们单独道别呢？……

不知道是不是错觉，似乎听到熟悉的摩托车引擎声。

一辆摩托车与他们擦身而过，停在街对面一栋公寓前，戴着粉红贝雷帽的女孩兴高采烈地跑出来迎接车上的人。

"喂，你是不是对我一见钟情？"一次和莲华在餐馆吃午饭的时候，他破天荒地问。

"没有啊，"然美愕然，"是你……向我告白的……呢。"她同时想着，要是他否认那她怎么办？

"可是你为什么老是这样瞪着我？我觉得好不自在。"他嘴上这么说着，唇边却挂着不正经的笑。

"那我以后不瞪好了。"她保证。

莲华似乎有点挂不住："呃……其实也不是很不自在，只是……呵呵……我想不通就会觉得很困扰，一困扰就会食欲不振……"

"第一次见到你的时候……"然美若有所思地呢喃到一半，谨慎地抬头询问，"那个，莲华，我不知道该不该说？"

"说啊。"

然美合上眼，轻轻地说，"觉得……你像天使……"就算莲华要笑她，她也真是那样认为的。当时的情景，至今记忆犹新，无论是在自动贩卖机前帮她忙的莲华，还是从青石阳台上突然跳下来的莲华。在认识莲华之前，她从来不知道原来这个世界上真的有男生像漫画中那样俊美。猎要用英俊来形容，流光则是俊俏的代言人，而第一眼见到莲华，仿佛所有感官都被那种惊艳的俊美席卷。为什么要用"俊美"两个字呢？其实他的长相一点都不女性化，尽管有时候笑起来感觉很性感，但是远看他你会觉得他就是那种充满阳光和暧昧、带一点点邪气的男生。说不清的，因为那种感觉比俊美要多得多，好像是从更深的地方散发的东西。让你想要追逐他。

“天使？哇，好肉麻！”莲华果然笑得夸张极了，“我不要当天使，天使都要博爱，可是我只想喜欢你一个。”

“……唔，”她连忙低头塞了好大一口面，结巴地说，“这种话……你也对其他女生说过吧？”

“没有，从来没有，我只对男生说过。”

“？！”

“干吗？我骗你的你没看出来？”

“骗我的？”她愣了愣，被欺负得头昏眼花了，可又有点在意地问，“哪……哪句啊？”

然美的眼眶红了，突然好不甘心就这么离开！哪怕有来自他的一条短信，也总好过看不见摸不着的记忆。

车子拐个最后一个弯，进入开阔的直道。

然美——

冥冥之中，有道熟悉的喊声闯入然美的脑海，她怔了怔。是幻听吗？她想念他都产生幻觉了吗？

“然美——”

不，不是！是莲华！真的是他！！

不只然美，猎也听见了，那个声音如此确凿！两人难以置信地回头——

街道的尽头，是那个她再熟悉不过的、破风狂奔而来的身影！

“不要走！！不要走！！！然美——”

声嘶力竭的呐喊，穿透孤单的街道，义无反顾地到达她这里。然美喃喃地张开嘴，简直不敢相信眼前所见。

猎猎风中，莲华快得像闪电，呼呼翻飞的衣袂、飞絮般扬起的头发，那种豁出命去，不顾一切的样子她是如此熟悉！仿佛能听见那比心跳还剧烈的、迅捷不羁的脚步！那样近，那样近……好像她伸出手去，就可以抓住他！

就算是幻觉，她也要亲自证实！

“母亲！请停车好吗？！”然美转向若梨，热切地恳求着，司机犹豫不安地看着后视镜，不知该不该停下，他身边冷面的夫人漠然地示意他不要理睬。

“母亲！拜托了！！”他回来了！所以她无论如何也不要离开他！

"住口,不要再求我。"若梨终于不悦地打断然美的哀求。

猎不发一语地注视着焦急慌乱的然美，心中一阵揪痛。她现在已经完全忘记他的存在了吧,也忘了曾答应要陪伴他无论去哪里。苦笑。那样乘人之危得来的承诺本来就不算什么,不是吗?

车子行驶到红灯处,缓缓地停了下来。

"然美!!"

司机大叔大为震惊,那个少年竟然一口气追了两个街区!!

莲华不断敲打车窗,喊她的名字,口中呼出的热气雾了凉凉的玻璃。然美激动地趴在车窗上,无助地看着他,那张烙印在心中的俊美面孔就在这么近的地方,却又犹如隔世。

"求你了!母亲!"她孤注一掷地转向若梨,"请让我下去!!"

猎的眼睛虚了虚。

莲华来到若梨的窗前,急切地拍打窗户,恳求着:"伯母!!请开开门!!……"

若梨依旧目不斜视,眼睛里只盯着信号灯的倒计时,对然美的哀求和耳边的敲打声充耳不闻。

绿灯亮起,车子开动,距离再度拉远。在这个冷金属的庞然大物面前,那么霸道不可一世的莲华也显得渺小无力。

然美泪眼矇眬地回头,莲华的身影越来越小,越来越模糊……却仍固执地追着,直到力气全部耗尽为止。

他筋疲力尽地跪倒在阳光普照的路中央,用最后残存的力气朝远去的宾士大喊:

"然美!!你要等我!!!等着我——"

东林学院。

明娜和同年级的所有人一道,穿着校服端坐在偌大的广场上,校园的上空依旧回荡着清脆的啼鸣,主席台上晨光跳跃。校长站在台上致辞,那道每周一的早晨都能听见、总被大家嫌干枯的声音,在这一刻居然也变得有一点点亲切了。

因为……以后就是想听也听不到了。

明娜边最后一次享受着老头子啰嗦的话和干枯的嗓音，视线边细细扫过四周熟悉的面孔。

呵呵,蒋泰山那家伙还是一脸憨相啊……哦,那个男生头皮上怎么还是缺了撮头发……前边的女生又把鼻子擤得微微作响了……

她慢慢地出着神，目光越游越远。

公告栏上还贴着昨天的头条新闻，被风吹得刺啦啦地鼓起，篮球架静静地伫立在角落，附近再也看不见散落的篮球了，绿茵场和跑道上也早已空无一人，高三教室的窗户此刻都整齐地闭着，玻璃上映着蓝天白云……

这个时刻，校园的树仿佛格外地绿，校园的天空仿佛特别蓝……

明娜在心中默念着，以后，就再也看不见再也听不见了……

毕业典礼的最后，是音乐社团的谢幕表演。钢琴声水一般流出，嘉夜站在那里，校园的背景衬托着她独自一人却并不寂寞的身影，她安静地，很安静地，唱起这首歌：

樱花纷飞时
我独自一人
按捺着难以平静的心情
伫立在这里

当青涩的颜色 染上树梢
思绪便满溢
迷失了一切
只流向你

那时 只有环绕着的树群
凝视着我们
“人生无法停留在某段时光”
它们这样悄声细语

当干枯的颜色浸染
我们曾一起
度过的时光
终于都化成了爱

只愿环绕着我们的树群
守护住这份心情

再一次 在我们头顶
轻轻地摇曳 洒下那落樱

不久 季节将会带我们
漂流到不知名的地方
哪怕只有一次 我只愿能
静静地抱住 真实的现在

当雪色覆盖大地
思绪也渐迷惘
找不回过去的足迹
像是 无声的恶作剧

只愿环绕着我们的树群
守护住这份心情?
让停留在那个"永远"中的我们
永永远远 在一起

那时 只有环绕着的树群
凝视着我们
"人生无法停留在某段时光"
它们这样悄声细语

樱花纷飞时
我独自一人
反复吟唱着
思念的心情

泫然欲哭的心情被大门处传来的嘈杂声打乱。所有人不约而同朝大门望去。

大家的眼睛顿时张大!

那个正与守卫纠缠的、欲闯进来的高挑英挺的身影,如此眼熟!

秦琴难以相信地站起来，她要看得更清楚！

“拜托了！请让我进去！”莲华大声请求着看守人员。

看守大门的欧吉桑也是无可奈何：“我也没办法，你不能进来啊！现在正……”

哐当一声，在众人惊讶的注目中，莲华竟一脚踩在门栏上，从那么高的高度——纵身跃了进来——

秦琴震惊地目睹了这一幕。

他飞身而下的一瞬间，仿佛……整个世界都安静了。

那样光芒万丈，让人莫名地想哭。“……莲华！”秦琴率先喊出他的名字。接着，整个高中毕业典礼的现场沸腾了！所有人都兴奋地站起来！连周末打扫卫生的大婶都跑出了教学楼！

“蒋泰山！！”在拥挤喧哗的人中莲华大喊着蒋泰山的名字。

蒋泰山激动地冲出人群：“偶像！你终于现身了！”

“蒋泰山，我的……我的车还在这里吗？”莲华急不可待地说，“我要立刻赶去机场！！”

“放心，就在后面的仓库里，我昨天才用过，油很足！！”

“太好了！”莲华转身向湖岸的仓库跑，他连夜赶回来，现在已身无分文，但只要骑着它，绝对可以追到她！豁出命去也要追回她！

“站住。”紧箍咒冷漠地挡住他的去路，“莲华，你现在已经不是东林的学生了。”

在众人埋怨着紧箍咒不近人情的时候，莲华出乎所有人预料地……跪了下来：

“请您让我……参加下周的考试！”他埋下头，一字一顿地恳求。

紧箍咒大为惊讶地皱眉，那个向来不可一世的莲华，那个混世魔王莲华，当着全校人的面，公然向他下跪！

场上一片鸦雀无声。以致莲华不大的声音也可以被听得那么清楚。站在广场上的少男少女们，更听清了他的心情。

“虽然旷了这么久的课，但是我在易州每天都在自学，也许我学的是很差，但是，我想参加后天的考试！”莲华整个身子埋下去，“我想从东林毕业！还有然美，我会带她回来！我想……和大家一起毕业！”

蒋泰山再也忍不住了，扑通一下跟着跪下来：“主任！校长！请让莲华和我们一起毕业！！”

沉静的毕业典礼被打破，校园里回响着全校学生集体请愿的声音：

“请让莲华和我们一起毕业！”

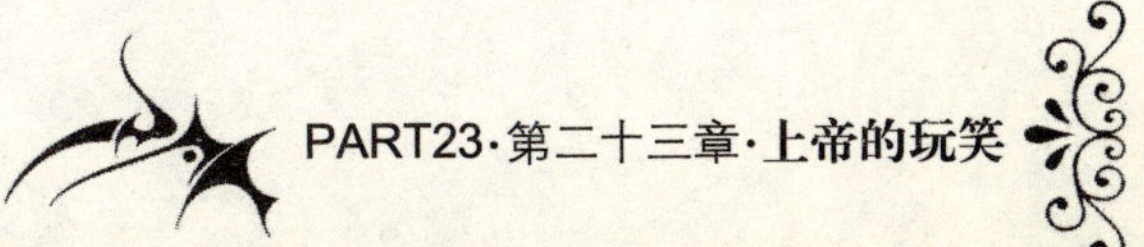

“请让他参加后天的考试！”

“请让他和我们一起毕业！”

“……一起毕业！”

紧箍咒转过身去，校长向他不动声色地点了点头。

他看了伏在地上的少年良久：“……不许拖后腿。”丢下这句话，背着手离去。

紧箍咒的声音很小，只有莲华和蒋泰山听得真真切切。

两个人站起来，争分夺秒地赶去停泊机车的仓库，身后是同学们振奋人心的呐喊：

“加油！！莲华！！”

“我们等你——”

一切准备就绪！哐啷哐啷！！蒋泰山大力地拉开仓库的门。

莲华跨上摩托车，戴好车帽，握紧把手，轰轰的引擎声再度复活，响彻沸腾的校园！

帅气的黑色摩托车以一个抓弧轮的姿态横空而出！！

望着箭一般消失在视野里的影子，明娜将大嗓门发挥到了极致：

“莲华！！一定要把然美带回来——”

……

樱花纷飞时的乐曲还在反复弹奏着，一遍又一遍，似乎有人忘了关掉音乐。

不久 季节将会带我们
漂流到不知名的地方
哪怕只有一次 我只愿能
静静地抱住 真实的现在

只愿环绕着我们的树群
守护住这份心情
让停留在那个“永远”中的我们
永永远远 在一起

明娜望着身边雀跃的熟悉身影，眼泪不自觉地就流了下来。

这大概是他们在一起的最后一次狂欢了。

再见了，狼帮，再见了，PROJECT，再见了，狄仁老师，再见了，秦琴的龙抓手，再见了，高三五班，再见了，大家，再见了，东林……

黑色摩托车穿梭在拥挤的车流中，一再地提速，一再地超车。

护目镜上映着飞快闪掠的影像，汽车、路人、行道树、高楼大厦……

在易州的颓废日子，他曾玩命地飙车，每次第一个到达终点，内心却始终空荡荡的。取下头盔的刹那，望着周围为他热烈庆贺的人们，他只觉得茫然，觉得很累。

因为老也找不到目标。

现在，终于有一个目标，让他想要坚信不疑！

风驰电掣的速度感中，他感受到强烈的生命力！

……

必经的主干道上发生事故，道路被封，后面的车无奈地滞缓下来。

莲华迅速在原地回转，掉头朝分支干道奔驰而去。

时间一分一秒地流逝。这条路绕得太远，难道无法赶上了？他的心悬在希望与绝望之间。

然美，求你一定、一定要等我！

仪表盘上，车速赫然已达到100！黑色摩托车在前方信号灯亮起的前一刻超过身前的出租车，逼近前面的十字路口。

"……啊，小狗！！"

莲华的护目镜上突然蹿出一道小小的白点！女孩惊慌地站在路边，望着从自己脚边忽然冲到马路中央的小狗！

十字路的对面，大型运输车正朝小小的白色迎面轰然驶来！

千钧一发之时，运输车司机的视线里倏地闪出一道黑色的影子！以一道尖锐却危险的弧线挡在了运输车庞大的身躯前！

机场。

猎不安地看着身边的然美，她的脸上挂着未干的泪痕，仿佛得了失心症，对他这么长久的注视毫无所觉。

难道不是吗？他自嘲地想，她人还和他坐在这里，心却已经飞得老远。

若梨自始至终没有去看身边泪眼婆娑的女孩，只是看表，现在是九点二十，她抬头看了看时刻表，他们要搭乘的飞机是十点飞往芝加哥的那班。陆乔没有和他们一起，他公司里还有一些事务要处理，会坐晚上的飞机赶到芝加哥她母亲的家和他们会合。另外，司机倒回去帮兰姨收拾家里的东西。

"猎，我去下洗手间，"若梨优雅地起身，回头瞥了垂着头的然美一眼，叮嘱猎，"照看好你姐姐。"

猎没有说话，一直到母亲的身影在穿梭来往的人中看不见为止。

啪！

失神中，然美放在膝盖上的小包掉落在地。

她仿佛这才醒过来，狼狈地想要弯腰去捡。却是猎的手先提起那个旅行袋。

他没有将它还给她。

她看着他冷峻隐忍的侧脸。

"你走吧。"猎说。

然美怔怔地瞪大眼。

猎的目光始终没有看她，而是望向机场里匆忙来往的人影。这里，永远都是人聚人散的地方，永远有着极致的喜悦和极致的悲伤。

"……猎？"然美不确定猎说了什么，心跳却已怦怦地加剧！

"快点走！"猎闭上眼，忍受着撕心裂肺的痛，"趁我还没有反悔的时候。"

然美凝视猎，她的嘴唇翕动，千言万语终于还是化成万古不变的几个字："猎……谢谢！"她浑身颤抖着，混浊无光的眼里终于有了神采，热泪再次流了满脸，"谢谢！谢谢你！！猎！！"还有无数的、无数的对不起！！他对她的好，她这辈子将永远无法回报了！

猎垂着头，感到然美飞跑过时扇在他面上的风。

心狠狠地抽痛！

他痛埋下头，咬紧了牙关。结果，她还是没有注意到，他攥得快要出血的双手……

机场大厅广播的声音在此刻甜美地响起：

"乘坐×××次航班前往芝加哥的旅客，请到入口处登机……乘坐×××次航班前往芝加哥的旅客，请到入口处登机……祝各位旅途愉快……"

机场附近的马路边，人们疑惑地望着一个拼命奔跑的少女。她的脸上挂着泪珠，像是豁出命去在回追着什么。

冲动地从机场逃出来，此刻身无分文的然美，脑海中不断地回响起莲华的呐喊，他叫她要等他！可是她不知该在什么地方等他，她也突然不想总是这么被动地等待！

这一次，她要靠自己的力量找到他！再也不放开！

她跑过了一条又一条陌生的街道，她对来时的路线全无印象，只是凭借感觉往回跑，却很坚定地确信着某个方向！

风迎面吹来，那样劲猛又那样呵护，拂去她的泪水和汗水。冥冥之中，有他的味道。

然美在一条布满行道树的路上疲惫地停下来，路尽头的十字路口处围满了人。她的心忽然怦怦地狂跳，强烈的不祥感袭来。

她木讷地朝那头的人群走过去。

"车祸"、"事故"、"超速行驶"、"机车"、"运输车"、"少年"……这些字眼以越发频繁的频率传进然美的耳朵。

她害怕极了，加快了脚步！挤进黑压压的人群里！

……不要！千万！千万不要是他！！

她用尽力气推开拥挤的人群，人们的身体交错分开。她隐约听到女孩的哭声。几乎是奋不顾身地，她排开最后的障碍！眼前豁然开朗——

她看到抱着生龙活虎的小狗感激得流泪的女孩，看到翻倒在地的黑色摩托车，她看到了……莲华。

那一刻，泪水决堤！

太好了！然美难以控制地捂住嘴！莲华没有倒在血泊里！

"……然美！！"莲华惊喜地正要站起来，然美已经扑过来将他抱住！

她搂得他好紧，誓死不放手的架势，他也更紧地拥抱住她。

"太好了！然美，我以为再也见不到你了！"莲华的声音里有抑制不住的激动。

"嗯，我也是……我差点以为你出了意外……"然美已泣不成声。

"放心，我没事。"

俊美高大的少年和清秀的少女跪在地上紧紧相拥的画面，让在场的人沉默着、感动着。

小狗抬起头来舔主人的脸，小女孩望着冒险救下小狗的恩人，感激涕零地笑了。

"挽救一只小狗的生命，上帝就会实现他一个愿望……"莲华揉着然美的头发，庆幸地笑着，"原来这句话是真的……我以为像我这样临时抱佛脚的家伙，老天爷是不会理睬我的……"可他最终实现了无论如何要见她一面的愿望。

"傻瓜……"然美的泪水一滴不浪费地全流到莲华身上。他怎么会做这样的傻事？难道是被她的笨传染到了？"不过，你没事就好，健健康康就好！"她眷恋地感受着他火热的体温。

"对不起，然美……我让你……等了这么久……"有种奇妙的眩晕感，莲华将头轻轻

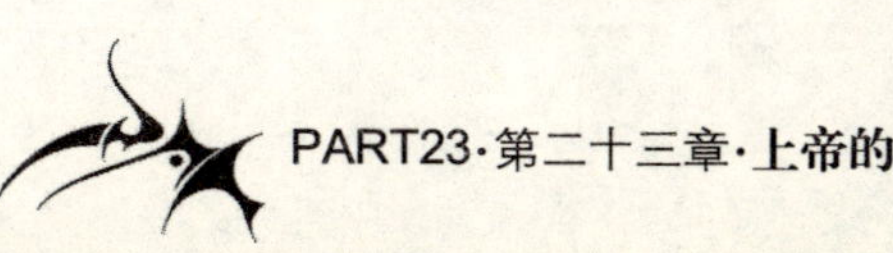

靠在然美肩头，“你一定……很生我的气……”

“我不生气，一点也不生气！你回来了就好！可是，不可以有下次，那样……我也许真的会很生气很生气的……”然美一次次搂紧他，除了感动还是感动，那种失而复得的感动震撼着心灵。

莲华安静地由她抱着。

“莲华，以后……我们要永远在一起，好不好？”她满怀感动地许下心愿。

可是莲华没有回应。他的头重重地倚靠着她，发丝似温似冷，拥抱她的有力臂膀却已垂落。

然美怔住，呆愣瞬间变成惊恐！莲华身体的热度在剧烈地退去，她放在他背上的手接触到一团加速扩大的冰凉和潮湿……

她颤抖着拿开手，隔着他宽厚的肩，看到自己的指尖上，鲜血淋漓！

……天哪！上帝！这是你的玩笑吗？

求你不要开这样的玩笑……

求求你！！！

……

世界顷刻间天旋地转！四周人声嘈杂混乱起来，绝望的然美已经一点也感觉不到。

只有五月末的风，吹过头顶的树叶时，发出沙沙的、悲哀的声音……

第二十四章

一直要这样

PART 24

It's to you, I will always, always return……

两年后。

凌晨五点。

七十二层的摩天大楼天台上站满翘首以待的人们。天空是初生的蓝。

当风从对面的68层大厦和这座72层大厦间吹过时，会发出一阵阵悠长的音色。

再有几分钟，那支最受年轻人爱戴的摇滚乐队即将登场。他们有着好听的名字，他们将实现一个梦想，站在这座城市的最高点演奏出壮丽的乐章。

拥挤的人群中，她的身影并不起眼，只是静静含笑注视着银色的舞台，在她一眨不眨仰望着的眼里，映出那个率先踏上台的俊酷身影。

人群沸腾！

没有开场白，没有多余的动作，佩戴墨镜一袭黑衣的俊美青年站上舞台之巅，第一个动作，是高高举起话筒！

这个手势像一个信号，电吉他、贝司、键盘、架子鼓，滚动着拉开了3600秒颠覆之旅的序幕！

黑衣青年的歌声加入到绚彩的音乐中，那声音充满爆发的力量，野性得有种燃烧的错觉，被黑色覆盖的身体绷得紧紧的，散发出神秘性感的金属质感。

开启的窗外，迂回乱舞的DEEP SKY。

“AH 在此仰望——”

红发的吉他手、长发披肩的贝司手、光头键盘手和文身的鼓手，乐队的每一个成员都全情投入。

气氛很快就达到了高潮！酣畅冷冽的风在舞台上回旋着不肯离去，那个当之无愧的主角做出一个单脚抬起的动作，带着腾空而起的气势，狂野地嘶吼出：

“AH——无法入眠——”

现场触电似的战栗起来，飓风卷走云雾，天空加速旋转！

不仅是才情，不仅是帅气，不仅是性感，在现场几百双眼里，他美妙得无法用语言形容！

……

自始至终，她都含笑看着他的表演，表情没有周围人们的疯狂和迷恋，有的只是温柔而坚强的看守。

在两千多个日子里，她和他相处的记忆密密麻麻地遍布这个城市的角落，从车站的贩卖机前延续到校园的青石房子，从黄昏的树林到他的单身公寓，还有游戏厅、街心公园、海边……

以及那间他沉睡半年的病房。

第一次见到他的时候，他还是个有点阳光有点坏坏的十七岁男孩，带着狐狸的狡黠和狼的冷酷，太容易让女生心跳加速。他是她花了五十元和无数次被欺负的代价才认识的初恋，到底是廉价还是高昂，说不清。到底是不是在那个早晨的邂逅中就决定了将要相爱，也是谁也说不清。

确定的只是，她和他一路走来，其中有彷徨，有挫折，有伤痛，最终，沉睡了半年的他，甩去了过去的阴霾，等待了更久的她，学会了坚强。

如今，她所爱的人们也都有了各自不同的归宿：远在地球另一端的弟弟在赛车场上拿下了八小时耐力赛的总冠军；她幼年邂逅的那个男生正一面抱怨着一面念着理想中的大学；她的死党写信告诉她在大学里也要“和某个笨蛋将抬杠进行到底”；高中时的老师们也迎来新生，火力十足地上任；校园的传说越来越精彩，色彩越来越缤纷……

生活正迈着坚实骄傲的步伐，在流光四溢的大桥上信心十足地奔跑着！

有一刻，摇滚的狂风吹迷她的视野。她仍倔犟地顶着风，望着他。好温暖的感觉……

温暖得连身体都有一丝战栗。她爱着台上这个桀骜不驯、阳光般英俊的男孩，爱着他的变幻莫测，爱着他身上夏日的光和热，爱他的回眸、他的微笑、他的任性、他的胡作非为和他暖暖昧昧的样子。她告诉自己，要一直这么爱着。

要……永远这样爱下去……

站在舞台上被她深爱的少年，如今已是帅气俊美的青年，更高大也更成熟，在沉睡了半年以后，似乎迫不及待地想要喷薄而出！

"……SUNDAY MONDAY
闪电的 TUESDAY
WEDNESDAY THURSDAY
雪花纷飞
FRIDAY SATURDAY
七彩的 EVERYDAY
拨开乌云 FULL MOON
回应!! 我的声音——"

他高举起话筒，率领台下的众人，将"魅力天空"的口号喊得雷动不已！

风携着那冲天呐喊，从城市上空巨大的风洞间呼啸而过！

抬起头来，初生的蓝正被壮丽的金色渲染……

……

当初夏的万丈光芒刺破黎明，他用年轻火热、充满生命力的声音，唱起最后的歌。而她面向起伏的天籁，听到了……天使的声音——

I hear the wind call my name 我听见风呼唤我的名字
The sound that leads me home again 这个声音再度引领我回归
It sparks up the fire – a flame that still burns 它点燃我不灭的信念
To you I'll always return 你是我亘古不变的归宿

I know the road is long 不畏惧前路迢迢
but where are you is home 因为有你的地方就是家
Wherever you stay I'll find a way 无论你身在何处，我终会到达

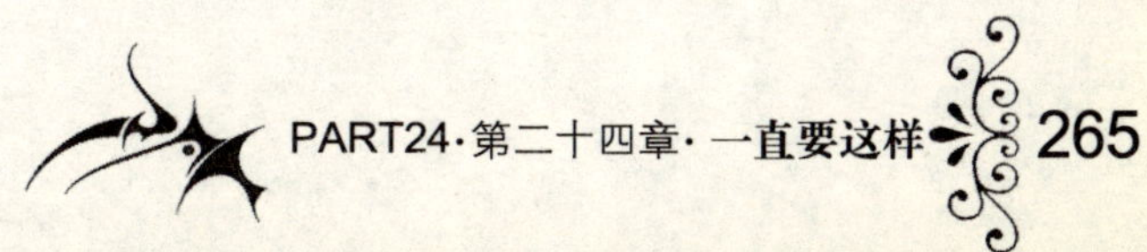

I'll run like a river 我要如河流般奔腾不息
I'll follow the sun 我要追逐着那太阳
I'll fly like an eagle 我要如苍鹰般翱翔
To where I belong 只为回到你的身旁

I can't stand the distance 无法承受的遥远距离
I can't dream alone 独自一人无法实现的梦想
I can't wait to see you 迫不及待的想念
Yes I'm on my way home 为此我已踏上漫漫征途

Now I know it's true 此刻我无比坚信
My every road leads to you 长路的终点有你在等候
And in the hour of darkness 迷途的时候
Your light gets me through 你的光亮将为我指引

You run like a river 像奔腾的河水
You shine like the sun 像闪耀的太阳
You fly like an eagle 像翱翔的苍鹰
You are the one 你怎能不是唯一
I've seen everysunset 无数次落日
And with all that I've learned 只使我更加相信
Oh it's to you, I will always, always return 因为有你，我终将、终将回归

★歌词分别来自：
火曜飞《FLY AGAIN》（歌词翻译来自网络）
中岛美嘉《樱花纷飞时》
中岛美嘉《GLAMOROUS SKY》
BRYAN ADAMS《I WILL ALWAYS RETURN（FINALE）》